Kazuo Ishiguro

Nunca me abandones

Kazuo Ishiguro es el autor de cinco novelas, incluyendo *Los restos del día*, la cual ganó el Premio Booker y se convirtió en un bestseller internacional. Sus libros han sido traducidos a veintiocho idiomas. En 1995 fue destacado con la Orden del Imperio Británico por sus servicios a la literatura, y en 1998 fue nombrado Chevalier de l'Ordre des Arts et des Lettres por el gobierno francés. Vive en Londres con su esposa e hija.

Nunca me abandones

Nunca me abandones

Kazuo Ishiguro

Traducción de Jesús Zulaika

Vintage Español
Una división de Random House, Inc.
Nueva York

Para Lorna y Naomi

Inglaterra, finales de la década de 1990

Primera parte

1

Mi nombre es Kathy H. Tengo treinta y un años, y llevo más de once siendo cuidadora. Suena a mucho tiempo, lo sé, pero lo cierto es que quieren que siga otros ocho meses, hasta finales de año. Esto hará un total de casi doce años exactos. Ahora sé que el hecho de haber sido cuidadora durante tanto tiempo no significa necesariamente que piensen que soy inmejorable en mi trabajo. Hay cuidadores realmente magníficos a quienes se les ha dicho que lo dejen después de apenas dos o tres años. Y puedo mencionar al menos a uno que siguió con esta ocupación catorce años pese a ser un absoluto incompetente. Así que no trato de alardear de nada. Pero sé sin ningún género de dudas que están contentos con mi trabajo, y, en general, también yo lo estoy. Mis donantes siempre han tendido a portarse mucho mejor de lo que yo esperaba. Sus tiempos de recuperación han sido impresionantes, y a casi ninguno de ellos se le ha clasificado de «agitado», ni siquiera antes de la cuarta donación. De acuerdo, ahora tal vez esté alardeando un poco. Pero significa mucho para mí ser capaz de hacer bien mi trabajo, sobre todo en lo que se refiere a que mis donantes sepan mantenerse «en calma». He desarrollado una especie de instinto especial con los donantes. Sé cuándo quedarme cerca para consolarlos y cuándo dejarlos solos; cuándo escuchar todo lo que tengan que decir y cuándo limitarme a encogerme de hombros y decirles que se dejen de historias.

En cualquier caso, no tengo grandes reclamaciones que hacer en mi propio nombre. Sé de cuidadores, actualmente en activo, que son tan buenos como yo y a quienes no se les reconoce ni la mitad de mérito que a mí. Entiendo perfectamente que cualquiera de ellos pueda sentirse resentido: por mi habitación amueblada, mi coche, y sobre todo porque se me permite elegir a quién dedico mi cuidado. Soy una ex alumna de Hailsham, lo que a veces basta por sí mismo para conseguir el respaldo de la gente. Kathy H., dicen, puede elegir, y siempre elige a los de su clase: gente de Hailsham, o de algún otro centro privilegiado. No es extraño que tenga un historial de tal nivel. Lo he oído muchas veces, así que estoy segura de que vosotros lo habréis oído muchas más, por lo que quizá haya algo de verdad en ello. Pero no soy la primera persona a quien se le permite elegir, y dudo que vaya a ser la última. De cualquier forma, he cumplido mi parte en lo referente al cuidado de donantes criados en cualquier tipo de entorno. Cuando termine, no lo olvidéis, habré dedicado muchos años a esto, pero sólo durante los seis últimos me han permitido elegir.

Y ¿por qué no habían de hacerlo? Los cuidadores no somos máquinas. Tratas de hacer todo lo que puedes por cada donante, pero al final acabas exhausto. No posees ni una paciencia ni una energía ilimitadas. Así que cuando tienes la oportunidad de elegir, eliges lógicamente a los de tu tipo. Es natural. No habría podido seguir tanto tiempo en esto si en algún punto del camino hubiera dejado de sentir lástima de mis donantes. Y, además, si jamás me hubieran permitido elegir, ¿cómo habría podido volver a tener cerca a Ruth y a Tommy después de todos estos años?

Pero, por supuesto, cada día quedan menos donantes que yo pueda recordar, y por lo tanto, en la práctica, tampoco he podido elegir tanto. Como digo, el trabajo se te hace más duro cuando no tienes ese vínculo profundo con el donante, y aunque echaré de menos ser cuidadora, también me vendrá de perlas acabar por fin con ello a finales de año.

Ruth, por cierto, no fue sino la tercera o cuarta donante que me fue dado elegir. Ella ya tenía un cuidador asignado en aquel tiempo, y recuerdo que la cosa requirió un poco de firmeza por mi parte. Pero al final me salí con la mía y en el instante en que volví a verla, en el centro de recuperación de Dover, todas nuestras diferencias —si bien no se esfumaron— dejaron de parecer tan importantes como todo lo demás: el que hubiéramos crecido juntas en Hailsham, por ejemplo, o el que supiéramos y recordáramos cosas que nadie más podía saber o recordar. Y fue entonces, supongo, cuando empecé a procurar que mis donantes fueran gente del pasado, y, siempre que podía, gente de Hailsham.

A lo largo de los años ha habido veces en que he tratado de dejar atrás Hailsham, diciéndome que no tenía que mirar tanto hacia el pasado. Pero luego llegué a un punto en el que dejé de resistirme. Y ello tuvo que ver con un donante concreto que tuve en cierta ocasión, en mi tercer año de cuidadora; y fue su reacción al mencionarle yo que había estado en Hailsham. Él acababa de pasar por su tercera donación, y no había salido bien, y seguramente sabía que no iba a superarlo. Apenas podía respirar, pero miró hacia mí y dijo:

—Hailsham. Apuesto a que era un lugar hermoso.

A la mañana siguiente le estuve dando conversación para apartarle de la cabeza su situación, y cuando le pregunté dónde había crecido mencionó cierto centro de Dorset; y en su cara, bajo las manchas, se dibujó una mueca absolutamente distinta de las que le conocía. Y caí en la cuenta de lo desesperadamente que deseaba no recordar. Lo que quería, en cambio, era que le contara cosas de Hailsham.

Así que durante los cinco o seis días siguientes le conté lo que quería saber, y él seguía allí echado, hecho un ovillo, con una sonrisa amable en el semblante. Me preguntaba sobre cosas importantes y sobre menudencias. Sobre nuestros custodios, sobre cómo cada uno de nosotros tenía su propio arcón con sus cosas, sobre el fútbol, el *rounders*,[1] el pequeño sendero que rodeaba la casa principal, sus rincones y recovecos, el estanque de los patos, la comida, la vista de los campos desde el Aula de Arte en las mañanas de niebla. A veces me hacía repetir las cosas una y otra vez; me pedía que le contara cosas que le había contado ya el día anterior, como si jamás se las hubiera oído antes: «¿Teníais pabellón de deportes?»; «¿Cuál era tu custodio preferido?». Al principio yo lo achacaba a los fármacos, pero luego me di cuenta de que seguía teniendo la mente clara. Lo que quería no era sólo oír cosas de Hailsham, sino *recordar* Hailsham como si se hubiera tratado de su propia infancia. Sabía que se hallaba a punto de «completar», y eso era precisamente lo que pretendía: que yo le describiera las cosas, de forma que pudiera asimilarlas en profundidad, de forma que en las noches insomnes, con los fármacos y el dolor y la extenuación, acaso llegara a hacerse desvaída la línea entre mis recuerdos y los suyos. Entonces fue cuando comprendí por vez primera –cuando lo comprendí de verdad– cuán afortunados fuimos Tommy y Ruth y yo y el resto de nuestros compañeros.

Cuando hoy recorro en coche el país, aún sigo viendo cosas que me recuerdan a Hailsham. Paso por la esquina de un campo neblinoso, o veo parte de una gran casa en la lejanía, al descender hacia un valle, o incluso cierta disposición peculiar de álamos en determinada ladera, y pienso: «¡Creo

1. Juego inglés parecido al béisbol. *(N. del T.)*

que ahora sí! ¡Lo he encontrado! ¡Esto sí es Hailsham!». Entonces me doy cuenta de que es imposible, y sigo conduciendo, y mis pensamientos se desplazan hacia otra parte. Son sobre todo esos pabellones. Los encuentro por todas partes, al fondo de campos de deportes, pequeños edificios prefabricados blancos con una hilera de ventanas anormalmente altas, casi embutidas bajo el alero. Creo que construyeron montones de ellos en la década de los años cincuenta y sesenta –probablemente fue por esas fechas cuando se levantó el nuestro–. Si paso junto a uno vuelvo la cabeza y me quedo mirándolo todo el tiempo que puedo; un día voy a estrellarme con el coche, pero sigo haciéndolo. No hace mucho iba conduciendo por un terreno baldío de Worcestershire y vi un pabellón de ésos junto a un campo de críquet, y era tan parecido al nuestro de Hailsham que giré en redondo y desanduve el camino para poder mirarlo más detenidamente.

Nos encantaba nuestro pabellón de deportes, quizá porque nos recordaba a esas encantadoras casitas de campo que aparecían siempre en los libros ilustrados de nuestra infancia. Recuerdo cuando estábamos en los primeros años de Primaria y les rogábamos a los custodios que nos dieran la clase siguiente en el pabellón en lugar de en el aula. Luego, en los últimos años de Secundaria –con doce años, a punto de cumplir trece–, el pabellón era el lugar donde esconderte con tus mejores amigas cuando querías perder de vista a los demás compañeros de Hailsham.

El pabellón era lo bastante grande como para albergar a dos grupos de alumnos sin que tuvieran que molestarse unos a otros (en el verano, podía haber hasta un tercero en la galería). Pero lo que tú y tus amigas preferíais era tener el pabellón para vosotras solas, lo que daba lugar a discusiones y disputas. Los custodios siempre nos decían que teníamos que ser civilizados, pero en la práctica, si querías poder disponer del pabellón durante un descanso o período de asueto,

17

en tu grupito de amigas tenías que tener unas cuantas personalidades fuertes. No es que yo fuera una persona apocada, pero supongo que era gracias a Ruth el que pudiéramos entrar en el pabellón tan a menudo como lo hacíamos.

Normalmente nos poníamos alrededor de las sillas y bancos —solíamos ser cinco, o seis si se nos unía Jenny B.—, y nos pasábamos el rato cotilleando. Había un tipo de conversación que sólo podíamos tener cuando nos escondíamos en el pabellón; comentábamos, por ejemplo, algo que nos preocupaba, o acabábamos estallando en ruidosas carcajadas, o nos enzarzábamos en una pelea furibunda. Y las más de las veces no era sino una vía para liberar tensiones mientras pasabas un rato con tus mejores amigas.

La tarde en la que ahora pienso estábamos de pie sobre los taburetes y los bancos, apiñadas en torno a las altas ventanas. Mirábamos el Campo de deportes Norte, donde una docena de chicos de nuestro año y del siguiente de Secundaria se habían reunido para jugar al fútbol. Hacía un sol radiante, pero debía de haber llovido ese mismo día porque recuerdo que el sol brillaba sobre la superficie embarrada del césped.

Alguien dijo que no tendríamos que mirar tan descaradamente, pero nadie se echó hacia atrás ni un ápice. Y en un momento dado Ruth dijo:

—No sospecha nada. Miradle. No sospecha nada en absoluto.

Al oírle decir esto, la miré en busca de alguna muestra de desaprobación de lo que los chicos estaban a punto de hacerle a Tommy. Pero al segundo siguiente Ruth soltó una risita y dijo:

—¡El muy idiota!

Y entonces me di cuenta de que, para Ruth y las demás, lo que los chicos fueran a hacer era algo que no nos concernía sino muy remotamente; y de que el que lo aprobáramos o no carecía de importancia. En aquel momento estábamos con la vista casi pegada a las ventanas no porque disfrutáramos con la perspectiva de ver cómo volvían a humillar a Tommy, sino sencillamente porque habíamos oído hablar de esta última conjura y sentíamos una vaga curiosidad por saber el desenlace. En aquella época no creo que lo que los chicos hacían entre ellos despertara en nosotras mucho más que esto. Ruth y las demás lo veían todo con ese desapego, y con toda probabilidad también yo compartía esa indiferencia.

O quizá lo recuerdo mal. Quizá cuando vi a Tommy corriendo por el campo, con expresión de indisimulado deleite por haber sido aceptado de nuevo en el redil, y a punto de jugar al juego en el que tanto destacaba, quizá, digo, sentí una pequeña punzada dentro. Lo que recuerdo es que vi que Tommy llevaba el polo azul claro que había conseguido el mes anterior en los Saldos, y del que tan ufano se sentía. Y recuerdo que pensé: «Qué estúpido, jugar al fútbol con ese polo. Lo va a destrozar, y entonces ¿cómo va a sentirse?». Y dije en voz alta, sin dirigirme a nadie en particular:

—Tommy lleva el polo. Su polo preferido.

No creo que nadie me oyera, porque todas se estaban riendo con Laura —la gran payasa del grupo—, que estaba imitando las caras que ponía Tommy al correr por el campo, haciendo señas y llamando e interceptando el balón sin descanso. Los otros chicos se movían todos por el terreno con esa languidez deliberada propia del precalentamiento, pero Tommy, en su excitación, parecía ya emplearse a fondo. Dije, ahora en voz mucho más alta:

—Se va a sentir tan mal si se le estropea el polo...

Ruth me oyó esta vez, pero debió de pensar que lo decía como una especie de broma, porque se rió sin demasiadas ganas, y luego soltó alguna ocurrencia de su cosecha.

Entonces los chicos dejaron de pelotear con el balón y se quedaron de pie, formando un grupo compacto en medio del campo embarrado, jadeando ligeramente, a la espera de se eligieran los equipos para empezar. Los capitanes que salieron eran del año siguiente al nuestro, aunque todo el mundo sabía que Tommy era mucho mejor que cualquiera de ese curso. Echaron la moneda para la primera selección, y el ganador miró a los jugadores.

—Miradle —dijo una compañera a mi espalda—. Está completamente convencido de que lo van a elegir el primero. ¡Miradle!

Había algo cómico en Tommy en ese momento, algo que te hacía pensar, bueno, si va a ser un imbécil tan grande, quizá se merezca lo que se le viene encima. Los otros chicos hacían como que no prestaban atención al proceso de selección, como si les tuviera sin cuidado en qué orden les iban eligiendo. Algunos charlaban en voz baja, otros volvían a atarse las zapatillas, otros simplemente se miraban los pies mientras seguían allí quietos, como empantanados en el barro. Pero Tommy miraba con suma atención al capitán que elegía en ese momento, como si hubiera cantado ya su nombre.

Laura siguió con su pantomima durante todo el proceso de selección de los equipos, remedando las diferentes expresiones que fueron dibujándose en la cara de Tommy: de encendido entusiasmo al principio; de preocupación y desconcierto cuando se habían elegido ya a cuatro jugadores y él no había sido ninguno de los agraciados; de dolor y de pánico cuando empezó a barruntar lo que estaba pasando realmente. Yo, entonces, dejé de mirar a Laura, porque tenía la vista fija en Tommy; sólo sabía lo que estaba haciendo porque las otras seguían riéndose y jaleándola. Al final, cuando Tommy se hubo quedado allí de pie absolutamente solo, y los chicos empezaban ya con las risitas solapadas, oí que Ruth decía:

—Ya llega. Atentas. Siete segundos. Siete, seis, cinco...

No pudo terminar. Tommy rompió a gritar a voz en cuello, como un trueno, mientras los chicos, que reían ya a carcajadas, echaban a correr hacia el Campo de Deportes Sur. Tommy dio unas cuantas zancadas detrás de ellos (difícil saber si salía instintiva y airadamente en su persecución o si le había entrado el pánico al ver que se quedaba atrás). En cualquiera de los casos, pronto se detuvo y se quedó allí quieto, mirando hacia ellos con aire furibundo y con la cara congestionada. Y luego se puso a chillar, a soltar todo un galimatías de insultos y juramentos.

Habíamos presenciado ya montones de berrinches de Tommy, así que nos bajamos de taburetes y bancos y nos dispersamos por el recinto. Intentamos empezar una conversación sobre algo diferente, pero seguíamos oyendo los gritos de Tommy en segundo plano, y aunque al principio nos limitamos a poner los ojos en blanco y a tratar de pasarlo por alto, acabamos —quizá diez minutos después de habernos bajado de los taburetes y los bancos— por volver a las ventanas.

Los otros chicos se habían perdido ya de vista, y Tommy ya no seguía tratando de dirigir sus improperios en ninguna dirección concreta. Estaba rabioso, y lanzaba brazos y piernas a su alrededor, al viento, hacia el cielo, hacia el poste de la valla más cercano. Laura dijo que quizá estuviera «ensayando a Shakespeare». Otra chica comentó que cada vez que gritaba algo levantaba un pie del suelo y lo estiraba hacia un lado, «como un perro haciendo pipí». El caso es que yo también había notado ese movimiento, pero lo que a mí me había impresionado era el hecho de que cada vez que volvía a poner el pie de golpe en el césped, el barro le salpicaba ambas espinillas. Y volví a pensar en su preciado polo, pero estábamos demasiado lejos para poder ver si se lo estaba manchando mucho o poco.

—Supongo que es un poco cruel —dijo Ruth— cómo siempre le hacen ponerse como un loco. Pero la culpa es suya. Si aprendiese a no perder los estribos, lo dejarían en paz.

–Seguirían metiéndose con él –dijo Hannah–. Graham K tiene un genio parecido, y lo único que pasa es que con él tienen más cuidado. Se meten con Tommy porque es un vago.

Luego se pusieron todas a hablar al mismo tiempo; de cómo Tommy nunca se había esforzado por ser creativo, de cómo no había aportado nada al Intercambio de Primavera. Creo que lo cierto es que, a estas alturas, lo que cada una de nosotras queríamos era que viniera un custodio y se lo llevara del campo de deportes. Y aunque no habíamos tenido ni arte ni parte en este último plan para fastidiar a Tommy, sí habíamos corrido a primera fila para ver el espectáculo, y empezábamos a sentirnos culpables. Pero no había ningún custodio a la vista, así que nos pusimos a exponer razones por las cuales Tommy merecía todo lo que le pasaba. Y cuando Ruth miró la hora en su reloj y dijo que aunque aún teníamos tiempo debíamos volver a la casa principal, nadie arguyó nada en contra.

Cuando salimos del pabellón Tommy seguía vociferando. La casa quedaba a nuestra izquierda, y como Tommy estaba de pie en el campo de deportes, a cierta distancia de nosotras, no teníamos por qué pasar a su lado. De todas formas, miraba en dirección contraria y no pareció darse cuenta de nuestra presencia. Pero mientras mis compañeras echaron a andar por un costado del campo de deportes, yo me dirigí despacio hacia Tommy. Sabía que esto iba a extrañar a mis amigas, pero seguí caminando hacia él (incluso cuando oí el susurro de Ruth conminándome a que volviera).

Supongo que Tommy no estaba acostumbrado a que lo importunaran cuando se dejaba llevar por uno de sus arrebatos, porque su primera reacción cuando me vio llegar fue quedarse mirándome fijamente durante un instante, y luego seguir gritando. Era, en efecto, como si hubiera estado interpretando a Shakespeare y yo hubiera llegado en medio de su actuación. Y cuando le dije «Tommy, ese polo precioso... Te lo vas a dejar hecho una pena», ni siquiera dio muestras de haberme oído.

Así que alargué una mano y se la puse sobre el brazo. Mis amigas, más tarde, aseguraban que lo que me hizo fue intencionado, pero yo estoy segura de que no fue así. Seguía agitando los brazos a diestro y siniestro, y no tenía por qué saber que yo iba a extender la mano. El caso es que al lanzar el brazo hacia arriba sacudió mi mano hacia un lado y me golpeó en plena cara. No me dolió, pero dejé escapar un grito ahogado, lo mismo que casi todas mis compañeras a mi espalda.

Entonces fue cuando Tommy pareció darse cuenta al fin de mi presencia, y de la de mis amigas, y de sí mismo, y del hecho de que estaba en el campo de deportes comportándose de aquel modo, y se quedó mirándome con expresión un tanto estúpida.

—Tommy —dije, con dureza—. Tienes el polo lleno de barro.

—¿Y qué? —farfulló él. Y mientras lo estaba haciendo bajó la mirada hacia el pecho y vio las manchas marrones, y cesaron por completo sus aullidos. Y entonces vi aquella expresión en su cara, y comprendí que le sorprendía enormemente que yo supiera lo mucho que apreciaba aquel polo.

—No tienes por qué preocuparte —dije, antes de que el silencio pudiera hacérsele humillante—. Las manchas se quitan. Y si no puedes quitártelas tú, se lo llevas a la señorita Jody.

Siguió examinando su polo, y al final dijo, malhumorado:

—A ti esto no te incumbe, de todas formas.

Pareció lamentar de inmediato este último comentario, y me miró tímidamente, como a la espera de que le dijera algo que lo consolara un poco. Pero yo ya estaba harta de él, máxime cuando mis amigas seguían mirándonos (mis amigas y seguramente algunos compañeros más, desde las ventanas

23

de la casa principal). Así que me di la vuelta con un encogimiento de hombros y volví con mis amigas.

Ruth me rodeó los hombros con el brazo, y seguimos alejándonos en dirección a la casa.

—Al menos has hecho que se calle la boca –dijo–. ¿Estás bien? Qué bruto...

2

Todo esto fue hace mucho tiempo, y por tanto puede que algunas cosas no las recuerde bien; pero mi memoria me dice que el que aquella tarde me acercara a Tommy formaba parte de una etapa por la que estaba pasando entonces –que algo tenía que ver con la necesidad de plantearme retos de forma casi compulsiva–, y que cuando Tommy me abordó unos días después yo ya casi había olvidado el incidente.

No sé cómo son los centros donde se educa normalmente la gente, pero en Hailsham casi todas las semanas teníamos que pasar una especie de revisión médica –normalmente en el Aula Dieciocho, arriba, en lo más alto de la casa– con la severa Enfermera Trisha –o Cara de Cuervo, como solíamos llamarla–. Aquella soleada mañana un buen grupo de nosotros subía por la escalera central para la revisión con ella, y nos cruzamos con otro gran grupo que bajaba justo después de pasarla. En la escalera, por tanto, había un ruido del demonio, y yo subía con la cabeza baja, pegada a los talones de la de delante, cuando una voz gritó a unos pasos:

–¡Kath!

Tommy, que venía con la riada humana que bajaba, se había parado en seco en un peldaño, con una gran sonrisa que me irritó de inmediato. Unos años antes, si te encontrabas de pronto con alguien a quien te alegraba ver, quizá ponías esa cara. Pero entonces teníamos trece años, y se trataba de un chico que se encontraba con una chica en una circunstancia pública, a la vista de todos. Sentí ganas de decir: «Tommy, ¿por qué no creces de una vez?», pero me contuve, y lo que dije fue:

—Tommy, estás interrumpiendo a todo el mundo. Y yo también.

Miró hacia arriba y, en efecto, vio cómo en el rellano inmediatamente superior la gente se iba parando y amontonando. Durante unos segundos pareció entrarle el pánico, y rápidamente se deslizó hacia un lado y se pegó a la pared, a mi lado, de forma que, mal o bien, permitía el paso a los que bajaban, y dijo:

—Kath, te he estado buscando. Quería decirte que lo siento. Que lo siento mucho, de veras. El otro día no quería pegarte. Nunca se me ocurriría pegarle a una chica, y aunque se me ocurriera, jamás te pegaría *a ti*. Lo siento mucho, mucho.

—Vale. Fue un accidente, eso es todo.

Le dirigí un gesto de cabeza e hice ademán de seguir subiendo. Pero Tommy dijo en tono alegre:

—Lo del polo ya lo he arreglado. Lo he lavado.

—Estupendo.

—No te dolió, ¿verdad? Me refiero al golpe.

—Por supuesto que me dolió. Fractura de cráneo. Conmoción cerebral y demás. Hasta puede que Cara de Cuervo me lo note. Eso si consigo llegar hasta ahí arriba...

—No, en serio, Kath. Sin rencores, ¿vale? No sabes cómo lo siento. De verdad.

Al final le sonreí y dije sin ironía:

—Mira, Tommy: fue un accidente y ya lo he olvidado del todo. Y no te la tengo guardada ni un poquito.

Seguía con expresión de no acabar de creérselo, pero unos compañeros más mayores le estaban empujando y diciéndole que se moviese. Me dirigió una rápida sonrisa y me dio unas palmaditas en la espalda, como habría hecho con un chico más pequeño, y se incorporó a la riada descendente. Luego, cuando yo ya reemprendía el ascenso, le oí que gritaba desde abajo:

—¡Hasta pronto, Kath!

La situación me había resultado un tanto embarazosa, pero no dio lugar a ninguna broma ni chismorreo. Y he de admitir que si no llega a ser por aquel encuentro en la escalera, probablemente no me habría tomado tanto interés por los problemas de Tommy las semanas siguientes.

Vi algunos de los incidentes. Pero la mayoría de ellos sólo los supe de oídas, y cuando me llegaba alguna nueva al respecto interrogaba a la gente hasta conseguir una versión más o menos fidedigna de los hechos. Hubo otras rabietas sonadas, como la vez que, según contaban, Tommy levantó un par de pupitres del Aula Catorce y volcó todo su contenido en el suelo, mientras el resto de la clase, que había huido al descansillo, levantaba una barricada contra la puerta para impedir que saliera. Y la vez en que el señor Christopher tuvo que sujetarle los brazos con fuerza para que no pudiera atacar a Reggie D. durante un entrenamiento de fútbol. Todo el mundo podía ver, también, que cuando los chicos de nuestro curso salían a sus carreras a campo abierto Tommy era el único que nunca tenía compañero. Era un corredor excelente, y siempre les sacaba a todos una ventaja de diez o quince metros, quizá con la esperanza de que con ello disimulaba el hecho de que nadie quisiera correr con él. Y los rumores de las bromas que le gastaban sus compañeros eran prácticamente diarios. Muchas de ellas eran las típicas entre chicos —le metían cosas raras en la cama, un gusano en los cereales—, pero algunas resultaban innecesariamente repugnantes, como la vez en que alguien limpió un inodoro con su cepillo dientes, de forma que Tommy lo encontró luego en el vaso con mierda en todas las cerdas. Yo pensaba que tarde o temprano alguien diría que la cosa había llegado demasiado lejos, pero lo que hizo fue seguir y seguir sin que nadie dijera ni media palabra.

Una vez yo misma traté de hablar de ello en el dormitorio, después de que apagaran las luces. En Secundaria éramos sólo seis en cada dormitorio: sólo el grupito de amigas, que solíamos tener nuestras charlas más íntimas echadas en la cama en la oscuridad, antes de dormirnos. Allí hablábamos de cosas de las que ni se nos habría ocurrido hablar en ningún otro sitio, ni siquiera en el pabellón. Así que una noche saqué a colación a Tommy. No dije mucho; me limité a resumir lo que le había estado pasando últimamente, y dije que no me parecía justo. Cuando terminé, flotaba en el aire oscuro una especie de silencio extraño, y me di cuenta de que todas aguardaban a la respuesta de Ruth, que no solía hacerse esperar después de cualquier cuestión un poco incómoda que hubiera podido salir en nuestra charla. Me quedé quieta, a la espera, esperando, y desde el rincón que ocupaba Ruth me llegó un suspiro, y al cabo le oí decir:

—Tienes razón, Kathy. No está bien. Pero si Tommy quiere que dejen de hacerle esas cosas, tiene que cambiar de actitud. No hizo nada para el Intercambio de Primavera. Y ¿creéis que tendrá algo para el mes que viene? Apuesto a que no.

Debo explicar un poco lo de los Intercambios que hacíamos en Hailsham. Cuatro veces al año —en primavera, verano, otoño e invierno— organizábamos una gran Exposición y Venta de todas las cosas que habíamos hecho en los tres meses anteriores. Pinturas, dibujos, cerámica, todo tipo de «esculturas» del material que en ese momento estuviera más de moda: latas machacadas, tapones de botella pegados en cartón... Por cada cosa que aportabas, recibías en pago cierto número de Vales de Intercambio —los custodios decidían cuántos merecía cada una de tus obras—, y luego, el día del Intercambio, ibas con tus Vales y «comprabas» las cosas que te apetecían. La norma era que sólo podías comprar piezas hechas por los alumnos de tu propio curso, pero ello te daba la oportunidad de elegir entre muchas cosas, ya que la mayoría de nosotros podíamos ser bastante prolíficos en ese período de tres meses.

Mirando ahora hacia atrás puedo entender por qué los Intercambios llegaron a ser tan importantes para nosotros. En primer lugar, era nuestro único medio, aparte de los Saldos —los Saldos eran otra cosa, sobre la que volveré más adelante—, de hacernos con una colección de pertenencias personales. Si, por ejemplo, querías algo para decorar las paredes que rodeaban tu cama, o se te antojaba llevar algo en la cartera, de aula en aula, para tenerla siempre encima del pupitre, lo podías conseguir en un Intercambio. Ahora puedo entender también cómo estos Intercambios nos afectaban de una manera más sutil; si te pones a pensar en ello, el hecho de depender de los demás para conseguir las cosas que pueden llegar a ser tus tesoros personales, tiene que afectar por fuerza a lo tú haces para tus compañeros. Lo de Tommy era un ejemplo típico de esto. Muchas veces, el nivel de consideración que conseguías en Hailsham, de cuánto podías gustar y ser respetado, tenía mucho que ver con lo bueno que eras en tus «creaciones».

Ruth y yo recordábamos a menudo estas cosas hace unos años, cuando la estuve cuidando en el centro de recuperación de Dover.

—Era una de las cosas que hacían tan especial a Hailsham —dijo en cierta ocasión—. Lo mucho que se fomentaba la valoración del trabajo de los demás.

—Es cierto —dije yo—. Pero a veces, cuando pienso en los Intercambios, hay muchas cosas un tanto extrañas. La poesía, por ejemplo. Recuerdo que se nos permitía presentar poemas en lugar de dibujos o pinturas. Y lo extraño del caso es que a todos nos parecía bien, que tenía sentido para nosotros.

—¿Por qué no iba a tenerlo? La poesía es importante.

—Pero estamos hablando de escritos de gente de nueve años, de versitos raros, con faltas de ortografía, en cuadernos de ejercicios. Nos gastábamos los preciosos Vales en un cuaderno lleno de esos versos en lugar de en algo realmente bonito que decorase lo que veías desde la cama. Si teníamos tantas ganas de leer los poemas de alguien, ¿por qué no nos conformábamos con pedírselos prestados para copiarlos en nuestro cuaderno cualquier tarde? Pero, ¿te acuerdas?, no era así. Se acercaba un Intercambio y nos sentíamos divididas entre los poemas de Susie K. y aquellas jirafas que solía hacer Jackie.

—Las jirafas de Jackie... —dijo Ruth con una carcajada—. Eran tan bonitas. Yo tenía una.

La conversación tenía lugar en un hermoso anochecer de verano, sentadas en el pequeño balcón de su cuarto de recuperación. Fue unos meses después de su primera donación, y ya había pasado lo peor, y yo siempre programaba mis visitas vespertinas para que pudiéramos pasar media hora allí fuera, contemplando cómo se ponía el sol sobre los tejados. Veíamos montones de antenas de radio y TV y de parabólicas, y a veces, en la lejanía, una línea reluciente que era el mar. Yo llevaba agua mineral y galletas, y nos sentábamos a hablar de todo lo que nos venía a la cabeza. El centro en el que estaba Ruth entonces es uno de mis preferidos, y no me importaría en absoluto acabar en él yo también. Los cuartos de recuperación son pequeños, pero confortables; y están muy bien diseñados: todo en ellos —las paredes, el suelo— está alicatado con brillantes azulejos blancos, que el centro mantiene siempre tan limpios que la primera vez que entras en cualquiera de los cuartos es casi como si entraras en una sala de espejos. Por supuesto, no es que te veas montones de veces reflejado en las paredes, pero ésa es casi la impresión que te produce. Cuando levantas un brazo, o cuando alguien se sienta en la cama, percibes ese movimiento desdibujado y vago alrededor de ti, en los azulejos. La habitación de Ruth en aquel centro tenía además unas grandes hojas correderas de cristal que le permitían ver el exterior desde la cama. Incluso con la cabeza apoyada sobre la almohada, veía un gran retazo de cielo, y si el tiempo era cálido podía salir al balcón a respirar aire fresco. Me encantaba visitar a Ruth en aquel centro, me encantaban esas charlas llenas de digresiones que manteníamos a lo largo del verano, hasta el otoño temprano, sentadas en el balcón, hablando de Hailsham, de las Cottages,[1] de cualquier cosa que nos viniera a la cabeza.

—Lo que estoy diciendo —continué— es que cuando teníamos esa edad, cuando teníamos, pongamos, once años, no estábamos realmente interesadas en los poemas de los demás. Pero ¿te acuerdas de Christy? Christy tenía una gran fama de poetisa, y todos la admirábamos por ello. Ni siquiera tú, Ruth, te atrevías a intentar manejar a Christy. Y todo porque pensábamos que era muy buena como poeta. Pero no sabíamos nada de poesía. Era algo que nos importaba gran cosa. Qué extraño.

Pero Ruth no entendía lo que le decía (o puede que no quisiera hablar de ello). Quizá estaba decidida a recordarnos a todos mucho más refinados de lo que en realidad éramos. O quizá intuía a dónde nos llevaba lo que le estaba diciendo, y no quería entrar en ese terreno. Fuera como fuese, dejó escapar un largo suspiro y dijo:

—Todos creíamos que los poemas de Christy eran tan buenos... Pero me pregunto qué nos parecerían ahora. Me gustaría tener unos cuantos aquí delante, me encantaría ver lo que pensábamos. —Luego rió y dijo—: Todavía conservo unos cuantos poemas de Peter B. Pero eso fue mucho después, en el último año de Secundaria. Debían de gustarme,

1. Cottage: casita de campo. *(N. del T.)*

porque si no no entiendo por qué iba a «comprarlos». Son ridículamente tontos. Se tomaba tan en serio a sí mismo. Pero Christy era buena, me acuerdo muy bien. Es curioso, dejó de escribir poesía cuando empezó a pintar. Y no era ni la mitad de buena con los pinceles.

Pero vuelvo a Tommy. Lo que Ruth dijo aquella noche en el dormitorio, que era el propio Tommy el que parecía estar pidiendo lo que siempre se le venía encima, probablemente resumía lo que la mayoría de los alumnos de Hailsham pensaba del asunto. Pero fue cuando Ruth lo dijo cuando me vino a la cabeza, allí acostada en la oscuridad, que la idea de que Tommy no ponía deliberadamente nada de su parte era la que venía circulando en Hailsham desde que estábamos en Primaria. Y caí en la cuenta, con una especie de estremecimiento, de que Tommy llevaba padeciendo aquello no sólo semanas sino años.

Tommy y yo hablamos de todo esto no hace demasiado tiempo, y su relato de cómo habían empezado sus problemas me confirmaron que lo que estuve pensando aquella noche era correcto. Según él, todo había empezado una tarde en una de las clases de Arte de la señorita Geraldine. Hasta ese día —me contó Tommy— siempre había disfrutado pintando. Pero aquel día, en la clase de la señorita Geraldine, Tommy había pintado la acuarela de un elefante en medio de una hierbas altas, y esa pintura concreta fue la que lo desencadenó todo. Lo había hecho, afirmaba, como una especie de broma. Le hice muchas preguntas al respecto, y sospecho que lo cierto es que fue algo parecido a muchas de las cosas que hacemos a esa edad: no sabes muy bien por qué, pero las haces. Las haces porque piensas que pueden hacer reír, o por ver si se arma un buen revuelo. Y cuando luego te piden que lo expliques, nada parece tener ni pies ni cabeza. Todos hemos hecho cosas de ésas. Tommy no me lo explicó así, pero estoy segura de que lo que pasó fue eso.

El caso es que pintó aquel elefante, una figura muy parecida a la que podría haber hecho alguien con tres años menos. No le llevó más de veinte minutos, y levantó una carcajada en la clase, es cierto, aunque no del tipo que él habría esperado. Pero la cosa no habría pasado de ahí —y en esto reside lo irónico del asunto— si la señorita Geraldine no hubiera dado la clase aquel día.

La señorita Geraldine era la custodia preferida de todos los de nuestra edad. Era amable, de voz suave, y siempre te consolaba cuando lo necesitabas, aun cuando hubieras hecho algo realmente malo o te hubiera reprendido otro custodio. Y si era ella la que había tenido que reprenderte, te dedicaba mucha más atención los días siguientes, como si te debiese algo. Tommy tuvo la mala suerte de que fuera la señorita Geraldine la que estuviera dando la clase de Arte aquel día, y no, pongamos, el señor Robert, o la misma señorita Emily —la custodia jefa, que solía dar Arte montones de veces—. De haber sido cualquiera de ellos dos, Tommy habría recibido una pequeña regañina, lo que le habría permitido exhibir su sonrisita de suficiencia, y lo peor que la gente habría pensado de todo ello es que no había sido más que una broma no demasiado afortunada. E incluso habría habido quien habría calificado a Tommy de gran payaso. Pero la señorita Geraldine era la señorita Geraldine, y la cosa no siguió esos derroteros. Lo que hizo, en cambio, fue mirar aquel elefante con indulgencia y comprensión. Y, suponiendo quizá que Tommy corría el riesgo de recibir un varapalo de los demás, fue demasiado lejos en el sentido contrario, y encontró en su trabajo motivos de elogio, y los expuso ante la clase. Y ahí empezó el resentimiento.

—Cuando salimos de clase —recordaba Tommy— les oí hablar. Fue la primera vez. Y no les importó nada que les estuviera oyendo.

Yo supongo que desde mucho antes de que dibujara aquel elefante, Tommy tenía la sensación de no estar a la altura, de que particularmente sus pinturas eran propias de alumnos mucho menores que él, y se cubría las espaldas haciendo pinturas deliberadamente infantiles. Pero a raíz de lo del elefante, todo quedó expuesto a la luz pública, y todo el mundo abrió bien los ojos para ver lo que hacía a continuación. Al parecer se esforzó mucho durante un tiempo, pero tan pronto como empezaba él algo empezaban también a su alrededor las risitas y las caras desdeñosas. De hecho, cuanto más empeño ponía, más risibles resultaban sus esfuerzos para sus compañeros. Así que no hubo de pasar mucho tiempo para que Tommy volviera a atrincherarse en su actitud pasada, y a presentar trabajos deliberadamente infantiles, trabajos que parecían decir a gritos que no le podía importar menos. Y a partir del entonces la cosa no hizo sino agravarse.

Durante un tiempo sólo tuvo que padecer este sufrimiento en las clases de Arte –aunque éstas eran harto frecuentes, porque en Primaria dedicábamos muchas horas a esta disciplina–, pero luego su tormento alcanzó otra dimensión. Los chicos le dejaban fuera de los juegos, se negaban a sentarse a su lado en la cena, fingían no oírle si decía algo en el dormitorio, después de que se apagaran las luces. Al principio la cosa no fue tan implacable. Podían pasar meses sin que se produjera ningún incidente, y él empezaba a pensar que todo había quedado atrás. Y entonces alguien hacía algo –él o alguno de sus enemigos, como Arthur H.– y todo volvía a empezar.

No estoy muy segura de cuándo empezaron sus grandes rabietas. Mi memoria me dice que Tommy siempre tuvo el genio fuerte, incluso en Preescolar. Pero él me aseguró que no empezaron hasta que las burlas llegaron a hacérsele insoportables. En cualquier caso, fueron estos accesos de ira los que realmente hicieron de acicate para que aquéllas continuaran, e incluso se intensificaran, y fue hacia la época de la que estoy hablando –el verano del segundo año de Secundaria, cuando teníamos trece años– cuando el encarnizamiento alcanzó su punto culminante.

Y luego todo cesó. No de la noche a la mañana, pero sí con bastante rapidez. Por aquellas fechas, como digo, yo seguía con suma atención el desarrollo de las cosas, de forma que vi las señales antes que la mayoría de mis compañeros. Empezó con un período –puede que un mes, puede que algo más– en el que las bromas fueron bastante continuas y en el que, sin embargo, Tommy no perdió los estribos. A veces lo veía a punto de estallar, pero se las arreglaba para controlarse; otras, se encogía de hombros en silencio, o actuaba como si no se hubiera dado cuenta. Al principio estas reacciones causaron decepción; puede que la gente sintiera incluso rencor, como si Tommy les hubiera fallado o algo parecido. Luego, gradualmente, la gente fue aburriéndose y las bromas se hicieron menos entusiastas, hasta que un día caí en la cuenta con sorpresa de que no le habían gastado ninguna desde hacía más de una semana.

Esto no tendría por qué haber sido en sí mismo tan significativo, pero percibí también otros cambios. Pequeñas cosas. Como el hecho de que Alexander J. y Peter N. caminaran con él por el patio en dirección a los campos charlando con naturalidad; como el sutil pero claramente perceptible cambio en la voz de la gente cuando mencionaba su nombre. Un día, poco antes del final del recreo de la tarde, unas cuantas de nosotras estábamos sentadas en el césped, bastante cerca del Campo de deportes Sur, donde los chicos jugaban al fútbol como de costumbre. Yo participaba en la conversación, pero sin perder de vista a Tommy, que estaba en el meollo de una importante jugada. En un momento dado alguien le puso la zancadilla, y Tommy se levantó y puso el balón en el césped para lanzar él mismo el tiro libre. Mientras los contrarios se desplegaban por el campo a la espera del lanzamiento, vi que Arthur H. –uno de sus más crueles torturadores–, que se había situado unos metros detrás de él, se ponía a imitar y ridiculizar la forma en que Tommy esperaba de pie delante el balón, en jarras. Miré detenidamente a los chicos, pero ninguno de ellos secundó a Arthur en su mofa. No había ninguna duda de que le veían, porque esperaban el disparo de Tommy con los ojos fijos en él, y Arthur estaba justo a su espalda. Pero nadie le prestó ninguna atención. Tommy lanzó el balón a través del césped y el partido continuó, y Arthur H. no volvió a intentar nada.

Me complacía el giro que estaban tomando los acontecimientos, pero también sentía cierto desconcierto. No había habido el menor cambio en el trabajo artístico de Tommy –su reputación en el terreno de la «creatividad» se hallaba al mismo nivel de siempre–. Me daba cuenta de que había sido de gran ayuda el que hubiera puesto fin a sus rabietas, pero el factor determinante de que la situación hubiera cambiado era algo más difícil de precisar. Algo en su propia persona –sus maneras, su forma de mirar a la gente a la cara, de hablar abiertamente y con afabilidad– había cambiado, y había cambiado a su vez la actitud para con él de los demás. Pero lo que había propiciado directamente tal cambio no estaba en absoluto claro.

Me sentía desconcertada, y decidí que en cuanto pudiera hablar con él a solas intentaría sonsacarle. La ocasión se me presentó en el comedor, no mucho después: estábamos haciendo cola para el almuerzo y lo vi unos puestos más adelante.

Supongo que puede parecer un poco extraño, pero en Hailsham la cola para el almuerzo era uno de los sitios más seguros para mantener una conversación privada. Tenía algo que ver con la acústica del Gran Comedor; el vocerío general y los altos techos propiciaban que, si bajabas la voz y te acercabas al otro lo bastante –y te asegurabas de que tus compañeros de al lado se hallaban enfrascados en su propia charla–, existía una gran probabilidad de que nadie pudiera oírte. En cualquier caso, tampoco teníamos tantos sitios donde elegir para este tipo de charlas personales. Los sitios «tranquilos» eran a menudo los peores, porque siempre pasaba alguien a una distancia desde la que podía entreoírte. Y en cuanto tu actitud delataba que querías apartarte para una charla privada, todo el entorno parecía percibirlo en cuestión de segundos, y se poblaba de oídos.

Así que cuando vi a Tommy en la cola, apenas unos puestos más adelante, le hice una seña con la mano (la norma estipulaba que no podías colarte, pero sí retroceder hasta donde te viniera en gana), y Tommy vino hacia mí con una sonrisa de alegría en la cara. Cuando estuvimos uno al lado del otro nos quedamos así unos instantes, sin apenas hablar, no por timidez, sino porque esperábamos a que pasase cualquier posible curiosidad por el repentino cambio de sitio de Tommy. Y al final le dije:

—Pareces mucho más contento últimamente, Tommy. Parece que las cosas te van mucho mejor.

—Te fijas en todo, ¿eh, Kath? —dijo, sin el menor asomo de sarcasmo—. Sí, todo va bien. Todo me va genial.

—¿Qué ha pasado, pues? ¿Has encontrado a Dios o algo?

—¿Dios? —Tommy pareció confuso unos instantes. Y luego se echó a reír, y dijo—: Ya, entiendo. Te refieres a que ahora no... me pongo como una fiera.

—No sólo eso, Tommy. Has conseguido que cambie por completo tu situación. He estado observando. Y por eso te pregunto.

Tommy se encogió de hombros.

—Me he hecho un poco mayor, supongo. Y seguramente los demás también. No puedes seguir con lo mismo todo el tiempo. Es aburrido.

No dije nada, pero me quedé mirándole directamente, hasta que soltó otra risita y dijo:

—Kath, eres tan curiosa. De acuerdo, sí, supongo que hay algo. Que me pasó algo. Si quieres te lo cuento.

—Vale, adelante.

—Te lo voy a contar, pero tú no tienes que ir contándolo por ahí, ¿de acuerdo? Hace un par de meses, tuve una charla con la señorita Lucy. Y me sentí mucho mejor. Es difícil de explicar. Pero me dijo algo, y me sentí mucho mejor.

—¿Qué te dijo?

—Bueno... La verdad es que puede parecer raro. Hasta me lo pareció a mí al principio. Lo que me dijo fue que si no quería ser creativo, que si realmente no me apetecía serlo, pues no pasaba nada. Que no era nada anormal ni nada parecido.

—¿Eso es lo que te dijo?

Tommy asintió con la cabeza, pero yo ya me estaba apartando de él.

—Eso es una tontería, Tommy. Si vas a andar con jueguitos estúpidos conmigo, déjame en paz porque no tengo tiempo que perder.

Estaba enfadada de verdad, porque pensaba que me estaba mintiendo, y precisamente cuando le había dado muestras de merecer su confianza. Vi a una amiga unos puestos más adelante, y me separé de Tommy para ir a saludarla. Vi que se había quedado desconcertado y alicaído, pero, después de los meses que llevaba preocupándome por él, me sentía traicionada y me importaba un bledo que se sintiera mal. Me puse a charlar con mi amiga —creo que era Matilda— tan animadamente como pude, y apenas miré hacia donde él estaba en todo el tiempo que estuvimos en la cola.

Pero cuando llevaba mi plato hacia las mesas Tommy se me acercó y me dijo apresuradamente:

—Kath, si crees que te estaba tomando el pelo, te equivocas. Lo que te he dicho es la verdad. Te lo contaré todo mejor si me das la oportunidad de hacerlo.

38

–No digas tonterías, Tommy.

–Kath, te lo contaré todo. Voy a bajar al estanque después de comer. Si vienes, te lo cuento todo.

Le dirigí una mirada de reproche y me alejé sin responderle, pero supongo que había empezado ya a considerar la posibilidad de que no se estuviera inventando lo de la señorita Lucy. Y cuando me senté con mis amigas empecé a pensar en cómo podría escabullirme después de comer para bajar hasta el estanque sin que nadie se diera demasiada cuenta.

3

El estanque estaba situado al sur de la casa. Para llegar a él tenías que salir por la puerta trasera, bajar un sendero estrecho y serpeante y pasar entre los altos y tupidos helechos que, a principios del otoño, seguían obstaculizando el camino. O, si no había custodios a la vista, podías tomar un atajo por la parcela de ruibarbo. De todas formas, en cuanto salías en dirección al estanque te encontrabas con un paisaje apacible lleno de patos y aneas y juncos. No era un buen sitio, sin embargo, para mantener una conversación discreta —ni por asomo tan bueno como la cola para la comida—. Para empezar, te podían ver perfectamente desde la casa. Y nunca podías saber cómo se iba a propagar el sonido a través de la superficie del agua. Si te querían escuchar a escondidas, no había nada más fácil que bajar por el sendero y esconderse entre los arbustos de la otra orilla del estanque. Pero pensé que, habida cuenta de que había sido yo quien le había cortado bruscamente en la cola del comedor, lo más justo era charlar con él donde me había citado. Era entrado ya octubre, pero aquel día hacía sol y decidí que lo mejor era hacer como que había salido a dar un paseo sin rumbo fijo y me había topado por casualidad con Tommy.

Tal vez porque puse mucho empeño en dar esa impresión —aunque no tenía la menor idea de si había alguien observándome–, no fui a sentarme con él en cuanto lo vi sentado en una gran roca plana, no lejos de la orilla del estanque. Debía de ser viernes, o fin de semana, porque recuerdo que no llevábamos el uniforme. No recuerdo exactamente cómo iba vestido Tommy –probablemente con una de aquellas raídas camisetas de fútbol que solía ponerse hasta en los días más fríos–, pero sé muy bien que yo llevaba la chaqueta de chándal granate con cremallera delante que me había comprado en un Saldo cuando estaba en primero de Secundaria. Fui rodeando a Tommy hasta llegar al agua, y me quedé allí de espaldas a ella, mirando hacia la casa para ver si se empezaba a amontonar gente en las ventanas. Luego hablamos –de nada en particular– durante un par de minutos, como si nunca hubiera tenido lugar la conversación de la cola de la comida. No estoy muy segura de si lo hacía por Tommy o por los posibles mirones, pero seguí con mi pose de no estar haciendo nada concreto, y en un momento dado hice ademán de continuar con mi paseo. Entonces vi una especie de pánico en la cara de Tommy, y enseguida me dio pena haberle contrariado de aquel modo (aunque sin querer). Así que dije, como si acabara de acordarme:

–Por cierto, Tommy, ¿qué me estabas diciendo antes? Sobre algo que la señorita Lucy te había dicho una vez...

–Oh... –Tommy miró más allá de mí, hacia el agua del estanque, fingiendo también él que se acababa de acordar de ello–. La señorita Lucy. Ya, sí.

La señorita Lucy era la más deportista de las custodias de Hailsham, aunque por su aspecto uno jamás lo hubiera imaginado. Baja y rechoncha y con aire de bulldog, con un extraño pelo negro que parecía crecerle siempre hacia arriba, de forma que nunca le llegaba a tapar las orejas o el cuello grueso. Pero poseía una gran fortaleza y estaba en plena forma, e incluso cuando nos hicimos más mayores, casi ninguno de nosotros –ni siquiera los chicos– podía competir con ella en las carreras a campo traviesa. Era una excelente juga-dora de hockey, y hasta podía enfrentarse con los chicos de Secundaria en el campo de fútbol. Recuerdo una vez en que James B. intentó ponerle la zancadilla cuando ella acababa de hacerle un regate, y fue él quien salió volando y fue a dar con sus huesos en el césped. Cuando estábamos en Primaria, nunca pudo compararse con la señorita Geraldine, a quien acudíamos siempre que nos habíamos llevado un disgusto. De hecho, cuando éramos más pequeños no era muy dada a hablar mucho con nosotros. Sólo en Secundaria aprenderí-amos a apreciar su brioso estilo.

—Estabas diciendo algo —le dije a Tommy—. Que la se-ñorita Lucy te dijo que no pasaba nada por que no fueras creativo.

—Sí, me dijo algo parecido. Me dijo que no tenía que preocuparme. Que no me importara lo que los demás dije-ran. Fue hace un par de meses. Puede que un poco más.

En la casa, unos cuantos alumnos de Primaria se habían parado ante una de las ventanas de arriba y nos estaban ob-servando. Pero yo ya me había puesto en cuclillas frente a Tommy y ya no fingía que no estábamos charlando.

—Que te haya dicho eso es muy raro, Tommy. ¿Estás se-guro de que lo entendiste bien?

—Por supuesto que lo entendí bien. —Bajó un poco la voz—. No lo dijo sólo una vez. Estábamos en su cuarto, y me dio una charla entera sobre eso.

Cuando la señorita Lucy le llamó por primera vez a su es-tudio después de la clase de Iniciación al Arte —me contó Tommy—, él se esperaba otra charla acerca de cómo debía es-forzarse más —el tipo de cantinela que le habían endosado ya varios custodios, incluida la señorita Emily—. Pero mientras se dirigían desde la casa hacia el Invernadero de Naranjas —donde los custodios tenían sus habitaciones—, Tommy em-pezó a barruntar que aquello iba a ser diferente. Luego, cuan-

42

do se hubo sentado en el sillón de la señorita Lucy, ésta –que se había quedado de pie junto a la ventana– le pidió que le contara todo lo que le había estado sucediendo, y cuál era su punto de vista sobre ello. Así que Tommy empezó a hablar. Pero de pronto, antes de que hubiera podido llegar siquiera a la mitad, la señorita Lucy lo interrumpió y se puso a hablar ella. Había conocido a muchos alumnos –dijo– a quienes durante mucho tiempo les había resultado tremendamente difícil ser creativos: la pintura, el dibujo, la poesía llevaban varios años resistiéndoseles. Pero, andando el tiempo, llegó un día en que de buenas a primeras pudieron expresar lo que llevaban dentro. Y muy posiblemente era eso lo que le estaba pasando a Tommy.

Tommy había oído ya ese razonamiento otras veces, pero en la actitud de la señorita Lucy había algo que le hizo atender con suma atención sus explicaciones.

–Me daba cuenta –siguió Tommy– de que se proponía llegar a algo. A algo diferente.

Y, en efecto, pronto estuvo diciendo cosas que a Tommy, en un principio, le resultaron difíciles de seguir. Pero ella las repitió una y otra vez hasta que Tommy empezó al fin a comprender. Si Tommy lo había intentado con todas sus fuerzas –le aseguró– y sin embargo no había conseguido ser creativo, no importaba en absoluto, y no debía preocuparse. No estaba bien que ni los alumnos ni los custodios lo castigaran por ello, o lo sometieran a presiones de cualquier tipo. Sencillamente no era culpa suya. Y cuando Tommy protestó y argumentó que estaba muy bien lo que le estaba diciendo y demás, pero que todo el mundo pensaba que *sí* era culpa suya, ella dejó escapar un suspiro y miró por la ventana. Y al cabo de unos instantes dijo:

–Puede que no te sirva de mucha ayuda. Pero recuerda lo que te he dicho. Hay al menos una persona en Hailsham que no piensa como todo el mundo. Una persona al menos que cree que eres un buen alumno, tan bueno como el mejor que ella ha conocido en sus años de magisterio, y no importa en absoluto la creatividad que tengas.

–¿No te estaría tomando el pelo, verdad? –le pregunté a Tommy–. ¿No te estaría sermoneando de una forma inteligente?

–No era nada de eso. Pero de todas formas...

Por primera vez desde que estábamos hablando parecía preocuparle que pudieran oírnos, y miró por encima del hombro hacia la casa. Los de Primaria que habían estado mirando por la ventana habían perdido interés y se había ido; unas cuantas chicas de nuestro curso se dirigían hacia el pabellón, pero aún estaban bastante lejos. Tommy se volvió hacia mí y dijo casi en un susurro:

–De todas formas, cuando me estaba diciendo todo esto no paraba de *temblar*.

–¿Qué quieres decir? ¿Que temblaba?

–Sí, temblaba. De rabia. Era evidente. Estaba furiosa. Pero furiosa dentro de ella, muy dentro.

–¿Con quién?

–No tengo ni idea. Pero no conmigo. ¡Y eso era lo más importante! –Se echó a reír, y luego volvió a ponerse serio–. No sé con quién estaba furiosa, pero lo estaba, y mucho.

Me puse de pie, porque me dolían las pantorrillas.

–Es muy raro lo que me cuentas, Tommy.

–Pero lo curioso del asunto es que aquella charla me hizo mucho bien. Me ayudó muchísimo. Antes me has dicho que ahora todo parece irme mejor, ¿te acuerdas? Pues es por eso. Porque luego, pensando en lo que me había dicho, me di cuenta de que tenía razón, de que yo no tenía la culpa. Muy bien, yo no había llevado las cosas como debía. Pero en el fondo, fondo no era culpa mía. Y eso lo cambiaba todo. Y siempre que sentía que me fallaba la confianza en mí mismo, y veía a la señorita Lucy paseando, por ejemplo, o estaba en una de sus clases, me quedaba mirándola, y ella no me decía nada sobre nuestra charla, pero a veces me miraba también y me dirigía un pequeño gesto de cabeza. Y eso era todo lo que yo necesitaba. Me has preguntado antes si había sucedido algo. Pues bien, eso es lo que sucedió. Pero, por favor, Kath, no le digas ni media palabra de esto a nadie, ¿vale?

Asentí con la cabeza, pero pregunté:

–¿Te hizo prometer a ti lo mismo?

–No, no. No me hizo prometer nada de nada. Pero no le cuentes nada a nadie. Tienes que prometérmelo.

–De acuerdo. –Las chicas que iban hacia el pabellón, al verme, me hicieron señas y me llamaron en voz alta. Les devolví el saludo y le dije a Tommy–: Tengo que irme. Seguiremos hablando, muy pronto.

Pero Tommy no me hizo ningún caso, y continuó:

–Hay algo más. Algo que dijo y que sigo sin entender del todo. Iba a preguntártelo. Dijo que no se nos enseñaba lo suficiente. O algo parecido.

–¿Que no se nos enseñaba lo suficiente? ¿Quieres decir que según ella tendríamos que estudiar más de lo que estudiamos?

–No, no creo que quisiera decir eso. De lo que hablaba era de..., en fin, de *nosotros*. De lo que nos va a pasar algún día. De las donaciones y todo eso.

–Pero si ya se nos ha informado sobre eso... –dije–. Qué es lo que querría decir. ¿Pensará que hay cosas de las que aún no se nos ha hablado?

Tommy se quedó pensativo unos instantes. Luego sacudió la cabeza.

–No creo que quisiera decir eso exactamente. Sino que no se nos ha instruido sobre ello lo suficiente. Porque dijo que tenía pensado hablarnos de ello ella misma.

–¿De qué exactamente?

–No estoy seguro. Quizá lo entendí mal, Kath. No sé.

Quizá se refería a otra cosa completamente diferente, a algo que tenía que ver con lo de que no soy creativo. La verdad es que no lo entiendo.

Me estaba mirando como si esperase una respuesta. Pensé en ello unos segundos, y luego dije:

—Tommy, acuérdate bien. Has dicho que se puso furiosa.

—Bueno, eso me pareció... Estaba tranquila, pero temblaba.

—Vale, de acuerdo. Digamos que se puso furiosa. ¿Fue cuando se puso furiosa cuando empezó a hablarte de lo otro? ¿De que no se nos enseñaba lo suficiente acerca de las donaciones y demás?

—Supongo que sí...

—Bien, Tommy. Piensa. ¿Por qué sacó relucir el asunto? Está hablando de ti y de que no eras creativo. Y de repente empieza a hablar de ese otro asunto. ¿Qué relación hay entre las dos cosas? ¿Por qué se puso a hablar del tema de las donaciones? ¿Qué tienen que ver las donaciones con el hecho de que tú no seas creativo?

—No lo sé. Tuvo que haber una razón, supongo. Quizá una cosa le trajo a la cabeza la otra. Kath, ahora eres tú la que pareces obsesionada con este asunto.

Me eché a reír, porque era cierto: había estado frunciendo el ceño, absolutamente absorta en mis pensamientos. El caso es que mi mente enfilaba varias direcciones al mismo tiempo. Y el relato de Tommy sobre su conversación con la señorita Lucy me había recordado algo, tal vez un buen puñado de cosas, de pequeños incidentes del pasado que tenían que ver con la señorita Lucy y que me habían desconcertado en su momento.

—Es que... —callé, y lancé un suspiro—. No sabría explicarlo, ni siquiera a mí misma... Pero todo esto, lo que me estás contando, parece encajar con un montón de cosas que me desconcertaban. No hago más que pensar en todas esas cosas. Como el porqué de que Madame venga y se lleve todas nuestras mejores pinturas. ¿Para qué las quiere exactamente?

—Para la Galería.

—Pero ¿*qué* es esa galería? Viene continuamente a llevarse nuestros mejores trabajos. Tiene que tener montones y montones de obras nuestras. Una vez le pregunté a la señorita Geraldine desde cuándo venía Madame, y me respondió que desde que existía Hailsham. ¿Qué es esa galería? ¿Por qué tiene que tener una galería de cosas hechas por nosotros?

—Quizá las venda. Ahí fuera, en el mundo, todo se vende.

Negué con la cabeza.

—No, no puede ser eso. Tiene que tener algo que ver con lo que la señorita Lucy te dijo esa vez. Con nosotros, con cómo un día empezaremos a hacer donaciones. No sé por qué, pero llevo ya un tiempo teniendo esa sensación, la de que todo está relacionado, aunque no consigo imaginar cómo. Tengo que irme, Tommy. No hablemos de esto con nadie, de momento.

—No. Y tú no le cuentes a nadie lo de la señorita Lucy.

—Pero si te vuelve a decir algo más sobre esto ¿me lo contarás?

Tommy asintió con un gesto, y luego volvió a mirar a su alrededor.

—Será mejor que te vayas. Porque pronto van a empezar a oírnos todo lo que digamos.

La galería mencionada en nuestra charla era algo con lo que todos habíamos crecido en Hailsham. Todo el mundo hablaba de ella dando por sentada su existencia, aunque nadie sabía con certeza si existía o no realmente. Estoy segura de que no era la única que no podía recordar cuándo fue la primera vez que oí hablar de la galería; estoy segura de que lo mismo le pasaba al resto de mis compañeros. Ciertamente no habían sido los custodios quienes nos habían hablado de ella: nunca la mencionaban, y había una norma no escrita que estipulaba que jamás debíamos sacarla a colación en su presencia.

Hoy supongo que era algo que se pasaban de generación en generación los alumnos de Hailsham. Recuerdo una vez –debía de tener unos cinco o seis años– en que estábamos Amanda C. y yo sentadas ante una mesita de modelado, con las manos pegajosas, llenas de arcilla. No recuerdo si había otros niños con nosotras, o qué custodio estaba a nuestro cargo. Lo único que recuerdo es que Amanda C. –que era un año mayor que yo– miraba lo que yo estaba haciendo y exclamaba: «¡Oh, Kathy, es fantástico, de veras! ¡Qué bueno! ¡Seguro que se lo llevan para la Galería!».

Para entonces ya debía de saber de su existencia, porque me acuerdo de la emoción y el orgullo que sentí cuando me dijo aquello, y de que acto seguido pensé para mis adentros: «Qué bobada. Ninguno de nosotros es aún lo bastante bueno para estar en la Galería».

A medida que fuimos haciéndonos mayores seguimos hablando de la Galería. Si querías elogiar el trabajo de alguien, decías: «Merece estar en la Galería»; y cuando descubrimos la ironía, siempre que veíamos una obra mala y risible, entonábamos: «¡Oh, sí, claro. Directamente a la Galería!».

Pero ¿creíamos realmente en la Galería? Hoy no estoy muy segura. Como he dicho, nunca la mencionábamos ante los custodios, y, mirando hoy hacia atrás, me da la impresión de que era más una norma que nos habíamos impuesto nosotros mismos que algo que los custodios nos hubieran impuesto. Recuerdo una ocasión, cuando teníamos unos once años. Estábamos en el Aula Siete, una mañana soleada de invierno; acabábamos de terminar la clase del señor Roger, y unos cuantos alumnos nos habíamos quedado en clase para charlar con él un rato. Estábamos sentados en nuestros pupitres, y no recuerdo exactamente de qué hablábamos, pero el señor Roger nos hacía reír y reír como de costumbre. Y entonces Carole H., sobreponiéndose a sus risitas, dijo: «¡Usted merecería estar en la Galería!». Al instante se llevó la mano a la boca, y dejo escapar un «¡huy!». El ambiente siguió siendo alegre y distendido, pero todos —incluido el señor Roger— sabíamos que Carole había infringido algo. No fue exactamente una catástrofe; habría sido más o menos lo mismo si alguno de nosotros hubiera dicho una palabrota, por ejemplo, o pronunciado el mote de alguno de nuestros custodios estando él o ella presente. El señor Roger sonrió con indulgencia, como diciendo: «Hagamos la vista gorda; hagamos como si no lo hubieras dicho nunca», y seguimos como si tal cosa.

Si para nosotros la Galería seguía siendo un terreno nebuloso, lo que era un hecho comprobado era que Madame aparecía en Hailsham un par de veces al año —y había años en que hasta tres y cuatro— para seleccionar nuestros trabajos. Nosotros la llamábamos «Madame» porque era francesa o belga —había discusiones al respecto—, y así era como la llamaban siempre los custodios. Era una mujer alta, delgada, de pelo corto, probablemente aún bastante joven (aunque a nosotros no nos lo pareciera entonces). Llevaba siempre un elegante traje gris, y, a diferencia de los jardineros, a diferencia de los conductores que nos traían las provisiones, a diferencia de cualquiera que pudiera venir del exterior, no nos dirigía la palabra y se mantenía a distancia con su mirada fría. Durante años pensamos que era «estirada», pero una noche, cuando teníamos unos ocho años, Ruth se descolgó con otra de sus teorías.

—Nos tiene miedo —declaró.

Estábamos acostadas en la oscuridad del dormitorio. En Primaria éramos unas quince en cada uno de ellos, así que no solíamos tener las conversaciones largas e íntimas que tendríamos luego en los dormitorios de Secundaria. Pero la mayoría de las que con el tiempo llegarían a pertenecer a nuestro «grupo» tenían ya camas cercanas, y solíamos quedarnos charlando hasta muy entrada la noche.

–¿Qué quieres decir con que nos tiene miedo –preguntó una de ellas–. ¿Cómo va a tenernos miedo? ¿Qué le podemos hacer nosotras?

–No lo sé –dijo Ruth–. No lo sé, pero estoy seguro de que nos tiene miedo. Antes pensaba que lo que pasaba era que era estirada, pero hay algo más. Ahora estoy segura. Madame nos tiene miedo.

Seguimos discutiendo el asunto los días que siguieron. La mayoría de nosotras no estaba de acuerdo con Ruth, y ello llevó a ésta a mostrarse más y más decidida a demostrar que estaba en lo cierto. Así que acabamos urdiendo un plan que pondría a prueba su teoría la vez siguiente que Madame viniera a Hailsham.

Aunque las visitas de Madame nunca se anunciaban, siempre sabíamos a la perfección cuándo iba a tener lugar una de ellas. El proceso se iniciaba semanas antes, cuando los custodios empezaban a hacer una severa criba de nuestro trabajo –pinturas, bocetos, cerámica, redacciones y poemas–. El proceso de selección duraba unos quince días, al cabo de los cuales cuatro o cinco obras de cada año de Primaria y Secundaria acababan en la sala de billar. La sala de billar se cerraba durante este período de tiempo, pero si te subías al muro bajo de la terraza de fuera podías ver a través de las ventanas cómo crecía el botín de nuestras obras. Cuando los custodios empezaban a disponerlas pulcramente sobre mesas y caballetes, como si prepararan –a escala mínima– alguno de nuestros Intercambios, entonces sabías que Madame llegaría a Hailsham al cabo de unos días.

En el otoño del que hablo necesitábamos saber no sólo el día, sino el preciso instante en que se presentaría Madame, pues a menudo no se quedaba más que una hora o dos. Así que en cuanto vimos que nuestras obras se iban desplegando meticulosamente en la sala de billar, decidimos turnarnos y mantenernos en continuo estado de alerta.

En tal empeño nos facilitó mucho las cosas el diseño de los jardines. Hailsham estaba situado en una suave hondonada totalmente rodeada de campos más altos. Lo cual significaba que, desde casi todas las ventanas de las aulas de la casa principal –e incluso desde el pabellón– se disfrutaba de una buena vista de la larga y estrecha carretera que surcaba los campos hasta desembocar en la verja principal. La verja misma se hallaba a cierta distancia, y cualquier vehículo tenía que enfilar luego el camino de grava, y dejar atrás arbustos y arriates antes de arribar al patio delantero de la casa principal. A veces pasaban días y días sin que viéramos descender ningún vehículo por aquella carretera estrecha, y los días en que veíamos alguno solían ser furgonetas y camiones de proveedores, jardineros u operarios. Un coche era algo fuera de lo habitual, y la visión de uno a lo lejos bastaba para causar un verdadero revuelo en las aulas.

La tarde en que divisamos cómo el coche de Madame se acercaba a través de los campos, el tiempo era ventoso y soleado, y en el cielo se iban formando unas cuantas nubes de tormenta. Estábamos en el Aula Nueve –en la fachada de la casa, primera planta–, y cuando el susurro se fue extendiendo por la clase, el pobre señor Frank, que intentaba enseñarnos ortografía, no entendía por qué nos había entrado de pronto tal inquietud en el cuerpo.

El plan que habíamos ideado para poner a prueba la teoría de Ruth era muy sencillo: las seis que estábamos en el ajo estaríamos acechando la llegada de Madame, y cuando la viéramos aparecer nos acercaríamos a ella y «revolotearíamos» a su alrededor todas a un tiempo. Nos portaríamos con total urbanidad, y nos limitaríamos a estar allí, rodeándola, y si lo hacíamos en el momento preciso y la cogíamos desprevenida, veríamos claramente –insistía Ruth– que nos tenía miedo.

Nuestra preocupación principal, pues, residía en la eventualidad de que no se nos presentara la ocasión de poner en práctica el plan durante el breve espacio de tiempo que Madame permanecía en Hailsham. Pero cuando la clase del señor Frank llegaba ya a su término, pudimos ver a Madame abajo, en el patio, aparcando el coche. Mantuvimos un apresurado conciliábulo en el descansillo, y seguimos escalera abajo al resto de la clase y nos quedamos todas en el vestíbulo de la puerta principal. Veíamos el patio lleno de luz, donde Madame seguía sentada ante el volante, hurgando en su maletín. Al final se apeó del coche y vino hacia nosotras. Vestía su habitual traje gris y apretaba el maletín contra su cuerpo con los dos brazos. A una señal de Ruth, salimos todas al patio y fuimos directamente hacia ella, pero como si estuviéramos en un sueño. Y sólo cuando Madame se detuvo en seco murmuramos cada una de nosotras: «Discúlpeme, señorita», y nos separamos.

Nunca olvidaré el extraño cambio que al instante siguiente se operó en todas nosotras. Hasta aquel momento, todo el plan de Madame, si no un juego exactamente, no había sido sino algo privado que queríamos dilucidar entre nosotras. No habíamos pensado mucho en cómo reaccionaría Madame (o cualquier otra persona en su situación). Lo que quiero decir es que, hasta entonces, todo había sido bastante alegre y desenfadado, aunque aderezado de cierta carga de osadía. Y no es que Madame hubiera hecho algo distinto a lo que el plan tenía previsto que haría: quedarse petrificada y esperar a que pasáramos de largo. No gritó, ni dejó escapar ninguna exclamación ahogada. Pero todas estábamos enormemente ansiosas por ver su reacción, y seguramente por ello ésta tuvo tal efecto en nosotras. Cuando Madame se detuvo, la miré rápidamente a la cara (como estoy segura de que hicieron las demás). Y aún hoy puedo ver el estremecimiento que parecía estar reprimiendo, el miedo real que alguna de nosotras le infundió al rozarla por accidente. Y aunque lo que hicimos fue seguir nuestro camino, todas lo habíamos sentido: fue como si hubiéramos pasado de un sol radiante a una sombra heladora. Ruth tenía razón: Madame nos tenía miedo. Pero nos tenía miedo del mismo modo en que a alguien podían darle miedo las arañas. No estábamos preparadas para eso. Jamás se nos había ocurrido preguntarnos cómo nos sentiríamos *nosotras* al ser vistas de ese modo, al ser las arañas de la historia.

Cuando cruzamos el patio y llegamos al césped, éramos un grupo muy diferente del que instantes antes había estado esperando, lleno de excitación, a que Madame se bajara del coche. Hannah parecía a punto de echarse a llorar. Hasta Ruth parecía realmente afectada. Entonces una de nosotras —creo que fue Laura— dijo:

—Si no le gustamos, ¿por qué quiere nuestro trabajo? ¿Por qué no nos deja en paz? ¿Quién le manda venir a Hailsham?

Nadie le respondió, y seguimos caminando hacia el pabellón sin volver a decir nada sobre lo que había sucedido.

Pensando ahora en aquella tarde, veo que estábamos en una edad en la que sabíamos ya unas cuantas cosas sobre nosotras mismas —sobre quiénes éramos, sobre lo diferentes que éramos de nuestros custodios, de la gente del exterior—, pero que aún no habíamos llegado a entender lo que ello significaba. Estoy segura de que todos, en la niñez, han tenido una experiencia como la nuestra de aquel día; muy similar, si no en los detalles concretos, sí en el interior, en los sentimientos. Porque no importa realmente lo mucho que tus custodios se esfuerzan por prepararte: ni las charlas, ni los vídeos, ni los debates, ni las advertencias..., nada puede hacer que llegues a comprenderlo cabalmente. No cuando tienes ocho años y estás con todos tus compañeros en un lugar como Hailsham; cuando los jardineros y los repartidores te hacen bromas y se ríen contigo y te llaman «cariño».

De todas formas, algo debe de haber sedimentado en tu interior. Algo debes de haber retenido inconscientemente, porque cuando llega un momento como el que he descrito ya hay una parte de ti que ha estado esperando. Tal vez desde una edad muy temprana —los cinco o los seis años— te ha estado sonando en la nuca una especie de susurro: «Algún día, puede que no muy lejano, llegarás a saber lo que se siente». Así que estás esperando, incluso aunque no lo sepas, esperando a que llegue el momento en que caigas en la cuenta de que eres diferente de ellos; de que hay gente ahí fuera, como Madame, que no te odia ni te desea ningún mal, pero que se estremece ante el mero pensamiento de tu persona —cómo te han traído a este mundo y por qué—, y que sienten miedo ante la idea de que tu mano pueda rozar la suya. La primera vez que te ves con los ojos de alguien así, sientes mucho frío. Es como si al pasar por delante de un espejo ante el que pasas todos los días de tu vida reparas de pronto en que el cristal te devuelve algo más que de costumbre, algo turbador y extraño.

4

Cuando acabe el año dejaré de ser cuidadora, y aunque mi condición de tal me ha dado mucho, he de admitir que acogeré de buen grado la oportunidad de descansar, y de pararme para pensar y recordar. Estoy segura de que, al menos en parte, este apremio íntimo por ordenar todos estos viejos recuerdos tiene que ver con ello, con el hecho de estar preparándome para este inminente cambio en mi vida. Lo que realmente pretendía, supongo, era poner en claro las cosas que sucedieron entre Tommy y Ruth y yo después de hacernos mayores y dejar Hailsham. Pero ahora me doy cuenta de que, en gran medida, lo que ocurrió más tarde tuvo su origen en nuestra época de Hailsham, y por eso, antes que nada, quiero examinar detenidamente esos recuerdos tempranos. Reseñar, por ejemplo, toda aquella curiosidad que sentíamos por Madame. En cierto nivel, no se trataba más que de unas niñas haciendo chiquilladas. Pero en otro, como se verá, de lo que se trata es del comienzo de un proceso que a lo largo de los años fue creciendo en intensidad hasta llegar a dominar nuestras vidas.

A partir de aquel día, la mención de Madame se convirtió, si no en un tabú, sí en algo sumamente raro entre nosotras. Y ello pronto trascendió nuestro grupito y llegó a ser conocido por casi todos los alumnos de nuestro curso. Seguíamos sintiendo la misma curiosidad de siempre acerca de ella, pero todas intuíamos que indagar más en su persona –en lo que hacía con nuestro trabajo, en sí existía o no una galería– nos adentraría en un terreno para el que aún no estábamos preparadas.

El tema de la Galería, sin embargo, surgía de cuando en cuando, de forma que cuando unos años más tarde Tommy, a la orilla del estanque, empezó a contarme su extraña charla con la señorita Lucy, sentí que algo tiraba con insistencia de mi memoria. Pero fue sólo después, cuando lo dejé sentado en la roca y me apresuraba hacia los campos para reunirme con mis amigas, cuando el recuerdo afloró en mí.

Era algo que la señorita Lucy nos había dicho una vez en clase. Lo había retenido en mi memoria porque me había intrigado entonces, y también porque había sido una de las poquísimas ocasiones en las que la Galería se había mencionado de forma tan deliberada ante un custodio.

Estábamos inmersos en lo que luego daría en llamarse la «controversia de los vales». Tommy y yo hablamos hace unos años de la controversia de los vales, y al principio no nos pusimos de acuerdo sobre cuándo había tenido lugar. Yo decía que teníamos diez años, y él opinaba que fue más tarde, pero al final se convenció de la exactitud de mi recuerdo: estábamos en cuarto de Primaria –poco después del incidente con Madame, pero tres años antes del nuestra charla en el estanque–.

La controversia de los vales, supongo, formaba parte del hecho de que, con los años, el ansia de poseer se hizo más y más intenso en nuestros corazones. Durante años –creo haberlo dicho ya– pensamos que la elección de alguno de nuestros trabajos para la sala de billar suponía un gran triunfo, por mucho que se lo llevara Madame luego, pero al llegar a los diez años albergábamos una mayor ambivalencia a este respecto. Los Intercambios, con su sistema de vales a modo de moneda, nos habían proporcionado un preciso útil de apreciación para valorar lo que producíamos. Nos interesaban ya las camisetas, la decoración de la cama, el personalizar el pupitre. Y, por supuesto, también nos interesaban mucho nuestras «colecciones».

No sé si donde normalmente estudian los niños se hacen «colecciones». Pero cuando te topas con algún antiguo alumno de Hailsham, tarde o temprano acaba aflorando con nostalgia el tema de las «colecciones». En aquella época, claro, era algo que dábamos por descontado. Todos teníamos debajo de la cama un arcón de madera con nuestro nombre en el que guardábamos nuestras pertenencias: lo que comprábamos en los Saldos o en los Intercambios. Puedo acordarme de uno o dos compañeros a quienes no les importaban demasiado sus colecciones, pero la mayoría de nosotros le dedicábamos a la nuestra un celo exquisito, y sacábamos algunos tesoros para enseñarlos y escondíamos otros con cuidado para que nadie los viera.

El caso es que, para cuando cumplimos los diez años, la idea de que era un gran honor el que Madame se llevara alguna de tus obras había entrado en conflicto con el sentimiento de que nos estábamos quedando sin nuestros bienes con mayor valor de mercado. Y esta nueva situación llegó a su punto álgido con la controversia de los vales.

Todo comenzó cuando cierto número de alumnos, principalmente varones, empezaron a decir entre dientes que cuando Madame se llevaba una obra el autor debería recibir vales a cambio. Estuvo de acuerdo un gran número de alumnos, pero a otros la idea les pareció escandalosa. Circularon argumentos en favor y en contra durante un tiempo, y un buen día Roy J. —que estaba en el curso siguiente al nuestro y tenía gran cantidad de obras en la Galería de Madame— decidió ir a ver a la señorita Emily para hablar del asunto.

La señorita Emily, jefa de los custodios, era la mayor de todos ellos. No era especialmente alta, pero había algo en su porte –iba siempre muy tiesa y con la cabeza erguida– que te hacía pensar que lo era. Llevaba el pelo plateado recogido atrás, pero siempre tenía hebras sueltas que le ondeaban en torno. A mí me sacaban de quicio, pero la señorita Emily no les prestaba la menor atención, como si ni siquiera merecieran su desprecio. Al atardecer resultaba una visión bastante extraña: una mujer con multitud de cabellos sueltos que ella ni se molestaba en apartarse de la cara mientras hablaba contigo con voz pausada y calma, . Nos inspiraba mucho temor, y no pensábamos en ella del modo en que pensábamos en los demás custodios. Pero la considerábamos justa y respetábamos sus decisiones; probablemente hasta en Primaria sentíamos que su presencia, aunque intimidatoria, era lo que nos hacía sentirnos tan a salvo a todos en Hailsham.

Se requería cierto valor para ir a verla sin haber sido convocado; y hacerlo con el tipo de exigencias que iba a plantearle Roy parecía poco menos que suicida. Pero Roy no recibió la terrible de reprimenda que todos nos esperábamos, y en los días que siguieron nos llegaron rumores de charlas –e incluso discusiones– de custodios sobre el asunto de los vales. Al final se anunció que recibiríamos vales, pero no muchos, porque era un «honor de lo más alto» que el trabajo de alguien fuera seleccionado por Madame. Pero la decisión no sentó bien en ninguno de los bandos, y continuó la controversia.

Y éste era el mar de fondo cuando aquella mañana Polly T. le formuló aquella pregunta a la señorita Lucy. Estábamos en la biblioteca, sentados alrededor de la gran mesa de roble, y recuerdo que había un leño ardiendo en la chimenea. Hacíamos teatro leído, y en un momento dado, una frase de la obra dio pie a Laura para que hiciera una broma sobre los vales, y todos reímos, incluida la señorita Lucy. Luego la señorita Lucy dijo que, como en Hailsham no se hablaba de otra cosa, dejáramos la obra que estábamos leyendo y pasáramos el resto de la clase intercambiando puntos de vista sobre los vales. Y eso es lo que estábamos haciendo cuando Polly preguntó, sin que viniera en absoluto a cuento: «Señorita, ¿por qué Madame se lleva nuestras cosas?».

Nos quedamos todos callados. La señorita Lucy no solía enfadarse a menudo, pero cuando lo hacía ya podías prepararte, y durante un momento pensamos que a Polly se le iba a caer en pelo. Pero enseguida vimos que la señorita Lucy no estaba enfadada, sino sumida en sus pensamientos. Recuerdo que yo sí estaba furiosa con Polly por haber quebrantado de forma tan estúpida una regla no escrita, pero al mismo tiempo sentía una enorme expectación ante la posible respuesta de la señorita Lucy. Y era obvio que no era la única con tan contrapuestas emociones: prácticamente todo el mundo fulminó con la mirada a Polly, para luego volverse con impaciencia hacia la señorita Lucy, lo cual, supongo, no era demasiado justo para la pobre Polly. Al cabo de lo que nos pareció una eternidad, la señorita Lucy dijo:

—Todo lo que puedo decir hoy es que existe una buena razón para que lo haga. Una razón muy importante. Pero si intentara ahora explicárosla a vosotros, no creo que la entenderíais. Un día, espero, se os explicará debidamente.

No la presionamos. El aire que flotaba sobre la mesa se había llenado de embarazo, y pese a la curiosidad que sentíamos por saber más del asunto, deseábamos con todas nuestras fuerzas que la charla se apartara de aquel terreno espinoso. Instantes después, pues, todos nos sentimos aliviados al vernos de nuevo discutiendo —acaso un tanto artificialmente— sobre los vales. Pero las palabras de la señorita Lucy me habían intrigado, y seguí pensando en ellas una y otra vez durante los días que siguieron. Por eso aquella tarde junto al estanque, cuando Tommy me estaba contando su charla con la señorita Lucy, y lo que le había dicho sobre que «no nos enseñaban lo suficiente» acerca de determinadas cosas, el recuerdo de aquella vez en la biblioteca –unido quizá a uno o dos pequeños episodios parecidos– empezó a espolear mi espíritu inquisitivo.

Mientras aún estamos en el asunto de los vales, quiero decir algo acerca de los Saldos, que ya he mencionado un par de veces. Los Saldos eran importantes para nosotros, porque era el medio por el que podíamos hacernos con cosas del exterior. El polo de Tommy, por ejemplo, era de un Saldo. En los Saldos era donde conseguíamos la ropa, los juguetes, las cosas especiales que no habían sido hechas por otros alumnos.

Una vez al mes, una gran furgoneta blanca descendía por la larga carretera, y la excitación podía palparse tanto en los jardines como en el interior de la casa. Cuando se detenía en el patio delantero, toda una multitud la estaba esperando –la mayoría alumnos de Primaria, porque una vez que dejabas atrás los doce o trece años no era conveniente mostrarte excesivamente ilusionado–. Pero lo cierto es que todos sentíamos un gran entusiasmo.

Mirando hoy hacia atrás, resulta curioso pensar en tal excitación, pues los Saldos solían ser muy decepcionantes. Normalmente no se encontraba nada demasiado especial, y nos gastábamos los vales en renovar lo que se nos había roto o se nos estaba quedando viejo con cosas muy similares. Pero lo curioso del caso, supongo, era que alguna vez todos habíamos encontrado algo en algún Saldo, algo que se había convertido en especial: una chaqueta, un reloj, unas tijeras de artesanía que nunca llegabas a usar pero que guardabas con orgullo junto a la cama. Todos habíamos encontrado algo parecido en el pasado, de suerte que, por mucho que fingiéramos que no nos importaba demasiado, no podíamos liberarnos de los viejos sentimientos de entusiasmo y esperanza.

De hecho no resultaba ocioso rondar en torno a la furgoneta mientras la estaban descargando. Lo que hacías —si eras alumno de Primaria— era seguir de la furgoneta al almacén y del almacén a la furgoneta a los dos hombres con mono que cargaban grandes cajas de cartón, y preguntarles lo que había dentro. La respuesta habitual era la siguiente: «Un montón de cosas bonitas, querido». Pero si seguías preguntando: «¿Pero seguro que son muchas y buenas?», ellos, tarde o temprano, acababan por sonreír y decirte: «Oh, yo diría que sí, querido. Un buen montón de cosas buenísimas», con lo que te arrancaban un gritito de alborozo.

Las cajas llegaban a menudo sin la tapa de arriba, de forma que podías echar una ojeada al interior y entrever todo tipo de objetos, y a veces, aunque en rigor no debían hacerlo, los hombres te dejaban mover las cosas para poder ver mejor las que te interesaban. Y así, cuando aproximadamente una semana después tenía lugar el Saldo, habían circulado ya todo tipo de rumores, quizá sobre un chándal concreto o una casete, y si en alguna ocasión surgía algún problema, casi siempre era porque varios alumnos habían puesto los ojos en el mismo objeto.

Los Saldos contrastaban vivamente con el callado ambiente de los Intercambios. Se celebraban en el Comedor, y eran multitudinarios y ruidosos. De hecho, los empujones y los gritos formaban parte de la diversión, aunque la mayor parte del tiempo reinaba el buen humor. Salvo como digo, en alguna que otra ocasión en que las cosas se iban de las manos y había alumnos que se agarraban y forcejeaban e incluso llegaban a pelearse. Los monitores, entonces, amenazaban con cerrar el tenderete, y a la mañana siguiente todos debíamos enfrentarnos a una reprimenda colectiva de la señorita Emily.

Nuestra jornada en Hailsham empezaba todas las mañanas con una reunión de custodios y alumnos, por lo general bastante breve –unos cuantos anuncios, quizá un poema leído por un alumno–. La señorita Emily no solía hablar mucho; se sentaba muy tiesa en el escenario, asintiendo con la cabeza a cada cosa que se decía, de cuando en cuando dirigiendo una mirada gélida hacia cualquier susurro que hubiera podido oírse entre los alumnos. Pero a la mañana siguiente de un acontecimiento excepcional –como era el caso de un Saldo tumultuoso– las cosas eran diferentes. Nos ordenaba sentarnos en el suelo –en estas reuniones matinales solíamos estar de pie–, y no había comunicados ni actos de ninguna clase. La señorita Emily nos hablaba durante veinte, treinta minutos (e incluso más, a veces). Raramente alzaba la voz, pero en estas ocasiones había en ella algo acerado, y ninguno de nosotros, ni siquiera los de quinto de Secundaria, se atrevía a emitir el más mínimo sonido.

Entre los alumnos había una sensación general de mala conciencia, por haber –en cierto nivel colectivo– fallado a la señorita Emily, pero por mucho que lo intentábamos no lográbamos seguir sus peroratas. En parte por su lenguaje. «Indigno de privilegio» y «mal uso de la oportunidad» eran dos de sus expresiones habituales (Ruth y yo conseguimos dar con ellas cuando rememorábamos el pasado en su cuarto del centro de Dover). El tenor general de su alocución era muy claro: siendo como éramos alumnos de Hailsham, todos éramos muy especiales, y por tanto el hecho de que nos portáramos mal resultaba enormemente decepcionante. Más allá de estas afirmaciones, sin embargo, las cosas se volvían oscuras. A veces seguía disertando con apasionamiento, para de pronto detenerse en seco con un «¿Qué es? ¿Qué es? ¿Qué puede ser lo que nos frustra?». Y seguía allí de pie, con los ojos cerrados, con el ceño fruncido como si tratara de dar con la respuesta. Y aunque nos sentíamos desconcertados e incómodos, seguíamos sentados en el suelo, deseando que la señorita Emily diera con fuera lo que fuese lo que estaba necesitando su cabeza. Luego retomaba el discurso con un suspiro suave —señal de que iba a perdonarnos—, o bien salía de su silencio con un estallido: «¡Pero a mí no se me va a coaccionar! ¡Oh, no! ¡Y tampoco a Hailsham!».

Al recordar estas largas disertaciones, Ruth señalaba lo extraño que era que fueran tan ininteligibles, pues la señorita Emily, en clase, podía ser tan clara como el agua. Cuando dije que a veces la había visto vagando por Hailsham como en un sueño, hablando sola, Ruth se ofendió y dijo:

—¡La señorita Emily no fue jamás así! Hailsham no habría podido ser como era si hubiera tenido al frente a una persona chiflada. La señorita Emily tenía un intelecto tan afilado como un bisturí.

No discutí. Ciertamente, la señorita Emily podía ser asombrosamente sagaz. Si, por ejemplo, estabas en alguna parte de la casa principal o de los jardines donde no debías estar, y oías que se acercaba un custodio, normalmente siempre había algún sitio donde podías esconderte. Hailsham estaba lleno de escondites, dentro y fuera de la casa: aparadores, recovecos, arbustos, setos. Pero si a quien veías acercarse era a la señorita Emily, el corazón se te encogía, porque siempre sabía que te habías escondido y dónde. Era como si tuviera un sexto sentido. Podías meterte dentro de un aparador, cerrar las puertas bien cerradas y no mover ni un solo músculo, pero sabías que los pasos de la señorita Emily se detendrían ante el aparador y que su voz diría:

—Muy bien. Sal de ahí.

Es lo que le sucedió una vez a Sylvie C. en el rellano de la segunda planta, con la diferencia de que en esta ocasión la señorita Emily se había puesto echa una furia. Ella nunca gritaba, como podía gritar por ejemplo la señorita Lucy cuando se enfadaba mucho contigo, pero daba mucho más miedo cuando la que se enfadaba era la señorita Emily. Los ojos se le empequeñecían, y se ponía a susurrar con fierza para sus adentros, como si estuviera discutiendo con un colega invisible qué castigo terrible debía imponerte (el modo en que lo hacía te llevaba a desear vivamente y a partes iguales saberlo y no saberlo). Pero normalmente la señorita Emily nunca te imponía sanciones horribles. Casi nunca te dejaba castigada, ni te hacía hacer tareas ingratas o te quitaba privilegios. Pero daba igual, porque te sentías aterrorizada con sólo saber que habías perdido puntos en su estima, y ansiabas hacer algo al instante para redimirte.

Pero lo cierto es que con la señorita Emily todo era imprevisible.

Puede que Sylvie se la cargara esa vez, pero cuando a Laura la pilló corriendo por la parcela de ruibarbo, la señorita Emily no hizo más que espetarle:

—No deberías estar aquí, jovencita. Sal de ahí ahora mismo.

Y siguió caminando.

Hubo una época en que creí que había caído en desgracia con ella. El pequeño sendero que bordeaba la trasera de la casa principal era uno de mis sitios preferidos. Estaba lleno de recovecos, de prolongaciones; tenías que pasar casi rozando los arbustos, internarte bajo dos arcos cubiertos de hiedra y por una verja herrumbrosa. Y desde él podías atisbar en todo momento el interior de la casa a través de las ventanas (yendo de una a otra). Supongo que, en parte, la razón de que ese sendero me gustara tanto era que nunca estuve muy segura de si era o no un lugar prohibido. Ciertamente, cuando había clase en las aulas, se suponía que no tenías que estar allí. Pero los fines de semana, o al caer la tarde, no estaba nada claro. De todos modos, la mayoría de los alumnos siempre lo evitaba, y quizá otro de sus alicientes residía precisamente en eso: que cuando estabas en él te apartabas de todo el mundo.

El caso es que una tarde soleada estaba recorriendo este pequeño sendero —creo que estaba en tercero de Secundaria–, y, como de costumbre, al pasar por las ventanas iba mirando las aulas vacías, cuando de pronto miré dentro de una de ellas y vi a la señorita Emily. Estaba sola, paseándose lentamente, hablando consigo misma, dirigiendo gestos y observaciones a un auditorio invisible. Supuse que estaba preparando una clase, o quizá una de sus charlas de las reuniones matinales, y me disponía a pasar de largo deprisa antes de que pudiera verme cuando de pronto volvió la cabeza y me miró directamente. Me quedé petrificada, pensando que me la había cargado, pero vi que ella seguía con su mudo parlamento y sus gestos, sólo que ahora los dirigía hacia mí. Luego, con toda naturalidad, se volvió y fijó la mirada en otro alumno imaginario de otro rincón del aula. Me escabullí por el sendero, y durante los días siguientes tuve miedo de lo que la señorita Emily pudiera decirme cuando volviera a verme. Pero nunca mencionó aquel incidente.

Aunque no es de esto de lo que quiero hablar en este momento. Lo que ahora quiero es contar unas cuantas cosas de Ruth, cómo nos conocimos y nos hicimos amigas, cómo fueron nuestros primeros tiempos juntas. Porque últimamente –y cada vez más– estoy conduciendo a través de los campos en una larga tarde, por ejemplo, o tomando café junto al enorme ventanal de una gasolinera de autopista, y me sorprendo una vez más pensando en ella.

No fuimos amigas desde el principio. Me recuerdo con cinco o seis años haciendo cosas con Hannah y Laura, pero no con Ruth. De la época más temprana de nuestra vida apenas conservo un recuerdo vago de ella.

Estoy jugando en la arena. Hay otros muchos niños conmigo; no nos queda casi espacio para movernos, y nos sentimos irritados unos con otros. Estamos al aire libre, bajo un cálido sol, así que lo más probable es que sea el parque de arena de la zona de juegos de los Infantes, o incluso la arena que hay al final de la larga valla del Campo de Deportes Norte. Hace calor y tengo sed y no me gusta que haya tantos niños conmigo en la arena. Entonces Ruth está allí de pie, no donde estamos todos sino fuera, como un metro más allá. Está muy enfadaba con dos de las chicas que están a mi espalda, por algo que ha debido de pasar antes, y las está fulminando con la mirada. Me figuro que en aquel tiempo la conocía muy poco. Pero ya debía de haber causado una fuerte impresión en mí, porque recuerdo que seguí afanosamente con lo que estaba haciendo, muerta de miedo de que de un momento otro volviera a hacia mí la mirada. No dije ni una palabra, pero deseaba fervientemente que se diera cuenta de que no estaba con las otras niñas que había a mi espalda, y de que no había participado en modo alguno en aquello que la había puesto tan furiosa.

Y eso es todo lo que recuerdo de Ruth de aquella época primera. Estábamos en el mismo curso, y por lo tanto tuvimos que rozarnos muchas veces; pero aparte del incidente del parque de arena no recuerdo nada más de ella, hasta dos años después, cuando con siete años –casi ocho– cursábamos ya Primaria.

El Campo de Deportes Sur era el que más utilizaban los alumnos de Primaria, y fue en una de sus esquinas, junto a los álamos, donde Ruth se acercó a mí un día a la hora del almuerzo, me miró de arriba abajo y dijo:

–¿Quieres montar mi caballo?

Yo estaba enfrascada en algún juego con dos o tres compañeras, pero no había ninguna duda de que era a mí a quien Ruth se estaba dirigiendo. Su deferencia me dejó embelesada, pero hice como que la sopesaba antes de darle una respuesta:

–¿Cómo se llama tu caballo?

Ruth dio un paso hacia mí.

–Mi mejor caballo –dijo – es Trueno. Pero no puedo dejar que lo montes. Es demasiado peligroso. Puedes montar a Zarzamora, siempre que no utilices la fusta. O, si quieres, puedes montar cualquiera de los otros. –Dijo unos cuantos nombres que no recuerdo. Y luego me preguntó–: ¿Tú tienes algún caballo?

La miré y medité cuidadosamente la respuesta:

–No, no tengo ningún caballo.

–¿Ni uno siquiera?

–No.

–De acuerdo. Puedes montar a Zarzamora, y si te gusta puedes quedártelo. Pero no tienes que darle con la fusta. Y tienes que venir conmigo *ahora mismo.*

Mis amigas se habían dado la vuelta y seguían con sus juegos. Así que me encogí de hombros y me fui con Ruth.

El campo estaba lleno de niños que jugaban, algunos mucho mayor que nosotras, pero Ruth se abrió paso entre ellos con absoluta determinación y precediéndome siempre un par de pasos. Cuando ya estábamos cerca de la malla metálica que separaba el campo de los jardines, Ruth se volvió hacia mí y dijo:

–Muy bien, vamos a montar. Tú monta a Zarzamora.

Acepté las invisibles riendas que me tendía, y salimos al trote y cabalgamos de un extremo a otro de la valla, ora a medio galope, ora a galope tendido. Había acertado en mi decisión de decirle a Ruth que no tenía ningún caballo, porque al rato de montar a Zarzamora me dejó probar uno tras otro sus demás caballos, mientras me gritaba todo tipo de instrucciones sobre cómo evitar los puntos flacos de cada animal.

–¡Te lo dije! ¡Con Narcisa tienes que echarte hacia atrás! ¡Mucho más! ¡Le gusta que la montes bien echada hacia atrás!

Debí de hacerlo razonablemente bien, porque al final me dejó montar a Trueno, su corcel preferido. No sé cuánto tiempo estuvimos con sus caballos aquel día; a mí me pareció bastante, y creo que las dos nos embebimos por completo en nuestro juego. Pero de pronto, sin motivo aparente alguno, Ruth dijo basta, alegando que yo estaba agotando adrede a sus caballos, y que los llevara yo misma a las caballerizas. Señaló una zona de la valla, y eché a andar con los caballos hacia ella, mientras Ruth parecía enfadarse conmigo más y más, y me decía que lo estaba haciendo todo mal, y luego dijo:

—¿Te gusta la señorita Geraldine?

Quizá era la primera vez que me ponía a pensar si me gustaba o no un custodio. Al final dije:

—Claro que me gusta.

—Pero ¿te gusta de verdad? ¿Como si fuera especial? ¿Como si fuera tu custodia preferida?

—Sí. Es mi custodia preferida.

Ruth siguió mirándome durante largo rato. Y al cabo dijo:

—Muy bien. En tal caso, te dejaré ser una de sus guardianas secretas.

Emprendimos el camino de vuelta hacia la casa principal, y esperé a que me explicara a qué se refería, pero no me dijo nada más. Lo iría averiguando en el curso de los días que siguieron.

5

No sé durante cuánto tiempo estuvimos con lo de la «guardia secreta». Cuando Ruth y yo hablamos del asunto mientras cuidé de ella en Dover, ella afirmaba que habíamos continuado con ello unas dos o tres semanas (algo que, con toda probabilidad, no era cierto). Seguramente sentía un poco de embarazo, y el asunto se había reducido en su memoria a una breve anécdota. La mía, sin embargo, me dice que duró unos nueve meses, quizá un año, y que en aquel entonces teníamos siete años y pronto íbamos a cumplir ocho.

Nunca he estado segura de si fue la propia Ruth quien inventó lo de la guardia secreta, pero de lo que no había duda era de que ella era la líder del grupo. Éramos de seis a diez chicas —el número cambiaba cuando Ruth aceptaba a un nuevo miembro o expulsaba a alguien—; creíamos que la señorita Geraldine era la mejor custodia de Hailsham, y le hacíamos regalos (recuerdo un gran pliego con flores prensadas y pegadas). Pero la razón primera de la existencia de esta guardia, por supuesto, era protegerla.

Cuando me uní al grupo, Ruth y las demás conocían desde hacía mucho tiempo la conjura para secuestrar a la señorita Geraldine. Nunca estuvimos muy seguras de quién se hallaba detrás de ella. A veces sospechábamos de algunos de los chicos de Secundaria, y otras de compañeros de nuestro curso. Había una custodia que no nos gustaba demasiado, la señorita Eileen, y durante un tiempo pensamos que podría ser el cerebro de tal plan. No sabíamos cuándo iba a tener lugar el secuestro, pero estábamos convencidas de que el bosque entraría en escena en algún momento del proceso.

El bosque estaba en lo alto de la colina que se alzaba detrás de Hailsham House. En realidad no podía verse de ellos más que una franja oscura de árboles, pero yo no era la única de mi edad que sentía su presencia día y noche. Cuando hacía mal tiempo, era como si los árboles proyectaran una sombra sobre todo Hailsham; lo único que tenías que hacer era volver la cabeza o ir hasta una ventana, y allí estaban, cerniéndose a cierta distancia sobre la hondonada. Más a resguardo estaba la fachada de la casa principal, porque no podías verlos desde ninguna de sus ventanas. Pero ni aun así te librabas del todo de ellos.

De aquel bosque se contaban todo tipo de historias horribles. Una vez, no mucho antes de que todos nosotros llegáramos a Hailsham, un chico había tenido una gran pelea con sus amigos y había salido corriendo de los límites de Hailsham. Encontraron su cuerpo dos días después, en el bosque, atado a un árbol y con las manos y pies cortados. Otro rumor decía que entre aquellos árboles vagaba el fantasma de una chica que había estado en Hailsham hasta un día en que, movida por la curiosidad, había saltado la valla para ver cómo era el exterior. Fue mucho tiempo antes de que llegáramos nosotros, cuando los custodios eran mucho más estrictos, e incluso crueles. La chica intentó volver, pero no se lo permitieron. Se puso a andar a lo largo de la valla suplicando que la dejaran entrar, pero nadie le hizo caso. Al final se alejó de allí, y le sucedió algo, y murió. Pero su fantasma vagaba incesantemente por el bosque, siempre mirando hacia Hailsham, suspirando por que la dejaran entrar.

El bosque se adueñaba más de nuestra imaginación después del anochecer, en los dormitorios, mientras tratábamos de conciliar el sueño. Entonces casi éramos capaces de oír el viento entre las ramas; y si hablábamos de ello la cosa empeoraba. Recuerdo una noche en que estábamos furiosas con Marge K. –aquel día había hecho algo particularmente irritante–, y queríamos castigarla: la sacamos de la cama a rastras y la obligamos a que pegara la cara a la ventana y mirara fijamente el bosque. Al principio mantuvo los ojos muy cerrados, pero le retorcimos los brazos hasta que abrió los párpados y vio la silueta recortada contra el cielo iluminado por la luna, y ello bastó para que pasase una noche de terror y llanto.

No estoy diciendo que en aquel tiempo estuviéramos todo el día preocupadas por el bosque. Yo, por ejemplo, podía pasarme semanas sin apenas pensar en él, e incluso había días en que sentía una oleada de desafiante valentía que me hacía pensar: «¿Cómo es posible que pueda creerme esas memeces?». Pero bastaba cualquier nimiedad –alguien que volvía a contar una de aquellas historias, un pasaje de miedo en un libro, un comentario al azar que me recordara el bosque– para que la sombra descendiera de nuevo sobre nosotras durante un tiempo. No era nada extraño, por tanto, que diéramos por sentado que el bosque tenía un papel central en la conjura para secuestrar a la señorita Geraldine.

Pero cuando pienso con detenimiento en ello, no recuerdo que tomáramos ninguna medida concreta para defender a nuestras custodia preferida. Nuestra actividad giraba siempre en torno al acopio de pruebas sobre la conjura misma. Quién sabe por qué, pero ello nos bastaba para pensar que la señorita Geraldine se hallaba a salvo de todo peligro inmediato.

La mayoría de las «pruebas» venían de ver en acción a los conspiradores. Una mañana, por ejemplo, vimos desde un aula de la segunda planta cómo la señorita Eileen y el señor Roger hablaban con la señorita Geraldine en el patio. Al rato la señorita Geraldine dijo adiós y se dirigió hacia el Invernadero de Naranjas, pero nosotros seguimos observando y vimos que la señorita Eileen y el señor Roger acercaban la cabeza el uno al otro para conferenciar sigilosamente, con la mirada fija en la figura que se alejaba.

—El señor Roger... —dijo Ruth en aquella ocasión, con un suspiro, sacudiendo la cabeza—. Quién iba a decir que estaba en el ajo...

Así pues, fuimos elaborando la lista de la gente que —sabíamos— estaba en la conjura: custodios y alumnos a los que declaramos enemigos acérrimos. Y sin embargo, creo que en el fondo nos dábamos cuenta de lo precario de los cimientos de nuestra fantasía, pues evitáramos cualquier tipo de enfrentamiento. Tras intenso debate, podíamos decidir que determinado alumno estaba en la conjura, pero luego encontrábamos siempre razones para no increparle de inmediato, para esperar hasta «tener todas las pruebas». De forma similar, siempre estábamos de acuerdo en que la señorita Geraldine no debía oír ni una palabra de lo que habíamos descubierto, pues se alarmaría y entorpecería nuestras pesquisas.

Sería demasiado fácil afirmar que se debió sólo Ruth el que siguiéramos con lo de la guardia secreta hasta mucho después de que hubiéramos madurado lo suficiente como para dejar atrás tales cosas. Cierto que la guardia secreta era muy importante para ella; había sabido de la conjura mucho antes que el resto de nosotras, y ello le confería una enorme autoridad. Dando a entender que las *verdaderas* pruebas venían de antes de que se incorporara al grupo gente como yo —y que había cosas que aún no nos había revelado—, podía justificar casi cualquier decisión que tomara en nombre del grupo. Si decidía que había que expulsar a alguien, por ejemplo, y veía que había oposición, solía aludir misteriosamente a cosas que sabía «de antes». No hay ninguna duda de que Ruth deseaba vivamente que la cosa continuara. Pero lo cierto es que aquellas de nosotras que habíamos sido sus más íntimas contribuimos a preservar la fantasía y a hacer que se prolongara demasiado. Lo que sucedió después de la disputa del ajedrez ilustra bien lo que estoy diciendo.

Yo suponía que Ruth era una consumada jugadora de ajedrez y que podría enseñarme a jugar. No era una idea tan descabellada: solíamos pasar por delante de alumnos más mayores inclinados sobre tableros de ajedrez, sentados junto a las ventanas o en laderas cubiertas de hierba, y Ruth se paraba para contemplar las partidas. Y cuando echábamos de nuevo a andar me comentaba alguna jugada que había visto y en la que ninguno de los jugadores había reparado.

–Es increíble lo cortos que son –decía entre dientes, sacudiendo la cabeza.

Todo esto acabó por dejarme fascinada, y pronto me encontré deseando ensimismarme yo también en aquellas piezas ornadas. Así que cuando vi un tablero de ajedrez en un Saldo y decidí comprarlo –a pesar de que costaba un buen montón de vales–, contaba con que Ruth iba a ayudarme.

Durante los días siguientes, sin embargo, siempre que le preguntaba cuándo iba a enseñarme a jugar, ella se limitaba a suspirar, o a fingir que tenía algo mucho más urgente que hacer. Cuando finalmente, una tarde lluviosa, logré ponerla contra las cuerdas y colocamos el tablero sobre una mesa de la sala de billar, lo que empezó a enseñarme fue una vaga variante de las damas. El rasgo distintivo del ajedrez, según ella, era que las piezas se movían en L –supongo que dedujo esto de la observación del movimiento del caballo–, en lugar de moverse a brincos como en las damas. Yo no me lo creí, y me llevé una gran desilusión, pero no dije nada y le seguí la corriente durante un rato. Nos pasamos varios minutos deslizando en L la pieza atacante y sacando fuera del tablero, con un golpecito, la pieza del contrario. Y así seguimos hasta que intenté capturarle una pieza y ella dijo que no podía hacerlo porque había movido la pieza en una línea demasiado recta.

Entonces me levanté, recogí el tablero y las fichas y me fui. Jamás le dije en voz alta que no sabía jugar al ajedrez —por muy decepcionada que estuviera, sabía que no podía llegar tan lejos—, pero mi brusca salida de la sala de billar supongo que le bastó para interpretarlo de ese modo.

Quizá un día después entré en el Aula Veinte, situada en la última planta de la casa, donde el señor George daba su clase de poesía. No recuerdo si fue antes o después de la clase, o lo llena que estaba el aula. Lo que recuerdo es que llevaba libros en las manos, y que mientras me dirigía hacia donde estaban charlando Ruth y las demás vi que un vivo retazo de sol bañaba las tapas de los pupitres en los que estaban sentadas.

Por la forma en que juntaban las cabezas, comprendí que estaban hablando de algo relacionado con la guardia secreta, y aunque, como digo, el incidente con Ruth había sido el día anterior, me acerqué a ellas sin ninguna prevención. Y estaba apenas a un palmo de ellas —quizá se intercambiaron una mirada en ese momento— cuando de pronto me di cuenta de lo que iba a suceder. Como cuando una fracción de segundo antes de pisar un charco caes en la cuenta de que está allí, y no puedes hacer nada para remediarlo. Acusé el golpe antes incluso de que se quedaran calladas y me miraran fijamente, antes incluso de que Ruth dijera:

—Oh, Kathy, ¿cómo estás? Si no te importa, tenemos que hablar de unas cosas en este momento. Terminamos en un momento. Disculpa.

Apenas esperé a que terminara la frase: me di la vuelta y eché a andar hacia la puerta, furiosa más conmigo misma —por haber permitido que me sucediera aquello— que con

Ruth y las demás. Estaba muy dolida, no hay duda, aunque no sé si llegué a llorar. Y durante los días siguientes, siempre que veía a la guardia secreta conferenciando en un rincón o dando un paseo por el campo, sentía que la sangre me afluía a las mejillas.

Dos días después de este desaire en el Aula Veinte, bajaba yo por las escaleras de la casa principal cuando vi que Moira B. estaba justo a mi espalda. La esperé y nos pusimos a charlar, sobre nada en especial, y salimos juntas de la casa. Debía de ser en el descanso del almuerzo, porque cuando salimos al patio había unos veinte alumnos paseando y charlando en pequeños grupos. Mis ojos se dirigieron de inmediato hacia el fondo del patio, donde Ruth y tres miembros más de la guardia secreta formaban un grupito, de espaldas a nosotras, y miraban atentamente hacia el Campo de Deportes Sur. Traté de ver qué era lo que les interesaba tanto, y me di cuenta de que Moira, que estaba a mi lado, también les estaba observando. Y entonces me acordé de que apenas un mes atrás ella también había pertenecido a la guardia secreta, y había sido expulsada. Y durante los segundos que siguieron sentí algo parecido a un gran embarazo, pues las dos estábamos allí ahora, codo con codo, unidas por nuestras recientes humillaciones, y afrontando cara a cara, por así decir, nuestro rechazo. Quizá Moira sentía algo parecido; de todas formas, fue ella la que rompió el silencio al decir:

—Es tan estúpido, todo ese asunto de la guardia secreta. ¿Cómo puedes seguir creyendo en esas cosas? Es como si estuvieran todavía en párvulos.

Aún hoy me sorprende la violencia de la emoción que se apoderó de mí cuando le oí a Moira decir eso. Me volví hacia ella hecha una fiera:

—¿Qué sabes tú de esto? ¡No sabes nada de nada, porque llevas siglos fuera de ello! ¡Si supieras todo lo que hemos descubierto, no te atreverías a decir algo tan tonto!

—No digas bobadas. —Moira no era de las que se amilanaban fácilmente—. No es más que otra de las cosas que se inventa Ruth. Nada más que eso.

—Entonces ¿cómo es que yo *personalmente* les he oído hablar de ello? ¿De cómo van a llevar a la señorita Geraldine al bosque en la furgoneta de la leche? ¿Cómo es que les he oído yo misma planearlo, sin que Ruth ni ninguna de las otras tengan nada que ver en el asunto?

Moira me miró, ahora insegura.

—¿Lo has oído tú misma? ¿Cómo? ¿Dónde?

—Les he oído hablar, sí, tan claro como te oigo a ti; les he oído todo, porque no sabían que estaba allí. Junto al estanque; no sabían que podía oírles. ¡Así que ya ves todo lo que tú sabes!

Me aparté de ella y me abrí paso entre la gente que atestaba el patio, y volví a mirar hacia Ruth y las demás, que seguían mirando hacia el Campo de Deportes Sur, ajenas a lo que acababa de pasar entre Moira y yo. Y caí en la cuenta de que ya no sentía ningún enfado contra el grupo; sólo una enorme irritación contra Moira.

Aún hoy, si voy conduciendo por una larga carretera gris y mis pensamientos no siguen ningún rumbo, puedo sorprenderme volviendo sobre esto una y otra vez. ¿Por qué me mostré tan hostil con Moira B. aquel día, cuando en realidad no era sino mi aliada natural? Lo que supongo que sucedió fue que Moira estaba sugiriendo que ella y yo cruzáramos una línea juntas, y yo aún no estaba preparada para ello. Creo que percibí que más allá de aquella línea había algo más duro, más oscuro, y no quería traspasarla. Ni por mí ni por ninguna de nosotras.

Pero otras veces creo que esto no es cierto, y que todo tenía que ver con Ruth y conmigo, y con el tipo de lealtad que me inspiraba en aquellos días. Y quizá ésa es la razón por la que, por mucho que tuviera ganas de hacerlo en varias ocasiones, nunca saqué a colación lo que me había sucedido con Moira aquel día en todo el tiempo en que cuidé de Ruth en el centro de Dover.

Todo este asunto de la señorita Geraldine me recuerda algo que sucedió unos tres años más tarde, mucho después de que hubiera quedado definitivamente atrás lo de la guardia secreta.

Estábamos en el Aula Cinco, situada en la parte de atrás de la planta baja, esperando a que empezara la clase. El Aula Cinco era el aula más pequeña, y en las mañanas de invierno como aquella, con todos los grandes radiadores encendidos y todas las ventanas empañadas, podía llegar a ser realmente sofocante. Quizá estoy exagerando, pero mi memoria me dice que para que los alumnos pudieran caber en un aula tan pequeña tenían casi literalmente que amontonarse.

Puedo verlo como si lo tuviera delante de los ojos. Era reluciente, como un zapato lustroso; de tonalidad tostada intensa, todo moteado de circulitos rojos. La cremallera del borde superior tenía un tupido pompón con el que se tiraba de ella. Casi me había sentado encima de él, pero en el último momento me desplacé hacia un lado, y Ruth rápidamente lo quitó de en medio. Pero yo ya lo había visto, como ella quería, y dije:

—¡Oh, qué plumier! ¿Dónde lo has conseguido? ¿En el Saldo?

Había mucho ruido en el aula, pero las chicas que estaban cerca me habían oído, y en cuestión de segundos cuatro o cinco de ellas miraban el plumier con arrobo. Ruth no dijo nada durante unos segundos; se limitó a estudiar cuidadosamente las caras que nos rodeaban . Y al final dijo, con parsimonia:

—Digamos que sí. Digamos que lo he conseguido en el Saldo.

Y nos dirigió a todas una sonrisa de complicidad.

Puede que parezca una respuesta absolutamente inocua, pero en realidad fue como si se hubiera puesto en pie de un brinco y me hubiera dado una bofetada, y en los instantes que siguieron me pareció a un tiempo estar ardiendo y congelada. Sabía exactamente el significado de su respuesta y de su sonrisa: nos estaba diciendo que aquel plumier era un regalo de la señorita Geraldine.

No podía haber error alguno sobre esto, porque la cosa venía gestándose desde hacía unas semanas. Había en Ruth cierta sonrisa, cierta tonalidad de voz —a veces acompañada de un dedo en los labios o de una mano alzada al estilo de los apartes teatrales— que invariablemente quería sugerir que había sido objeto de un trato de favor por parte de la señorita Geraldine: le había permitido escuchar una cinta en la sala de billar, un día entre semana, antes de las cuatro de la tarde; había ordenado silencio en un paseo por el campo, pero al ver que Ruth se acercaba hasta ponerse a su lado, se había puesto a hablar con ella y había dado permiso para que todo el mundo hablara. Siempre eran cosas parecidas, y nunca expresadas explícitamente, sino apenas sugeridas por una sonrisa y un lacónico «no hablemos más».

Por supuesto, oficialmente, los custodios no debían mostrar ningún favoritismo. Pero continuamente se daban pequeñas muestras de afecto, aunque ajustándose siempre a ciertas normas (y la mayoría de las cosas que Ruth sugería entraban dentro de tales límites). Sin embargo, yo detestaba estas sugerencias de mi amiga. Como es lógico, nunca podía estar segura de si decía la verdad o no, pero dado que de hecho no lo «decía» sino tan sólo lo daba a entender, tampoco podía enfrentarme a ella. Así que cada vez que Ruth lo hacía yo tenía que resignarme, morderme el labio y esperar a que el trago pasara cuando antes.

A veces, por el sesgo que tomaba una conversación, veía que estaba a punto de tener lugar uno de esos momentos, y me armaba de valor para afrontarlo. Pero incluso entonces me dolía profundamente, de forma que durante varios minutos no era capaz de concentrarme en nada de lo sucedía a mi alrededor. Pero aquella mañana de invierno en el Aula Cinco, me había cogido desprevenida. Incluso después de haber visto el plumier, la idea de que un custodio se lo hubiera regalado a alguien se escapaba de tal forma a todo lo imaginable que no lo había vislumbrado en absoluto. Así que cuando Ruth dijo lo que dijo, yo no fui capaz, como otras veces, de dejar que la ráfaga emocional pasara, y me puse a mirarla fijamente sin disimular mi cólera. Ella, acaso avizorando tormenta, me susurró rápidamente en un aparte:

—¡Ni una palabra! —y volvió a sonreír.

Pero no pude devolverle la sonrisa, y seguí mirándola airadamente. Y entonces, por fortuna, llegó el custodio y empezó la clase.

Nunca fui de ese tipo de niñas que cavilan horas y horas sobre las cosas. He dado en hacerlo un poco actualmente, pero es por mi trabajo y por las largas horas de silencio que paso cuando recorro estos campos vacíos. Yo no era, pongamos, como Laura, que a pesar de las payasadas que hacía era capaz de preocuparse durante días, incluso durante semanas, por pequeñas cosas que alguien le había dicho. Pero después de aquella mañana en el Aula Cinco, anduve un poco como en un trance. Se me iba el santo al cielo en medio de las conversaciones; podía pasarme clases enteras sin enterarme de lo que se hablaba. Estaba decidida a que esta vez Ruth no se saliera con la suya, pero durante un tiempo no fui capaz de hacer nada constructivo al respecto; me limitaba a imaginar escenas en las que desenmascaraba a Ruth y la obligaba a confesar que se lo había inventado todo. Llegaba incluso a alimentar una vaga fantasía en la que el asunto llegaba a oídos de la propia señorita Geraldine, que echaba a Ruth un severo rapapolvo delante de todo el mundo.

Después de pasar varios días perdida en tal desvarío, empecé a pensar de forma más práctica. Si el plumier no era un regalo de la señorita Geraldine, ¿de dónde lo había sacado Ruth? Podía haberlo conseguido de otro alumno, pero era algo bastante improbable. Si antes había pertenecido a otra persona, incluso a alguien mucho mayor que nosotros, un objeto precioso como aquél no podía haber pasado inadvertido. Ruth jamás se habría arriesgado a inventar una historia semejante sabiendo que tiempo atrás el plumier había estado circulando por Hailsham. Casi con toda certeza, lo había encontrado en un Saldo. También en este caso corría el riesgo de que otros lo hubieran visto antes de que ella lo comprara. Pero si —como a veces sucedía, aunque en rigor no estaba permitido— había oído que iba a llegar un plumier de esas características y había conseguido que alguno de los monitores se lo reservase antes de la inauguración del Saldo, entonces podía sentirse razonablemente segura de que nadie había llegado a verlo.

Pero, por desgracia para Ruth, se consignaba en un registro cada cosa comprada en los Saldos y quién había sido su comprador. Aunque estos registros no podían consultarse fácilmente —los monitores volvían a llevarlos al despacho de la señorita Emily después de cada Saldo—, tampoco eran materia de máximo secreto. Si en el siguiente Saldo me ponía a rondar en torno a un monitor, no me resultaría muy difícil aprovechar un despiste de éste para echar un vistazo a las páginas del registro.

Tenía, pues, el bosquejo de un plan, y creo que seguí mejorándolo durante varios días antes de darme cuenta de que ni siquiera era necesario ejecutar cada uno de los pasos. En caso de ser cierta mi hipótesis de que el plumier lo había conseguido en un Saldo, lo único que tenía que hacer era lanzar un farol.

Y así es como Ruth y yo llegamos a tener aquella conversación bajo el alero. Era un día de niebla y de llovizna. Habíamos salido las dos del barracón del dormitorio, y creo que íbamos hacia el pabellón (no estoy segura). Atravesábamos el patio cuando de pronto arreció la lluvia, y como no teníamos prisa nos guarecimos debajo el alero de la casa, a un lado de la puerta principal.

Nos quedamos allí un rato, y de vez en cuando surgía de la niebla algún alumno que entraba corriendo por la puerta doble de la casa, pero la lluvia no amainaba. Y cuanto más tiempo llevábamos allí más tensa me ponía, porque me daba cuenta de que era la oportunidad que había estado esperando. Ruth presentía también —estoy segura— que estaba a punto de pasar algo, y al final decidí jugarme el todo por el todo.

—En el Saldo del martes pasado —dije—, estuve echando una ojeada al libro de registro. Ya sabes, donde se apuntan las cosas...

—¿Estuviste mirando el registro? —saltó Ruth al instante—. ¿Y se puede saber por qué?

—Oh, por nada en especial. Christopher C. era uno de los monitores, así que me puse a hablar con él. Es el mejor chico de Secundaria, con diferencia. Y empecé a pasar las hojas del registro, por hacer algo...

La mente de Ruth —me daba cuenta— había hecho velozmente sus cálculos, y ahora sabía exactamente de qué estábamos hablando. Pero dijo con voz calma:

—¿El registro? Vaya aburrimiento.

—No. Yo creo que es muy interesante. Puedes ver lo que compra cada cual.

Dije esto último mirando con fijeza hacia la lluvia. Y luego miré a Ruth, y me llevé un susto tremendo. No sé lo que me esperaba: pese a las fantasías que había acariciado a lo largo de todo el mes anterior, jamás había imaginado cómo sería todo en una situación real como la que ahora se desarrollaba ante mis ojos. Vi lo trastornada que estaba Ruth; cómo, por vez primera desde que la conocía, estaba a falta de palabras (se había vuelto hacia otro lado, al borde de las lágrimas). Y, de pronto, lo que acababa de hacer me pareció absolutamente incomprensible. Todos aquellos esfuerzos, todos aquellos planes, sólo para disgustar a mi amiga del alma. ¿Qué diablos importaba que hubiera dicho una pequeña mentira sobre su plumier? ¿No soñamos todos de cuando en cuando que uno de los custodios infringe las normas para favorecernos de alguna forma especial? ¿Para darnos un abrazo espontáneo, una carta secreta, un regalo? Lo único que había hecho Ruth era llevar uno de esos inocuos sueños de vigilia un poco más lejos, y ni siquiera había llegado a mencionar el nombre de la señorita Geraldine.

Me sentía muy mal, y muy confusa. Pero mientras seguíamos allí juntas, bajo el alero, mirando fijamente la niebla y la lluvia, no se me ocurría nada con lo que reparar el daño que había hecho. Creo que dije algo patético como: «No importa. No vi mucho, de todas formas...», que quedó flotando estúpidamente en el aire húmedo. Luego, al cabo de unos segundos de silencio, Ruth avanzó un paso y salió a la lluvia.

6

Creo que me habría sentido mejor en relación con lo que había pasado entre nosotras si Ruth me hubiera guardado rencor de alguna forma patente. Pero ésta debió de ser una de esas ocasiones en las que al parecer lo único que hacía era hundirse. Era como si se sintiera demasiado avergonzada por su impostura —demasiado *aplastada* por ella— como para estar furiosa o desear desquitarse. Las primeras veces que la vi después de nuestra conversación bajo el alero yo estaba preparada para afrontar como mínimo cierto enfurruñamiento, pero no, se comportó con impecable cortesía, aunque estuvo un poco inexpresiva. Supuse que tenía miedo de que volviera a ponerla en evidencia —lo del plumier, como es lógico, había quedado atrás—, y yo quería decirle que no tenía nada que temer. Lo malo era que, como ninguna de estas cosas las habíamos hablado abiertamente, no encontraba manera de hacérselo saber.

Mientras tanto, me esforzaba todo lo que podía por encontrar el momento de darle a entender que era cierto que ocupaba un lugar especial en el corazón de la señorita Geraldine. Me acuerdo de una vez, por ejemplo, en que un grupo de nosotras se moría de ganas de ir a jugar un partido de *rounders* durante el recreo, porque nos había retado un grupo de chicas del curso siguiente. Pero estaba lloviendo y no nos iban a dejar salir. Entonces vi que la señorita Geraldine era una de las custodias que nos tocaba, y dije:

—Si es Ruth la que va a pedírselo, puede que nos deje.

Según puedo recordar, mi sugerencia no tuvo ningún eco; quizá no llegó a oírme nadie, porque la mayoría de nosotras estaba hablando al mismo tiempo. Pero lo importante es que lo dije estando justo detrás de ella, y pude ver claramente que le había gustado.

Otra vez, saliendo de una clase de la señorita Geraldine, coincidió que yo estaba yendo hacia la puerta justo detrás de la propia señorita Geraldine. Y lo que hice fue rezagarme un poco para que Ruth, que iba a mi espalda, pudiese adelantarme y pasar por el umbral junto a la señorita Geraldine. Lo hice sin que se notara, como si fuera la cosa más natural del mundo, lo que había que hacer, lo que la señorita Geraldine quería que hiciera —exactamente lo que cualquiera haría si viera que se había interpuesto sin querer entre dos amigas íntimas—. En esta ocasión, recuerdo, Ruth, por espacio de un segundo, se sorprendió y se sintió un poco desconcertada, y antes de adelantarme me dirigió un rápido gesto de cabeza.

Pequeños detalles como éste sin duda complacían a Ruth, pero distaban aún mucho de poder borrar lo que había sucedido entre nosotras el día de la niebla bajo el alero, y la sensación de que jamás sería capaz de arreglar las cosas con ella no hacía sino acentuarse en mí día a día. Recuerdo muy especialmente una tarde en que estaba sentada en uno de los bancos de fuera del pabellón, tratando denodadamente de pensar en alguna solución a mi problema, mientras una honda mezcla de remordimiento y frustración me estaba llevando prácticamente al llanto. Si las cosas hubieran seguido así, no estoy segura de lo que podría haber pasado. Tal vez todo habría acabado olvidándose; o tal vez Ruth y yo nos habríamos apartado definitivamente. Y entonces, como caída del cielo, se me presentó la ocasión de poner las cosas en claro.

Estábamos en mitad de una de las clases de Arte del señor Roger, pero por alguna razón que no recuerdo éste había salido un rato del aula. Así que muchas de nosotras empezamos a pasearnos entre los caballetes, charlando y mirando lo que cada una estaba haciendo. Y entonces una chica llamada Midge A. se acercó y le dijo a Ruth en un tono perfectamente amistoso:

—¿Dónde tienes ese plumier? Es tan precioso.

Ruth se puso tensa y miró rápidamente a su alrededor para ver quién estaba presente. Éramos las de siempre, y quizá un par de compañeras más que en ese momento se paseaban entre nuestros caballetes. Yo no había dicho ni una palabra a nadie del asunto del registro de los Saldos, pero Ruth no lo sabía. Su voz sonó más suave que de costumbre cuando le contestó a Midge:

—No lo tengo aquí. Lo tengo en el arcón de mis cosas.

—Es tan bonito. ¿Dónde lo conseguiste?

Era obvio que Midge lo preguntaba con toda candidez. Pero casi todas las que habíamos estado en el Aula Cinco cuando Ruth había traído el plumier por primera vez estábamos ahora presentes, esperando su respuesta, y vi que Ruth vacilaba. Sólo después, al revivir por completo la escena, llegué a apreciar cabalmente lo perfecta que había sido la ocasión para mis propósitos. En el momento ni siquiera lo pensé. Tercié antes de que Midge o cualquiera de las chicas tuviera la oportunidad de advertir que Ruthh se encontraba ante un singular dilema.

—No podemos decirte dónde lo ha conseguido.

Ruth, Midge y todas las demás me miraron, quizá un tanto sorprendidas. Pero conservé la sangre fría y continué, dirigiéndome sólo a Midge:

—Hay un montón de razones por las que no podemos decirte de dónde viene.

Midge se encogió de hombros.

—Es un misterio, entonces.

—Un *gran* misterio —dije, y le dediqué una gran sonrisa para hacerle saber que no quería ser desagradable.

Las otras asentían con la cabeza para apoyarme, pero Ruth tenía una vaga expresión en el semblante, como si de pronto la preocupara algo que no tenía nada que ver con el asunto. Midge volvió a encogerse de hombros, y según creo recordar aquí acabó la cosa. O bien se fue en ese momento o bien se puso a hablar de algo completamente diferente.

Ahora, en gran parte por las mismas razones por las que yo no había sido capaz de hablar abiertamente con ella de mis malas artes con lo del registro de los Saldos, ella tampoco era capaz de agradecerme lo que había hecho por ella ante Midge. Pero, por su forma de comportarse conmigo, no sólo en los días sino en las semanas que siguieron, estaba claro que le había gustado mucho que hubiera intercedido en su favor. Y como yo había pasado recientemente por la misma situación de desear hacer algo por ella, no me fue difícil reconocer su actitud de mantenerse atenta a la menor ocasión que se le presentara para hacer algo por mí, algo realmente fuera de lo corriente. Era una sensación estupenda, y recuerdo que pensé un par de veces que incluso sería mucho mejor que no tuviera ocasión de hacerlo en mucho tiempo, porque así se prolongarían y prolongarían entre nosotras las buenas vibraciones. Pero la oportunidad le llegó cuando perdí mi cinta preferida, aproximadamente un mes después del episodio de Midge.

Aún conservo una copia de aquella cinta, y hasta hace muy poco la escuchaba de vez en cuando mientras conducía por el campo abierto en un día de llovizna. Pero ahora la pletina del radiocasete del coche está tan mal que ya no me atrevo a ponerla. Y parece que jamás encuentro tiempo para ponerla cuando estoy en mi cuarto. Aun así, sigue siendo una de mis más preciadas pertenencias. A lo mejor a finales de año, cuando deje de ser cuidadora, puedo escucharla más a menudo.

El álbum se titula *Canciones para después del crepúsculo*, y es de Judy Bridgewater. La que conservo hoy no es la casete original, la que perdí, la que tenía en Hailsham. Es la que Tommy y yo encontramos años después en Norfolk (pero ésa es otra historia a la que llegaré más tarde). De lo que quiero hablar ahora es de la primera cinta, de la que me desapareció en Hailsham.

Antes debo explicar lo que en aquel tiempo nos traíamos entre manos con Norfolk. Fue algo que duró muchos años —llegó a ser una especie de broma privada de Hailsham, supongo—, y había empezado en una clase que tuvimos cuando aún éramos muy pequeños.

Fue la señorita Emily quien nos enseñó los diferentes condados de Inglaterra. Colgaba del encerado un gran mapa del país, y, a su lado, ponía un caballete. Y si estaba hablando, por ejemplo, de Oxfordshire, colocaba sobre el caballete un gran calendario con fotos de ese condado. Tenía una gran colección de estos calendarios, y así fuimos conociendo uno tras otro la mayoría de los condados. Señalaba un punto del mapa con el puntero, se volvía hacia el caballete y mostraba una fotografía. Había pueblecitos surcados por pequeños arroyos, monumentos blancos en laderas, viejas iglesias junto a campos. Si nos estaba hablando de algún lugar de la costa, había playas llenas de gente, acantilados y gaviotas. Supongo que quería que nos hiciéramos una idea de lo que había allí fuera, a nuestro alrededor, y me resulta asombroso, aún hoy, después de todos los kilómetros que he recorrido como cuidadora, hasta qué punto mi idea de los diferentes condados sigue dependiendo de aquellas fotografías que ponía en el caballete la señorita Emily. Si voy en el coche, por ejemplo, a través de Derbyshire y me sorprendo buscando la plaza de un determinado pueblo, con su *pub* de falso estilo Tudor y un monumento a la memoria de los caídos, no tardo en darme cuenta de que lo que busco es la estampa que la señorita Emily nos enseñó la primera vez que oímos hablar de Derbyshire.

De todos modos, a lo que voy es que a la colección de calendarios de la señorita Emily le faltaba algo: en ninguno de ellos había ninguna fotografía de Norfolk. Cada una de estas clases se repetía varias veces, y yo siempre me preguntaba si la señorita Emily acabaría encontrando alguna foto de Norfolk. Pero era siempre la misma historia. Movía el puntero sobre el mapa y decía, como si se le hubiera ocurrido en el último momento:

–Y aquí está Norfolk. Un sitio muy bonito.

Recuerdo que aquella vez en concreto hizo una pausa y se quedó pensativa, quizá porque no había planeado lo que tenía que venir después en lugar de una fotografía. Y al final salió de su ensimismamiento y volvió a golpear el mapa con la punta del puntero.

–¿Veis? Está aquí en el este, en este saliente que se adentra en el mar, y por tanto no está de paso hacia ninguna parte. La gente que viaja hacia el norte o el sur –movió el puntero para arriba y para abajo– pasan de largo. Por eso es un rincón muy tranquilo de Inglaterra, y un sitio muy bonito. Pero también es una especie de rincón perdido.

Un *rincón perdido*. Así es como lo llamó, y así empezó todo. Porque en Hailsham teníamos nuestro propio «rincón perdido» en la tercera planta, donde se guardaban los objetos perdidos. Si perdías o encontrabas algo, ahí es donde ibas a buscarlo o a dejarlo. Alguien –no recuerdo quién– dijo después de esa clase que lo que la señorita Emily había dicho era que Norfolk era el «rincón perdido» de Inglaterra, el lugar adonde iban a parar todas las cosas perdidas del país. La idea arraigó, y pronto llegó a ser aceptada como un hecho por todo el curso.

No hace mucho tiempo, cuando Tommy y yo recordábamos esto, él afirmó que en realidad nunca creímos lo del «rincón perdido», que fue más bien una broma desde el principio. Pero yo estoy segura de que se equivocaba. Bien es verdad que para cuando tuvimos doce o trece años el asunto de Norfolk se había convertido ya en algo jocoso. Pero mi recuerdo del «rincón perdido» me dice —y la memoria de Ruth coincide con la mía— que al principio creímos en ello de forma literal y a pies juntillas; que de la misma forma que los camiones llegaban a Hailsham con la comida y los objetos para los Saldos, tenía lugar una operación similar —a mucho mayor escala— a todo lo largo y ancho de Inglaterra, y todas las cosas que se perdían en los campos y trenes del país iban a parar a ese lugar llamado Norfolk. Y el hecho de que nunca hubiéramos visto ninguna fotografía de ese lugar sólo contribuía a incrementar su aura de misterio.

Puede que suene a tontería, pero no se ha de olvidar que para nosotros, en esa etapa de nuestra vida, cualquier lugar más allá de Hailsham era como una tierra de fantasía. No teníamos sino nociones muy vagas del mundo exterior, y de lo que en él podía ser posible e imposible. Además, nunca nos molestamos en analizar con detenimiento nuestra teoría sobre Norfolk. Lo que nos importaba —como dijo Ruth un día en aquella habitación alicatada de Dover, mientras estábamos sentadas contemplando cómo caía la tarde— era que «cuando perdíamos algo precioso, y buscábamos y buscábamos por todas partes y no lo encontrábamos, no debíamos perder por completo la esperanza. Nos quedaba aún una brizna de consuelo al pensar que un día, cuando fuéramos mayores y pudiéramos viajar libremente por todo el país, siempre podríamos ir a Norfolk y encontrar lo que habíamos perdido hacía tanto tiempo».

Estoy segura de que Ruth tenía razón en eso. Norfolk había llegado a ser una verdadera fuente de consuelo para nosotros, probablemente mucho más de lo que estábamos dispuestos a admitir entonces, y por eso seguimos hablando de ello —aunque en un tono más bien de broma— cuando nos hicimos mayores. Y por eso también, muchos años después, el día en que Tommy y yo encontramos en la costa de Norfolk otra cinta igual a la que yo había perdido antaño, no nos limitamos a pensar que era algo en verdad curioso, sino que, en nuestro interior, los dos sentimos como una especie de punzada, como un antiguo deseo de volver a creer en algo tan caro a nuestro corazón en un tiempo.

Pero quería hablar de la cinta, de *Canciones para después del crepúsculo*, de Judy Bridgewater. Supongo que al principio fue un LP —la fecha de grabación es 1956—, pero lo que yo tenía era una casete, cuya portada debía de ser la misma que la de la funda del disco. Judy Bridgewater lleva un vestido de raso violeta, uno de aquellos vestidos sin hombros que se llevaban en aquel tiempo, y se le ve de cintura para arriba porque está sentada en un taburete. Creo que se supone que es Suramérica, porque detrás de ella hay palmeras y unos camareros de tez morena con esmoquin blanco. Ves a Judy desde el punto de vista de quien en ese momento le estuviera sirviendo las bebidas. Y te devuelve una mirada amistosa, no demasiado sexy, como si te conociera desde hace mucho tiempo y estuviera flirteando contigo sólo un poquito. Y hay otra cosa en esta portada: Judy tiene los codos encima de la barra, y entre sus dedos hay un cigarrillo encendido. Y fue precisamente por este cigarrillo por lo que, desde que la encontré en un Saldo, me había mostrado tan sigilosa en relación con ella.

No sé cómo habrá sido en otros centros, pero en Hailsham los custodios eran sumamente estrictos con el hábito de fumar. Estoy segura de que habrían preferido que ni nos hubiéramos enterado de la existencia del tabaco; pero, dado que tal cosa era imposible, cada vez que surgía cualquier referencia al hecho de fumar se aseguraban de aleccionarnos firmemente en contra de un modo u otro. Cuando se nos mostraba la fotografía de algún escritor famoso, o de algún líder mundial, y éste llevaba un cigarrillo en la mano, se hacía un alto en la clase para afearle la conducta en tal sentido. Circulaba incluso el rumor de que algunos libros clásicos —como los de Sherlock Holmes, por ejemplo— no tenían cabida en nuestra biblioteca porque los personajes principales fumaban mucho, y cuando nos topábamos con alguna página arrancada de un libro ilustrado o una revista, sabíamos que era porque en esa página aparecía la fotografía de alguien fumando. Y además estaban las clases expresamente dedicadas a mostrarnos fotografías de los terribles efectos del tabaco en nuestro organismo. De ahí la conmoción de aquella vez en que Marge K. le preguntó aquello a la señorita Lucy.

Estábamos sentados en el césped después de un partido de *rounders*, y la señorita Lucy nos había estado dando la típica charla sobre el tabaco cuando de pronto Marge le preguntó si ella había fumado alguna vez un cigarrillo. La señorita Lucy se quedó callada unos instantes, y luego dijo:

—Me gustaría poder decir que no. Pero si he de ser sincera, fumé durante una temporada. Unos dos años. Cuando era más joven.

Fue toda una conmoción. Antes de que la señorita Lucy hubiera tenido tiempo para responder, todos miramos furibundamente a Marge, indignados por la rudeza de la pregunta (para nosotros era como si le hubiera preguntado si alguna vez había atacado a alguien con un hacha). Y recuerdo que durante cierto tiempo le hicimos la vida imposible a Marge; de hecho, lo que he contado antes –la noche en que la obligamos a pegar la cara a la ventana y mirar el bosque– no fue sino una parte de lo que tendría que soportar los días siguientes. Pero en el momento del incidente, cuando la señorita Lucy dijo lo que dijo, estábamos demasiado confusos para pensar en Marge. Creo que lo que hicimos fue quedarnos mirando fijamente a la señorita Lucy, horrorizados, a la espera de lo que diría a continuación.

Cuando por fin habló, pareció sopesar con sumo cuidado cada palabra.

–En mi caso, no estuvo bien. Fumar no era bueno para mí, así que lo dejé. Pero lo que debéis entender es que para vosotros, para todos vosotros, fumar es mucho, mucho peor de lo que pueda serlo para mí.

Hizo una pausa y se quedó callada. Alguien dijo después que se había sumido en una ensoñación, pero yo estaba segura, al igual que Ruth, de que estaba midiendo cuidadosamente cómo continuar. Y al final dijo:

–Se os ha advertido de ello. Sois estudiantes. Sois... *especiales*. De modo que el manteneros bien, el hecho de mantener en óptimo estado el interior de vuestro cuerpo, es mucho más importante para cada uno de vosotros que lo que pueda serlo para mí.

Volvió a guardar silencio y nos miró de un modo extraño. Luego, cuando hablamos de ello, algunos de nosotros estábamos seguros de que la señorita Lucy había deseado vivamente que alguien le preguntara por qué. Por qué era mucho peor para nosotros. Pero nadie lo había hecho. A menudo he pensado en aquel día, y hoy, a la luz de lo que pasó después, estoy convencida de que si se lo hubiéramos preguntado la señorita Lucy nos lo habría contado todo. Sólo habría hecho falta una pregunta más sobre el hábito de fumar.

¿Por qué habíamos guardado silencio aquel día, entonces? Supongo que porque incluso a aquella edad –teníamos nueve o diez años– sabíamos lo bastante como para mostrarnos cautelosos en aquel terreno. Hoy resulta difícil precisar cuánto sabíamos entonces. Ciertamente, sabíamos –aunque no en un sentido profundo– que éramos diferentes de nuestros custodios, y también de la gente normal del exterior; tal vez sabíamos incluso que en un futuro lejano nos esperaban las donaciones. Pero no sabíamos realmente lo que ello significaba. Si evitábamos cuidadosamente ciertos temas, muy probablemente lo hacíamos porque nos producían embarazo. Detestábamos el modo en que nuestros custodios –normalmente muy por encima de todo– se mostraban incómodos siempre que nos aproximábamos a este terreno. Nos sentíamos turbados al advertir ese cambio en ellos. Creo que ésa es la razón por la que no preguntamos más, y por la que castigamos tan cruelmente a Marge K. por haber sacado a colación aquel tema después del partido de *rounders*.

Y ésa era la razón, en fin, por la que yo me mostraba tan sigilosa con la cinta. Hasta le di la vuelta a la portada, de forma que sólo podías ver a Judy con el cigarrillo si abrías la caja de plástico. Pero el motivo por el que aquella cinta significaba tanto para mí no tenía nada que ver con el cigarrillo, o con la forma de cantar de Judy Bridgewater, que es una de esas cantantes de la época, del tipo bar musical, nada del gusto de los alumnos de Hailsham. Lo que hacía tan especial a aquella cinta era una canción concreta: el tema número tres: *Nunca me abandones*.

Es una canción lenta, y es noche avanzada, y es Norteamérica, y hay un trozo que vuelve y vuelve, en el que Judy canta: «Nunca me abandones... *Oh, baby, baby...* Nunca me abandones...». Tenía once años entonces, y no había escu-

93

chado mucha música, pero esa canción..., esa canción me llegó de verdad. Siempre procuraba tener la cinta rebobinada en ese punto, y en cuanto podía la ponía.

Pero la verdad es que no se me presentaban demasiadas ocasiones de oírla (era unos años antes de que empezaran a aparecer los *walkman* en los Saldos). En la sala de billar había un gran aparato de música, pero yo apenas la ponía allí porque la sala siempre estaba llena de gente. En el Aula de Arte también había un radiocasete, pero el ruido solía ser el mismo que en la sala de billar. El único sitio donde podía escucharla con tranquilidad era en nuestro dormitorio.

En aquella época nos habían cambiado ya a los pequeños dormitorios de seis camas situados en los barracones separados, y en el nuestro teníamos un casete portátil en la estantería de encima del radiador. Así que allí es donde solía ir –durante el día, cuando a nadie más se le ocurría rondar por los dormitorios– a poner una y otra vez mi canción preferida.

¿Que es lo que tenía de especial esa canción? Bueno, lo cierto es que no solía escuchar con atención toda la letra; esperaba a que sonara el estribillo: «Oh, baby, baby... Nunca me abandones...», y me imaginaba a una mujer a quien le habían dicho que no podía tener niños, y que los había deseado con toda el alma toda la vida. Entonces se produce una especie de milagro y tiene un bebé, y lo estrecha con fuerza contra su pecho y va de un lado para otro cantando: «Oh, baby, baby... Nunca me abandones...», en parte porque se siente tan feliz y en parte porque tiene miedo de que suceda algo, de que el bebé se ponga enfermo o de que se lo lleven de su lado. Incluso en aquella época me daba cuenta de que no podía ser así, de que tal interpretación no casaba con el resto de la letra. Pero a mí no me importaba. La canción trataba de lo que yo decía, y la escuchaba una y otra vez, a solas, siempre que podía.

Por aquella época tuvo lugar un extraño incidente que quiero reseñar aquí. Me causó una gran desazón, y aunque no habría de entender su significado real hasta muchos años después, creo que, incluso entonces, llegué a vislumbrar su profunda trascendencia.

Era una tarde soleada y había ido al dormitorio a buscar algo. Recuerdo lo luminoso que estaba todo porque las cortinas no habían sido descorridas por completo, y el sol entraba a raudales y podías ver el polvo en el aire. No tenía intención de oír la cinta, pero al verme allí a solas sentí un impulso y cogí la casete del arcón de mis cosas y la puse en la pletina.

Puede que el volumen lo hubiera dejado alto la última en utilizar el aparato, no lo sé; pero estaba mucho más alto que de costumbre, y probablemente por eso no la oí llegar. O quizá me dejé ganar por la pura complacencia. El caso es que empecé a bambolearme lentamente al compás de la canción, abrazando contra mi pecho a un bebé imaginario. De hecho, para hacerlo todo más embarazoso, fue una de esas veces en las que abrazaba a una almohada haciendo como que era mi bebé, y danzaba despacio, con los ojos cerrados, cantando suavemente con Judy cada vez que sonaba el estribillo:

—*Oh, baby, baby*... Nunca me abandones...

La canción casi había terminado cuando algo me hizo percibir que no estaba sola. Abrí los ojos y me encontré mirando a Madame, que me miraba a través de la puerta entreabierta.

Me quedé petrificada. Al cabo de uno o dos segundos, empecé a sentir un tipo nuevo de alarma, porque intuí que en la situación había además algo muy extraño. La puerta, como digo, estaba entreabierta —había una norma que estipulaba que las puertas de los dormitorios no podían cerrarse del todo más que cuando nos íbamos a dormir—, pero Madame ni siquiera había llegado a ocupar el umbral. Estaba afuera, en el pasillo, muy quieta, con la cabeza ladeada para poder ver lo que sucedía dentro. Y lo extraño del caso era que estaba llorando. Tal vez había sido uno de sus sollozos lo que había irrumpido en la canción y me había sacado bruscamente de mi ensueño.

Cuando pienso en ello hoy, creo que Madame, si bien no era una custodia, era la única adulta presente y tendría que haber dicho o hecho algo, aunque no fuera más que echarme una reprimenda. En tal caso, yo habría sabido cómo actuar. Pero se quedó allí de pie, llorando y llorando, mirándome a través de la puerta con la misma mirada con que siempre nos miraba, como si estuviera viendo algo que le pusiera los pelos de punta. Pero en aquella ocasión había algo más: algo en su mirada que no supe descifrar.

No supe qué decir ni qué hacer, ni qué iba a suceder a continuación. Quizá entraría en el dormitorio, me gritaría, me pegaría incluso; no tenía la menor idea de cómo reaccionaría. Pero lo que hizo fue darse la vuelta e irse. Me di cuenta de que la cinta estaba ya en la siguiente canción, y apagué la pletina y me senté en la cama que tenían más cerca. Y al hacerlo vi, a través de la ventana de enfrente, cómo la figura de Madame se dirigía de prisa hacia la casa principal. No miró hacia atrás, pero por el modo en que encorvaba la espalda supe que no había dejado de llorar.

Cuando volví a donde mis amigas unos minutos después, no les conté lo que acababa de pasarme. Una de ellas me notó algo extraño y dijo algo, pero yo me encogí de hombros y seguí callada. No es que me sintiera avergonzada exactamente, pero fue un poco como la vez en que todas habíamos acosado a Madame en el patio, cuando acababa de bajarse del coche. Lo que deseaba más que nada en el mundo era que lo que acababa de sucederme no hubiera sucedido, y pensé que el mejor favor que podía hacerme a mí y a todos mis compañeros era no decir ni media palabra del asunto.

Pero un par de años después hablé de ello con Tommy. Fue en los días que siguieron a nuestra conversación en la orilla del estanque, en la que me confió lo que en cierta ocasión le había dicho la señorita Lucy; los días en los que –según me doy cuenta hoy– se inició aquel proceso de indagación –de preguntarnos cosas sobre nosotros mismos– que habría de continuarse a lo largo de los años. Cuando le conté a Tommy lo que me había pasado con Madame en el dormitorio, lo que hizo fue brindarme una explicación harto sencilla. Para entonces todos sabíamos ya algo que entonces yo aún no sabía, es decir, que ninguno de nosotros podía tener niños. Es posible que, de algún modo, yo hubiera recibido ya esa información cuando era más pequeña, y no la hubiera registrado por completo, y que por eso entendí lo que entendí cuando oí aquella canción por vez primera. Porque en aquel tiempo carecía de datos explícitos que me permitieran entenderlo. Como digo, cuando Tommy y yo hablamos de ello, nos lo habían explicado ya a todos cabalmente. A ninguno de nosotros, por cierto, nos importó gran cosa; de hecho, recuerdo que a algunos compañeros les encantó que pudiéramos tener relaciones sexuales sin tener que preocuparnos de las consecuencias (aunque el sexo en serio aún se hallaba en la lejanía para la mayoría de nosotros). En cualquier caso, cuando le conté a Tommy lo que me había pasado, dijo:

–Seguramente Madame no es una mala persona, aunque sea bastante repelente. Así que cuando te vio bailando, abrazando a tu bebé imaginario, pensó que era trágico que no pudieras tener niños. Y por eso se puso a llorar.

–Pero Tommy –apunté–, ¿cómo podía saber ella que la canción tenía que ver con una mujer que tenía un bebé? ¿Cómo podía saber que la almohada que tenía entre los brazos se suponía que era un bebé? Sólo lo era en mi imaginación.

Tommy pensó en ello unos segundos, y luego, medio en broma, dijo:

–Quizá Madame pueda leer la mente de la gente. Es una mujer muy extraña. Quizá pueda ver el interior de las personas. No me extrañaría nada.

Esto nos produjo un pequeño escalofrío, y aunque soltamos unas risitas no seguimos hablando del asunto.

La cinta desapareció un par de meses después del incidente con Madame. No vi ninguna relación entre ambas cosas entonces, y no veo razón alguna para relacionarlas hoy. Una noche, en el dormitorio, justo antes de que apagaran las luces, me puse a revolver en mi arcón para pasar el rato hasta que las demás volvieran del cuarto de baño. Es extraño, pero cuando me di cuenta de que la cinta no estaba, mi pensamiento primero fue que no debía dejar que nadie viera el pánico que sentía. Puedo recordar incluso cómo me esforcé por tararear como ensimismada una tonadilla mientras seguía buscando. He pensado mucho en ello y aún sigo sin saber cómo explicarlo: las que estaban conmigo en aquel dormitorio eran mis más íntimas amigas, y sin embargo no quería que supieran lo trastornada que estaba por haber perdido aquella cinta.

Supongo que tenía que ver con el hecho de que lo mucho que ella significaba para mí fuera un íntimo secreto. Quizá todos nosotros, en Hailsham, teníamos pequeños secretos como éste –pequeños rincones privados, por ejemplo, creados de la nada y donde podíamos recluirnos a solas con nuestros miedos y nuestros anhelos–. Pero el hecho de tener tales necesidades no nos hubiera parecido aceptable en aquel tiempo (como si, en cierta medida, fuera algo que nos hiciera quedar mal ante los compañeros).

De todas formas, en cuanto me cercioré de que la cinta no estaba entre mis cosas, pregunté a todas y cada una de mis compañeras de dormitorio, como de pasada, si la habían visto en alguna parte. Aún no estaba totalmente angustiada, porque existía la posibilidad de que me la hubiera dejado olvidada en la sala de billar; y, por otra parte, tenía la esperanza de que alguien la hubiera cogido prestada con intención de devolvérmela por la mañana.

La cinta no apareció a la mañana siguiente, ni ningún día después, y hoy aún sigo sin saber qué pudo ser de ella. Lo cierto —supongo— es que en Hailsham, a la sazón, había más robos de los que tanto nosotros como los custodios estábamos dispuestos a admitir. Pero la razón de que esté contando ahora esto es que quiero explicar lo de Ruth y su forma de reaccionar entonces. Lo que no se ha de olvidar es que perdí la cinta menos de un mes después de que Midge hubiera interrogado a Ruth en el Aula de Arte sobre el plumier y yo me hubiera apresurado a ayudarla. Desde entonces, como ya he dicho, Ruth había estado intentando hacer algo por mí a cambio, y la desaparición de la cinta le brindó una oportunidad perfecta. Podría incuso decirse que no fuc hasta después de que me desapareciera la cinta cuando las cosas volvieron a la normalidad entre nosotras —quizá por primera vez desde aquella mañana lluviosa en la que le dije lo del registro de los Saldos bajo el alero de la casa principal—.

La noche en que por primer a vez eché en falta la cinta me aseguré de preguntar por ella a todo el mundo, y eso, por supuesto, incluyó también a Ruth. Mirando hoy hacia atrás, veo hasta qué punto debió de darse cuenta exacta, en aquel mismo momento, de lo mucho que para mí significaba tal pérdida, y al mismo tiempo lo importante que era para mí que no se armara ningún revuelo por ello en el dormitorio. Así que aquella noche me había respondido con un distraído encogimiento de hombros, y había seguido con lo que estaba haciendo. Pero a la mañana siguiente, volvía yo del cuarto de baño cuando oí que Ruth le preguntaba a Hannah —en tono despreocupado, sin darle demasiada importancia– si estaba segura de que no había visto mi cinta.

Como dos semanas después, cuando ya había asumido plenamente el hecho de haber perdido la cinta, Ruth se acercó a mí un día durante el descanso del almuerzo. Era uno de los primeros días realmente primaverales de aquel año, y yo estaba sentada en el césped charlando con un par de chicas más mayores. Cuando Ruth llegó hasta nosotras y me preguntó si quería ir a dar un paseo con ella, supe claramente que tenía en mente algo concreto. Así que dejé a las chicas con las que estaba hablando y la seguí hasta el fondo del Campo de Deportes Norte, y luego ladera arriba de la colina norte hasta la valla de madera, desde donde miramos hacia abajo y vimos el retazo de verde moteado por los grupos de alumnos. En la cima de la colina corría una fuerte brisa, y recuerdo que me sorprendió, porque cuando estaba abajo sentada en el césped no la había percibido. Seguimos allí de pie, quietas, mirando durante un rato los jardines de Hailsham, y en un momento dado Ruth me tendió una pequeña bolsa. Cuando la cogí, supe de inmediato que dentro había una casete, y el corazón me dio un brinco. Pero Ruth me dijo rápidamente:

–No, Kathy, no es la tuya. No es la que has perdido. He intentado encontrarla para dártela, pero ha desaparecido por completo.

–Sí –dije–. Y se habrá ido a Norfolk.

Nos reímos. Luego saqué la cinta de la bolsa con aire de desilusión, y no estoy muy segura de que tal expresión desencantada no siguiera en mi semblante cuando me puse a mirar detenidamente el regalo de mi amiga.

Era una cinta titulada *Veinte melodías clásicas de baile*. Cuando la oí más tarde, vi que era una música de orquesta de las que ponen en los bailes de salón. En el momento en que me la estaba dando yo no sabía de qué música se trataba, como es lógico, pero sabía que no era nada parecido a Judy Bridgewater. Y comprendí también, casi inmediatamente, que Ruth nunca llegaría a saberlo –y que para ella, que no sabía nada de música, aquella cinta que me regalaba podía llenar el hueco que me había dejado la mía–. Y de pronto sentí que mi desencanto se esfumaba y que en su lugar iba germinando una genuina dicha. En Hailsham no solíamos abrazarnos mucho. Pero, al darle las gracias, le apreté una mano con fuerza entre las mías. Y ella dijo:

–La encontré en el Saldo pasado. Pensé que es del tipo de cosas que te gustan.

La sigo conservando. No la pongo mucho porque su música no tiene nada que ver con nada. Es un objeto, como un broche o un anillo, y ahora que Ruth se ha ido se ha convertido en uno de mis más preciados bienes.

7

Ahora quiero volver a nuestros últimos días en Hailsham. Hablo del período que va desde que teníamos trece años hasta que dejamos el centro a los dieciséis. En mi memoria, la vida en Hailsham se divide en dos grandes épocas bien diferenciadas: esta última de la que voy a hablar, y la que abarca todo lo vivido anteriormente. Los primeros años —aquellos de los que he estado hablando hasta ahora— tienden a desdibujarse y a superponerse en una especie de edad de oro, y cuando pienso en ellos, incluso en las cosas que no fueron tan buenas, no puedo evitar sentir como una fulguración dentro. Pero los últimos años los siento de una forma diferente. No es que fueran exactamente infelices —tengo multitud de recuerdos muy caros de aquel tiempo—, pero fueron mucho más serios, y, en determinados aspectos, más sombríos. Quizá lo he exagerado mentalmente, pero tengo la impresión de que entonces las cosas cambiaban muy deprisa, tan velozmente como el día entra en la noche.

Tomemos aquella charla con Tommy en la orilla del estanque: hoy pienso que marcó la línea divisoria entre las dos épocas. No es que me empezasen a suceder cosas cruciales inmediatamente después; pero aquella conversación, para mí al menos, supuso un punto de inflexión. Definitivamente empecé a ver las cosas de forma diferente. Si antes reculaba al verme ante situaciones o cosas delicadas, ahora me planteaba más y más preguntas, si no en voz alta sí al menos en mi fuero interno.

Aquella conversación, concretamente, me hizo ver con otros ojos a la señorita Lucy. La observaba detenidamente siempre que podía, y no por curiosidad sino porque había empezado a verla como la fuente más probable de importantes claves. Y fue así como, a lo largo del año o los dos años siguientes, llegué a captar diversas cosas extrañas que la señorita Lucy decía o hacía y que a mis amigas les pasaban completamente inadvertidas.

Aquella vez, por ejemplo —quizá unas semanas después de la charla del estanque—, en que la señorita Lucy nos estaba dando Lengua y Literatura. Habíamos estado leyendo poesía, y —no sabría decir cómo— acabamos hablando de los soldados en la Guerra Mundial. Y de dos prisioneros de guerra. Uno de los chicos preguntó si las alambradas que rodeaban el campo estaban electrificadas, y otro comentó lo extraño que tenía que ser vivir en un sitio así, en el que uno podía suicidarse cuando le viniera en gana con sólo tocar la alambrada. Sin duda lo dijo con todas seriedad, pero todos nos lo tomamos a broma. Estábamos, pues, riendo y hablando a un tiempo, y entonce Laura —muy propio de ella— se levantó de su asiento y nos obsequió con una desternillante mímica de alguien que tocaba una alambrada y se electrocutaba. Y al punto se armó un revuelo en el que todo el mundo chillaba y hacía como que tocaba una alambrada electrificada y se electrocutaba de inmediato.

Yo seguí mirando a la señorita Lucy durante todo aquel alboroto, y vi que, mientras miraba a la clase desde su tarima, por espacio de un instante, una expresión fantasmal se adueñó de su semblante. Luego —yo la seguía observando atentamente— se sobrepuso, sonrió y dijo:

—Menos mal que las vallas de Hailsham no están electrificadas. A veces ocurren accidentes terribles.

Dijo esto con una voz muy suave, que quedó casi ahogada en el griterío general. Pero yo la oí claramente: «A veces ocurren accidentes terribles». ¿Qué clase de accidentes? ¿Dónde? Pero nadie pareció oír lo que había dicho, y al poco seguimos analizando el poema.

Hubo otros pequeños incidentes de este tipo, y no mucho después del que acabo de relatar empecé a considerar que la señorita Lucy no era igual que los demás custodios. Es incluso posible que empezara a darme cuenta, ya entonces, de la naturaleza de sus desasosiegos y frustraciones. Pero seguramente exagero; lo más probable es que, a la sazón, reparara en todas estas cosas sin saber qué diablos significaban. Y si estos incidentes se me antojan hoy llenos de significado y coherencia, seguramente es porque hoy los veo a la luz de lo que sucedió después —en especial lo que pasó aquel día en el pabellón, cuando nos guarecimos de un aguacero.

Teníamos quince años, y era nuestro último año en Hailsham. Habíamos estado en el pabellón preparándonos para un partido de *rounders*. Los chichos atravesaban esa fase en la que «disfrutaban» de los partidos de *rounders* para poder flirtear con nosotras, y aquella tarde éramos más de treinta chicos y chicas. El aguacero había empezado cuando estábamos cambiándonos, y enseguida nos juntamos todos en la veranda —protegida por el tejado del pabellón— y nos dispusimos a esperar a que acampara. Pero no dejaba de llover, y cuando se unió al grupo el último de nosotros la veranda estaba atestada y todo el mundo hervía de inquietud. Recuerdo que Laura estaba mostrándome un modo de sonarse la nariz particularmente repugnante para cuando querías ahuyentar a un chico.

La señorita Lucy era la única custodia presente. Estaba inclinada sobre la barandilla del frente, escrutando la lluvia como si tratara de ver a través del campo de deportes. Por aquella época yo seguía observándola con la misma atención que de costumbre, y aunque estaba riéndome con Laura de vez en cuando le lanzaba furtivas miradas a la espalda. Recuerdo que me pregunté si no había algo extraño en su postura, en cómo agachaba la cabeza quizá de forma un tanto exagerada, como un animal agazapado a punto de saltar sobre su presa. Y se inclinaba tanto hacia fuera por encima de la barandilla que las gotas del canalón que sobresalía del tejado casi la rozaban, aunque ella no daba muestras de que le importara. Me recuerdo incluso tratando de convencerme de que no había nada raro en ello —que sólo estaba deseosa de que dejara de llover—, y volviendo a prestar atención a lo que estaba diciendo Laura. Luego, unos minutos más tarde, había olvidado por completo a la señorita Lucy y me estaba partiendo de risa por algo, y de pronto me di cuenta de que todo el mundo se callaba a mi alrededor, y de que la señorita Lucy estaba hablando.

De pie, en el mismo punto que antes, pero ahora con la espalda contra la barandilla, con un fondo de cielo lluvioso, encarándonos, estaba diciendo:

—No, no. Lo siento. Voy a tener que interrumpiros. —Vi que les hablaba a dos chicos sentados enfrente de ella. No es que su voz sonara extraña exactamente, pero estaba hablando muy alto, con el tono que utilizaba para anunciarnos algo a toda la clase, y por eso se había callado todo el mundo—. No, Peter. Voy a tener que hacer que te calles. No puedo seguir escuchándote y guardar silencio.

Y entonces levantó la mirada para incluir al resto de los presentes, y aspiró profundamente:

—Muy bien —dijo—. Podéis oírlo todos. Es para todo el mundo. Ya es hora de que alguien os hable bien claro.

Esperamos, y ella siguió mirándonos con fijeza. Más tarde unos dirían que creían que nos iba a echar una buena reprimenda; otros que se disponía a anunciar una nueva norma sobre cómo jugar los partidos de *rounders*. Pero antes de que dijera ni media palabra yo sabía que iba a tratar de algo completamente diferente.

–Chicos, tendréis que perdonarme por haber escuchado lo que decíais. Pero estabais justo detrás de mí y no he podido evitarlo. Peter, ¿por qué no les dices a tus compañeros lo que le estabas diciendo a Gordon hace un momento?

Peter J. parecía desconcertado, y vi cómo se aprestaba a poner su cara de inocencia herida. Pero la señorita Lucy volvió a decir, ahora con mayor delicadeza:

–Adelante, Peter. Diles a tus compañeros lo que le estabas diciendo a Gordon.

Peter se encogió de hombros.

–Estábamos hablando de qué tal si nos hacíamos actores. Del tipo de vida que llevaríamos.

–Sí –dijo la señorita Lucy–. Y le estabas diciendo a Gordon que tendríais que ir a los Estados Unidos para poder tener más oportunidades.

Peter J. se encogió otra vez de hombros y masculló en voz baja:

–Sí, señorita Lucy.

Pero la señorita Lucy desplazaba ahora la mirada hacia el conjunto de nosotros.

–Sé que no lo decís con mala intención. Pero se dicen muchas cosas de este tipo continuamente. Las oigo todos los días, y no está bien que se os haya permitido seguir diciéndolas. –Vi cómo seguían cayéndole gotas del canalón encima del hombro, pero ella no parecía darse cuenta–. Si nadie os habla –continuó–, lo haré yo. El problema, a mi juicio, es que se os ha dicho y no se os ha dicho. Se os ha dicho, sí, pero ninguno de vosotros lo ha entendido realmente; y me atrevería a decir que hay cierta gente que se siente muy contenta de que la cosa quede ahí. Pero yo no. Si habéis de llevar vidas como es debido tenéis que saberlo, y saberlo bien. Ninguno de vosotros irá a los Estados Unidos, ninguno de vosotros será estrella de cine. Y ninguno de vosotros trabajará en un supermercado, como el otro día oí que alguien tenía intención de hacer. Vuestras vidas están fijadas de antemano. Os haréis adultos, y luego, antes de que os hagáis viejos, antes de que lleguéis incluso a la edad mediana, empezaréis a donar vuestros órganos vitales. Para eso es para lo que cada uno de vosotros fue creado. No sois como los actores que veis en los vídeos, no sois ni siquiera como yo. Se os trajo a este mundo con una finalidad, y vuestro futuro, el de todos vosotros, ha sido decidido de antemano. Así que no debéis volver a hablar de ese modo nunca. Abandonaréis Hailsham dentro de no mucho, y tampoco tendrá que pasar mucho tiempo antes de que llegue el día en que os preparéis para vuestras primeras donaciones. No debéis olvidarlo. Si habéis de llevar vidas mínimamente decorosas, tenéis que saber quiénes sois y lo que os espera en la vida. A todos y cada uno de vosotros.

Se quedó callada, pero me dio la impresión de que siguió diciendo cosas en el interior de su cabeza, porque durante un tiempo su mirada siguió recorriéndonos, yendo de cara en cara como si aún siguiera hablándonos. Y sentimos un gran alivio cuando se dio la vuelta y se puso a mirar de nuevo el campo de deportes.

—Ya no hace tan malo —dijo, pese a que seguía lloviendo con la misma insistencia que antes. Salgamos ahí fuera. A lo mejor sale también el sol.

Creo que eso fue todo lo que dijo. Cuando hablé de ello con Ruth hace unos años en el centro de Dover, ella insistía en que la señorita Lucy nos había dicho mucho más; que nos había explicado cómo, antes de las donaciones, pasaríamos un tiempo como cuidadores, cuál era la secuencia normal de las donaciones, los centros de recuperación, etc., pero yo estoy completamente segura de que no fue así. Puede que lo intentara cuando empezó a hablar. Pero imagino que, una vez que abordó el tema, empezó a ver las caras incómodas, perplejas que tenía enfrente, y se dio cuenta de la imposibilidad de terminar lo que había empezado.

Es difícil decir con claridad qué tipo de impacto causó en el pabellón la revelación de la señorita Lucy. La noticia circuló con rapidez por todo Hailsham, pero las charlas versaban más sobre la propia señorita Lucy que sobre lo que había intentado transmitirnos. Algunos alumnos pensaban que había perdido el juicio durante unos instantes; otros, que habían sido la señorita Emily y los otros custodios quienes le habían pedido que nos dijera lo que nos dijo; y había incluso quienes, habiendo estado presentes cuando nos habló, pensaban que la señorita Lucy nos había reprendido por haber sido demasiado escandalosos en la veranda. Pero, como digo, se debatió asombrosamente poco lo que había dicho. Y si el asunto salía a colación, la gente solía decir:

—Bueno, ¿y qué? Ya lo sabíamos.

Pero eso era precisamente lo que había puesto de relieve la señorita Lucy. «Se os ha dicho y no se os ha dicho», fueron sus palabras literales. Hace unos años, cuando Tommy yo volvimos a hablar de ello, y le recordé la idea de que «se nos había dicho y no se nos había dicho», salió con otra de sus teorías.

Tommy pensaba que posiblemente los custodios, a lo largo de todos nuestros años en Hailsham, habían calculado cuidadosa y deliberadamente lo que decirnos en cada momento, de forma que fuéramos siempre demasiado jóvenes para entender cabalmente lo que se nos decía. Pero, por supuesto, nosotros lo habíamos interiorizado hasta cierto punto, y no hubo de pasar mucho tiempo antes de que toda aquella información se hubiera grabado en nuestra mente sin que jamás la hubiéramos examinado con detenimiento.

Esto me suena un poco como a teoría de la conspiración –no creo que los custodios fueran tan arteros–, pero no niego que pueda haber algo de cierto en ello. Ciertamente, tengo la impresión de que *siempre* he sabido lo de las donaciones de un modo vago, y a una edad tan temprana como los seis o siete años. Y es curioso el hecho de que cuando fuimos más mayores y los custodios nos daban esas charlas, nada nos resultaba una total sorpresa. Era como si lo hubiéramos oído todo alguna vez, en alguna parte.

Algo que me viene a la cabeza ahora es que cuando los custodios empezaron a darnos charlas sobre sexo, solían hacerlo al tiempo que nos hablaban de las donaciones. A aquella edad –hablo de cuando teníamos unos trece años–, sentíamos gran inquietud y expectación respecto al sexo, y obviamente relegábamos la otra información a un segundo plano. Dicho de otro modo, es posible que los custodios se las arreglaran para irnos transmitiendo subrepticiamente una gran cantidad de información básica sobre nuestro futuro.

Aunque, para ser justos, es muy probable que lo más natural fuera hacer coincidir ambos asuntos. Si, pongamos por caso, nos estaban explicando que, cuando tuviéramos relaciones sexuales, debíamos tener mucho cuidado para evitar el contagio de enfermedades, habría sido muy extraño no mencionar el hecho de que para nosotros era mucho más importante que para la gente normal del exterior. Y ello, sin duda, nos llevaba al tema de las donaciones.

Luego estaba el hecho de que no pudiéramos tener niños. La señorita Emily solía darnos ella misma muchas de las charlas sexuales, y recuerdo una vez que trajo del aula de biología un esqueleto de tamaño natural para mostrarnos cómo se hacía el sexo. Contemplamos con absoluto asombro cómo sometía al esqueleto a diferentes posturas y contorsiones, y movía el puntero de una a otra de sus partes sin la menor muestra de embarazo. Explicaba las líneas maestras de cómo tenía que hacerse, qué es lo había que meter, y dónde, y las diferentes variantes, como si estuviéramos en una clase de Geografía. Entonces, de pronto, con el esqueleto hecho un obsceno ovillo encima de la mesa, se dio la vuelta y empezó a explicarnos que teníamos que tener cuidado con quién practicábamos el sexo. No sólo por las enfermedades, sino porque, dijo, «el sexo afecta a las emociones de formas que no podemos ni imaginar». Teníamos que ser extraordinariamente cautelosos con las relaciones sexuales en el mundo exterior, sobre todo con gente que no fueran estudiantes, porque en el mundo exterior «sexo» significaba todo tipo de cosas. En el mundo exterior la gente llegaba a pelearse y a matar porque determinada persona hubiera tenido sexo con otra. Y la razón de que el sexo significara tanto —mucho más, por ejemplo, que la danza o el tenis de mesa— estaba en que la gente del exterior era diferente de nosotros: a través del sexo, podía tener hijos. Por eso era tan importante para ellos la cuestión de quién lo hacía con quién. Y aunque, como sabíamos, era absolutamente imposible para nosotros tener hijos, teníamos que comportarnos como ellos. Teníamos que respetar las reglas y tratar el sexo como algo muy especial.

Aquella charla de la señorita Emily da una idea cabal de lo que estoy diciendo. Estábamos hablando de sexo, pero pronto salían a relucir los temas específicos de nuestra condición. Supongo que éste era el modo en que «se nos decía y no se nos decía».

Pienso que al final debimos de asimilar bastante información, porque recuerdo que, hacia esa edad, tuvo lugar un gran cambio en el modo de tratar todo lo que tenía que ver con las donaciones. Hasta entonces, como he dicho, habíamos hecho todo lo que estaba en nuestra mano para evitar el tema; habíamos reculado a la menor señal de que íbamos a adentrarnos en ese terreno; y siempre que algún idiota había sido descuidado a este respecto —como Marge en aquella ocasión—, se había llevado un castigo severo. Pero desde que tuvimos trece años, como digo, las cosas empezaron a cambiar. Seguíamos sin hablar de las donaciones o de cualquier cosa que tuviera que ver con ellas; seguíamos considerando embarazoso todo lo relacionado con la cuestión. Pero al mismo tiempo llegó a ser algo sobre lo que bromeábamos, del mismo modo que bromeábamos sobre el sexo. Mirando hacia atrás hoy, yo diría que la norma de no hablar abiertamente de las donaciones seguía en vigor y con la misma fuerza de siempre. Pero ahora no estaba mal, e incluso era algo obligado, que de cuando en cuando se hiciera alguna alusión jocosa a aquellas cosas que nos esperaban en el horizonte.

Un buen ejemplo de lo que digo es lo que sucedió aquella vez en que Tommy se hizo un corte en el codo. Debió de ser justo antes de mi charla con él junto al estanque; por la época, supongo, en que Tommy estaba saliendo de aquella fase en la que se metían con él y le tomaban el pelo.

No era un tajo muy profundo, y aunque se le mandó a que se lo viera Cara de Cuervo, volvió casi de inmediato con una gasa en el codo. Nadie volvió a pensar mucho en ello hasta un par de días después, cuando Tommy se quitó la gasa y nos enseñó una herida a medio cerrarse. Se le veían trocitos de piel que empezaban a pegarse, y pequeñas partículas rojas y blandas asomándole por debajo. Estábamos a mitad del almuerzo, así que todos le hicimos corro y exclamamos: «¡ajjj!». Luego Christopher H., de un curso superior al nuestro, dijo con un semblante absolutamente serio:

—Lástima que sea en esa parte del codo. En cualquier otra parte, no habría tenido la menor importancia.

Tommy pareció preocuparse (Christopher era alguien a quien él admiraba mucho en aquella época), y le preguntó a qué se refería. Christopher siguió comiendo, y luego dijo como si tal cosa:

—¿No lo sabes? Si está justo en el codo, se te puede *abrir como una cremallera*. En cuanto dobles el brazo bruscamente. Y se te abriría no sólo esa parte, sino el codo entero. Como una bolsa que se abre con una cremallera. Pensaba que lo sabías.

Oí a Tommy quejarse de que Cara de Cuervo no le hubiera advertido de ese riesgo, pero Christopher se encogió de hombros y dijo:

—Pensaría que lo sabías, seguro. Todo el mundo lo sabe.

Los compañeros de alrededor mascullaron algo en señal de asentimiento.

—Tienes que mantener el brazo completamente recto —dijo alguien—. Doblarlo lo más mínimo puede ser peligrosísimo.

Al día siguiente vi a Tommy con el brazo recto y rígido, y con aire preocupado. Todo mundo se reía de él, y eso me enfurecía, pero tenía que admitir que la cosa tenía cierta gracia. Luego, hacia el final de la tarde, salíamos del Aula de Arte cuando Tommy se acercó a mí en el pasillo y me dijo:

—Kath, ¿podría hablar un momento contigo?

Esto fue quizá un par de semanas después de que me hubiera acercado a él en el campo de deportes para recordarle lo de su polo preferido, así que se suponía que éramos bastante amigos. Fuera como fuese, el hecho de que viniera de ese modo a preguntarme si podía hablar conmigo en privado resultaba un tanto embarazoso, y me dejó un poco desconcertada. Quizá eso pueda explicar en parte por qué no fui más amable.

—No es que éste muy preocupado ni nada parecido —empezó, en cuanto me hubo llevado aparte—. Pero quiero prevenirme, eso es todo. Con la salud no hay que correr riesgos.

Necesito que alguien me ayude, Kath. —Lo que le preocupaba, me explicó, era lo que podía hacer mientras dormía. Doblar el brazo, por ejemplo—. Siempre tengo sueños de ésos en los que peleo contra montones de soldados romanos.

En cuanto lo interrogué un poco, me di perfecta cuenta de que multitud de compañeros —incluso muchos de los que no habían estado en aquel almuerzo— habían ido a repetirle la advertencia de Christopher. De hecho, algunos habían llevado mucho más lejos la patraña: le habían contado que un alumno que se había ido a dormir con un tajo en el codo como el suyo se había despertado con todo el esqueleto del brazo y la mano a la vista, y toda la piel suelta al lado «como uno de esos guantes largos de *My fair lady*».

Lo que Tommy me pedía era que le ayudara a ponerse una tablilla en el brazo para mantenerlo recto durante la noche.

—No me fío de nadie más —dijo, levantando una gruesa regla que solía usar—. Son capaces de ponérmela para que se suelte mientras duermo.

Me miraba con absoluta inocencia, y no supe qué decir. Una parte de mí se moría de ganas de decirle lo que le estaban haciendo, y supongo que sabía que no hacerlo sería como traicionar la confianza que se había creado entre nosotros desde el momento en que le recordé lo del polo en el campo de deportes. Y si me avenía a entablillarle el brazo me convertía al instante en uno de los principales ejecutores de la broma. Y todavía me sentía avergonzada por no habérselo dicho en un principio. Pero hay que tener en cuenta que yo era aún muy jovencita, y que sólo disponía de unos segundos para decidirme. Y cuando alguien te pide que hagas algo en un tono tan lastimero, es muy difícil negarse.

Supongo que lo que primó en mí fue el deseo de que no se disgustara. Porque me daba cuenta de que, a pesar de todo su desasosiego por el brazo, a Tommy le emocionaba la preocupación por su salud que creía que todos le estaban demostrando. Claro que yo sabía que se iba a enterar de la verdad tarde o temprano, pero en aquel momento no fui capaz de decírselo. Lo menos malo que se me ocurrió fue preguntarle:

—¿Te ha dicho Cara de Cuervo que hagas esto?

—No. Pero imagina lo furiosa que se pondría si el codo se me sale todo entero.

Seguía sintiéndome mal, pero le prometí entablillarle el brazo más tarde —en el Aula Catorce, media hora antes de la campana nocturna—, y lo vi marchar tranquilizado y agradecido.

El caso es que no tuve que pasar por ello, porque Tommy lo averiguó todo antes. Hacia las ocho de la tarde estaba yo bajando la escalera principal cuando oí unas grandes carcajadas que venían de la planta baja. Se me encogió el corazón porque supe inmediatamente que tenían que ver con Tommy. Me detuve en el rellano de la primera planta y miré por encima de la barandilla y vi que Tommy salía de la sala de billar con grandes y sonoras zancadas. Recuerdo que pensé: «Al menos no está chillando». Y no lo hizo en ningún momento: fue hasta el guardarropa, recogió sus cosas y se fue de la casa principal. Y durante todo este tiempo, las risotadas siguieron saliendo por la puerta abierta de la sala de billar, mientras algunas voces aullaban cosas como la siguiente:

—¡Si pierdes los estribos, el codo se te sale *sin remedio*!

Pensé en salir detrás de él y alcanzarlo en la oscuridad antes de que llegara al barracón del dormitorio, pero recordé que le había prometido entablillarle el codo para pasar la noche, y no me moví. Y me dije a mí misma una y otra vez: «Al menos no ha tenido una rabieta. Al menos se ha controlado el mal genio».

Pero me he apartado un poco del asunto. La razón de que haya hablado de esto es que el concepto de cosas que «se abren como con una cremallera» trascendió del codo de

114

Tommy para convertirse en una broma entre nosotros referida a las donaciones. La idea era que, llegado el momento, no tenías más que abrirte la cremallera de una parte de ti mismo, y se te saldría un riñón u otra víscera cualquiera, que tenderías a quien procediese. No es que la cosa nos pareciese muy graciosa en sí misma; era más bien una forma que teníamos de hacernos perder el apetito. Te abrías la «cremallera» del hígado, por ejemplo, y lo tirabas en el plato de alguien. Ese tipo de broma. Recuerdo que una vez Gary B., que tenía un apetito increíble, volvía con su tercer plato de pudin, y prácticamente todos los de la mesa «se abrieron la cremallera» de partes de sí mismos y fueron amontonándolas en el bol de Gary, mientras él seguía atiborrándose a conciencia.

A Tommy nunca le gustó gran cosa que lo de las *cremalleras* se pusiera de moda otra vez, pero para entonces las tomaduras de pelo dirigidas contra su persona eran cosa del pasado y nadie lo relacionaba ya con esta broma. Era algo que hacíamos para reírnos un poco, para conseguir que alguien dejase de comer lo que tenía en el plato —y también, supongo, como un modo de reconocimiento de lo que nos esperaba en el futuro—. Y esto es lo que quería decir antes. En aquel tiempo de nuestra vida ya no nos apartábamos con espanto cuando se mencionaba el asunto de las donaciones, como habíamos hecho un año o dos atrás; pero tampoco pensábamos en ello muy seriamente, ni lo sometíamos a debate. Todo aquello de «abrirse la cremallera» no era sino una manifestación perfectamente comprensible del modo en que el asunto nos afectaba cuando teníamos trece años.

Así que diría que la señorita Lucy tenía razón cuando un par de años después afirmó que «se nos había dicho y no se nos había dicho». Y —lo que es más— ahora que pienso en ello diría también que lo que la señorita Lucy nos dijo aquella tarde condujo a un cambio de actitud real en todos noso-

115

tros. Fue a partir de aquel día cuando cesaron las bromas sobre las donaciones, y cuando empezamos a pensar juiciosamente en las cosas. Si algo varió fue precisamente el que las donaciones volvieron a ser un tema que todos orillábamos, pero no de la forma en que lo había sido cuando éramos más jóvenes. Ahora ya no era incómodo o embarazoso, sino sencillamente sombrío y serio.

—Es extraño —me dijo Tommy cuando lo recordamos todo de nuevo hace unos años—. Ninguno de nosotros se paró a pensar en cómo se sintió ella, la señorita Lucy. Nunca nos preocupó si se había buscado algún problema al decirnos lo que nos dijo. Éramos tan egoístas entonces.

—Pero no puedes culparnos a nosotros —dije—. Se nos enseñó a pensar en nuestros compañeros, pero jamás en nuestros custodios. No se nos ocurrió nunca la idea de que hubiera diferencias entre ellos.

—Pero teníamos edad suficiente —dijo Tommy—. Con nuestra edad tendría que habérsenos ocurrido. Pero no se nos ocurrió. No pensamos en absoluto en la pobre señorita Lucy. Ni siquiera después, ya sabes, cuando tú la viste.

Supe al instante a qué se refería. Hablaba de aquella mañana de principios de nuestro último verano en Hailsham, cuando me topé con la señorita Lucy en el Aula Veintidós. Al pensar en ello ahora, me doy cuenta de que Tommy tenía razón. A partir de aquel momento debería haber sido meridianamente claro, incluso para nosotros, cuán atribulada estaba la señorita Lucy. Pero, como dijo Tommy, jamás consideramos nada desde su punto de vista, y jamás se nos ocurrió decir o hacer algo para apoyarla.

8

Muchos de nosotros habíamos cumplido ya dieciséis años. Era una mañana de sol radiante y acabábamos de bajar al patio después de una clase en la casa principal cuando de pronto me acordé de algo que me había dejado olvidado en el aula. Así que subí hasta la tercera planta, y allí es donde me sucedió lo de la señorita Lucy.

En aquellos días yo tenía un juego secreto. Cuando me encontraba sola dejaba lo que estuviera haciendo y buscaba una vista —desde la ventana, por ejemplo, o el interior de un aula a través de una puerta—, cualquier vista en la que no hubiera personas. Lo hacía para poder hacerme la ilusión, al menos durante unos segundos, de que aquel lugar no estaba atestado de alumnos sino que era una casa tranquila y apacible donde vivía con otras cinco o seis personas. Y para que esta fantasía funcionara, tenía que sumirme en una especie de ensueño, y aislarme de todos los ruidos y todas las voces. Normalmente tenía que tener también bastante paciencia: si, pongamos por caso, estoy en una ventana y fijo la mirada en un punto concreto del campo de deportes, puede que tenga que esperar siglos para que se den esos dos segundos en los que no hay nadie en el encuadre. En cualquier caso, era eso lo que estaba haciendo aquella mañana después de haber recogido lo que había olvidado en la clase y haber salido al rellano de la tercera planta.

Estaba muy quieta junto a una ventana y miraba la parte del patio en la que había estado apenas unos instantes antes. Mis amigas se habían ido, y el patio se vaciaba por momentos, de forma que estaba esperando a poder poner en práctica mi juego secreto cuando oí a mi espalda algo parecido a un escape de gas o de vapor en violentas ráfagas.

Era un sonido sibilante que se prolongó durante unos diez segundos; luego cesó y volvió a sonar. No me alarmé exactamente, pero dado que al parecer era la única persona en las cercanías, pensé que lo mejor sería ir a averiguar qué pasaba.

Crucé el rellano en dirección al sonido, avancé por el pasillo y dejé atrás el aula en la que acababa de estar, y llegué al Aula Veintidós, la segunda empezando por el fondo. La puerta estaba entreabierta, y en cuanto me acerqué a ella el ruido sibilante volvió a sonar con mayor intensidad. No sé lo que esperaba encontrar al empujar la puerta con cautela, pero mi sorpresa fue mayúscula al ver a la señorita Lucy.

El Aula Veintidós se utilizaba raras veces para las clases, porque era demasiado pequeña y nunca había suficiente luz —ni siquiera en un día como aquel—. A veces los custodios entraban para corregir nuestros trabajos o para ponerse al día en sus lecturas. Aquella mañana el aula estaba más oscura que de costumbre, porque las persianas estaban echadas casi totalmente. Habían juntado dos mesas, como para que pudiera sentarse un grupo, pero la señorita Lucy estaba sola, sentada a un lado, cerca del fondo. Vi varias hojas de un papel oscuro y satinado diseminadas sobre la mesa de enfrente de la señorita Lucy. Ella estaba inclinada sobre la mesa, absorta, con la frente muy baja, los brazos sobre el tablero, trazando líneas furiosas sobre una hoja con un lápiz. Bajo las gruesas líneas negras vi una pulcra letra azul. Siguió restregando la punta del lápiz sobre el papel, casi como si estuviera sombreando en la clase de Arte, sólo que sus movimientos eran mucho más airados, como si no le importara que el papel se agujereara. Entonces, en ese momento, me di cuenta de que ése era el ruido extraño que había oído antes, y que lo que había tomado por papeles oscuros y satinados habían sido, instantes atrás, hojas de cuidada letra azul.

Se hallaba tan ensimismada en lo que estaba haciendo que tardó en reparar en mi presencia. Cuando alzó la vista, sobresaltada, vi que tenía la cara congestionada, aunque sin rastro alguno de lágrimas. Se quedó mirándome, y al final dejó el lápiz.

—Hola, jovencita —dijo, y aspiró profundamente—. ¿Qué puedo hacer por ti?

Creo que aparté la vista para no tener que mirarla a ella o al papel que había sobre la mesa. No recuerdo si dije gran cosa, si le expliqué lo del ruido, y que había entrado por si era gas. En cualquier caso, no fue una conversación propiamente dicha: ella no quería que yo estuviera allí, y yo tampoco quería estar. Creo que me disculpé y salí del aula, esperando a medias que me llamara. Pero no lo hizo, y lo que hoy recuerdo es que bajé las escaleras llena de vergüenza y resentimiento. En aquel momento quería más que nada en el mundo no haber visto lo que acababa de ver, aunque si se me hubiera preguntado por qué estaba tan disgustada no habría sido capaz de precisarlo. La vergüenza, como digo, tenía mucho que ver con ello, y también la furia, aunque no exactamente contra la señorita Lucy. Me sentía muy confusa, y probablemente por eso no les conté nada a mis amiga hasta mucho tiempo después.

A partir de aquella mañana tuve la convicción de que había algo —quizá algo horrible— relacionado con la señorita Lucy que yo desconocía, y mantuve los ojos y los oídos bien abiertos. Pero los días pasaron y no vi ni oí nada. Lo que no

119

sabía entonces es que algo de gran importancia había sucedido sólo unos días después de que viera a la señorita Lucy en el Aula Veintidós –algo entre ella y Tommy que había dejado a éste disgustado y desorientado–. No mucho tiempo atrás, Tommy y yo nos habríamos contado inmediatamente cualquier nueva de este tipo; pero aquel verano estaban sucediendo ciertas cosas que hacían que no habláramos tan abiertamente como antes.

Por eso tardé tanto en oí hablar de ello. Luego me odié por no haberlo adivinado, por no buscar a Tommy para interrogarle hasta conseguir que me lo contara. Pero, como he dicho, en aquel tiempo estaban sucediendo cosas entre Tommy y Ruth, y otras muchas cosas más, y creí que eran estos hechos los que habían dado lugar a los cambios que había observado en él.

Probablemente iría demasiado lejos si dijera que Tommy se vino abajo por completo aquel verano, pero hubo veces en las que temí que estuviera volviendo a ser la criatura torpe y tornadiza de años antes. Una vez, por ejemplo, unos cuantas de nosotras volvíamos del pabellón hacia los barracones de los dormitorios y de pronto vimos a Tommy y a otros dos chicos unos pasos más adelante. Todos parecían perfectamente –incluso Tommy–, y se reían y se daban empellones. De hecho, diría que Laura –que iba a mi lado– se puso a imitarles y a hacer payasadas. El caso es que Tommy debía de haber estado sentado en el suelo un rato antes, porque tenía un pegote de barro en la parte baja de la camiseta de rugby. Era obvio que no se había dado cuenta, y creo que sus amigos tampoco, porque lo habrían aprovechado para tomarle el pelo. En cualquier caso, Laura –siendo como era– le gritó algo parecido a «¡Tommy, llevas caca detrás! ¿Qué has estado haciendo?».

Lo dijo de un modo completamente amistoso, y si acto seguido algunas de nosotros emitimos ciertos ruidos para apoyar el comentario, no fue nada muy distinto a ese tipo de cosas que los escolares hacen continuamente. Así que nos quedamos absolutamente anonadadas cuando Tommy se paró en seco, giró en redondo y miró a Laura con ojos de fuego. Nos paramos, y también sus amigos –ellos tan desconcertados como nosotras–, y durante unos segundos pensé que Tommy iba a estallar por primera vez en varios años. Pero se dio la vuelta y echó a andar con brusquedad, sin decir ni una palabra, y nos dejó allí atrás, quietas, encogiéndonos de hombros y mirándonos unas a otras.

Algo parecido sucedió cuando le enseñé el calendario de Patricia C. Patricia estaba dos cursos más atrás que nosotros, pero todo el mundo admiraba su destreza para el dibujo, y sus trabajos eran muy cotizados en los Intercambios de Arte. A mí me gustaba especialmente aquel calendario, y me las había arreglado para conseguirlo en el último Intercambio, porque llevaba oyendo hablar de él varias semanas. No tenía nada que ver, pongamos por caso, con los calendarios blandos de colores de los condados ingleses de la señorita Emily. El calendario de Patricia era diminuto y abultado, y para cada mes había hecho un increíble dibujo a lápiz de alguna escena de la vida de Hailsham. Me gustaría haberlo conservado, sobre todo porque en algunos de los dibujos –los de junio y septiembre, por ejemplo– se pueden reconocer las caras de ciertos alumnos y custodios. Es una de las cosas que perdí cuando dejé las Cottages, cuando tenía la cabeza en otra parte y no prestaba demasiada atención a lo que me estaba llevando (pero hablaré de ello en su momento). Lo que estoy diciendo ahora es que el calendario de Patricia era una auténtica preciosidad. Me sentía orgullosa de él, y por eso quería enseñárselo a Tommy.

Lo vi de pie al lado del gran sicómoro que había cerca del Campo de Deportes Sur, al sol de última hora de la tarde, y como llevaba el calendario en la cartera –lo había estado enseñando en la clase de música–, me dirigí hacia él.

Estaba absorto en un partido de fútbol en el que jugaban algunos chicos más jóvenes, y su talante parecía bueno, incluso apacible. Cuando me vio acercarme me sonrió, y estuvimos charlando un rato de nada en particular. Y al final le dije:

—Tommy, mira lo que he conseguido.

No quise que mi voz sonara sin un timbre del triunfo, y puede que incluso dijera «tachán» al sacarlo de la cartera y tendérselo para que lo viera. Cuando cogió el calendario aún seguía sonriendo, pero en cuanto empezó a hojearlo me pareció que algo se cerraba en su interior.

—Esa Patricia... —empecé a decir, pero enseguida oí cómo mi voz cambiaba—. Es tan inteligente...

Pero Tommy ya me lo estaba devolviendo. Y luego, sin decir ni una palabra, echó a andar en dirección a la casa principal.

Este incidente debería haberme dado una pista. Si hubiera pensado en él con la atención debida, habría adivinado que el estado de ánimo último de Tommy tenía algo que ver con la señorita Lucy y con sus pasados problemas de creatividad. Pero con todas las cosas que estaban pasando en aquel momento en Hailsham, como digo, no pensé en nada de eso. Supongo que debí de dar por sentado que aquellos problemas habían quedado atrás con nuestra entrada en la adolescencia, y que sólo los grandes temas que tan aparatosamente se nos presentaban podían realmente preocuparnos.

¿Qué había estado pasando en Hailsham? Bien, para empezar, Ruth y Tommy habían tenido una pelea de campeonato. Habían sido pareja durante unos seis meses (al menos ése era el tiempo que llevaban siéndolo «públicamente»: paseándose cogidos del brazo y ese tipo de cosas). Los respetábamos como pareja porque no hacían ostentación de ello. Otras parejas, como Sylvia B. y Roger D., por ejemplo, podían ponerse de un meloso insoportable, y había que lanzarles toda una andanada de imitaciones de vómitos para llamarles al orden. Pero Ruth y Tommy nunca hicieron ningún alarde burdo delante de los demás, y si alguna vez se hacían arrumacos o algo parecido, notabas que lo hacían sólo para ellos mismos y no para la galería.

Mirando hoy hacia atrás, veo que todos estábamos bastante confusos en lo relativo al sexo. Algo que a nadie debería sorprender, supongo, pues apenas teníamos dieciséis años. Pero lo que hacía aún mayor nuestra confusión —hoy lo veo con más claridad— era el hecho de que también los custodios se sentían confusos al respecto. Por otra parte, teníamos la charlas de la señorita Emily, en las que nos decía lo importante que era no avergonzarse de nuestros propios cuerpos, y «respetar nuestras necesidades físicas», y cómo el sexo era «un bellísimo don» siempre que ambas personas lo desearan realmente. Pero, llegado el momento, los custodios hacían más o menos imposible que cualquiera de nosotros llegara a hacer gran cosa sin quebrantar alguna norma. Nosotros no podíamos visitar los dormitorios de los chicos después de las nueve de la noche, y ellos no podían visitar los nuestros. Las clases estaban oficialmente «fuera del territorio permitido» desde el atardecer, al igual que las zonas de detrás de los cobertizos y del pabellón. Y no te apetecía hacerlo en el campo aunque hiciera un tiempo espléndido, porque casi con toda seguridad descubrirías luego que habías tenido un montón de espectadores observándote —y pasándose los prismáticos de mano en mano— desde las ventanas de la casa. Dicho de otro modo, pese a las charlas y charlas sobre la belleza del sexo y demás, teníamos la inequívoca impresión de que si los custodios nos sorprendían poniéndolo en práctica nos veríamos en un aprieto.

Pero el único caso real del que personalmente tengo noticia en este sentido es el de Jenny C. y Rob D., el día en que se les sorprendió en el Aula Catorce. Estaban haciéndolo después del almuerzo, encima de uno de los pupitres, cuando el señor Jack entró a coger algo. Según Jenny, el señor Jack se había puesto rojo y se había ido precipitadamente, pero a ellos se les había cortado la cosa y la habían dejado. Se habían casi vestido cuando el señor Jack volvió a entrar, como si fuera la primera vez, y fingió escandalizarse.

—Veo perfectamente lo que habéis estado haciendo, y no está bien —dijo, y les mandó a ver a la señorita Emily.

Pero cuando llegaron a su despacho, la señorita Emily les dijo que estaba a punto de salir para una reunión importante, y que no tenía tiempo para hablar con ellos.

—Pero sabéis que no tendríais que haber estado haciendo lo que estuvierais haciendo, y espero que no volváis a hacerlo —les había dicho, antes de salir apresuradamente con sus carpetas.

El sexo homosexual, por cierto, era algo sobre lo que nos sentíamos aún más confusos. Por alguna razón que desconozco, lo llamábamos «sexo sombrilla»; si te gustaba alguien de tu mismo sexo, eras un o una «sombrilla». No sé cómo sería en los centros del exterior, pero en Hailsham no éramos en absoluto amables con todo lo que tuviera que ver con una tendencia homosexual. Los chicos, sobre todo, podían ser de lo más crueles. Según Ruth, ello se debía a que muchos de ellos se habían hecho cosas mutuamente cuando eran muy pequeños, antes de que pudieran darse cuenta de lo que estaban haciendo. Así que ahora se sentían ridículamente tensos en relación con ello. No sé si tenía o no razón, pero no había duda de que si acusabas a alguien de ser «un sombrilla de cuidado» podías buscarte una buena bronca.

Cuando hablábamos de todas estas cosas —y lo hacíamos constantemente en aquel tiempo— nunca podíamos concluir si los custodios querían o no que tuviéramos sexo entre nosotros. Algunos pensaban que sí, pero que siempre queríamos hacerlo cuando no debíamos. Hannah sostenía la teoría de que su deber era hacer que tuviéramos sexo entre nosotros porque de lo contrario nunca llegaríamos a ser buenos donantes. Según ella, los riñones y los páncreas y demás cosas por el estilo no funcionaban bien si no se tenía sexo. Y alguien añadió que no teníamos que olvidar que los custodios eran «normales». Por eso eran tan raros en lo referente al sexo; para ellos, el sexo era para cuando querías tener niños, y aunque sabían, intelectualmente, que nosotros no podíamos tenerlos, seguían sintiéndose incómodos cuando practicábamos el sexo porque en el fondo no acababan de creerse que no íbamos a tener hijos.

Annette B. tenía otra teoría: que los custodios se sentían incómodos cuando practicábamos el sexo entre nosotros porque lo que en realidad querían era tener sexo con nosotros. El señor Chris en particular, afirmaba Annette, a las chicas nos miraba de ese modo. Laura dijo que lo que Annette quería decir realmente era que la que quería tener sexo con el señor Chris era *ella*. Y todas nos partimos de risa, porque la idea de tener relaciones sexuales con el señor Chris nos parecía absurda, además de absolutamente nauseabunda.

La teoría que creo que más se acercaba a la verdad era la de Ruth.

—Nos informan de todo lo relacionado con el sexo para cuando nos vayamos de Hailsham —explicaba—. Quieren que lo hagamos como es debido, con alguien que nos guste y sin coger enfermedades. Pero, como digo, nos lo cuentan para cuando dejemos Hailsham. No quieren que lo hagamos aquí, porque es demasiado lío para ellos.

Yo, por mi parte, pienso que no hacíamos tanto sexo como fingíamos hacer. Había, quizá, mucho besuqueo, mucho manoseo; y parejas que *daban a entender* que estaban manteniendo relaciones sexuales completas. Pero, volviendo hoy la vista atrás, me pregunto hasta qué punto todo esto era verdad. Si todos los que decían que lo hacían lo estaban haciendo realmente, en Hailsham no se habría visto más que parejas empeñadas en tal afán a todas horas, y a derecha, izquierda y centro.

Lo que sí recuerdo es que existía un acuerdo casi tácito entre todos nosotros para no interrogarnos demasiado sobre lo que decíamos que hacíamos. Si, por ejemplo, Hannah ponía los ojos en blanco cuando estábamos hablando de otra chica y decía entre dientes «virgen» —queriendo decir «por supuesto, *nosotras no* lo somos, y como ella sí lo es, ¿qué puedes esperarte?»—, ciertamente no era muy propio preguntarle: «¿Con quién lo has hecho tú? ¿Cuándo? ¿Dónde?». No, lo que hacías era limitarte a asentir con complicidad. Era como si existiera otro universo paralelo al cual nos trasladábamos para practicar todo ese sexo.

Creo que debí de darme cuenta incluso entonces de que todos aquellos lances de los que se alardeaba a mi alrededor no cuadraban en absoluto. En cualquier caso, a medida que se acercaba el verano, empecé a sentirme más y más un bicho raro a este respecto. En cierto modo, el sexo había llegado a ser como lo de «ser creativo» unos años antes. Era como si, si no lo habías hecho nunca, tuvieras que hacerlo, y pronto. Y en mi caso, la cosa se hacía aún más complicada por el hecho de que dos de las chicas de mi círculo más íntimo lo habían hecho ya. Laura, con Rob D., aunque nunca habían llegado a ser pareja. Y Ruth con Tommy.

Pero, a pesar de ello, yo seguía y seguía resistiéndome, repitiéndome a mí misma el consejo de la señorita Emily: «Si no encuentras a nadie con quien desees de veras compartir esa experiencia, ¡no lo hagas!». Pero hacia primavera del año de que estoy hablando empecé a pensar que no me importaría tener sexo con un chico. No sólo para ver cómo era, sino también porque se me ocurrió que necesitaba familiarizarme con el sexo, y que incluso sería preferible practicarlo por primera vez con un chico que no me importara demasiado. Así, en el futuro, si estaba con alguien especial, tendría más probabilidades de hacerlo todo como es debido. Lo que quiero decir es que, si la señorita Emily tenía razón y el sexo era algo tan importante entre las personas, entonces no quería hacerlo por primera vez cuando, llegado el momento, fuera realmente importante hacerlo bien.

Así que le eché el ojo a Harry C. Lo elegí por varias razones. La primera, porque sabía que él lo había hecho ya con Sharon D. La segunda, porque aunque no me gustaba demasiado tampoco lo encontraba repulsivo. Y también porque era tranquilo y decente, y, si la cosa resultaba un verdadero desastre, nada dado a ir por ahí luego chismorreando. Era, además, un chico que ya había insinuado unas cuantas veces que le gustaría tener sexo conmigo. De acuerdo, había un montón de chicos que a la sazón lanzaban sondas galantes, pero para entonces sabíamos ya distinguir claramente una proposición real de la habitual palabrería de los chicos.

Así que elegí a Harry, y lo diferí un par de meses porque quería asegurarme de estar bien físicamente. La señorita Emily nos había dicho que podría ser doloroso y resultar un completo fracaso si no te humedecías lo bastante, y ésa era mi principal preocupación. No era cuestión de que te desgarraran ahí abajo, como a veces comentábamos en broma (era además el miedo secreto de muchísimas chicas). Me decía a mí misma que siempre que me mojase lo bastante aprisa, no tenía por qué haber problemas, y practiqué mucho yo sola para asegurarme.

Me doy cuenta de que quizá pudiera pensarse que me estaba volviendo obsesiva, pero recuerdo que también me pasaba mucho tiempo releyendo pasajes de libros en los que la gente tenía relaciones sexuales, y repasaba las frases una y otra vez tratando de encontrar pistas. Lo malo es que los libros que teníamos en Hailsham no me servían de ninguna ayuda. Teníamos muchas obras de Thomas Hardy y de autores por el estilo, prácticamente inútiles para mis propósitos. En algunos libros modernos, de escritoras como Edna O'Brien y Margaret Drabble, había algo de sexo, pero nunca se sabía con claridad lo que sucedía porque los autores siempre daban por supuesto que tenías en tu haber un montón de experiencia y no hacía ninguna falta entrar en detalles. Así que me estaba resultando francamente frustrante lo de los libros y el sexo, y los vídeos no eran mucho mejores. Desde hacía un par de años teníamos un vídeo en la sala de billar, y aquella primavera disponíamos ya de una colección bastante buena de películas. En muchas de ellas había sexo, pero la mayoría de las escenas acababan justo antes de que empezara el sexo propiamente dicho, o, si la cámara registraba cómo lo hacían, tú sólo veías las caras o las espaldas de los protagonistas. Y cuando había un pasaje en verdad *útil*, era muy difícil verlo pausadamente porque por lo general había otros veinte compañeros en la sala. Teníamos ese sistema que te permite repetir tus secuencias preferidas, como, por ejemplo, el momento en que el soldado norteamericano salta sobre el alambre de espino a lomos de su motocicleta en *La gran evasión*. Se oía la cantinela de «¡Rebobina, rebobina!», y alguien cogía el mando a distancia y volvíamos a ver la secuencia, a menudo tres, cuatro veces. Pero difícilmente podía yo ponerme a gritar que rebobinaran para volver a ver una determinada escena de sexo.

Así que seguí difiriéndolo semana tras semana, mientras seguía preparándome, hasta que llegó el verano y decidí que estaba ya tan a punto como podría llegar a estarlo nunca. Para entonces me sentía razonablemente segura de mí misma, y empecé a insinuarme a Harry. Todo iba bien, de acuerdo con mi plan, cuando Ruth y Tommy rompieron y todo se volvió un poco confuso.

9

Lo que sucedió fue que unos días después de que rompieran yo estaba en el Aula de Arte con otras chicas, trabajando en un bodegón, y recuerdo que hacía un calor sofocante, a pesar de tener el ventilador a plena potencia a nuestra espalda. Estábamos utilizando carboncillo, y como alguien se había llevado todos los caballetes, teníamos que trabajar con el tablero sobre el regazo. Yo estaba sentada junto a Cynthia E., y acabábamos de estar charlando y quejándonos del calor. Entonces, no sé cómo, salió el tema de los chicos, y, sin levantar la vista del trabajo, Cynthia dijo:

–Y Tommy. Sabía que no iba a durar con Ruth. Bien, supongo que vas a ser la sucesora natural.

Lo dijo como si tal cosa. Pero Cynthia era una persona perspicaz, y el hecho de que no formara parte de nuestro grupo daba un peso aún mayor a su comentario. Lo que quiero decir es que no pude evitar pensar que lo que había dicho era lo que cualquier persona medianamente objetiva habría dicho del asunto. Después de todo, yo era amiga de Tommy desde hacía años, hasta que había empezado aquella moda de las parejas. Era perfectamente posible que, para alguien externo al grupo, yo fuera la «sucesora natural» de Ruth. Lo dejé pasar, sin embargo, y Cynthia, que no pretendía abundar sobre ese punto, no dijo más sobre el asunto.

Uno o dos días después, salía del pabellón con Hannah cuando de pronto sentí que me daba un codazo y hacía un gesto en dirección a un grupo de chicos que había en el Campo de Deportes Norte.

—Mira —dijo en voz baja—. Tommy. Allí sentado. Y solo.

Me encogí de hombros, como diciendo: «¿Y qué?». Y eso fue todo. Pero luego me sorprendí pensando y pensando en ello. Quizá lo único que había querido Hannah era hacer hincapié en el hecho de que Tommy, desde que había roto con Ruth, parecía estar un poco perdido. Pero no acababa de convencerme: conocía bien a Hannah. La forma en que me había dado el codazo y había bajado la voz era señal inequívoca de que también ella expresaba la presunción, probablemente ya general, de que yo era la «sucesora natural».

Ello, como ya he dicho, me había sumido en cierta confusión, porque hasta entonces me había aferrado a mi plan de Harry. De hecho, viéndolo retrospectivamente, estoy segura de que habría llegado a tener sexo con Harry si no se hubiera dado ese asunto de la «sucesora natural». Lo tenía todo planeado, y los preparativos iban por buen camino. Y sigo pensando que Harry habría sido una buena elección para aquella etapa de mi vida. Pienso que habría sido atento y delicado, y que habría entendido lo que esperaba de él.

Vi a Harry fugazmente hace un par de años, en el centro de recuperación de Wiltshire. Lo habían internado después de una donación. Yo no me encontraba en el mejor de los estados de ánimo, porque el donante a quien cuidaba acababa de «completar» la noche anterior. Nadie me echaba la culpa de ello —había sido una operación particularmente chapucera—, pero me sentía muy mal. Había estado levantada casi toda la noche, arreglando las cosas, y estaba en el vestíbulo preparándome para irme cuando vi a Harry entrando en la recepción. Iba en silla de ruedas (porque estaba muy débil –según supe después–, no porque no pudiera caminar), y no estoy segura de que cuando me acerqué para saludarle llegara siquiera a reconocerme. Supongo que no había ninguna razón por la que yo debiera ocupar un lugar especial en su memoria. Nunca habíamos tenido mucho que ver el uno con el otro, salvo aquella vez en que planeé emparejarme con él sexualmente. Para él, en caso de que me recordara, no sería sino aquella chica tonta que se había acercado a él un día y le había preguntado si quería hacer sexo con ella y se había retirado apresuradamente. Debía de ser bastante maduro para su edad, porque no se molestó ni fue por ahí contándole a la gente que yo era una chica fácil o algo parecido. Así que cuando vi que lo traían a aquel centro aquel día, sentí gratitud hacia él y pensé que ojalá hubiera sido su cuidadora. Miré a mi alrededor, pero a su cuidador, quienquiera que fuese, no se le veía por ninguna parte. Los camilleros estaban impacientes por llevarlo a su habitación, así que no hablé mucho con él. Le dije hola, y que esperaba que se sintiera mejor pronto, y él me sonrió cansinamente. Cuando mencioné Hailsham levantó los pulgares en señal de aprobación, pero estoy segura de que no me reconoció. Quizá más tarde, cuando no estuviera tan cansado, o cuando su medicación no fuera tan fuerte, trataría de ubicarme y recordarme.

Pero estaba hablando de entonces, de cómo después de que Ruth y Tommy hubieran roto todos mis planes se sumieron en una nebulosa. Mirando hoy hacia atrás, siento un poco de lástima por Harry. Después de todas las insinuaciones que le había ido dirigiendo la semana anterior, heme allí de pronto susurrando cosas para rechazarle. Supongo que debí de suponer que se moría de ganas de practicar el sexo conmigo, y de que tendría que vérmelas y deseármelas para contenerlo. Porque cada vez que lo veía, salía rápidamente con alguna evasiva y me iba precipitadamente antes de que él pudiera contestar algo. Sólo mucho después, cuando pensé detenidamente en ello, se me ocurrió que acaso en ningún momento había acariciado la idea de tener una relación sexual conmigo. Por lo que sé, hasta tal vez le hubiera alegrado el poder olvidado todo, pero cada vez que nos veíamos en el pasillo o en los jardines, yo me acercaba y le susurraba cualquier excusa para no querer hacer sexo con él en aquel momento. Debí de parecerle bastante boba, y si no hubiera sido tan buen tipo me hubiera convertido en el hazmerreír de todo mundo en un abrir y cerrar de ojos. En fin, lo que tardé en librarme de Harry fue quizá un par de semanas, y entonces llegó la petición de Ruth.

Aquel verano, hasta que acabó el calor, adquirimos la extraña costumbre de escuchar música juntos en los campos. Desde los Saldos del año anterior habían empezado a verse *walkmans* en Hailsham, y aquel verano había por lo menos seis en circulación. Lo que hacía furor era sentarse en el césped unos cuantos alrededor de un *walkman*, y pasarse de unos a otros los cascos. Sí, parece una manera estúpida de escuchar música, pero creaba un *feeling* estupendo. Escuchabas durante unos veinte segundos, te quitabas los auriculares y se los pasabas al siguiente. Al cabo de un rato, y siempre que la cinta se pusiera una y otra vez, era asombroso lo parecido que podía resultar a haberla escuchado de corrido. Como digo, la cosa hizo furor aquel verano, y durante los descansos para el almuerzo podías ver grupitos de alumnos echados en el césped alrededor de unos cuantos *walkmans*. Los custodios no se mostraban muy entusiastas, porque decían que se contagiaban las infecciones de oído, pero no nos lo prohibían. No puedo recordar aquel último verano sin pensar en aquellas tardes haciendo corro en torno a los *walkmans*. De cuando en cuando pasaba alguien y preguntaba:

—¿Qué estáis escuchando?

Y si le gustaba lo que le respondíamos se sentaba y esperaba a su turno para hacerse con los cascos. En aquellas sesiones había casi siempre un ambiente inmejorable, y no recuerdo que se negara a nadie el disfrute de los auriculares.

Y estaba en compañía de otras chicas disfrutando de una de esas ocasiones cuando se acercó Ruth y me preguntó si podíamos hablar un rato. Vi que se trataba de algo importante, así que dejé a aquellas chicas y las dos nos alejamos en dirección al barracón del dormitorio. Cuando llegamos a nuestra habitación, me senté en la cama de Ruth, cerca de la ventana —el sol había caldeado un poco la manta— y ella se sentó en la mía, junto a la pared del fondo. Había una mosca azul zumbando en el aire, y durante unos minutos estuvimos riéndonos y jugando al «tenis de la mosca azul», lanzando manotazos al aire para hacer que la enloquecida criatura fuera de un extremo a otro de nosotras. Al final la mosca encontró el camino y salió por la ventana, y Ruth dijo:

—Quiero que Tommy y yo volvamos a estar juntos, Kathy. ¿Me ayudarás? —Y luego me preguntó—: ¿Qué pasa?

—Nada. Que me ha sorprendido un poco, después de lo que pasó. Por supuesto que te ayudaré.

—No le he contado a nadie que quiero volver con Tommy. Ni siquiera a Hannah. Eres la única en la que confío.

—¿Qué quieres que haga?

—Que hables con él. Siempre te has llevado de maravilla con Tommy. A ti te escuchará. Y sabrá que no estás hablando por hablar.

Durante un instante seguimos sentadas en la cama, bamboleando los pies desde los colchones.

—Es estupendo que me digas esto —dije al cabo—. Seguramente soy la persona más adecuada. Para hablar con Tommy y todo eso.

—Lo que quiero es que volvamos a empezar desde cero.

Estamos prácticamente en paz, porque los dos hemos hecho tonterías para herirnos mutuamente, pero ya basta. ¡Con la mema de Martha H.! ¡Te lo puedes creer! Puede que lo hiciera para hacer que me riera un rato. Bien, puedes decirle que sí, que me reí a gusto, y que el marcador sigue en empate. Ya es hora de que maduremos y empecemos de nuevo. Sé que puedes razonar con él, Kathy. Sé que vas a tratar el asunto del mejor modo posible. Y si no está dispuesto a ser sensato, no tiene ningún sentido que me empeñe en seguir con él.

Me encogí de hombros.

—Tienes razón, Tommy y yo siempre hemos podido hablar.

—Sí, y te respeta de verdad. Lo sé porque me lo ha comentado muchas veces. Dice que tienes agallas y que siempre haces lo que dices que vas a hacer. Un día me dijo que si alguna vez llegaba a estar acorralado, prefería que las espaldas se le guardases tú en lugar de cualquiera de los chicos. —Lanzó una carcajada rápida—. Me admitirás que es un auténtico cumplido. Así que, ya ves, tendrás que ser tú la que vengas a salvarnos. Tommy y yo estamos hechos el uno para el otro, y te escuchará. Harás esto por nosotros, ¿verdad, Kathy?

No dije nada durante un instante. Luego pregunté:

—Ruth, ¿vas en serio con Tommy? Me refiero a que, si le convenzo y volvéis a juntaros, ¿no volverás a hacerle daño?

Ruth dejó escapar un suspiro de impaciencia.

—Por supuesto que voy en serio. Somos ya adultos. Pronto nos iremos de Hailsham. Esto ya no es ningún juego.

—De acuerdo. Hablaré con él. Como dices, pronto nos iremos de aquí. No podemos permitirnos perder el tiempo.

Después de zanjar el asunto, recuerdo que seguimos sentadas en las camas durante un rato, charlando. Pero Ruth quería volver sobre el tema una y otra vez: lo estúpido que estaba siendo Tommy, cómo estaban hechos el uno para el otro, cuán diferentemente harían las cosas a partir de entonces; y que iban a ser mucho más discretos, y que en adelante el sexo lo harían en mejores sitios y en mejores ocasiones. Hablamos de todo ello, y Ruth quería mi consejo a cada momento. Entonces, llegado un punto, yo estaba mirando por la ventana, hacia las colinas a lo lejos, cuando me sobresaltó sentir que Ruth, súbitamente a mi lado, me apretaba con fuerza los hombros.

–Kathy, sabía que podíamos confiar en ti –dijo–. Tommy tiene razón. Eres la persona con la que hay que contar cuando estás en un atolladero.

Entre una cosa y otra, no tuve ocasión de hablar con Tommy hasta pasados unos días. Entonces, durante el descanso del almuerzo, lo vi en un extremo del Campo de Deportes Sur, jugando con un balón de fútbol. Había estado pelotcando con otros dos chicos, pero ahora estaba solo, haciendo filigranas con el balón en el aire. Fui hasta él y me senté en el césped, a su espalda, apoyando la mía contra un poste de la valla. No podía ser mucho después de que le hubiera enseñado el calendario de Patricia C. y se hubiera marchado intempestivamente, porque recuerdo que no sabíamos muy bien cuál era la situación entre nosotros. Él siguió jugueteando con el balón, frunciendo el ceño en su ensimismamiento –rodilla, pie, cabeza, pie–, mientras yo seguía sentada detrás de él cogiendo tréboles y mirando hacia aquel bosque de la lejanía que un día nos había infundido tanto miedo. Al final, decidí salir de aquel punto muerto, y dije:

–Tommy, hablemos. Hay algo de lo que quiero hablar contigo.

En cuanto dije esto, dejó que el balón se alejara rodando y vino a sentarse a mi lado. Era muy propio de Tommy el que, cuando sabía que tenía ganas de hablar con él, de pronto parecía despojarse de todo rastro de enfurruñamiento, y, en lugar de éste, mostraba un entusiasmo agradecido que me recordaba cómo nos sentíamos en Primaria cuando un custodio que había estado riñéndonos volvía a mostrarse amable. Aún estaba un poco sin resuello, y aunque yo sabía que sus jadeos se debían al fútbol no dejaban de acentuar la impresión que transmitía de vehemencia. Dicho de otro modo, antes de que hubiéramos abierto la boca ya se había ganado mi apoyo. Entonces le dije:

–Tommy, me doy perfecta cuenta de que no has sido muy feliz últimamente.

–¿Qué quieres decir? –dijo él–. Soy muy feliz. De veras.

Y me dedicó una sonrisa de oreja a oreja, seguida de una sonora risotada. Y me pareció el colmo. Años después, cuando de vez en cuando veía un amago de ello, me limitaba a sonreír. Pero en aquel tiempo me ponía los nervios de punta: si Tommy te decía, por ejemplo: «Estoy muy molesto con eso», tenía que poner de inmediato una cara larga, abatida, para apoyar lo que decía. No quiero decir que lo hiciera irónicamente. Pensaba de verdad que resultaba más convincente. Así que ahora, para probar que era feliz, helo ahí tratando de irradiar cordialidad y alegría. Y, como digo, llegaría un tiempo en el que eso me inspiraría ternura; pero aquel verano lo único que conseguía era hacerme ver lo pueril que seguía siendo, y lo fácil que tenía que ser aprovecharse de su persona. Yo entonces no sabía gran cosa del mundo que nos esperaba más allá de los confines de Hailsham, pero barruntaba que íbamos a necesitar hacer uso de toda nuestra inteligencia, y cuando Tommy hacía una cosa de ésas me invadía algo muy parecido al pánico. Hasta aquella tarde siempre se lo había pasado por alto –siempre me había parecido demasiado difícil de explicar–, pero al fin estallé y le dije:

–¡Tommy, no sabes lo *estúpido* que pareces cuando te ríes de ese modo! ¡Cuando uno quiere fingir que es feliz, no tiene por qué hacer eso! ¡Créeme, no se hace así! ¡De ninguna manera! Escúchame, tienes que hacerte mayor. Y tienes que volver a encarrilarte. Todo se te ha estado desmoronando últimamente, y los dos sabemos por qué.

Tommy parecía muy desconcertado. Cuando estuvo seguro de que yo había terminado, dijo:

–Tienes razón. De un tiempo a esta parte es como si las cosas se me estuvieran viniendo abajo. Pero no sé a qué te refieres, Kath. ¿Qué quieres decir con que los dos sabemos por qué? No veo cómo puedes saberlo. No se lo he dicho a nadie.

–No sé todos los detalles, como es lógico. Pero todos sabemos que has roto con Ruth.

Tommy seguía un tanto perplejo. Y al final lanzó otra risita, pero esta vez auténtica.

–Ya veo por dónde vas –dijo entre dientes, y se quedó un instante callado para pensar qué decir a continuación–. Para serte sincero, Kath –dijo al cabo–, no es eso lo que ahora me preocupa. Sino algo completamente diferente. Me paso el tiempo pensando en ello. En la señorita Lucy.

Y así es como llegué a oírlo, así es como llegue a enterarme de lo que había pasado entre Tommy y la señorita Lucy a principios del verano. Más tarde, cuando hube dedicado al caso la reflexión suficiente, deduje que tuvo que suceder apenas unos días después de la mañana en que vi a la señorita Lucy en el Aula Veintidós, garabateando en unas hojas de papel. Y como ya he dicho, me dieron ganas de darme de puntapiés por no haber sido capaz de habérselo sonsacado antes.

Había sucedido por la tarde, cercana ya la «hora muerta», cuando las clases terminan y aún se disfruta de un rato libre hasta la cena. Tommy había visto a la señorita Lucy saliendo de la casa principal, cargada de láminas de gráficos y de archivadores, y al ver que podía caérsele cualquier cosa en cualquier momento corrió a ofrecerle ayuda.

—Bien, me dejó que le llevara unas cuantas cosas y dijo que íbamos a dejarlo todo en su estudio. Hasta para los dos era demasiado todo lo que llevábamos, y se me cayeron algunas cosas en el camino. Íbamos acercándonos al Invernadero cuando de repente se paró, y pensé que se le había caído algo a ella. Pero me estaba mirando, *así*, a la cara, toda seria. Y dijo que teníamos que hablar, que teníamos que tener una buena charla. Y dije que muy bien, y entramos en el Invernadero, y en su estudio, y dejamos todas las cosas en el suelo. Y entonces me dice que me siente, y acabo exactamente en el mismo sitio donde estuve sentado la vez pasada, ya sabes, aquella vez de hacía años. Y veo que está recordando también aquella ocasión, porque se pone a hablar sobre ella como si hubiera sucedido el día anterior. Sin explicaciones, sin nada de nada; empieza a decir cosas como ésta: «Tommy, cometí un error cuando te dije lo que te dije. Y tendría que habértelo hecho saber hace mucho tiempo». Y acto seguido me dice que debo olvidar lo que me dijo entonces. Que me hizo un flaco favor diciéndome que no me preocupara por no ser creativo. Que los otros custodios siempre habían tenido razón al respecto, y que no había excusa alguna para que mis trabajos artísticos fueran una porquería...

—Un momento, Tommy. ¿Dijo esa palabra exactamente, «porquería»?

—Si no fue «porquería» fue algo muy parecido. Deficiente. Quizá eso. O incompetente. Pero pudo decir perfectamente «porquería». Dijo que sentía mucho haberme dicho lo que me había dicho aquella vez, porque si no lo hubiera hecho yo ahora tal vez tendría resuelto ese problema.

—¿Y qué decías tú cuando te estaba diciendo eso?

—No sabía qué decir. Al final me preguntó qué pensaba. Me dijo: «¿Qué estás pensando, Tommy?». Así que le dije que no estaba seguro, pero que no tenía que preocuparse porque yo estaba bien por esas fechas. Y ella dijo que no, que no estaba bien. Que mi arte era una porquería, y que en parte la culpa era suya por decirme lo que me había dicho. Y yo le dije que qué importaba. Que estaba bien, que ya nadie se reía de mí por eso. Pero ella sigue sacudiendo la cabeza y dice: «Sí importa. No tendría que haberte dicho lo que te dije». Así que se me ocurre que quizá está hablando de después, ya sabes, de cuando hayamos dejado Hailsham. Y digo: «Pero estaré bien, señorita. Soy una persona capaz, sé cómo cuidarme. Cuando llegue el momento de las donaciones, lo haré bien». Y cuando digo esto ella se pone a negar con la cabeza, sacudiéndola una y otra vez con fuerza, y me entra miedo de que se maree. Y luego dice: «Escucha, Tommy, tu arte *sí* es importante. Y no sólo porque es una prueba. Sino por tu propio bien. Sacarás mucho de él, para tu solo provecho».

–Un momento. ¿Qué quería decir con «prueba»?

–No lo sé. Pero ésa fue la palabra, no me equivoco. Dijo que nuestro arte era importante, y «no sólo porque era una prueba». Dios sabe qué querría decir con eso. Incluso se lo pregunté cuando lo dijo. Le dije que no entendía lo que me estaba diciendo, y que si tenía algo que ver con Madame y con su galería. Y ella lanzó un fuerte suspiro y dijo: «La galería de Madame..., sí, es importante. Mucho más importante de lo que yo pensaba en un tiempo. Hoy lo sé». Y luego dijo: «Mira, Tommy, hay montones de cosas que tú no entiendes, y yo no puedo explicártelas. Cosas de Hailsham, de vuestro lugar en ese mundo más grande, todo tipo de cosas. Pero quizá algún día, quizá algún día quieras saberlo y lo averigües. No te lo pondrán fácil, pero si lo deseas, si lo deseas de verdad, puede que lo descubras». Se puso a sacudir otra vez la cabeza, aunque no con tanta fuerza como antes, y dijo: «Pero por qué ibas tú a ser diferente? Los alumnos que salen de aquí nunca llegan a saber demasiado. ¿Por qué ibas tú a ser diferente?». No tenía ni idea de qué diablos estaba hablando, así que volví a decir: «Estaré bien, señorita». Se quedó callada unos segundos, y luego, de pronto, se puso de pie y se inclinó hacia mí y me abrazó. Pero no en plan excitante. Sino como solían abrazarnos de niños. Yo me mantuve todo lo quieto que pude. Luego volvió a ponerse derecha y volvió a decir que sentía mucho lo que me había dicho aquella vez; y que aún no era demasiado tarde, y que debía empezar enseguida a recuperar el tiempo perdido. No creo que yo contestara nada, y ella me miró y pensé que iba a abrazarme de nuevo. Pero en lugar de hacerlo, dijo: «Hazlo por mí, Tommy». Le dije que haría todo lo que estuviera en mi mano, porque entonces lo que quería era irme. Seguramente estaba rojo como un tomate, con lo del abrazo y todo eso. Quiero decir que no es lo mismo..., ¿no crees?, ahora que ya somos mayores.

Hasta este momento había estado tan absorta en el relato de Tommy que había olvidado la finalidad de nuestra charla. Pero su referencia a que nos habíamos hecho mayores me recordó la misión que me había traído hasta él.

—Mira, Tommy —dije—. Tendremos que volver a hablar de esto detenidamente. Y pronto. Es muy importante, y ahora entiendo lo mal que has tenido que sentirte. Pero, de todas formas, vas a tener que sobreponerte un poco más. Vamos a irnos de Hailsham este verano. Para entonces tienes que tener todo arreglado, y hay algo que puedes arreglar ahora mismo. Ruth me ha dicho que está dispuesta a declarar un empate en vuestras rencillas y a pedirte que vuelvas con ella. Y yo creo que es una buena oportunidad que no debes desaprovechar. No lo eches todo a perder, Tommy.

Se quedó callado unos segundos. Y dijo:

—No sé, Kath. Está todo ese montón de cosas sobre las que tengo que pensar...

—Tommy, escúchame. Eres afortunado. De todos los chicos de hay aquí, eres el que te has llevado a Ruth. Cuando nos vayamos, si estás con ella, no tendrás que preocuparte. Es la mejor, y mientras estés con ella estarás bien. Dice que quiere empezar de cero. Así que no lo estropees.

Aguardé su respuesta, pero Tommy no dijo nada, y volví a sentir que me invadía aquella sensación parecida al pánico. Me incliné hacia delante, y dije:

—Mira, bobo, no vas a tener muchas más oportunidades. ¿No te das cuenta de que no vamos a estar aquí, juntos, mucho más tiempo?

Para mi sorpresa, la respuesta de Tommy, cuando al fin llegó, fue considerada y calma (el lado de Tommy que habría de aflorar más y más en los años que siguieron):

—Me doy cuenta, Kath. Es precisamente por eso por lo que no puedo volver con Ruth a toda prisa. Tenemos que pensar con sumo cuidado en el siguiente paso. —Suspiró, y me miró directamente—. Como bien dices, Kath, vamos a marcharnos de Hailsham muy pronto. Esto ya no es un juego. Tenemos que pensar en ello a conciencia.

De pronto me encontré sin palabras, y seguí allí sentada arrancando tréboles. Sentía sus ojos en mí, pero no levanté la mirada. Podíamos haber seguido así durante un buen rato más, pero nos interrumpieron. Creo que volvieron los chicos con los que antes había estado peloteando, o puede que fueran otros alumnos que pasaban por allí y que al vernos se sentaron con nosotros. Sea como fuere, nuestra charla íntima había terminado, y me fui con la sensación de que al final no había hecho lo que había ido a hacer, y que en cierto modo le había fallado a Ruth.

Nunca llegué a evaluar el tipo de impacto que nuestra charla había causado en Tommy, porque fue al día siguiente mismo cuando se conoció la noticia. Era media mañana, y habíamos estado en una de esas dichosas Instrucciones Culturales. Eran clases en las que teníamos que interpretar a diversos tipos de gentes del mundo exterior: camareros de café, policías, etcétera. Estas clases siempre nos exaltaban y preocupaban al mismo tiempo, así que estábamos todos con los nervios de punta. Entonces, finalizada la clase, estábamos saliendo en fila cuando Charlotte F. entró corriendo en el aula, y a partir de ahí la nueva de que la señorita Lucy dejaba Hailsham se extendió como la pólvora. El señor Chris, que había dado la clase y que debía de saberlo de antemano, salió arrastrando los pies y con aire culpable antes de que pudiéramos preguntarle nada. Al principio no sabíamos bien si Charlotte se limitaba a transmitir un rumor, pero cuanto más nos contaba más claro estaba de que se trataba de una realidad. Aquella misma mañana, más temprano, los alumnos de otro curso de Secundaria habían entrado en el Aula Doce para la clase de Iniciación a la Música que tenía que impartirles la señorita Lucy. Pero en el aula se habían encontrado con la señorita Emily, que les dijo que la señorita Lucy no podía venir en aquel momento, y que la clase la daría ella. Y en el curso de los veinte minutos siguientes todo se había desarrollado con normalidad. Pero de pronto —en mitad de una frase, al parecer— la señorita Emily había dejado de hablar de Beethoven y había anunciado que la señorita Lucy había abandonado Hailsham para no volver jamás. La clase en cuestión había terminado varios minutos antes de lo previsto —la señorita Emily casi se había ido a la carrera y con ceño preocupado— y la noticia empezó a propagarse en cuanto aquellos alumnos pusieron el pie fuera de clase.

Corrí inmediatamente en busca de Tommy, porque deseaba con toda el alma que lo oyera de mis labios. Pero cuando salí al patio vi que era demasiado tarde. Allí estaba Tommy, en el otro extremo, al lado de un corro de chicos, asintiendo a lo que le estaban contando. Los otros chicos estaban muy animados, incluso quizá excitados, pero los ojos de Tommy parecían vacíos. Aquella misma tarde, Tommy y

Ruth volvieron a juntarse, y recuerdo que varios días después Ruth me buscó para darme las gracias por «arreglar tan bien las cosas». Le dije que seguramente no había logrado hacer gran cosa, pero ella no admitió mis dudas en tal sentido. Definitivamente me había entronizado en lo más alto. Y así fue más o menos como siguieron las cosas en nuestros últimos días en Hailsham.

Segunda parte

Seconde partie

10

A veces voy conduciendo por una larga y sinuosa carretera de los pantanos, o a través de hileras de campos llenos de surcos, bajo un cielo grande y gris y sin el menor cambio en kilómetros y kilómetros, y me sorprendo pensando en el texto de mi trabajo, en el que se suponía que tenía que escribir entonces, cuando estábamos en las Cottages. Los custodios nos habían hablado de estos trabajos a lo largo de aquel último verano, tratando de ayudarnos a cada uno de nosotros a elegir el tema que habría de absorbernos provechosamente durante quizá dos años. Pero, no sabría decir por qué –quizá veíamos algo en la actitud de los custodios–, nadie creía realmente que estos trabajos fueran tan importantes, y entre nosotros apenas hablábamos del asunto. Recuerdo cuando entré en el aula para decirle a la señorita Emily que el tema que había elegido era «la novela victoriana»; en realidad no había pensado demasiado en ello, y vi que ella se daba perfecta cuenta de mi escaso entusiasmo, pero se limitó a dirigirme una de sus miradas inquisitivas, y no dijo nada más.

Pero en cuanto llegamos a las Cottages estos trabajos cobraron una nueva importancia. En los primeros días –y, en el caso de algunos de nosotros, durante mucho más tiempo– fue como si cada cual se aferrara a su propio trabajo, la última tarea de Hailsham, una especie de obsequio de despedida de los custodios. Con el tiempo llegarían a borrarse de nuestra mente, pero durante un tiempo aquellos trabajos nos ayudaron a mantenernos a flote en nuestro nuevo entorno.

Cuando hoy pienso en el mío, lo que hago es evocarlo con cierto detenimiento: puedo dar con un enfoque absolutamente nuevo que no consideré entonces, o con diferentes escritores y obras que podría haber abordado. Estoy tomando café en una gasolinera, por ejemplo, mirando la autopista a través de los grandes ventanales, y ese trabajo acude a mi cabeza sin motivo alguno. Entonces disfruto allí sentada, repasándolo de nuevo de principio a fin. Sólo últimamente he barajado la idea de retomarlo y volver a trabajar en él, ahora que voy a dejar de ser cuidadora y voy a tener tiempo para hacerlo. Pero supongo que en el fondo no lo pienso en serio. Es una pizca de nostalgia que me ayuda a pasar el tiempo. Pienso en aquel trabajo del mismo modo en que podría pensar en un partido de *rounders* de Hailsham en el que hubiera jugado particularmente bien, o en una discusión ya remota para la que ahora se me ocurren montones de argumentos inteligentes que podría haber esgrimido entonces. Es en ese nivel en el que tiene lugar lo que digo, en el de los sueños de vigilia. Pero, como ya he dicho, no era así cuando por primera vez llegamos a las Cottages.

Ocho de los que habíamos dejado Hailsham aquel verano fuimos a parar a las Cottages. Otros fueron a la Mansión Blanca, en las colinas galesas, o a la Granja de los Álamos, en Dorset. Entonces no sabíamos que todos estos lugares no tenían sino unos nexos muy lejanos con Hailsham. Al llegar a las Cottages esperábamos encontrar una versión de Hailsham para alumnos más mayores, y supongo que así seguimos considerándolas durante un tiempo. Ciertamente no pensábamos mucho sobre nuestras vidas más allá de los límites de las Cottages, o sobre quiénes las regentaban, o de qué forma casaban con el mundo exterior. En aquellos días ninguno de nosotros pensaba mucho en esas cosas.

Las Cottages eran lo que quedaba de una granja que había dejado de funcionar unos años antes. Constaba de una vieja casa de labranza, y de graneros, anexos y establos diseminados a su alrededor que habían sido reformados para alojarnos. Había otras edificaciones más distantes, en la periferia, que prácticamente se estaban derrumbando, de las que apenas podíamos hacer uso pero de las que nos sentíamos vagamente responsables —sobre todo a causa de Keffers—. Éste era un viejo gruñón que aparecía dos o tres veces por semana en su furgoneta embarrada para supervisar las Cottages. No le gustaba mucho hablar con nosotros, y su modo de hacer la ronda —siempre suspirando y sacudiendo la cabeza con expresión asqueada— dejaba bien claro que a su juicio ni por asomo estábamos cuidando bien el lugar. Pero jamás quedaba claro qué más quería que hiciéramos. A los recién llegados nos había entregado una lista de tareas, y los alumnos que ya estaban allí —«los veteranos», como Hannah los llamaba— habían fijado desde hacía tiempo unos turnos de trabajo que los ex alumnos de Hailsham acatamos con escrupulosidad. En realidad no había mucho más que hacer que dar parte de los canalones con goteras y limpiar con la fregona después de las inundaciones.

La vieja casa de labranza —el corazón de las Cottages— tenía varias chimeneas donde quemábamos los troncos cortados que se apilaban en los graneros. Si no encendíamos las chimeneas teníamos que arreglarnos con unas grandes estufas cuadradas (lo malo es que funcionaban con bombonas de gas, y a menos de que hiciera verdadero frío, Keffers no solía traer suficientes). Siempre le pedíamos que nos dejara las que necesitábamos, pero él sacudía la cabeza con aire sombrío, como si fuéramos a utilizarlas frívolamente o a hacerlas explotar. Así, recuerdo que la mayor parte del tiempo, salvo los meses de verano, hacía mucho frío. Te ponías dos, tres jerseys, y los vaqueros se te quedaban tiesos y fríos. A veces no nos quitábamos las botas de agua en todo el día, e íbamos dejando rastros de barro y de humedad por todas las habitaciones. Keffers, al ver esto, volvía a sacudir la cabeza, pero cuando le preguntábamos qué otra cosa podíamos hacer, en el estado en que estaba el piso, no respondía ni media palabra.

Puede que la forma en que lo cuento pueda dar a entender que allí todo era horrible, pero a ninguno de nosotros nos importaba lo más mínimo la falta de confort —formaba parte del encanto de vivir en las Cottages—. A fuer de sinceros, sin embargo, la mayoría de nosotros habríamos admitido de buen grado —sobre todo al principio— que echábamos en falta a los custodios. Durante un tiempo, unos cuantos de nosotros incluso intentamos considerar a Keffers como a una especie de custodio, pero él se negó en redondo a entrar en el juego. Te acercabas a saludarle cuando le veías llegar en su furgoneta, y él se quedaba mirándote como si estuvieras loco. Pero era algo que se nos había repetido una y otra vez: después de Hailsham ya no habría más custodios, y tendríamos que cuidarnos los unos de los otros. Y he de decir que, en general, Hailsham nos preparó muy bien en tal sentido.

La mayoría de los compañeros con los que había tenido cierta intimidad en Hailsham vinieron también a las Cottages aquel verano. Cynthia E., la chica que aquella vez en el Aula de Arte había dicho que yo era la «sucesora natural» de Ruth, no me habría importado que viniera, pero fue a Dorset con el resto de su grupo. Y oí que Harry, el chico con quien por poco me inicio en el sexo, había ido a Gales. Pero todos los de nuestro grupo habíamos seguido juntos. Y si alguna vez echábamos de menos a los demás, siempre podíamos decirnos que nada nos impedía que fuéramos a visitarles. A pesar de todas las clases de la señorita Emily, a la sazón aún no teníamos una idea cabal de las distancias, ni de lo fácil o difícil que era llegar a éste o aquel sitio. Hablábamos de pedirles a los veteranos que nos llevaran con ellos cuando fueran de viaje, o de que con el tiempo aprenderíamos a conducir y podríamos ir a ver a nuestros compañeros del pasado siempre que quisiéramos.

Claro que en la práctica, sobre todo durante los primeros meses, raras veces salíamos de los confines de las Cottages. Ni siquiera paseábamos por los campos de los alrededores ni nos aventurábamos hasta el pueblo más cercano. Pero no creo que tuviéramos miedo exactamente. Sabíamos que nadie nos prohibiría salir de los límites de las Cottages, siempre que estuviéramos de vuelta el día y a la hora en que Keffers debía anotarnos en su libro de registro. El verano de nuestra llegada, veíamos constantemente cómo los veteranos hacían sus bolsas y mochilas y se iban para dos o tres días, lo que a nosotros nos parecía un relajo temerario. Los observábamos con asombro, y nos preguntábamos si al año siguiente nosotros haríamos lo mismo. Lo haríamos, ciertamente, pero durante nuestra primera etapa fue algo sencillamente inimaginable. No hay que olvidar que hasta entonces jamás habíamos salido de los terrenos de Hailsham, y estábamos un tanto desconcertados. Si alguien me hubiera dicho entonces que antes de que pasara un año no sólo iba a acostumbrarme a dar largos paseos sola, sino que empezaría también a aprender a conducir un coche, habría pensado que estaba loco.

Hasta Ruth se había sentido amilanada aquel día soleado en que el minibús nos dejó delante de la casa de labranza, rodeó el pequeño estanque y desapareció ladera arriba. A lo lejos veíamos colinas que nos recordaban a las también distantes colinas de Hailsham, pero se nos antojaban extrañamente tortuosas, como cuando dibujas a un amigo y te sale

151

bien, pero no perfecto, y la cara que ves en la hoja te pone los pelos de punta. Pero al menos era verano, y en las Cottages las cosas aún no se habían puesto como se pondrían unos meses después, con la proliferación de charcos helados y la tierra congelada y áspera y dura como la piedra. El sitio era hermoso y acogedor, con hierba crecida por todas partes (una auténtica novedad para nosotros). Al llegar nos quedamos allí quietos, los ocho hechos una piña, mirando cómo Keffers entraba y salía de la casa, aguardando a que de un momento a otro nos dirigiera la palabra. Pero no lo hizo, y lo único que le pudimos oír fue las irritadas frases que masculló sobre los alumnos que ya vivían en la granja. Salió a coger algo de la furgoneta, nos echó una mirada lúgubre, volvió a entrar en la casa y cerró la puerta a su espalda.

No mucho después, sin embargo, los veteranos, que se habían estado divirtiendo un rato al ver nuestro aire patético —nosotros haríamos más o menos lo mismo el verano siguiente—, salieron y se hicieron cargo de nosotros. De hecho, al recordarlo, me doy cuenta de que tuvieron que dejar lo que estaban haciendo para ayudarnos a instalarnos. Pero las primeras semanas fueron muy extrañas, y nos sentíamos felices de tenernos unos a otros. Siempre íbamos juntos a todas partes, y nos pasábamos largos ratos fuera de la casa, de pie, sin saber muy bien qué hacer, con aire desmañado.

Es extraño recordar cómo fue todo al principio, porque cuando pienso en los dos años que pasamos en las Cottages, aquel aturdido y asustado comienzo no parece casar bien con todo lo demás. Si alguien menciona hoy las Cottages, lo que me viene a la cabeza es una serie de días sin complicaciones, en los que entrábamos y salíamos de los cuartos de unos y otros, y en la languidez con que la tarde entraba en la noche; y mi montón de viejos libros de bolsillo, con las hojas blandas y combadas, como si alguna vez hubieran pertenecido al mar. Pienso en cómo solía leerlos, tendida boca abajo en la hierba en las tardes cálidas, con el pelo –en aquellos días me lo estaba dejando largo– siempre cayéndome por la cara y entorpeciéndome la visión. Pienso en mi despertar por las mañanas en lo alto del Granero Negro, mientras me llegaban las voces de los alumnos que discutían de poesía o filosofía en el campo. O en los largos inviernos, en los desayunos en las cocinas humeantes, alrededor de la mesa, entre conversaciones sobre Kafka o Picasso llenas de meandros. En el desayuno siempre manteníamos este tipo de debates; nunca con quién había tenido sexo alguien la noche anterior, o por qué Larry y Helen habían dejado de hablarse.

Pero, cuando pienso ahora en todo ello, la imagen de nuestro grupo aquel día primero, hechos una piña delante de la casa, no me resulta tan chocante, después de todo. Porque, en cierto modo, quizá no habíamos dejado atrás nuestro pasado de un modo tan rotundo como imaginábamos. Porque en algún rincón de nuestro interior, una parte de nosotros mismos seguía no sólo asustada ante el mundo que nos rodeaba, sino –por mucho que nos despreciáramos por ello– totalmente incapaz de liberarse de su dependencia de los demás.

Los veteranos, que como es lógico no sabían nada de los avatares de la relación de Tommy y Ruth, los trataban como a una pareja estable desde hacía tiempo, lo cual pareció complacer enormemente a Ruth. Porque durante las primeras semanas de nuestra estancia en las Cottages, hizo alarde de llevar tiempo emparejada: rodeaba siempre con el brazo a Tommy, y a veces lo besuqueaba en cualquier rincón de una habitación cuando todavía quedaba gente en ella. Ese tipo de cosas quizá habrían estado bien en Hailsham, pero en las Cottages parecían más bien inmaduras. Las parejas de veteranos jamás hacían ostentaciones de este tipo en público, y se comportaban del modo discreto en que lo harían el padre y la madre de una familia normal y corriente.

En estas parejas de veteranos de las Cottages, por cierto, había algo que yo capté y que a Ruth —pese a estar observándolas constantemente— se le había pasado por alto, y era que gran parte de sus maneras y gestos los habían copiado de la televisión. Caí en la cuenta de ello cuando me fijé con detenimiento en una de ellas —Susie y Greg—, probablemente los alumnos más mayores de las Cottages y a quienes todo el mundo tenía por responsables del lugar. Había una cosa que Susie siempre hacía cada vez que Greg se embarcaba en una larga disertación sobre Proust o alguien parecido: nos dirigía una sonrisa al resto de nosotros, ponía los ojos en blanco y decía muy enfáticamente, aunque de forma apenas audible: «Dios nos salve». La televisión, en Hailsham, la habíamos visto con mesura, y lo mismo hacíamos en las Cottages (aunque no había nada que nos impidiera verla todo el día, a nadie le apetecía mucho abusar de ella). Pero en la casa de labranza había un viejo televisor, y otro en el Granero Negro, y yo solía encenderlo de cuando de cuando. Así es como supe que «Dios nos salve» venía de una serie norteamericana —de ésas en las que todo el auditorio ríe al unísono cada vez que alguien abre la boca—. Había un personaje —una mujer grande que vivía en la casa de al lado de los protagonistas— que hacía exactamente lo que hacía Susie: cuando su marido acometía una larga perorata, el auditorio esperaba a que ella pusiera los ojos en blanco y dijera «Dios nos salve» para estallar en una única y enorme carcajada. En cuanto me percaté de esto empecé a reconocer muchas otras cosas que las parejas de veteranos habían tomado de programas de televisión: el modo de hacerse señas unos a otros, de sentarse en los sofás, e incluso de discutir y de salir en tromba de las habitaciones.

Lo que quiero decir, en suma, es que Ruth no tardaría en darse cuenta de que su forma de comportarse con Tommy no era el apropiado en las Cottages, y en dar un giro a sus modos de pareja cuando había gente delante. Y, muy especialmente, tomaría prestado un gesto de los veteranos. En Hailsham, el hecho de que una pareja se despidiera –aunque fueran a estar sólo unos minutos separados– era pretexto suficiente para que se permitieran un gran despliegue de besuqueos y abrazos. En las Cottages, por el contrario, cuando una pareja se decía adiós, apenas había palabras, y menos aún besos o abrazos. En lugar de ello, le dabas a tu pareja un golpecito con los nudillos en el brazo, a la altura del codo, como se suele hacer cuando se quiere atraer la atención de alguien. Normalmente era la chica la que lo hacía, en el momento en que se separaban. Cuando llegó el invierno este hábito cesó, pero estaba en pleno vigor cuando llegamos. Ruth pronto se lo apropió, y se lo hacía a Tommy siempre que se separaban. Al principio Tommy no sabía a qué obedecía aquello, y se volvía bruscamente hacia Ruth diciendo: «¿Qué pasa?». Ella le miraba airadamente, como si estuvieran interpretando una obra de teatro y él hubiera olvidado lo que tenía que decir en ese momento. Supongo que al final Ruth tuvo que hablar con él acerca de ello, porque al cabo de aproximadamente una semana se las arreglaban para hacerlo impecablemente –como las parejas de veteranos, más o menos–.

Yo no había visto en la televisión con mis propios ojos lo del golpecito en el codo, pero estaba segura de que la idea venía de ahí, y de que Ruth no lo sabía. Por eso, aquella tarde en que yo estaba echada en la hierba leyendo *Daniel Deronda* y Ruth estaba tan insoportable, decidí que ya era hora de que alguien le abriera los ojos.

Era casi otoño y se acercaba el frío. Los veteranos empezaban a pasar más tiempo dentro de casa, y volvían a las tareas en las que habían estado ocupados antes del verano.

Pero quienes habíamos llegado de Hailsham seguíamos sentándonos fuera, sobre la hierba sin cortar, deseosos de seguir hasta cuando pudiéramos con la única rutina a la que estábamos acostumbrados. Pero aquella tarde concreta no había más que tres o cuatro compañeros más leyendo en la hierba, y dado que había procurado encontrar un rincón tranquilo y apartado para leer, estaba segura de que nadie podría oír lo que pudiera pasar entre nosotras.

Leía *Daniel Deronda* echada sobre una lona vieja, como digo, cuando se acercó Ruth paseando y se sentó a mi lado. Examinó la tapa del libro y asintió para sí misma. Luego, al cabo de unos segundos —como yo ya sabía que haría—, empezó a contarme la trama de *Daniel Deronda*. Hasta entonces mi humor había sido excelente, y me había gustado ver a Ruth, pero ahora estaba irritada. Me había hecho esto un par de veces, y también había visto cómo se lo hacía a otros. Para empezar, estaba la actitud que adoptaba al hacerlo: entre despreocupada y sincera, como si esperara que la gente le agradeciera su ayuda. Lo cierto es que incluso entonces era yo vagamente consciente de lo que se escondía detrás de aquello. En aquellos meses primeros habíamos llegado a la conclusión de que nuestro grado de aclimatación a las Cottages —cómo nos las estábamos *arreglando*— se veía reflejado en cierto modo en la cantidad de libros que leíamos. Suena extraño, pero así fue. Era una idea que había germinado entre quienes habíamos venido de Hailsham; una idea que dejábamos deliberadamente en nebulosa —y bastante evocadora, por cierto, del modo en que abordábamos el sexo en Hailsham—. Podías ir por ahí dando a entender que habías leído todo tipo de cosas, moviendo la cabeza con aire de inteligencia cuando alguien mencionaba, pongamos por caso, *Guerra y paz*, y un consenso general hacía que nadie investigara demasiado la veracidad de lo que decías. No hay que olvidar que, dado que los de nuestro grupo habíamos estado siempre juntos desde nuestra llegada a las Cottages, era imposible que cualquiera hubiera leído *Guerra y paz* sin que los demás lo hubiéramos sabido. Pero al igual que con el sexo en Hailsham, había una norma no escrita que hacía posible una dimensión misteriosa en la que uno se retiraba a leer todo lo que diría luego que había leído.

Era, lo he dicho, un pequeño juego que nos permitíamos hasta cierto punto. Aun así, fue Ruth la que lo llevó más lejos que nadie. Era la que siempre afirmaba haber leído de principio a fin todo lo que cualquiera pudiera estar leyendo; y era la única que ponía en práctica la idea de que para demostrar su superior modo de lectura tenía que ir por ahí contándole a la gente la trama de las novelas que ésta estaba leyendo. Por eso, cuando vi que empezaba a hacérmelo con *Daniel Deronda* —que no me estaba gustando demasiado—, cerré el libro, me incorporé en la hierba y le dije sin el menor aviso previo:

—Ruth, tenía ganas de preguntártelo. ¿Por qué le das siempre esos golpecitos en el brazo a Tommy cuando os estáis despidiendo? Ya sabes a lo que me refiero.

Por supuesto, hizo que no lo sabía, así que yo, paciente, le expliqué de qué le estaba hablando. Ruth me escuchó hasta el final, y se encogió de hombros.

—No me había dado cuenta de que lo estuviera haciendo. Lo habré copiado de algo que he visto.

Unos meses atrás yo lo habría dejado así —o probablemente ni siquiera lo habría sacado a colación—, pero aquella tarde seguí adelante, y le expliqué que el golpecito que le daba a Tommy era un tic sacado de una serie de televisión.

—No es lo que hace la gente ahí fuera, en la vida normal, si es lo que tú creías.

Ruth —pude percibirlo— estaba ahora furiosa, pero no sabía muy bien cómo contraatacar. Apartó la mirada y se encogió de hombros de nuevo.

—Bueno, ¿y qué? —dijo—. No es tan importante. Lo hacemos muchos de nosotros.

—Querrás decir que lo hacen Chrissie y Rodney...

En cuanto me oí decir esto caí en la cuenta de que me había equivocado; de que hasta que no había mencionado a aquella pareja había tenido a Ruth contra las cuerdas. Pero ahora se había liberado. Era como cuando haces un movimiento de ajedrez y en cuanto separas los dedos de la ficha ves que has cometido un error, y te entra el pánico porque no sabes aún la magnitud del desastre al que puedes verte abocado a continuación. Ciertamente, pues, vi un brillo en los ojos de Ruth; y cuando me habló lo hizo en un tono de voz completamente diferente.

—¿Así que es eso lo que disgusta a la pobrecita Kathy? ¿Que Ruth no le hace demasiado caso? Ruth tiene unos amigos nuevos más mayores y la hermana pequeña se da cuenta de que no se juega con ella tan a menudo como antes...

—Cállate. Ya te lo he dicho: no es así como funciona en las familias de verdad. No tienes ni idea de cómo es.

—Oh, Kathy, la gran experta en familias de la realidad. Lo siento tanto. Pero así están las cosas, ¿no? Aún sigues con esa idea. Nosotros los de Hailsham tenemos que mantenernos juntos. El grupito tiene que seguir como una piña, no tenemos que hacer nunca nuevas amistades.

—Nunca he dicho eso. Estoy hablando de Chrissie y Rodney. Es bastante tonto cómo les imitas todo lo que hacen.

—Pero tengo razón, ¿no? —dijo Ruth—. Estás molesta porque me las he arreglado para avanzar, para hacer nuevos amigos. Algunos de los veteranos casi no saben cómo te llamas, y ¿quién puede echárselo en cara? Nunca hablas con nadie que no sea de Hailsham. Pero no puedes pretender que yo te lleve todo el tiempo de la mano. Ya llevamos aquí casi dos meses.

No piqué el anzuelo, y dije:

–No te preocupes por mí. No te preocupes por Hailsham. Pero sigues dejando a Tommy en la estacada. Te he estado observando, y lo has hecho varias veces esta semana. Lo dejas tirado, como si fuera una pieza de repuesto. Y no es justo. Se supone que tú y Tommy sois una pareja. Y eso significa que tendrías que estar pendiente de él.

–Tienes mucha razón, Kathy. Somos una pareja, como dices. Y como te estás inmiscuyendo, te lo diré. Hemos hablado de ello, y estamos de acuerdo. Si a veces no tiene ganas de hacer algo con Chrissie y Rodney, está en su derecho. No voy a exigirle que haga cosas para las que aún no está preparado. Pero hemos convenido en que tampoco él puede impedir que yo las haga. Pero es un buen detalle de tu parte que te preocupes por nosotros. –Calló unos instantes. Luego, con una voz diferente, añadió–: Ahora que lo pienso: en lo que a hacer amigos se refiere, al menos no has sido nada *lenta* con *algunos* veteranos.

Me observó con detenimiento, y soltó una carcajada, como diciendo «Seguimos siendo amigas, ¿no?». Pero a mí no me pareció que hubiera nada gracioso en el último comentario que había hecho. Recogí mi libro de la hierba y me fui sin decir ni una palabra.

11

Debo explicar por qué me molestó tanto lo que Ruth había dicho en su último comentario. Aquellos primeros meses en las Cottages había sido un tiempo extraño en nuestra amistad. Nos peleábamos por todo tipo de pequeñeces, pero al mismo tiempo confiábamos la una en la otra más que nunca. Concretamente, solíamos tener charlas a solas, normalmente en mi habitación de lo alto del Granero Negro, antes de irnos a dormir. Eran quizá como una especie de querencia de aquellas otras charlas que solíamos tener en el dormitorio de Hailsham cuando apagaban las luces. Sea como fuere, lo cierto es que, por mucho que nos hubiéramos peleado durante el día, al llegar la hora de acostarnos Ruth y yo volvíamos a estar sentadas en mi colchón, una al lado de la otra, con nuestras bebidas calientes, confiándonos nuestros más profundos sentimientos sobre nuestra nueva vida, como si entre nosotras no hubiera habido ningún serio desacuerdo. Y lo que hacía posible estos encuentros íntimos −e incluso la amistad misma en aquellos días− era el entendimiento mutuo de que todo lo que nos dijéramos en estos momentos iba a ser tratado con el mayor de los respetos, de que jamás traicionaríamos nuestras confidencias, y de que por mucho que nos peleáramos nunca utilizaríamos en contra de la otra nada de lo que hubiéramos podido decir en esas charlas. Cierto que nunca lo habíamos expresado así, explícitamente, pero era, como digo, una especie de acuerdo tácito, y hasta aquella tarde de la novela *Daniel Deronda* ninguna de nosotras lo había quebrantado en ningún momento. Y ésa era la razón por la que, cuando Ruth dijo que yo no había sido «nada lenta» al hacer amistad con ciertos veteranos, no sólo me enfadé sino que me sentí traicionada. Porque no había ninguna duda de lo que había querido decir al hacerlo: se estaba refiriendo a algo que le había confiado una noche sobre mí y el sexo.

Como cabe suponer, el sexo en las Cottages era diferente del que había habido en Hailsham. Era mucho más franco y directo, más «adulto». Uno no iba por ahí cotilleando y con risitas sobre quién lo había hecho con quién. Si sabías que entre dos alumnos había habido sexo, no empezabas inmediatamente a especular sobre si iban o no a convertirse en una pareja estable. Y si surgía un día una pareja nueva, no te ponías a hablar de ello en todas partes como si se tratara de un gran acontecimiento. Lo aceptabas con naturalidad, y, a partir de entonces, cuando te referías a uno de ellos también te referías al otro, como cuando decías «Chrissie y Rodney» o «Ruth y Tommy». Cuando alguien quería tener sexo contigo, todo era también mucho más franco y directo. Se te acercaba un chico y te preguntaba si te apetecía pasar la noche con él en su cuarto, «para variar», o algo por el estilo. Sin grandes alharacas. A veces lo hacía porque quería llegar a formar una pareja contigo, otras porque quería sólo una relación de una noche.

El ambiente, como digo, era mucho más adulto. Pero cuando miro hoy hacia atrás, el sexo en las Cottages se me antoja un tanto funcional. Tal vez precisamente porque había dejado de existir todo cotilleo y todo secretismo. O tal vez porque hacía mucho frío.

Cuando recuerdo el sexo en las Cottages, pienso en que lo hacíamos en habitaciones heladoras, y en la más completa oscuridad, normalmente bajo una tonelada de mantas. Y las mantas no eran a menudo ni siquiera mantas, sino una extraña mezcla en la que podía haber viejas cortinas e incluso trozos de moqueta. A veces hacía tanto frío que lo que hacías era echarte encima todo lo que encontrabas a mano, y si en el fondo fondo de todo aquel montón estabas haciendo sexo, era como si un alud de ropa de cama te estuviera embistiendo desde arriba, de forma que la mitad del tiempo no sabías si lo estabas haciendo con el chico o con toda aquella montaña.

En fin, el caso es que, poco después de nuestra llegada a las Cottages, tuve unos cuantos encuentros sexuales de una noche. No lo había planeado así. Mi plan era tomarme mi tiempo, y quizá llegar a formar pareja con alguien que yo hubiera elegido cuidadosamente. Jamás había tenido pareja, y después de haber observado a Ruth y a Tommy durante un tiempo, sentía mucha curiosidad y me apetecía intentarlo. Como digo, ése era mi plan, y cuando vi que todos mis amantes eran de una noche empecé a inquietarme un poco. Por eso decidí confiarme a Ruth aquella noche.

En líneas generales era una charla nocturna como otra cualquiera. Estábamos con nuestras tazas de té, sentadas una al lado de la otra en mi colchón, con la cabeza ligeramente agachada para no darnos con las vigas. Hablábamos de los chicos de las Cottages, y de si alguno de ellos podría convenirme. Ruth estuvo como nunca: alentadora, divertida, sensata, llena de tacto. Por eso me animé a contarle lo de los chicos de una noche. Le dije que me había sucedido sin que yo lo deseara realmente; y que, aunque no pudiéramos tener niños haciéndolo, el sexo había hecho cosas extrañas en mis sentimientos, tal como la señorita Emily nos había advertido. Y luego le dije:

—Ruth, quería preguntártelo. ¿Alguna vez te pones de tal forma que lo único que quieres es hacerlo? ¿Casi con todo el mundo?

Ruth se encogió de hombros, y dijo:

—Tengo pareja. Si quiero hacerlo, lo hago con Tommy.

—Ya, entiendo. Puede que sea yo. Puede que haya algo en mí que no está bien, me refiero ahí abajo. Porque a veces realmente lo necesito, necesito hacerlo.

—Es extraño, Kathy. —Se quedó mirándome fijamente, con aire preocupado (lo cual me intranquilizó aún más).

—O sea que a ti nunca te pasa...

Volvió a encogerse de hombros.

—No para ponerme a hacerlo con todo el mundo. Lo que me cuentas suena un poco raro, Kathy. Pero quizá se te pase al cabo de un tiempo.

—A veces no me pasa en mucho tiempo. Y de pronto me viene. La primera vez me sucedió así. Él empezó a abrazarme y a besuquearme y lo único que yo quería era que me dejara en paz. Y de repente me vino, así, sin más. Y tuve que hacerlo.

Ruth sacudió la cabeza.

—Suena un tanto extraño. Pero probablemente se te pasará. Probablemente tenga que ver con la comida que nos dan aquí.

No me fue de gran ayuda, pero me había mostrado su solidaridad y me sentí un poco mejor. Por eso me sobresaltó tanto que me lo soltara como me lo soltó, en medio de aquella discusión que tuvimos aquella tarde en el campo. De acuerdo, quizá no había nadie por allí cerca que hubiera podido oírlo, pero aun así había algo que no estaba en absoluto bien en lo que había hecho. En los primeros meses en las Cottages, nuestra amistad se había mantenido incólume, porque —para mí al menos— no existía la menor duda de que había dos Ruth completamente diferentes. Una era la Ruth que siempre trataba de impresionar a los veteranos, que no dudaba en ignorarme a mí, y a Tommy, y a cualquiera del grupo de Hailsham, si en algún momento pensaba que podíamos cortarle las alas. La Ruth que no me gustaba, la que podía ver todos los días dándose aires y fingiendo ser la que no era; la Ruth que daba golpecitos en el brazo, a la altura del codo. Pero la Ruth que se sentaba conmigo en mi cuarto del altillo al acabarse el día, con las piernas extendidas a lo largo del borde del colchón, con la taza humeante entre las manos, era la Ruth de Hailsham, y poco importaba lo que hubiera podido pasar durante el día porque yo podía reanudar mi conversación con ella donde la hubiéramos dejado la noche anterior. Y hasta aquella tarde en el campo había habido como un acuerdo tácito para que las dos Ruth no se mezclaran, para que la Ruth a quien yo confiaba mis cosas fuera precisamente la Ruth en quien se podía confiar. Y por eso, cuando me dijo aquello en el campo, aquello de que «al menos no había sido nada lenta en hacer amistad con algunos veteranos», me molesté muchísimo. Por eso cogí el libro y me fui sin despedirme.

Pero cuando pienso en ello ahora, veo las cosas más desde el punto de vista de Ruth. Veo, por ejemplo, cómo debió de sentarle que hubiera sido *yo* la primera en romper nuestro acuerdo tácito, y que la pequeña pulla de aquella tarde del campo bien podía haber sido tan sólo una revancha. Esto no se me ocurrió en ningún momento entonces, pero hoy creo que es una posible explicación del incidente. Después de todo, inmediatamente antes de que hiciera aquel comentario yo le había estado hablando del asunto de los golpecitos en el codo. Es un poco difícil de explicar, pero, como he dicho, había llegado a darse una especie de inteligencia entre nosotras en cuanto al modo de comportarse de Ruth ante los veteranos. A menudo fanfarroneaba y daba a entender cosas que yo sabía que no eran ciertas. Y a veces, como también he dicho, hacía cosas para impresionar a los veteranos a nuestras expensas. Pero pienso que Ruth, en cierto modo, creía que lo que hacía lo estaba haciendo *en beneficio de todos nosotros*. Y mi papel, en mi calidad de amiga más íntima, era prestarle un callado apoyo, como si hubiera estado en la primera fila de un patio de butacas mientras ella interpretaba su papel en el escenario. Ruth luchaba por llegar a ser alguien distinto, y quizá soportaba una presión mayor que el resto de nosotros, porque, como digo, había asumido la responsabilidad del grupo. Así pues, la forma en que le hablé de lo de los golpecitos en el codo bien pudo considerarlo una traición, la cual habría hecho comprensible su desquite. Como ya he dicho, se trata de una explicación que no se me ha ocurrido hasta hace poco. En aquel tiempo no me fue posible ver las cosas desde una más amplia perspectiva, ni examinar detenidamente mi papel en ellas. Supongo que, en general, nunca aprecié como debía el gran esfuerzo de Ruth por avanzar, por crecer, por dejar definitivamente atrás Hailsham. Al recordarlo hoy, me viene a la cabeza algo que me dijo una vez siendo su cuidadora en el centro de recuperación de Dover. Estábamos sentadas en su habitación, tomando el agua mineral y las galletas que le había llevado mientras contemplábamos la puesta de sol, como tantas veces hacíamos, y le estaba contando que, en el arcón de pino de mi habitación amueblada, conservaba casi todo lo que atesoraba en el antiguo arcón de mis cosas de Hailsham. Y en un momento dado —sin pretender llegar a ninguna parte, ni demostrar nada— le dije:

—Tú nunca conservaste tus cosas de Hailsham, ¿verdad?

Ruth, incorporada en la cama, se quedó callada durante un buen rato, mientras la tarde caía sobre la pared de azulejos, a su espalda. Y al cabo dijo:

—Acuérdate de cómo los custodios, cuando nos íbamos a marchar, insistieron en que podíamos llevarnos todas nuestras cosas. Así que yo lo saqué todo del arcón y lo metí en mi bolsa de viaje. Mi plan era encontrar un buen arcón de madera donde poder guardarlo todo en cuanto llegara a las Cottages. Pero cuando llegamos, vi que ninguno de los veteranos tenía cosas personales. Sólo nosotros, y no era normal. Seguro que todos nos dimos cuenta, no sólo yo, pero no hablamos de ello, ¿verdad? Así que no busqué un nuevo arcón. Mis cosas siguieron en la bolsa meses y meses, y al final me deshice de ellas.

La miré con fijeza.

—¿Tiraste todas tus cosas a la basura?

Ruth sacudió la cabeza, y durante los minutos que siguieron pareció repasar mentalmente los diferentes objetos de su antiguo arcón de Hailsham. Y luego dijo:

—Las puse en una gran bolsa de plástico, pero no podía soportar la idea de tirarlo todo al cubo de la basura, así que un día en que el viejo Keffers estaba a punto de salir para el pueblo, me acerqué a él y le pedí que por favor llevara la bolsa a una tienda. Sabía de la existencia de tiendas de caridad, y me había informado sobre ellas. Keffers hurgó un poco en la bolsa, pero no lograba hacerse una idea de lo que era cada cosa (¿por qué habría de saberlo?). Lanzó una carcajada y dijo que ninguna tienda de las que él conocía querría semejantes cosas. Y yo le dije que eran cosas buenas, buenas de verdad. Y al ver que me estaba poniendo sentimental, cambió de registro. Y dijo algo como «De acuerdo, señorita, lo llevaré a la gente de Oxfam». Luego hizo un esfuerzo enorme y dijo: «Ahora que lo he visto mejor, tiene usted razón. ¡Son cosas estupendas!».

»Pero no estaba muy convencido. Supongo que se lo llevó todo y lo tiró por ahí en algún cubo de basura. Pero al menos yo no tuve que saberlo. —Sonrió y añadió—: Tú eras diferente. Lo recuerdo. A ti nunca te avergonzaron tus cosas personales, y siempre las conservabas. Ojalá hubiera hecho yo lo mismo.

Lo que trato de decir es que todos nosotros nos esforzábamos lo que podíamos por adaptarnos a nuestra nueva vida, y supongo que hicimos cosas que más tarde habríamos de lamentar. Me indignó profundamente el comentario de Ruth aquella tarde en el campo, pero no tiene sentido que ahora trate de juzgarla —ni a ella ni a ninguno de mis compañeros— por su comportamiento en aquellos días primeros de nuestra estancia en las Cottages.

Al llegar el otoño, y familiarizarme más con nuestro entorno, empecé a reparar en cosas que antes había pasado por alto. Estaba, por ejemplo, aquella extraña actitud hacia los alumnos que se habían ido recientemente. Los veteranos, al volver de sus excursiones a la Mansión Blanca y la Granja de los Álamos, nunca escatimaban anécdotas de personajes que habían conocido allí; pero raras veces mencionaban a los alumnos que, hasta muy poco antes de que llegáramos nosotros, sin duda habían tenido que ser sus más íntimos amigos.

Otra cosa que advertí —y que sin duda tenía que ver con lo anterior— fue el enorme silencio que se abatía sobre ciertos veteranos cuando se iban a seguir ciertos «cursos» (que hasta nosotros sabíamos que tenían relación con su preparación para convertirse en cuidadores). Estaban fuera cuatro o cinco días, durante los cuales apenas se les mencionaba, y cuando volvían nadie les preguntaba nada. Supongo que hablaban con sus amigos más íntimos en privado. Pero se daba rotundamente por sentado que de estos viajes no se hablaba abiertamente. Recuerdo una mañana en que, a través del cristal empañado de la ventana de la cocina, vi a dos veteranos que salían para un curso, y me pregunté si la primavera o el verano siguiente se habrían ido para siempre y todos tendríamos que tener mucho cuidado de no mencionarlos.

Pero quizá exagero al decir que se convertía en tabú el tema los alumnos que habían dejado las Cottages. Si tenían que mencionarse, se mencionaban. Lo más normal era que se refirieran a ellos de forma indirecta, relacionándolos con un objeto o una tarea. Por ejemplo, si había que hacer reparaciones en una cañería de desagüe del techo, se armaba un animado debate sobre «cómo solía arreglarlo Mike». Y delante del Granero Negro había un tocón que todo el mundo llamaba «el tocón de Dave», porque durante tres años –hasta apenas tres semanas antes de nuestra llegada a las Cottages–, Dave se sentaba en él para leer y escribir (a veces incluso cuando hacía frío o llovía). Luego estaba Steve, quizá el más memorable de todos. Ninguno de nosotros llegamos a descubrir nunca el tipo de persona que había sido Steve, si exceptuamos el hecho de que le gustaban las revistas porno.

De cuando en cuando te encontrabas una revista porno detrás de un sofá o en medio de una pila de viejos periódicos. Eran lo que se ha dado en llamar porno «suave», aunque en aquel tiempo nosotros no sabíamos de tales distinciones. Nunca habíamos visto nada parecido en Hailsham, y no sabíamos qué pensar. Los veteranos solían echarse a reír cuando aparecía una en alguna parte; pasaban las hojas rápida y displicentemente y la tiraban a un lado, así que nosotros hacíamos lo mismo. Cuando Ruth y yo recordábamos todo esto hace unos años, ella afirmaba que las revistas en cuestión circulaban por docenas en las Cottages.

–Nadie admitía que le gustaban –dijo–. Pero acuérdate de cómo era la cosa. Aparecías en una habitación donde la gente estaba mirando una, y todos fingían que se aburrían como ostras. Pero volvías al cado de media hora y la revista no estaba.

En fin, lo que quiero decir es que siempre que aparecía alguna de estas revistas, la gente se apresuraba a decir que eran de «la colección de Steve». Steve, dicho de otro modo, era el responsable de cuanta revista porno pudiera aparecer en cualquier momento en las Cottages. Como ya he dicho, nunca averiguamos mucho más acerca de Steve. Pero incluso entonces veíamos el lado divertido del asunto, porque cuando alguien veía una de ellas y decía «Mira, una de las revistas de Steve», lo hacía con un punto de ironía.

Estas revistas, por cierto, solían traer a mal traer al viejo Keffers. Se decía que era muy religioso y que estaba radicalmente en contra no sólo del porno, sino del sexo en general. A veces se ponía como un loco –le veías la cara iracunda y llena de manchas bajo las patillas grises– y se movía con ruido por todo el lugar, e irrumpía sin llamar en los cuartos de los alumnos, decidido a requisar hasta la última de las «revistas de Steve». En tales ocasiones nos esforzábamos por encontrarlo divertido, pero había algo realmente aterrador en él cuando estaba en ese estado. Para empezar, de pronto dejaba de rezongar en voz alta como hacía normalmente y callaba, y bastaba su silencio para conferirle un aura pavorosa.

Recuerdo una vez en que Keffers había recogido seis o siete «revistas de Steve» y había salido en tromba con ellas hacia la furgoneta. Laura y yo estábamos observándole desde lo alto de mi habitación, y yo me reía de algo que acababa de decir Laura. Entonces vi que Keffers abría la puerta de su furgoneta, y quizá porque necesitaba ambas manos para mover unas cosas de su interior, dejó las revistas encima de unos ladrillos que había junto al cobertizo de la caldera (unos veteranos habían intentado construir una barbacoa allí unos meses antes, y los habían dejado allí apilados). La figura de Keffers, agachada y con la cabeza y los hombros dentro de la furgoneta, siguió revolviendo y revolviendo en su interior durante largo rato, y algo me dijo que, pese a su furia de un momento atrás, había olvidado por completo las revistas. En efecto, minutos después vi que se ponía derecho, subía a la furgoneta y se ponía al volante, cerraba la puerta de golpe y apretaba el acelerador.

Cuando le dije a Laura que Keffers se había dejado las revistas, Laura dijo:

—Bueno, no van a durar mucho ahí. Tendrá que volver a requisarlas todas el día en que decida empezar una nueva purga.

Pero cuando me vi pasando junto al cobertizo de la caldera aproximadamente media hora después, vi que nadie había tocado las revistas. Pensé durante un momento llevármelas a mi cuarto, pero sabía que si las encontraban en él algún día, las tomaduras de pelo no me iban a dejar vivir en paz en mucho tiempo; no habría modo humano de que alguien entendiera mis motivos para haberlas guardado. Por tanto, las cogí y me metí en el cobertizo con ellas.

El cobertizo de la caldera era en realidad otro granero, construido a un extremo de la casa de labranza y atestado de viejas segadoras y horcas —maquinaria que Keffers suponía que no ardería si alguna vez la caldera decidía explotar—. Keffers también tenía un banco de trabajo, así que puse las revistas encima, aparté algunos trapos y me aupé para sentarme sobre el tablero. La luz no era muy buena, pero había una ventana mugrienta a mi espalda, y cuando abrí la primera revista comprobé que podía verla con la suficiente claridad.

Había montones de fotografías de chicas con las piernas abiertas o poniendo el culo en pompa. He de admitir que ha habido veces en las que al mirar fotografías de este tipo he acabado excitándome, aunque jamás he fantaseado con hacerlo con un chica. Pero aquella tarde no era eso lo que buscaba. Pasé las hojas con rapidez, sin dejarme distraer por ningún efluvio de sexo que pudiera emanar de aquellas páginas. De hecho, apenas me detenía en los cuerpos contorsionados, porque en lo que me fijaba era en las caras. Me detenía en las caras de las modelos, incluso en las de los pequeños encartes de anuncios de vídeos y demás, y no pasaba a las siguientes sin haberlas examinada cuidadosamente.

Las había mirado ya casi todas cuando de pronto tuve la

certeza de que había alguien afuera, de pie, justo al lado de la puerta. Había dejado la puerta abierta porque así se dejaba normalmente, y porque quería que hubiera luz (antes me había sorprendido ya dos veces levantando la mirada, pues creía haber oído un pequeño ruido). Pero al no ver a nadie, había seguido con lo que estaba haciendo. Pero ahora era distinto: bajé la revista y lancé un hondo suspiro para que quienquiera que estuviese fuera pudiera oírlo.

Aguardé a las risitas, o quizá a que dos o tres alumnos irrumpieran bruscamente en el granero, deseosos de aprovechar el haberme sorprendido con un montón de revistas pornográficas. Pero no sucedió nada. Así que llamé en voz alta, en un tono que quería ser cansino:

—Encantada de que te unas a mí en esto. ¿Por qué esa timidez?

Me llegó una risa, y a continuación apareció Tommy en el umbral.

—Hola, Kath —dijo, tímidamente.

—Entra, Tommy. Ven a divertirte.

Tommy se acercó a mí con cautela, y se quedó quieto a unos pasos. Luego miró hacia la caldera, y dijo:

—No sabía que te gustaran ese tipo de fotos.

—A las chicas también nos está permitido mirarlas, ¿no?

Seguí pasando las páginas, y durante unos segundos Tommy permaneció callado. Y luego le oí decir:

—No estaba intentando espiarte. Pero te he visto desde mi cuarto. He visto que salías y cogías esa pila de revistas que se ha dejado Keffers.

—También puedes mirarlas tú cuando yo termine.

Tommy rió incómodamente.

—Sólo es sexo. Supongo que ya lo he visto todo.

Soltó otra risa, pero esta vez, cuando levanté la vista para mirarle, vi que me estaba observando con expresión muy seria. Y oí que me preguntaba:

—¿Estás buscando algo concreto, Kath?

—¿A qué te refieres? Sólo estoy mirando estas fotos guarras.

—¿Sólo por gusto?

—Supongo que tendría que responder que sí. —Dejé una revista a un lado y abrí la siguiente.

Entonces oí las pisadas de Tommy, e instantes después noté que estaba a mi lado. Cuando volví a alzar la mirada, sus manos planeaban ansiosas por el aire, como si yo estuviera haciendo un trabajo manual complicado y él se muriera de ganas de ayudarme.

—Kath, no se hace... Bien, si lo estás haciendo por gusto, no se miran así. Tienes que ir mirando cada foto con mucho más detenimiento. Si las pasas tan deprisa no consigues nada.

—¿Cómo sabes lo que funciona para las chicas? ¿O es que ya las has mirado con Ruth? Perdona, lo he dicho sin pensar.

—Kath, ¿qué es lo que quieres?

No le hice caso. Había visto casi todo el montón, y sentía impaciencia por terminarlo. Y Tommy dijo:

—Una vez te vi haciendo esto mismo.

Dejé las fotos y lo miré.

—¿Qué pasa, Tommy? ¿Te ha reclutado Keffers para la patrulla contra el porno?

—No te estaba espiando. Pero te vi la semana pasada, después de que hubiéramos estado todos en el cuarto de Charley. Había una de esas revistas, y pensaste que no íbamos a volver. Pero yo tuve que volver para recoger mi jersey, y como las puertas de Claire estaban abiertas se podía ver todo el cuarto de Charley. Y allí estabas, mirando aquella revista.

—Bueno, ¿y qué? Todos tenemos que darnos gusto de alguna manera.

—No lo hacías por gusto. Lo vi perfectamente, lo mismo que ahora. Lo veo en tu cara, Kath. Aquella vez, en el cuarto de Charley, tenías una cara muy extraña. Como si estuvieras triste, no sé. Y también un poco asustada.

Brinqué fuera de banco de trabajo, recogí las revistas y se las lancé a los brazos.

–Toma. Dáselas a Ruth. A ver si les puede sacar algún provecho. Pasé junto a él y salí del cobertizo. Sabía que se sentiría decepcionado porque no le había contado nada de mí misma, pero en aquel punto yo no había reflexionado apropiadamente sobre mi persona, así que difícilmente iba a contarle mis cosas a nadie. Pero no me importaba que hubiera entrado en el cobertizo donde yo estaba. No me importaba en absoluto. Me sentía reconfortada, casi protegida. Acabaría diciéndole lo que quería saber, pero no lo haría hasta unos meses más tarde, cuando organizamos aquella excursión a Norfolk.

Quiero hablar de la excusión a Norfolk —y de todo lo que sucedió aquel día—, pero antes tendré que volver un poco más atrás para explicar cómo estaban las cosas entonces y por qué hicimos ese viaje.

Nuestro primer invierno en las Cottages estaba a punto de acabar, y todos nos sentíamos bastante más asentados. Pese a nuestros pequeños contratiempos, Ruth y yo habíamos mantenido la costumbre de rematar el día en mi cuarto, charlando con nuestros vasos calientes entre las manos, y fue una de esas noches, mientras hacíamos el tonto sobre no recuerdo qué, cuando de pronto dijo:

—Supongo que has oído lo que están diciendo Chrissie y Rodney.

Cuando le dije que no, lanzó una risita y continuó:

—Seguramente quieren tomarme el pelo. Vaya sentido de las bromas el suyo. Pero olvídalo.

Pero era evidente que lo que quería era que le tirara de la lengua, así que insistí e insistí hasta que al final le oí decir en voz baja:

—¿Recuerdas la semana pasada, cuando Chrissie y Rodney estuvieron fuera? Fueron a Cromer, en la costa norte de Norfolk.

–¿Qué tenían que hacer allí?

–Oh, creo que tienen un amigo, alguien que antes vivió aquí. Pero eso no importa. Lo que importa es que cuentan que vieron a esa... persona. Trabajando en una oficina de planta diáfana. Y, bueno, en fin. Piensan que esa persona es una *posible*. Para mí.

Aunque la mayoría de nosotros habíamos oído hablar de la idea de los «posibles» en Hailsham, teníamos la sensación de que no había que hablar de ello, y no lo hacíamos –aunque, por supuesto, la idea nos intrigaba y nos llenaba de inquietud–. Y tampoco en las Cottages era un asunto que podía sacarse a colación como si tal cosa. Sin ningún género de dudas, resultaba mucho más embarazosa cualquier charla sobre los «posibles» que otra, pongamos, sobre sexo. Al mismo tiempo, veías claramente que la gente se sentía fascinada –obsesionada, en algunos casos– por el asunto, que seguía saliendo a relucir muy de cuando en cuando, normalmente en las controversias muy serias, a años luz de las cotidianas (que versaban sobre gentes como, por ejemplo, James Joyce).

La idea básica de la teoría de los posibles era muy sencilla, y no suscitaba grandes discusiones. Podría formularse más o menos de este modo: dado que cada uno de nosotros había sido copiado en algún momento de una persona normal, debería existir, en el mundo exterior, y para cada uno de nosotros, un modelo que viviera su propia vida en alguna parte. Ello significaba, al menos teóricamente, que era posible encontrar a la persona original a cuya imagen y semejanza habíamos sido modelados. Por eso, cuando estábamos fuera de las Cottages –en los pueblos y ciudades, en los centros comerciales, en los cafés de las autopistas–, siempre manteníamos los ojos bien abiertos por si descubríamos a algún «posible» que hubiera servido de modelo para tu persona o la de tus compañeros.

Más allá de estas generalidades, sin embargo, no existía mucho consenso. Para empezar, nadie se ponía muy de acuerdo sobre qué era lo que buscábamos cuando buscábamos a nuestros posibles. Algunos pensaban que había que buscar personas veinte o treinta años mayores que nosotros (la edad que habría tenido una persona si hubiera sido nuestro padre o nuestra madre). Pero otros sostenían que esto pecaba de sentimental. ¿Por qué tenía que separarnos de nuestros modelos toda una generación «temporal»? Podían haber utilizado bebés, viejos... ¿Qué diferencia habría? Otros argumentaban que seguramente utilizaban como modelos a gente en el ápice de la salud, y que por eso era más lógico que tuvieran la edad de un «padre o madre normal». Pero al llegar a este punto todos sentíamos que nos acercábamos a un terreno en el que no queríamos entrar, y la discusión se acababa.

Luego estaban las preguntas sobre por qué habríamos de desear rastrear a nuestros modelos. Otra motivación para querer encontrar a tu modelo era el hecho de que, cuando lo encontraras, tendrías un barrunto de tu futuro. Ahora bien, no quiero decir que nadie pensara realmente que si su modelo resultara ser, digamos, un empleado ferroviario, uno acabaría haciendo ese mismo trabajo. Todos nos dábamos cuenta de que no era tan sencillo. Sin embargo, todos nosotros, en grados diversos, creíamos que si veías a la persona de la que tú eras una copia alcanzarías cierto conocimiento de quién eras en lo hondo de tu ser, y quizá también de lo que la vida pudiera tenerte deparado.

Y había quienes juzgaban estúpido preocuparse ni poco ni mucho por los posibles. Nuestros modelos eran algo irrelevante, una necesidad técnica para traernos al mundo, y nada más. Nos correspondía a nosotros hacer con nuestras vidas lo que pudiéramos. Esa era la posición con la que alineaba siempre Ruth, y es muy probable que yo también. En cualquier caso, siempre que nos llegaban noticias de un posible –fuera para quien fuera– no podíamos evitar sentir curiosidad.

Tal como yo lo recuerdo, la visión de los posibles solía venir por rachas. Podían pasar semanas sin que nadie hiciera mención del asunto, y de pronto alguien veía a uno y ello desencadenaba toda una avalancha de visiones. En la mayoría de los casos no merecía la pena empeñarse en seguirlos (alguien que pasaba en un coche, o casos similares). Pero de cuando en cuando, una visión parecía tener fuste (como la que Ruth me contó aquella noche).

Según Ruth, Chrissie y Rodney habían pateado a conciencia esa ciudad costera que estaban visitando, y se habían separado durante un rato. Cuando volvieron a encontrarse, Rodney estaba terriblemente excitado y le contó a Chrissie que había estado deambulando por las calles laterales en torno a High Street, y había pasado por una oficina con un gran ventanal frontal. Dentro había muchas personas, algunas de las cuales en sus mesas y otros yendo de un lado para otro, charlando. Y fue entonces cuando había visto a la posible de Ruth.

–Chrissie vino y me lo contó en cuanto volvieron a las Cottages. Hizo que Rodney se lo explicara todo con detalle, y aunque éste intentó hacerlo lo mejor que pudo la cosa no quedó nada clara. Ahora no hacen más que decirme que me van a llevar en coche a ese sitio, pero no sé... No sé si debería hacer algo...

No puedo recordar exactamente lo que le dije aquella noche, pero en aquella época yo era bastante escéptica. De hecho, si he de ser sincera, me daba la sensación de que Chrissie y Rosney se lo habían inventado todo. No quiero decir que Chrissie y Rodney sean malas personas; no sería justo. En muchos aspectos, me gustan. Pero lo cierto es que la forma en que nos miraban a los recién llegados, y a Ruth en particular, distaba mucho de ser franca.

Chrissie era una chica alta que estaba francamente bien cuando mantenía su propia altura, pero que no parecía darse cuenta de ello y se pasaba el día agachándose para ser de la misma altura que el resto de nosotros. Esa era la razón por la que a menudo parecía más la Bruja Mala que una estrella de cine hermosa —impresión reforzada por su modo irritante de «pincharte» con un dedo un segundo antes de decirte algo—. Siempre llevaba largas faldas en lugar de vaqueros, y las pequeñas gafas que llevaba se las pegaba en exceso a la cara. Había sido una de las veteranas que nos dieron una calurosa bienvenida cuando llegamos aquel verano a las Cottages, y al principio me había parecido una persona extraordinaria y había buscado su consejo. Pero a medida que pasaron las semanas empecé a tener reservas. Había algo extraño en el modo en que siempre estaba mencionando el hecho de que veníamos de Hailsham, como si ello pudiera explicar casi todo lo que tenía que ver con nosotros. Y siempre estaba haciéndonos preguntas sobre Hailsham —sobre pequeños detalles, de forma muy parecida a como mis donantes me preguntan hoy—, y aunque trataba de hacer que éstas parecieran absolutamente espontáneas, yo podía ver que en su interés existía toda una trastienda. Otra cosa que me ponía muy nerviosa era la forma en que siempre parecía querer separarnos: llevándose a uno de nosotros aparte mientras otros estábamos haciendo algo, o invitarnos a dos de nosotros a que nos uniéramos a ellos mientras dejaba a otros dos solos y aislados —ese tipo de cosas—.

Raras veces veías a Chrissie sin su novio Rodney, que iba por ahí con el pelo sujeto atrás en una cola de caballo, como un músico de rock de los años setenta, y no paraba de hablar de cosas como la reencarnación. De hecho casi llegó a gustarme, pero jamás salía de la órbita de influencia de Chrissie. En cualquier discusión, sabías que iba a defender el punto de vista de Chrissie, y si Chrissie alguna vez decía algo medianamente divertido, él se partía de risa y sacudía la cabeza como si no pudiera creer lo gracioso que era lo que había dicho su novia.

Admito que quizá estoy siendo un poco dura con estos dos veteranos. Cuando los estaba rememorando con Tommy no hace mucho tiempo, él dijo que a su juicio eran muy buena gente. Pero estoy contando todo esto para explicar por qué era tan escéptica respecto al hecho de que hubieran visto a una posible de Ruth. Como digo, mi reacción instintiva fue no creerlo, y suponer que Chrissie se traía algo entre manos.

La otra cosa que me hacía dudar de ello tenía que ver con la descripción ofrecida por Chrissie y Rodney: la imagen de una mujer trabajando en un bonita oficina con un ventanal que daba a la fachada del edificio. Se aproximaba demasiado a lo que todos sabíamos que era para Ruth un «futuro de ensueño».

Supongo que éramos nosotros los recién llegados quienes hablábamos de «futuros de ensueño» aquel invierno, aunque también lo hacían unos cuantos veteranos. Algunos más mayores —sobre todo aquellos que ya habían empezado el adiestramiento— suspiraban en silencio y abandonaban la habitación cuando se abordaba este tipo de conversación, aunque durante mucho tiempo ni siquiera nos dimos cuenta de que lo estuvieran haciendo. No estoy segura de qué es lo que pasaba por nuestra cabeza durante aquellas charlas. Probablemente sabíamos que no podían ser serias, pero estoy segura de que tampoco las considerábamos fantasiosas. Una vez que Hailsham había quedado atrás, quizá pudimos, justo durante el medio año aproximado que faltaba para que empezáramos a tratar el tema de convertirnos en cuidadores, antes de empezar a prepararnos para el permiso de conducir y de todas las demás cosas, quizá fuimos capaces de olvidar por espacio de períodos razonablemente largos quiénes fuimos; olvidar lo que los custodios nos habían dicho; olvidar el estallido de la señorita Lucy aquella tarde lluviosa en el pabellón, al igual que todas aquellas teorías que habíamos ido formulando a lo largo de los años. No podía durar mucho, por supuesto, pero, como digo, y sólo durante aquellos pocos meses, nos las arreglamos para vivir en un acogedor estado de aplazamiento en el que podíamos reflexionar sobre nuestras vidas sin sentirnos coartados por los límites de siempre. Mirando hoy hacia atrás, parece que pasamos siglos en aquella cocina empañada después del desayuno, o apiñados en torno a fuegos medio apagados en las primeras horas de la madrugada, ensimismados en nuestros planes de futuro.

Pero nadie llevaba las cosas demasiado lejos. No recuerdo a nadie que dijera que iba a ser un astro de la pantalla o algo parecido. La charla giraba más bien en torno a llegar a ser cartero o a trabajar en una granja. Unos cuantos compañeros querían ser chóferes —de un tipo o de otro—, y a menudo, cuando la conversación seguía estos derroteros, algunos veteranos empezaban a comparar rutas pintorescas que habían conocido, cafés de carretera agradables, rotondas difíciles, ese tipo de cosas. Hoy, por supuesto, sería capaz de hablar y hablar de esas cosas hasta dejar fuera de combate a cualquiera. En aquel tiempo, sin embargo, me tenía que limitar a escuchar, a no decir ni una palabra, a empaparme de lo que decían. A veces, si era muy tarde, cerraba los ojos y me acurrucaba contra el brazo del sofá, o contra un chico, si era durante una de esas breves fases en las que estaba «oficialmente» con alguien, y me dormía y me despertaba, permitiendo que las imágenes de las carreteras se movieran incesantemente en mi cabeza.

De todas formas, para volver a lo que estaba diciendo, cuando tenía lugar este tipo de charla solía ser Ruth la que llevaba las cosas más lejos que nadie, sobre todo cuando había veteranos presentes. Había estado hablando de oficinas desde el principio del invierno, pero cuando la cosa realmente cobró vida, cuando se convirtió en su «futuro de ensueño», fue después de aquella mañana en que ella y yo nos paseamos por el pueblo.

Fue durante una racha de frío helador en la que las estufas de gas nos habían estado dando problemas. Nos pasábamos horas y horas tratando de encenderlas, pero los dispositivos no funcionaban. Íbamos, pues, abandonándolas –y, con ellas, las habitaciones que se suponía que debían calentar–. Keffers se negaba a arreglarlas, afirmando que era responsabilidad nuestra, pero al final, cuando las cosas se pusieron feas de verdad, nos tendió un sobre con dinero y una nota con el nombre de una válvula para la ignición del combustible. Así que Ruth y yo nos prestamos a ir hasta el pueblo a comprarla, y ésa era la razón por la que aquella mañana heladora bajábamos por el sendero. Habíamos llegado a un punto donde los setos eran altos a ambos lados, y el suelo estaba lleno de bostas de vaca heladas, y Ruth se paró de pronto unos metros a mi espalda.

Me llevó un momento darme cuenta, así que cuando me di la vuelta la vi soplándose los dedos y mirando hacia el suelo, ensimismada en algo que había a sus pies. Pensé que quizá era alguna pobre criatura muerta en el hielo, pero cuando me acerqué vi que era una revista en color, no del tipo de las «revistas de Steve» sino de esas brillantes y alegres que te dan gratis con los periódicos. Al caer se había quedado abierta en un gran anuncio satinado, a doble página, y aunque las hojas estaban empapadas y combadas y con barro en un costado, se veía perfectamente la oficina maravillosamente moderna y de planta diáfana, donde tres o cuatro de los empleados que trabajaban en ella estaban haciéndose algún tipo de broma. El lugar era radiante, y lo mismo la gente. Ruth miraba fijamente aquella fotografía, y cuando se dio cuenta de mi presencia a su lado, dijo:

—Éste sí sería un lugar apropiado para trabajar...

Entonces se sintió cohibida —quizá hasta molesta de que la hubiera sorprendido en aquel momento—, y siguió andando mucho más deprisa que antes.

Pero un par de noches más tarde, cuando algunos de nosotros estábamos sentados en torno a un fuego de la casa de labranza, Ruth empezó a hablarnos del tipo ideal de oficina en la que le encantaría trabajar, y yo la reconocí de inmediato. Entró en los detalles —las plantas, los equipos relucientes, las sillas giratorias y con ruedas—, y la descripción era tan vívida que todo el mundo dejó que continuara sin interrumpirla en ningún momento. Yo la observaba atentamente, pero no parecía acordarse de que yo había estado con ella —tal vez hubiera olvidado incluso de dónde le venía aquella imagen—. En un momento dado llegó a hablar de lo «dinámico, emprendedor» que sería todo el personal de aquella oficina, y recuerdo claramente que ésa era precisamente la leyenda que aparecía con grandes letras en la parte de arriba del anuncio: «¿Es usted dinámico, emprendedor?». Por supuesto, no dije nada. De hecho, al escucharla, hasta empecé a preguntarme si todo aquello era posible: si algún día todos nosotros podríamos mudarnos a un lugar como aquel y llevar una vida juntos.

Por supuesto, Chrissie y Rodney estaban allí aquella noche, atentos a todo lo que decía Ruth. Y durante los días siguientes Chrissie siguió intentanto que Ruth le contara más cosas acerca del asunto. Yo pasaba junto a ellas —estaban sentadas en un rincón de un cuarto—, y le oía decir a Chrissie:

—¿Estás segura de que no os distraeríais continuamente unos a otros, trabajando en un sitio así todos juntos?

Y Ruth, acto seguido, seguía con sus explicaciones.

Lo que le sucedía a Chrissie —y ello podía aplicarse también a un buen puñado de veteranos— era que pese a su acti-

tud un tanto condescendiente con nosotros a nuestra llegada, sentía cierto temor reverente ante nosotros por el hecho
de que viniéramos de Hailsham. Me llevó bastante tiempo
darme cuenta. Tomemos el asunto de la oficina de Ruth,
por ejemplo: Chrissie nunca habría hablado de trabajar en
una oficina, ni siquiera en una como la que Ruth ambicio-
naba. Pero como Ruth era de Hailsham, la idea entraba en
cierto modo dentro del terreno de lo posible. Así es como
veía Chrissie el asunto, y supongo que Ruth, de cuando en
cuando, dejaba caer unas cuantas cosas de éstas para alentar
la idea de que, por supuesto, y de un modo misterioso, en
Hailsham regían unas normas completamente diferentes. A
Ruth nunca le oí mentir a los veteranos: era más bien no negar ciertas cosas, dar a entender otras. Hubo veces en las que
pude hacer que el entramado entero se le viniera encima de
la cabeza. Pero si bien es cierto que Ruth sentía en ocasiones
embarazo, al verme la mirada en medio de alguna de sus historias, parecía estar segura de que no la iba a delatar. Y, por
supuesto, no se equivocaba.

Tal es el marco, por tanto, en el que hay que situar la
afirmación de Chrissie y Rodney de haber visto a la posible
de Ruth, y creo puede entenderse bien por qué yo mostraba
cierta cautela a ese respecto. No tenía muchas ganas de que
Ruth fuera con ellos a Norfolk, aunque tampoco sabría decir
bien por qué. Y una vez que quedó claro que Ruth estaba
completamente decidida a ir, le dije que la acompañaría. Al
principio, no pareció entusiasmarle la idea, e incluso dejó
entrever que ni siquiera quería que fuera Tommy. Pero al final fuimos los cinco: Chrissie, Rodney, Ruth, Tommy y yo.

13

Rodney, que tenía carnet de conducir, se las había arreglado para que le prestaran un coche los jornaleros de Metchley, granja situada a unos cuatro kilómetros de las Cottages. Había pedido prestados coches otras veces, pero en esta ocasión el dueño se echó atrás justo el día anterior al que teníamos fijado para la partida. Las cosas, por suerte, acabaron arreglándose: Rodney fue hasta la granja y consiguió que le prestaran otro coche. Lo interesante del asunto, con todo, fue el modo en que reaccionó Ruth durante las horas en que pensó que el viaje se había cancelado.

Hasta entonces había estado haciendo como que todo aquello era un poco en broma, como que si había aceptado aquel plan era para complacer a Chrissie. Y seguía hablando y hablando sobre cómo casi no explorábamos las posibilidades de nuestra libertad desde que dejamos Hailsham; cómo, de todas formas, ella siempre había querido ir a Norfolk para «encontrar todas las cosas que habíamos perdido». Dicho de otro modo, se había apartado de su idea original para hacernos saber que no hablaba muy en serio al acariciar la perspectiva de encontrar a su «posible».

El día anterior a nuestra partida, recuerdo que Ruth y yo habíamos salido a dar un paseo, y entramos en la cocina de la casa de labranza, donde Fiona y algunos veteranos estaban preparando un gran guiso. Y fue la propia Fiona, sin levantar la mirada de lo que estaba haciendo, la que nos dijo que el chico de la granja había venido hacía un rato con el recado de que no nos podían prestar el coche. Ruth estaba de pie, justo delante de mí, así que no pude verle la cara, pero vi que toda su figura se quedaba paralizada. Luego, sin decir palabra, se dio la vuelta y pasó a mi lado y salió de la casa. Entreví entonces su cara, y fue cuando me di cuenta de lo trastornada que estaba. Fiona empezó a decir algo como «Oh, no sabía...», pero yo dije rápidamente: «No está disgustada por eso. Es por otra cosa, algo que ha sucedido antes». No fue una buena excusa, pero fue lo único que se me ocurrió sin tener que pensarlo demasiado.

Al final, como he contado, lo del coche se resolvió, y a la mañana siguiente temprano, con una negrura de boca de lobo, los cinco subimos a un Rover lleno de abolladuras pero en perfectas condiciones. Chrissie ocupó el asiento del acompañante, al lado de Rodney, y nosotros tres los de atrás. Era la distribución lógica de asientos, y nos habíamos adaptado a ella de un modo espontáneo. Pero al cabo de unos minutos, en cuanto Rodney nos hubo sacado de la tiniebla de los sinuosos senderos y enfilamos las carreteras propiamente dichas, Ruth, que iba en medio del asiento corrido, se inclinó hacia delante, puso las manos sobre los respaldos delanteros y se puso a hablar con los dos veteranos. Y lo hacía de forma que Tommy y yo, a ambos lados de ella, no podíamos oír ni una palabra de lo que decían, y como nos separaba físicamente tampoco podíamos hablarnos, o siquiera vernos. A veces, en las contadas ocasiones en que volvía a echarse hacia atrás, yo trataba de iniciar alguna charla entre los tres, pero Ruth se negaba a seguirla, y al poco volvía a echarse hacia delante y a meter la cara entre los asientos de los veteranos.

185

Al cabo como de una hora, ya habiendo despuntado el día, nos paramos para estirar las piernas y para que Rodney hiciera pipí. Habíamos aparcado junto a la orilla de un gran campo vacío, así que saltamos a la cuneta y nos pasamos unos minutos frotándonos las manos y mirando cómo se alzaba en el aire nuestro aliento. En un momento dado, noté que Ruth se había desentendido de todos nosotros y estaba contemplando el amanecer sobre los campos. Así que fui hasta ella y le sugerí que, si lo único que quería era hablar con los veteranos, cambiara de asiento conmigo. Ella podría seguir hablando al menos con Chrissie, y Tommy y yo podríamos tener alguna conversación durante el viaje. Apenas había terminado de hablar cuando Ruth dijo en un susurro:

—¿Por qué tienes que ser tan difícil? ¡Precisamente ahora! No lo entiendo. ¿Por qué quieres armar líos?

Me dio la vuelta de un tirón, y nos quedamos de espaldas a los otros, de forma que no podían ver si estábamos discutiendo. Fue el modo en que lo hizo, más que sus palabras, lo que de pronto me hizo ver las cosas con sus ojos; vi que estaba haciendo unos enormes esfuerzos por presentarnos a los tres —no sólo a sí misma— de una forma aceptable ante Chrissie y Rodney, y lo que yo ahora estaba haciendo suponía una amenaza a su autoridad y podía dar lugar a una escena embarazosa. Vi todo esto claramente, y le toqué en el hombro, y volví a donde los otros. Y cuando volvimos al coche, me aseguré de que los tres nos sentáramos exactamente en la misma posición de antes. Pero ahora, mientras volvíamos a surcar los campos, Ruth se quedó más bien callada, erguida en su sitio, e incluso cuando Chrissie o Rodney nos gritaban cosas desde delante respondía tan sólo con taciturnos monosílabos.

Las cosas se animaron considerablemente, sin embargo, en cuanto llegamos a nuestra población costera. Era la hora del almuerzo, y dejamos el Rover en el aparcamiento contiguo a un minigolf lleno de banderas ondeantes. El día era ahora fresco y soleado, y recuerdo que durante más o menos la primera hora nos sentíamos tan estimulados y contentos de estar al aire libre que no prestamos demasiada importancia al asunto que nos había traído allí. En un momento dado, de hecho, Rodney lanzó unos cuantos grititos, agitando los brazos a su alrededor, mientras se ponía en cabeza y subía por una carretera en pendiente flanqueada de hileras de casas, y de alguna tienda ocasional, y, sólo por el enorme cielo, uno podía percibir que nos estábamos acercando al mar.

Cuando llegamos al mar, vimos que estábamos en una carretera que bordeaba un acantilado. A primera vista parecía que el corte era a pico hasta la arena, pero cuando te asomabas a la barandilla veías que había senderos zigzagueantes que descendían hasta el mar.

Estábamos hambrientos, y entramos en un pequeño restaurante encaramado en el acantilado, justo donde empezaba uno de los senderos. En el local sólo había dos personas: dos mujeres bajas y rechonchas con delantal que trabajaban en el negocio. Estaban sentadas en una mesa y fumaban sendos cigarrillos, pero en cuanto nos vieron aparecer se pusieron rápidamente en pie y desaparecieron en la cocina para dejarnos el campo libre.

Elegimos la mesa del fondo, es decir, la más cercana al borde del acantilado, y cuando nos sentamos vimos que era prácticamente como si estuviéramos suspendidos sobre el mar. En aquel entonces no conocía ningún local con el que compararlo, pero hoy diría sencillamente que era un local muy pequeño, con tres o cuatro mesitas. Habían dejado una ventana abierta, probablemente para evitar que el local se llenara de olores de fritos, y de cuando en cuando se colaba un ráfaga que recorría el recinto agitando los carteles que anunciaban los platos. Había una cartulina pegada en lo alto del mostrador y escrita con rotuladores de colores en cuya parte

187

de arriba podía leerse LOOK,[1] con un ojo escrutador en cada una de las «oes». Hoy lo veo tan a menudo que ni siquiera suelo darme cuenta, pero jamás lo había visto hasta entonces. Así que lo estaba mirando con admiración cuando me topé con la mirada de Ruth, y vi que también ella lo estaba mirando con el ismo asombro, y nos echamos a reír. Fue un momento muy entrañable, el de sentir que habíamos dejado atrás el resentimiento que nos había creado el incidente del coche. Como se vería después, sin embargo, sería el último momento de intimidad de que Ruth y yo disfrutaríamos en lo que nos quedaba de viaje.

No habíamos mencionado en absoluto a la«posible» desde nuestra llegada a la ciudad, y pensé que, ahora que nos habíamos sentado cómodamente, hablaríamos del asunto largo y tendido. Pero en cuanto empezamos nuestros sándwiches, Rodney se puso a hablar de su viejo amigo Martin, que había dejado las Cottages el año anterior y ahora vivía en la ciudad que estábamos visitando. Chrissie acogió el tema con entusiasmo y al poco ambos veteranos estaban recordando anécdotas sobre todas las situaciones hilarantes que Martin había protagonizado. Nosotros no podíamos entender gran parte de lo que hablaban, pero Chrissie y Rodney se divertían de lo lindo. Intercambiaban miradas y se reían, y aunque hacían como que lo estaban recordando para nosotros, estaba claro que lo hacían para su propio goce. Cuando ahora pienso en ello, se me ocurre que el cuasi tabú en torno a la gente que había dejado las Cottages pareció cesar entonces, con aquellos dos veteranos que hablaban de su amigo sin restricciones —pero el solo recuerdo que tengo de esto es precisamente esta ocasión en que habíamos salido de las Cottages y estábamos de viaje—.

1. MIRA. *(N. del T.)*

Cuando se reían, yo reía también, por cortesía. Tommy parecía entender aún menos cosas que yo, y dejaba escapar risitas apagadas que quedaban en el aire como un tanto rezagadas. Ruth, en cambio, reía y reía, y no paraba de asentir con la cabeza ante cada cosa que decían de Martin, como si también ella estuviera recordándolas. En un momento dado, cuando Chrissie hizo una referencia particularmente oscura —algo así como «¡Oh, sí, aquella vez que se quitó los vaqueros!»—, Ruth soltó una carcajada y señaló hacia nosotros como para decirle a Chrissie: «Venga, explícaselo a éstos para que también se rían». En fin, pasé por todo esto como mejor pude, pero cuando Chrissie y Rodney empezaron a considerar la posibilidad de visitar a Martin en su apartamento, yo dije, quizá un tanto fríamente:

—¿Qué es lo que está haciendo exactamente aquí? ¿Por qué tiene un apartamento?

Se hizo un silencio largo, y al cabo oí que Ruth lanzaba un suspiro exasperado. Chrissie se inclinó hacia mí a través de la mesa y dijo en voz baja, como si se lo explicara a un niño:

—Es cuidador. ¿Qué otra cosa piensas que puede estar haciendo aquí? Es un cuidador con todas las atribuciones.

Hubo un poco de movimiento tenso, y dije:

—Eso es lo que quiero decir. No podemos ir a visitarlo así, sin más.

Chrissie suspiró:

—De acuerdo. Se supone que no *debemos* visitar a los cuidadores. Si nos atenemos estrictamente al reglamento. No se nos anima a hacerlo.

Rodney rió entre dientes, y añadió:

—No, definitivamente no se nos anima a hacerlo. Ir a visitarlos es de chicos malos malos.

—Muy malos —dijo Chrissie, y emitió un chasquido de desaprobación con la lengua.

Y Ruth, entonces, se unió a ellos, diciendo:

—Kathy *odia* ser mala. Así que será mejor que no vayamos a visitarlo.

Tommy miraba a Ruth, desconcertado, sin saber muy bien el partido que estaba tomando Ruth en todo aquello (algo que yo tampoco veía claro). Se me ocurrió que ella tampoco quería que la excursión tuviera distracciones superfluas, y que se alineaba junto a mí a regañadientes, así que le sonreí, pero ella no me devolvió la mirada. Entonces Tommy preguntó de improviso:

—¿Hacia qué parte dices que viste la posible de Ruth, Rodney?

—Oh... —Ahora que estábamos en la ciudad, a Rodney ya no parecía interesarle tanto la posible de Ruth, y pude ver la ansiedad en la cara de ésta. Y al final Rodney dijo—: Fue doblando High Street, hacia el otro extremo. Por supuesto, puede que fuera su día libre. —Luego, viendo que nadie decía nada, añadió—: Tienen días libres, ya sabéis. No trabajan todo el tiempo.

Durante un instante, cuando dijo esto, se apoderó de mí el temor de que de que todo hubiera sido una terrible equivocación por nuestra parte; hasta donde nosotros sabíamos, los veteranos podían muy bien utilizar el pretexto de los posibles para organizar viajes, sin la menor intención de llevar las cosas más adelante. Es posible que Ruth estuviera pensando lo mismo, porque ahora parecía muy preocupada, pero al final dejó escapar una risita, como si Rodney hubiera hecho una broma.

Luego Chrissie dijo, en un tono nuevo:

—¿Sabes, Ruth? Puede que dentro de unos años vengamos aquí a visitarte *a ti*. ¿Te imaginas? Trabajando en una bonita oficina... No creo que nadie pudiera evitar que viniéramos a visitarte.

—Eso es —dijo Ruth rápidamente—. Podríais venir todos a verme.

—Supongo —dijo Rodney— que no hay normas sobre visitar a la gente si está trabajando en una oficina. —Se echó a reír de repente—. No lo sabemos. En realidad, hasta ahora nunca se nos ha presentado el caso.

—Todo irá bien —dijo Ruth—. Os dejarán hacerlo. Podréis venir todos a visitarme. O sea, todos menos Tommy.

Tommy pareció escandalizarse.

—¿Por qué yo no?

—Porque tú ya estarás conmigo, bobo —dijo Ruth—. Me voy a quedar contigo.

Todos reímos. Tommy también, un poco a la zaga.

—Oí hablar de esa chica de Gales —dijo Chrissie-. Era de Hailsham, quizá de unos cursos anteriores a vosotros. Al parecer está trabajando ahora mismo en una tienda de ropa. Una tienda realmente elegante.

Hubo murmullos de aprobación, y por espacio de unos segundos todos nos pusimos a mirar ensoñadoramente las nubes.

—Qué suerte, los de Hailsham... —dijo Rodney al final, y sacudió la cabeza como para expresar su asombro.

—Y luego está esa otra persona. —Chrissie se había vuelto hacia Ruth—. Ese chico del que nos hablaste el otro día. Que era un par de años mayor que tú y que ahora trabaja de guarda de un parque.

Ruth asentía, pensativa, y se me ocurrió que debía enviarle a Tommy una mirada de advertencia, pero cuando me di la vuelta hacia él ya había empezado a hablar:

—¿Quién era ése? —preguntó, en tono de extrañeza.

—Sabes quién es, Tommy —dije rápidamente. Era demasiado arriesgado darle un puntapié, o incluso intentar alertarle con cualquier «guiño» de voz. Chrissie se habría dado cuenta en un abrir y cerrar de ojos. Así que lo dije con la mayor naturalidad, y con un punto de cansancio, como si estuviéramos más que hartas de que Tommy lo olvidara todo. Pero esta misma naturalidad hizo que Tommy siguiera sin enterarse.

—¿Alguien que conocíamos nosotros?

—Tommy, no entremos de nuevo en esto —dije yo—. Tendrían que mirarte esa cabeza.

Al final parece que se hizo la luz en su cerebro, y calló.

Chrissie dijo:

—Sé la suerte que tengo, haber podido ir a las Cottages. Pero vosotros los de Hailsham... Vosotros sí que sois afortunados. ¿Sabéis? —bajó la voz, y volvió a inclinarse hacia delante—. Hay algo que he estado queriendo hablar con vosotros. Allá en las Cottages es imposible. Siempre te está escuchando todo el mundo.

Paseó la mirada en torno a la mesa, y al final la fijó en Ruth. Rodney se puso tenso de pronto, y también se inclinó hacia delante. Y algo me dijo que al fin llegábamos a lo que, para Chrissie y Rodney, era el objetivo principal de aquel viaje.

—Cuando Rodney y yo estábamos en Gales —dijo—, la vez que oímos lo que la chica que trabajaba en una tienda de ropa, oímos algo más, algo sobre los alumnos de Hailsham. Lo que decían era que algunos alumnos de Hailsham, en el pasado, en circunstancias especiales, habían conseguido que les concedieran un aplazamiento. Que era algo que podías conseguir si eras alumno de Hailsham. Podías pedir que tus donaciones fueran pospuestas tres, incluso cuatro años. No era fácil, pero a veces se os permitía lograr ese aplazamiento. Siempre que pudieras convencerles. Siempre que cumplieras con los *requisitos*.

Chrissie hizo una pausa y nos miró a todos, uno por uno, quizá en un gesto teatral, quizá para encontrar en nosotros alguna señal de reconocimiento. En la cara de Tommy y en la mía probablemente había una expresión perpleja, pero el semblante de Ruth no permitía intuir lo que podía estar pasando por su cabeza.

—Lo que decían —continuó Chrissie— era que si un chico y una chica estaban enamorados de verdad, enamorados realmente, y podían demostrarlo, entonces los que dirigían Hailsham lo arreglaban todo. Lo arreglaban todo para que pudieran pasar unos años juntos antes de empezar con las donaciones.

Ahora se había instalado una atmósfera extraña en la mesa, como si a todos nos estuviera recorriendo un hormigueo.

—Cuando estábamos en Gales —siguió Chrissie—, los alumnos de la Mansión Blanca oyeron lo de la pareja de Hailsham: al chico le faltaban sólo unas semanas para ser cuidador. Y fueron a ver a no sé quién y consiguieron que se lo aplazaran tres años. Les permitieron irse a vivir juntos a la Mansión Blanca, tres años seguidos, sin tener que continuar con el adiestramiento ni nada de nada. Tres años para ellos mismos, porque podían demostrar que estaban enamorados de verdad.

Fue en este punto cuando me di cuenta de que Ruth estaba asintiendo con expresión de enorme autoridad. Chrissie y Rodney lo notaron también, y durante unos segundos se quedaron mirándola como hipnotizados. Y tuve una suerte de visión de Chrissie y Rodney en los meses anteriores, en las Cottages, volviendo una y otra vez sobre este asunto, explorándolo sin descanso entre ellos. Podía verlos sacándolo a relucir, al principio con vacilación, encogiéndose de hombros, y luego dejándolo a un lado, y luego sacándolo otra vez, y otra, y otra, sin poder quitárselo de la cabeza nunca. Podía verlos jugando con la idea de hablar de ello con nosotros, planeando y perfeccionando el modo de hacerlo, eligiendo las palabras con las que nos hablarían. Volví a mirar a Chrissie y a Rodney, allí delante de mí en la mesa, y los vi observando a Ruth, y traté de leer en sus caras. Chrissie parecía asustada y esperanzada a un tiempo. Rodney estaba hecho un manojo de nervios, como si desconfiara de sí mismo y temiera decir algo que no debía.

No era la primera vez que oía el rumor de los aplazamientos. Durante las semanas pasadas lo había entreoído muchas veces en las Cottages. Siempre eran charlas privadas entre veteranos, y cuando se acercaba alguno de nosotros se sentían incómodos y se callaban. Pero había oído lo suficiente como para saber cuál era el meollo del asunto; y sabía que tenía que ver específicamente con nosotros, los alumnos de Hailsham. Pero de todas formas fue aquel día, en aquel restaurante del acantilado, donde realmente caí en la cuenta cabalmente de lo importante que aquello había llegado a ser para algunos veteranos.

—Supongo —dijo Chrissie, con la voz ligeramente trémula— que vosotros sabéis cómo funciona el asunto. Las normas, ese tipo de cosas...

Ella y Rodney nos miraban a los tres, alternativamente, y luego sus miradas volvían a Ruth.

Ruth suspiró y dijo:

—Bien, nos dijeron unas cuantas cosas, obviamente. Pero —se encogió de hombros— no es algo de lo que sepamos gran cosa. Nunca hablamos de ello, en realidad. En fin, creo que deberíamos pensar ya en irnos.

—¿A quién has de acudir? —preguntó de pronto Rodney—. ¿A quién dijeron que había que ir a ver si querías..., ya sabes, *solicitarlo*?

Ruth volvió a encogerse de hombros.

—Bueno, ya te lo he dicho. No era algo de lo que habláramos gran cosa.

Casi instintivamente, me miró y luego miró a Tommy en busca de ayuda, lo cual sin duda fue un error, porque Tommy dijo:

—Si he de ser sincero, no sé de qué estáis hablando. ¿Qué reglas son ésas?

Ruth lo fulminó con la mirada, y yo dije rápidamente:

—Ya sabes, Tommy. Todo aquello que circulaba continuamente por Hailsham.

Tommy sacudió la cabeza.

—No lo recuerdo —dijo rotundamente. Y esta vez pude ver (y también Ruth) que ahora no es que estuviera lento de reflejos—. No recuerdo nada de eso en Hailsham...

Ruth apartó la mirada de él.

—Lo que tenéis que tener en cuenta —le dijo a Chrissie— es que aunque Tommy estuvo en Hailsham, no se le puede considerar propiamente un alumno de Hailsham. Se le dejaba al margen de todo y la gente siempre se estaba riendo de él. Así que de poco sirve que se le pregunte nada sobre este asunto. Ahora quiero que vayamos a buscar a esa persona que vio Rodney.

En los ojos de Tommy había aparecido algo que me hizo contener la respiración. Algo que no le había visto en mucho tiempo, algo que pertenecía aquel Tommy de quien había que protegerse, al que había que dejar encerrado en un aula mientras ponía patas arriba los pupitres. Al final ese algo pasó, y él se puso a mirar el cielo y dejó escapar un hondo suspiro.

Los veteranos no se habían dado cuenta de nada porque Ruth, en ese mismo instante, se había puesto de pie y jugueteaba con su abrigo. Luego se armó un pequeño estrépito, porque los cuatro echamos hacia atrás las sillas a un tiempo. Yo estaba a cargo del dinero común, así que fui al mostrador a pagar. Los demás salieron del local, y mientras yo esperaba a que me devolvieran el cambio, los vi, a través de uno de los grandes ventanales empañados, arrastrando los pies bajo el sol, sin hablar, mirando por el acantilado hacia el mar.

14

Cuando salí pude ver con toda claridad que la excitación de los primeros momentos de nuestra llegada se había esfumado por completo. Caminamos en silencio, con Rodney a la cabeza, a través de calles humildes en las que apenas penetraba el sol, de aceras tan estrechas que a menudo teníamos que avanzar en fila india. Fue un alivio desembocar al fin en Hight Street, donde el ruido hizo que no resultara tan obvio nuestro ánimo sombrío. Cuando cruzamos por un paso de peatones a la acera más soleada de la calle, pude ver que Rodney y Chrissie se consultaban algo en voz baja, y me pregunté en qué medida el mal ambiente entre nosotros se debería a su creencia de que les estábamos ocultando algún gran secreto de Hailsham, y en qué otra al hecho del ofensivo desaire infligido por Ruth a Tommy.

Entonces, en cuanto cruzamos High Street, Chrissie anunció que Rodney y ella querían ir a comprar tarjetas de cumpleaños. Ruth, al oírla, se quedó anonadada, pero Chrissie añadió:

—Nos gusta comprarlas en grandes cantidades. Así a la larga nos salen mucho más baratas. Y siempre tienes una a mano cuando llega el cumpleaños de alguien. —Señaló la entrada de un Woolworth's–. Ahí se pueden conseguir muy buenas, y muy baratas.

Rodney asentía con la cabeza, y creí ver un punto de sorna en las comisuras de sus labios sonrientes.

–Por supuesto –dijo–. Acabas con un montón de tarjetas, como en todas partes, pero al menos puedes poner tus propias ilustraciones. Ya sabéis, personalizarlas y demás.

Los dos veteranos estaban de pie en medio de la acera –los sorteaba gente con cochecitos de niño–, a la espera de que dijéramos algo en contra. Veía claramente que Ruth estaba furiosa, pero sin la cooperación de Rodney poco podía hacer.

Así que entramos en Woolworth's, e inmediatamente me sentí mucho más alegre. Incluso hoy día me gustan los sitios como éste: grandes almacenes con miles de pasillos con expositores llenos de brillantes juguetes de plástico, tarjetas de felicitación, montones de cosméticos, y quizá hasta un fotomatón. Actualmente, si estoy en una ciudad y dispongo de tiempo libre, suelo entrar en algún sitio parecido, donde puedes vagar y disfrutar, sin comprar nada, y sin que a los dependientes les importe un comino que no lo hagas.

Pues bien, entramos en aquellos grandes almacenes y enseguida nos fuimos separando y tomando distintos pasillos. Rodney se quedó cerca de la entrada, junto a un gran expositor de tarjetas, y más adentro, vi a Tommy bajo un enorme póster de un grupo pop, hurgando entre las cintas musicales. Después de unos diez minutos, cuando me hallaba hacia el fondo de la tienda, creí oír la voz de Ruth y me dirigí hacia el lugar de donde procedía. Había ya entrado en el pasillo –lleno de animales de peluche y de grandes rompecabezas en cajas– cuando me di cuenta de que Ruth y Chrissie estaban juntas al otro extremo del pasillo, manteniendo una especie de *tête-à-tête*. No sabía qué hacer: no quería interrumpir, pero era hora de que nos fuéramos y tampoco quería darme la vuelta y seguir vagando por los pasillos. Así que me quedé quieta donde estaba, fingiendo mirar atentamente un rompecabezas, a la espera de que me vieran.

Y entonces me di cuenta de que estaban de nuevo hablando de aquel rumor. Chrissie estaba diciendo, en voz baja, algo como:

—Pero me sorprende que durante todo el tiempo que estuviste allí no te preocuparas más de cómo se hacía. A quién había que ir a ver y todo eso.

—No entiendes —decía Ruth—. Si fueras de Hailsham, lo entenderías. Para nosotros nunca fue tan tremendamente importante. Supongo que siempre hemos sabido que si queríamos saber más del asunto no teníamos más que hacer que nuestras preguntas llegaran a Hailsham.

Ruth me vio y dejó de hablar. Cuando bajé el rompecabezas y me volví hacia ellas, vi que me estaban mirando airadamente. Al mismo tiempo, era como si las hubiera sorprendido haciendo algo que no debían, y se separaron como con vergüenza.

—Es hora de que nos vayamos —dije, haciendo como que no había oído nada.

Pero Ruth no se lo tragó. Cuando pasaron a mi lado, me dirigió una mirada realmente maligna.

Así que, cuando salimos y seguimos a Rodney hacia donde había visto a la posible de Ruth el mes anterior, la sintonía entre nosotros era peor que nunca. Y las cosas difícilmente podían mejorar cuando Rodney no hacía más que equivocarse y llevarnos por calles que no eran. Al menos cuatro veces tomó confiadamente unas calles que salían de High Street, y las recorrimos hasta que se acabaron los comercios y las oficinas, y tuvimos que volver sobre nuestros pasos. Antes de que transcurriera mucho tiempo Rodney se había puesto a la defecsiva y estuvo a punto de tirar la toalla. Pero al fin dimos con el lugar.

Habíamos dado la vuelta una vez más y nos dirigíamos hacia High Street cuando Rodney se detuvo bruscamente. Y señaló con un gesto callado una oficina de la acera de enfrente.

Y allí estaba. No era idéntica a la del anuncio de la revista que habíamos encontrado en el suelo helado aquel día, pero tampoco era tan distinta. La gran cristalera frontal se hallaba al nivel de la calle, de forma que cualquiera que pasara por delante podía mirar el interior: una gran planta diáfana con quizá una docena de mesas dispuestas en irregulares eles. Había pequeñas palmeras en macetas, máquinas relucientes y lámparas abatibles. La gente se movía entre las mesas, o se apoyaba en una mampara, y charlaba y se hacía bromas, o acercaban las sillas giratorias unas a otras para disfrutar de un café y un sándwich.

—Mira —dijo Tommy—. Es la pausa del almuerzo, pero no salen. No tienen por qué.

Seguimos mirando, y era un mundo que se nos antojaba elegante, acogedor, autosuficiente. Miré a Ruth y noté que sus ojos se movían con ansiedad de una cara a otra de las oficinistas que se movían tras el cristal.

—Muy bien, Rod —dijo Chrissie—. ¿Quién decías que era su posible?

Lo dijo casi sarcásticamente, como si estuviera segura de que todo aquello no iba a resultar sino una gran equivocación de su pareja. Pero Rodney dijo en voz baja, con una excitación trémula:

—Aquella. En aquel rincón. La del conjunto azul. La que ahora habla con la mujer grande de rojo.

No era nada obvio, pero cuanto más mirábamos más nos iba pareciendo que a Rodney no le faltaba un punto de razón. La mujer tenía unos cincuenta años, y conservaba una figura muy agradable. Su pelo era más oscuro que el de Ruth —aunque podía ser teñido—, y lo llevaba recogido atrás en una sencilla cola, tal como Ruth solía llevarlo. Se estaba riendo de algo que su amiga de rojo estaba diciendo, y su cara, sobre todo cuando al final de la risa sacudía la cabeza, tenía ciertamente más de un atisbo de semejanza con Ruth.

Todos seguimos observándola, sin decir una palabra. Entonces nos dimos cuenta de que en otra parte de la oficina, otra pareja de mujeres había reparado en nuestra presencia. Una de ellas levantó una mano y nos dirigió una seña incierta. Y ello rompió el ensalmo y salimos corriendo con tontas risitas de espanto.

Nos paramos en la misma calle, un poco más lejos, hablando atropelladamente todos a un tiempo. Todos menos Ruth, que guardaba silencio en medio de nuestra algarabía. No era fácil leer en su cara en aquel momento: no estaba decepcionada, pero tampoco eufórica. Esbozaba una media sonrisa, de esas que una madre de familia normal podría esbozar cuando sus hijos brincan a su alrededor mientras le piden a gritos que, por favor, les dé permiso para hacer tal o cual cosa. Así que allí estábamos, todos exponiendo nuestro punto de vista, y yo estaba contenta de poder decir, con toda sinceridad, al igual que los demás, que aquella mujer que acabábamos de ver en absoluto podía descartarse como posible. Lo cierto es que nos sentíamos todos aliviados: sin ser conscientes por completo de ello, nos habíamos estado preparando para una gran decepción. Pero ahora podíamos volver tranquilamente a las Cottages, y Ruth podía encontrar aliento en lo que había visto, y los demás podíamos apoyarla. Y la vida de oficina que la mujer parecía estar llevando guardaba una similitud asombrosa con la que Ruth había descrito tan a menudo como la que deseaba para sí misma. Con independencia de lo que había pasado entre nosotros en el curso de aquel día, en el fondo ninguno quería que Ruth volviese abatida, y en aquel momento nos sentíamos todos a salvo de esa eventualidad. Y así habríamos seguido —no me cabe la menor duda— si hubiéramos dado carpetazo al asunto en aquel momento.

Pero Ruth dijo:

—Vamos a sentarnos allí, encima de aquel muro. Sólo unos minutos. Y en cuanto se olviden de nosotros podemos volver a echar otra ojeada.

Estuvimos de acuerdo, pero cuando caminábamos hacia el muro bajo que rodeaba el pequeño aparcamiento que Ruth nos había indicado, Chrissie dijo, quizá con un punto excesivo de vehemencia:

—Pero si no podemos verla otra vez, estamos todos de acuerdo en que es una posible. Y en que es una oficina preciosa. De verdad.

—Esperamos unos minutos —dijo Ruth—, y volvemos.

Yo no me senté en el murete, porque estaba húmedo y se estaba desmoronando, y porque pensé que en cualquier momento podría salir alguien y gritarnos por sentarnos donde no debíamos. Pero Ruth sí se sentó en él, y a horcajadas, como si estuviese a lomos de un caballo. Y aún hoy conservo vívida la imagen de aquellos diez, quince minutos que estuvimos allí esperando. Nadie hablaba ya de ningún posible. Hacíamos como que estábamos pasando el rato, quizá en un paisaje pintoresco durante un despreocupado día de excursión. Rodney estaba bailando un poco, para expresar lo bien que nos sentíamos. Se puso de pie sobre el murete, mantuvo el equilibrio unos instantes y luego se dejó caer adrede hacia un lado. Tommy hacía bromas sobre algunas de las personas que pasaban, y aunque no tenían ninguna gracia todos nos reíamos de buena gana. Sólo Ruth, a horcajadas sobre el murete, permanecía en silencio. Seguía con la sonrisa en la cara, pero apenas se movía. La brisa le despeinaba el pelo, y el brillante sol invernal le hacía arrugar los ojos, de forma que era difícil saber si sonreía ante nuestras payasadas o hacía muecas para protegerse del sol. Son las imágenes que conservo de aquellos momentos, mientras esperábamos a que Ruth decidiera cuándo volver a echar una segunda ojeada a la oficina. Bien, pues nunca pudo tomar tal decisión porque antes sucedió algo.

Tommy, que había estado haciendo el tonto con Rodney en el murete, de pronto se plantó de un salto en el suelo y se quedó quieto. Luego dijo

—Es ella. Es la misma mujer.

Todos dejamos de hacer lo que estábamos haciendo y miramos hacia la figura que se acercaba caminando desde la oficina. Ahora llevaba un abrigo de color crema, y se esforzaba por cerrar el maletín que llevaba sin detenerse en la acera. El cierre se le resistía, así que aminoraba la marcha y volvía a intentarlo. Seguimos observándola en una especie de trance, y pasó a nuestra altura por la otra acera. Luego, cuando iba a torcer para tomar High Street, Ruth se bajó de un brinco y dijo:

—Veamos a dónde va.

Salimos de nuestro trance y empezamos a seguirla. De hecho, Chrissie tuvo que recordarnos que aflojáramos el paso o alguien iba a pensar que éramos una pandilla de atracadores que perseguían a una mujer. La seguimos por High Street, pues, a una distancia razonable, riéndonos tontamente, esquivando a la gente que pasaba, separándonos y volviéndonos a juntar. Debían de ser ya las dos de la tarde, y la acera estaba atestada de gente que hacía compras. A veces casi llegábamos a perderla, pero pronto recuperábamos su rastro, y nos demorábamos ante los escaparates cuando ella entraba en una tienda, y nos poníamos a sortear a los cochecitos de bebé y a los ancianos en cuanto veíamos que salía.

Entonces la mujer salió de High Street y se adentró en las pequeñas calles cercanas al paseo marítimo. Chrissie tenía miedo de que la mujer se diera cuenta de nuestra presencia al haber dejado el gentío de High Street, pero Ruth continuó siguiéndola sin preocuparse lo más mínimo, y nosotros la seguimos a ella.

Al final entramos en una calle lateral estrecha flanqueada de casas normales, aunque con alguna que otra tienda. Tuvimos que caminar de nuevo en fila india, y en un momento dado vimos venir hacia nosotros a una furgoneta y tuvimos que pegarnos casi a las fachadas para permitirle el paso. Al poco, en la calle, no había más que la mujer y el grupo de chicos que la seguía, y si aquélla se hubiera dado la vuelta no habría podido evitar vernos. Pero se limitaba a seguir su camino, a una docena de pasos de nosotros, y al final entró a un local con el cartel «The Portway Studios».

Desde entonces he vuelto muchas veces a Portway Studios. Ha cambiado de dueños hace unos años, y ahora vende todo tipo de pequeñas artesanías: cerámicas, platos, animales de arcilla. En aquel tiempo eran dos grandes salas blancas donde exponían sólo pintura –magníficamente dispuesta, con grandes espacios entre cuadro y cuadro–. El letrero de madera que colgaba entonces de la entrada sigue siendo el mismo. En fin, volviendo a aquel día, Rodney dijo que si nos quedábamos esperando en medio de aquella pequeña calle tranquila, sin duda despertaríamos sospechas, así que decidimos entrar en la galería, donde al menos podríamos fingir que contemplábamos las pinturas.

Al entrar vimos que la mujer a la que seguíamos estaba hablando con otra mujer mucho mayor de pelo plateado, que parecía al frente del negocio. Estaban sentadas a ambos extremos de un pequeño escritorio cercano a la puerta, y no había nadie más en la galería. Ninguna de las dos mujeres nos prestó atención cuando pasamos ante ellas; nos dispersamos y tratamos de hacer como que nos fascinaban aquellos cuadros.

Lo cierto es que, a pesar de lo interesada que yo estaba en lo de la posible de Ruth, empecé a disfrutar de las pinturas que veía y de la absoluta paz del lugar. Era como si nos hubiéramos alejado cientos de kilómetros de High Street. Las paredes y los techos eran de color verde menta, y aquí y allá se veía un retazo de red de pesca o un trozo podrido de un barco encastrado en lo alto de la pared, al lado de las molduras. Las pinturas –óleos en su mayoría, en azules y verdes oscuros– eran también de tema marinero. Puede que fuera el cansancio, que se apoderaba súbitamente de nosotros –estábamos de viaje desde antes del alba–, pero yo no fui la única que se sumió en una especie de ensueño. Íbamos todos de un lado para otro, y nos quedábamos mirando un cuadro tras otro, y sólo ocasionalmente hacíamos algún que otro comentario en voz baja («¡Venid, mirad éste!»). Y durante todo el tiempo oíamos charlar a la posible de Ruth y a la mujer de pelo plateado. No hablaban en voz muy alta, pero en aquel lugar lo que decían llenaba todo el espacio. Hablaban de un hombre que ambas conocían, de que no tenía la menor idea de cómo tratar a sus hijos. Y poco a poco, mientras escuchábamos lo que decían, y les echábamos una mirada de cuando en cuando, algo empezó a cambiar. Me sucedió a mí, pero estaba segura de que también les estaba sucediendo a mis compañeros. Si lo hubiéramos dejado después de ver a la mujer a través del ventanal de su oficina, incluso si la hubiéraos perdido mientas la perseguíamos por la ciudad, habríamos podido volver a las Cottages con una exultante sensación de triunfo. Pero ahora, en aquella galería, la mujer era demasiado cercana, mucho más cercana de lo que en realidad habríamos querido. Y cuanto más la oíamos hablar y más la mirábamos, menos nos parecía tan parecida a Ruth. Era una sensación que fue acrecentándose en nosotros de forma casi imperceptible, y podría asegurar que Ruth, absorta en una pintura del otro extremo de la sala, la estaba experimentando tanto como cualquiera de nosotros. Y probablemente por eso nos demoramos tanto en aquella galería; estábamos posponiendo el momento en que tendríamos que conferenciar sobre el asunto.

Entonces, de pronto, vimos que la mujer se había ido, y seguimos allí de pie, evitando mirarnos a los ojos. Pero ninguno de nosotros había pensado continuar el seguimiento de la mujer, y a medida que pasaban los segundos era como si estuviéramos poniéndonos de acuerdo, sin palabras, en cómo veíamos ahora la situación.

Al final la mujer de pelo plateado se levantó del escritorio y le dijo a Tommy, que era el que más cerca estaba de ella:

—Es un trabajo *especialmente* atractivo. Ese cuadro es uno de mis preferidos.

Tommmy se volvió hacia ella y dejó escapar una risa. Entonces, cuando corrí a socorrerle, la dama preguntó:

—¿Sois estudiantes de Arte?

—No exactamente —dije, antes de que Tommy pudiera responder—. Somos..., bueno, aficionados.

La mujer de pelo plateado nos dirigió una sonrisa radiante, y se puso a contarnos que el artista cuya obra estábamos contemplando era pariente suyo, y nos detalló su carrera hasta el momento. Ello, al menos, tuvo el efecto de sacarnos de aquella especie de trance en el que estábamos, y todos nos agrupamos en torno a la mujer para escuchar lo que decía, tal como habríamos hecho en Hailsham si un custodio se hubiera puesto a hablarnos. La mujer de pelo plateado, al ver nuestra reacción, siguió hablando, y nosotros seguimos asintiendo con la cabeza y soltando exclamaciones mientras nos contaba dónde habían sido pintados aquellos cuadros, los días en los que al artista le gustaba trabajar, cómo algunos los había pintado sin boceto previo. Luego llegó una especie de final natural a su discurso, y todos dejamos escapar sendos suspiros, le dimos las gracias y nos fuimos.

La calle era tan estrecha que no pudimos caminar normalmente en un buen trecho, y creo que todos lo agradecimos. Cuando nos alejábamos de la galería en fila india, veía cómo Rodney, unos pasos más adelante, extendía teatralmente los brazos como si estuviera tan lleno de júbilo como en los primeros momentos de nuestra llegada a la ciudad. Pero no resultaba en absoluto convincente, y en cuanto llegamos a una calle más amplia nos paramos para reagruparnos.

Estábamos de nuevo cerca de un acantilado. Y, al igual que antes, si mirabas por encima del pretil veías unos senderos que zigzagueaban por la pendiente hasta llegar al mar, sólo que ahora al fondo veías también el paseo marítimo con hileras de puestos de madera de tablas.

Estuvimos unos momentos contemplando aquella vista, dejando que el viento nos golpeara en la cara. Rodney seguía tratando de mostrarse alegre, como si hubiera decidido no permitir que nada de lo que hubiera podido pasarnos pudiera echar a perder aquel viaje. Le estaba señalando a Chrissie algo en la lejanía, sobre la superficie del mar, pero Chrissie apartó la mirada de él, y dijo:

—Bien, creo que todos estamos de acuerdo, ¿no? Esa *no* es Ruth. —Soltó una risita y puso una mano sobre el hombro de Ruth—. Lo siento. Todos lo sentimos. Pero no podemos culpar de nada a Rodney, la verdad. No era tan descabellado. Tenéis que admitir que cuando la vimos a través de aquel ventanal parecía... —Dejó la frase en suspenso, y volvió a tocar el hombro de Ruth.

Ruth no dijo nada, pero esbozó un pequeño encogimiento de hombros, casi como para conjurar el tacto de la mano de su amiga. Miraba hacia lo lejos con los ojos entrecerrados, más hacia el cielo que hacia el mar. Yo sabía que estaba disgustada, pero alguien que no la hubiera conocido tan bien habría supuesto que simplemente estaba pensativa.

—Lo siento, Ruth —dijo Rodney, dándole también un golpecito en el hombro. Pero él tenía una sonrisa en el rostro, como si ni por asomo pensara que alguien pudiera censurarle por su error. Era la forma de disculparse de alguien que ha querido hacerte un favor y no ha tenido éxito.

Recuerdo que, al mirar entonces a Chrissie y a Rodney, pensé «sí, son buena gente». Se estaban portando amablemente al tratar de alegrar a Ruth. Al mismo tiempo, sin embargo, recuerdo que sentí también –a pesar de que eran ellos los que le estaban consolando, mientras Tommy y yo seguíamos callados– cierto resentimiento contra ellos por el desconsuelo a Ruth. Porque, por mucho que se solidarizaran con ella, podía ver que en su interior se sentían aliviados. Aliviados por que las cosas hubieran resultado como habían resultado; por que se hallaban en posición de consolar a Ruth en lugar de haber quedado relegados en caso de unas esperanzas renovadas de su amiga. Se sentían aliviados por no tener que afrontar, más descarnadamente que nunca, la idea que les fascinaba y les mortificaba y les asustaba a un tiempo: que existían todo tipo de posibilidades para los alumnos de Hailsham y ninguna para ellos. Recuerdo que pensé entonces en lo diferentes de nosotros que eran en realidad Chrissie y Rodney.

Entonces Tommy dijo:

–No veo por qué puede importar tanto. Nos hemos divertido un montón.

–Puede que tú te hayas divertido un montón, Tommy –dijo Ruth en tono frío, con la mirada aún fija en algún punto de la lejanía–. No pensarías lo mismo si al que hubiéramos estado buscando hubiera sido *tu* posible.

–Seguro que sí –dijo Tommy–. No creo que sea tan importante. Encontrar a tu posible, a la persona de donde sacaron el modelo que utilizaron contigo. No entiendo qué puede variar eso.

–Gracias por tu profunda contribución al asunto –dijo Ruth.

–Pues yo creo que Tommy tiene razón –dije yo–. Es tonto suponer que vas a tener la misma vida que tu modelo.

Estoy de acuerdo con Tommy. Nos hemos divertido mucho. No tendríamos que ponernos tan serios.

Y alargué también la mano para tocar en el hombro a Ruth. Quería que comprobase el contraste de mi tacto con el de Chrissie y Rodney, y deliberadamente elegí el mismo punto donde lo habían hecho ellos. Esperé alguna reacción, alguna señal de que aceptaba la comprensión de Tommy y mía de un modo distinto a como aceptaba la de los veteranos. Pero no hizo ningún gesto, ni siquiera el pequeño encogimiento de hombros con que había reaccionado ante Chrissie.

A mi espalda oí a Rodney paseándose de un lado a otro y haciendo ruidos para dar a entender que se estaba quedando frío ante el fuerte viento.

—¿Qué tal si vamos a visitar a Martin? —dijo—. Su apartamento está allí mismo, detrás de esas casas.

Ruth suspiró de pronto y se volvió hacia nosotros.

—Para ser sincera —dijo—, he sabido desde el principio que era una tontería.

—Sí —dijo Tommy con viveza—. Nos hemos divertido un montón.

Ruth le dirigió una mirada irritada.

—Tommy, por favor, cállate de una vez con lo de la maldita diversión. Nadie te escucha. —Luego, volviéndose hacia Chrissie y Rodney, prosiguió—: No quise decirlo cuando me hablasteis por primera vez de esa mujer. Pero lo cierto es que no era viable. Jamás, *jamás* utilizan a gente como esa mujer. Pensad un poco. ¿Por qué iba a querer prestarse a ser modelo de nadie? Todos lo sabemos, así que por qué no lo asumimos. No se nos modela de ese modo...

—Ruth —corté con firmeza—. Ruth, cállate.

Pero ella siguió hablando:

—Todos lo sabemos. Se nos modela a partir de *gentuza*. Drogadictos, prostitutas, borrachos, vagabundos. Y puede que presidiarios, siempre que no sean psicópatas. De ahí es de donde venimos. Lo sabemos todos, así que por qué no decirlo. ¿Una mujer como ésa? Por favor... Sí, Tommy. Un poco de diversión. Divirtámonos un poco fingiendo. Esa otra mujer mayor de la galería, su amiga, ha pensado que éramos estudiantes de Arte. ¿Creéis que nos habría hablado así si hubiera sabido lo que somos realmente? ¿Qué creéis que habría dicho si se lo hubiéramos preguntado? «Perdone, pero ¿cree usted que su amiga ha hecho alguna vez de modelo para una clonación?» Nos habría echado de la galería. Lo sabemos, así que sería mejor que lo dijéramos claramente. Si queréis buscar posibles, si queréis hacerlo como es debido, buscad en la cloaca. Buscad en los cubos de basura. Buscad en los retretes, porque es de ahí de donde venimos.

—Ruth —la voz de Rodney era firme y entrañaba una advertencia—. Olvidemos esto y vayamos a ver a Martin. Hoy tiene la tarde libre. Os va a gustar. Te partes de risa con él.

Chrissie rodeó a Ruth con un brazo.

—Venga, Ruth. Hagamos lo que dice Rodney.

Ruth se enderezó, y Rodney empezó a andar.

—Bien, podéis iros —dije, en voz baja—. Yo no voy.

Ruth se volvió hacia mí y me miró fijamente.

—Vaya. ¿Quién es la molesta ahora?

—No estoy modesta. Pero a veces no dices más que estupideces, Ruth.

—Oh, mirad quién se ha molestado ahora. Pobre Kathy. Nunca le gusta que se hable claro.

—No tiene nada que ver con eso. No quiero visitar a un cuidador. Se supone que no tenemos que hacerlo, y ni siquiera conozco a ese tipo.

Ruth se encogió de hombros e intercambió una mirada con Chrissie.

—Bien —dijo—, no tenemos por qué ir juntos a todas partes. Si la damita no quiere venir con nosotros, no tiene por qué hacerlo. Que se vaya por ahí sola. —Se inclinó hacia

Chrissie y le susurró teatralmente–: es lo mejor cuando Kathy se pone de morros. Si la dejamos sola se le pasará.

–Estáte en el coche a las cuatro –me dijo Rodney–. Si no, tendrás que hacer dedo. –Luego soltó una carcajada–. Venga, Kathy. No te enfurruñes. Ver con nosotros.

–No. Id vosotros. A mí no me apetece.

Rodney se encogió de hombros y echó de nuevo a andar. Ruth y Chrissie le siguieron, pero Tommy no se movió. Sólo cuando vio que Ruth le miraba fijamente, dijo:

–Me quedo con Kath. Si vamos a separarnos, yo me quedo con Kath.

Ruth lo miró con furia, se dio la vuelta y empezó a andar. Chrissie y Rodney miraron a Tommy con expresión incómoda, y al final siguieron a Ruth y se alejaron.

15

Tommy y yo nos asomamos por la barandilla y nos quedamos contemplando la vista hasta que los otros se hubieron perdido de vista.

—Son sólo palabras —dijo al fin Tommy. Y luego, tras una pausa, añadió—: Es lo que la gente dice cuando siente lástima de sí misma. Palabras. Los custodios nunca nos hablaron de semejante asunto.

Empecé a andar —en dirección contraria a la de Chrissie y Rodney y Ruth—, y esperé un poco a que Tommy se incorporara a mi paso.

—No merece la pena molestarse —siguió Tommy—. Ruth se pasa el tiempo haciendo cosas de éstas últimamente. Así se desahoga. De todas formas, como le hemos dicho antes, aunque sea cierto, aunque hubiera tan sólo una pizca de verdad en todo eso, no veo cómo iba a cambiar las cosas. Nuestros modelos, cómo son y demás, no tienen nada que ver con nosotros, Kath. No merece la pena hacerse mala sangre por eso.

—De acuerdo —dije, y deliberadamente dejé que mi hombro golpeara contra el suyo—. De acuerdo, de acuerdo.

Me pareció que íbamos en dirección al centro de la ciudad , aunque no podía estar segura. Estaba tratando de buscar un modo de cambiar de tema cuando Tommy se me adelantó y dijo:

—¿Sabes cuando antes hemos estado en Woolworth's? ¿Cuando te has ido al fondo de la planta con los demás? Pues yo estaba intentando encontrar algo. Algo para ti.

—¿Un regalo? —Lo miré, sorprendida—. No creo que a Ruth le hubiera parecido bien lo que me estás diciendo. A menos que a ella le compraras otro más grande.

—Una especie de regalo, sí. Pero no lo he podido encontrar. No te lo iba a decir, pero ahora, bueno, ahora tengo otra oportunidad de encontrarlo. Pero creo que tendrás que ayudarme. No soy muy bueno en las compras.

—Tommy, ¿se puede saber de qué estás hablando? Quieres hacerme un regalo, pero quieres que te ayude a escogerlo.

—No. Sé lo que es. Sólo que... —Se echó a reír y se encogió de hombros—. Oh, será mejor que te lo diga. En esos grandes almacenes había un expositor con montones de discos y cintas. Así que he estado buscando aquella que perdiste aquella vez. ¿Te acuerdas, Kath? Pero no he logrado acordarme de cuál era.

—¿Mi cinta? No tenía ni idea de que lo supieses, Tommy.

—Oh, sí. Ruth estuvo pidiéndole a todo el mundo que la ayudara a encontrarla, que estabas muy triste por haberla perdido. Así que la estuve buscando por todo Hailsham. No te lo dije entonces, pero lo intenté con todas mis fuerzas. Pensé que había sitios donde yo podía mirar y tú no. Los dormitorios de los chicos, sitios así... Recuerdo que la busqué durante mucho tiempo, pero ya ves que no dio resultado.

Miré a Tommy, y sentí que mi mal humor se esfumaba.

—Nunca lo supe, Tommy. Fue muy bonito de tu parte.

—Bueno, no sirvió de mucho. Pero de verdad que quería encontrarla para que te pusieras contenta. Y cuando al final me di cuenta de que no iba a lograrlo, me dije a mí mismo que algún día iría a Norfolk y allí la encontraría.

—El rincón perdido de Inglaterra —dije, y miré a mi alrededor y añadí—: ¡Estamos en él!

Tommy miró también a su alrededor, y los dos nos paramos. Estábamos en otra calle lateral, pero no tan estrecha como la de la galería de arte. Durante un momento estuvimos mirando a un lado y a otro con aire teatral, y al cabo soltamos unas risitas.

—Así que no era ninguna idea tonta —dijo Tommy—. En Woolworth's tienen cantidad de cintas, y he supuesto que también tendrían la tuya. Pero no creo que la tuvieran.

—¿No *crees* que la tuvieran? Oh, Tommy, quieres decir que ni siquiera has mirado como es debido...

—Claro que sí, Kath; sólo que, bueno, es horrible pero no he podido acordarme del título. Tanto tiempo abriendo los arcones de los chicos y demás, allí el Hailsham, y no conseguir acordarme de cómo se titula... Era de Julie Bridges o algo así...

—Judy Bridgewater. *Canciones para después del crepúsculo.*

Tommy sacudió la cabeza con solemnidad.

—Entonces seguro que no la tenían.

Me eché a reír y le di con el puño en un brazo. Tommy pareció desconcertado, así que dije:

—Es normal que no tengan nada de eso en Woolworth's, Tommy. En Woolworth's tienen los éxitos del momento. Judy Bridgewater es de hace siglos. Dio la casualidad de que apareció en uno de nuestros Saldos. ¡Pero en Woolworth's no vas a encontrarla, so tonto!

—Bueno, ya te lo he dicho: no sé nada de ese tipo de cosas. Pero tienen tantas cintas...

—Sí, tienen *unas cuantas*, Tommy. Oh, no te preocupes. Ha sido un detalle precioso. Estoy emocionada. Era una gran idea. Estamos en Norfolk, después de todo.

Echamos de nuevo a andar y Tommy dijo, en tono dubitativo:

—Bueno, por eso tenía que decírtelo. Quería sorprenderte, pero de nada ha servido. No sabría dónde mirar, por mucho que ahora sepa el título de la cinta. Pero ya que te lo he dicho, puedes ayudarme. Podemos buscarla juntos.

—¿De qué estás hablando, Tommy?

Trataba de que sonara a reproche, pero no pude evitar reírme.

—Bueno, tenemos más de una hora. Es una oportunidad única.

—No seas tonto, Tommy. ¿Te lo crees de verdad, no es cierto? Lo del rincón de las cosas perdidas y demás...

—No necesariamente. Pero podemos mirar, ya que estamos aquí. Quiero decir que a ti te encantaría encontrarla, ¿no? ¿Tenemos algo que perder?

—De acuerdo. Eres un completo bobo, pero de acuerdo.

Tommy abrió los brazos en un gesto de impotencia.

—Bien, ¿a dónde vamos, Kath? Como te he dicho, no soy nada bueno comprando.

—Tenemos que mirar en tiendas de segunda mano —dije, después de pensarlo un momento—. En esos sitios llenos de ropa vieja, de libros viejos. A veces suelen tener cajas llenas de discos y cintas.

—Muy bien. Pero ¿dónde están esas tiendas?

Cuando hoy pienso en aquel momento, allí en aquella pequeña calle lateral con Tommy, a punto de emprender nuestra búsqueda, siento que una calidez recorre mi interior. De pronto todo era perfecto: teníamos una hora por delante, sin ninguna otra cosa mejor que hacer. Tuve realmente que contenerme para no echarme a reír como una tonta, o ponerme a brincar en medio de la acera como una niña. No mucho tiempo atrás, cuando estuve cuidando a Tommy y saqué a colación nuestro viaje a Norfolk, me dijo que había sentido exactamente lo mismo. El momento en que decidimos ir en busca de la cinta perdida fue como si de pronto todas las nubes se hubieran despejado y no hubiera más que risa y diversión ante nosotros.

Al principio, no hacíamos más que entrar en sitios equivocados: librerías de segunda mano, tiendas llenas de aspiradoras viejas..., pero ninguna música en absoluto. Al cabo de un rato Tommy decidió que yo no tenía mucha más idea que él y que tomaba el mando de la expedición. Así pues, por puro azar, descubrió de pronto una calle con cuatro tiendas del tipo que buscábamos, y casi una detrás de otra. Sus escaparates estaban llenos de vestidos, bolsos, anuarios escolares, y cuando entramos en ellas percibimos enseguida un agradable aroma a mundo añejo. Había montones de libros de bolsillo arrugados, cajas polvorientas llenas de tarjetas postales o de baratijas. Una de las tiendas estaba especializada en artículos hippies, mientras otra vendía medallas de guerra y fotos de soldados en el desierto. Pero todas ellas, en algún rincón, tenían una o dos grandes cajas de cartón llenas de LPs y cintas. Rebuscamos en aquellas tiendas, y si he de ser sincera, al cabo de unos minutos creo que Judy Bridgewater se había esfumado de nuestras cabezas. Sencillamente disfrutábamos buscando juntos entre aquellas cosas, perdiéndonos durante un rato y volviéndonos a ver otra vez juntos, tal vez compitiendo por la misma caja de baratijas en un polvoriento rincón iluminado por un rayo de sol.

Y por fin la encontré. Había estado hurgando en una hilera de casetes, con la mente en otra parte, cuando de pronto allí estaba, bajo mis dedos, con aspecto idéntico a aquella remota cinta del pasado: Judy, con su cigarrillo, mirando coquetamente al barman, con las palmeras desvaídas al fondo.

No solté ninguna exclamación, como había hecho instante antes al encontrar alguna cosa que me había entusiasmado sólo a medias. Me quedé quieta, mirando la caja de plástico, sin saber muy bien si estaba o no loca de gozo. Durante unos segundos me llegó a parecer incluso una equivocación. La cinta había sido una excusa perfecta para divertirnos un poco, y ahora que la habíamos encontrado tendríamos que dejarlo. Tal vez fue ésa la razón por la que, para mi sorpresa, me quedé callada al principio; por la que incluso pensé en fingir que no la había visto. Y ahora que la tenía allí delante, había en ella algo vagamente embarazoso, como si se tratara de algo que debería haber dejado atrás al madurar y dejar de ser una chiquilla. De hecho llegué a pasar la casete como la hoja de un libro y dejar que le cayera encima la siguiente. Pero seguía estando el lomo, que no dejaba de mirarme, y al final llamé a Tommy.

—¿Es ésa? —dijo. Parecía no creérselo, quizá porque no me veía haciendo grandes aspavientos.

Saqué la cinta y se la enseñé con las dos manos. Y de pronto sentí un placer muy intenso (y algo más, algo no sólo más complicado sino capaz de hacerme llorar a lágrima viva), pero contuve la emoción, y di un fuerte tirón del brazo de Tommy.

—Sí, es ésta —dije, y por primera vez sonreí con entusiasmo—. ¿No es increíble? ¡La hemos encontrado!

—¿Crees que podría ser la misma? Me refiero a *la misma*. La que perdiste.

Al darle la vuelta entre los dedos me di cuenta de que recordaba todos los detalles del reverso, los títulos de las canciones, todo.

—No veo por qué no. Podría ser —dije—. Pero tengo que decirte, Tommy, que puede haber miles circulando por ahí.

Entonces me di cuenta de que ahora era Tommy quien no estaba tan entusiasmado como cabía esperar.

—Tommy, no pareces muy contento con mi suerte —dije, aunque, como es lógico, en tono un tanto de broma.

—Estoy *muy* contento por ti, Kath. Es que, bueno, me gustaría haberla encontrado yo. —Lanzó una risita, y continuó—: ¿Te acuerdas de cuando la perdiste? Pues yo solía pensar mucho en el asunto, y me preguntaba mentalmente qué pasaría si la encontraba y te la daba. Qué dirías, qué cara pondrías, todo eso.

Su voz era más suave que de costumbre, y no quitaba la vista de la caja de plástico de la casete, que seguía en mi mano. Entonces caí en la cuenta de que no había nadie más que nosotros en la tienda, aparte del viejo que estaba detrás del mostrador, junto a la entrada, ensimismado en el papeleo de su negocio. Estábamos en el fondo de la tienda, sobre una especie de entarimado más alto, donde la luz era más tenue; un espacio un tanto aparte, como si el viejo no quisiera pensar en los artículos de nuestra zona y la hubiera aislado mentalmente. Durante varios segundos, Tommy siguió en una suerte de trance, supongo que dándole vueltas a la cabeza a la antigua fantasía de que era él quien me ofrecía la cinta perdida. De pronto me arrebató la cinta de la mano.

–Bien, al menos puedo *comprártela* –dijo con una sonrisa, y antes de que pudiera detenerle bajó de la zona elevada y echó a andar hacia el mostrador.

Yo seguí curioseando en el fondo de la tienda mientras el viejo buscaba la cinta para ponerla en su caja. No había dejado de sentir aquella punzada de pesar por haberla encontrado tan pronto, y sólo mucho después, de vuelta ya en las Cottages y sola en mi cuarto, aprecié en su justo valor volver a tener la cinta (y en especial aquella canción que me había gustado tanto). Pero incluso entonces era sobre todo una cuestión de nostalgia, y si hoy saco alguna vez la cinta y la miro me trae recuerdos de aquella tarde en Norfolk del mismo modo que me trae recuerdos de nuestro pasado en Hailsham.

Cuando salimos de la tienda, yo estaba deseando volver al estado de ánimo despreocupado, alocado de antes. Pero cuando hice unas cuantas bromas me di cuenta de que Tommy estaba ensimismado en sus pensamientos y no me respondía.

Empezamos a subir por una cuesta empinada, y quizá a un centenar de metros, justo al borde del acantilado, divisamos una especie de mirador con bancos que daban al mar. Era el sitio ideal para que una familia disfrutase de una merienda estival al aire libre. Y ahora, a pesar del viento frío, caminábamos hacia los bancos con determinación, pero cuando aún nos faltaba un trecho Tommy aflojó el paso y se rezagó y me dijo:

—Chrissie y Rodney están realmente obsesionados con esa idea. Ya sabes, con lo de que a una pareja le aplazaban las donaciones si estaba enamorada de verdad. Están convencidos de que nosotros estamos al tanto de ese asunto, pero en Hailsham nadie nos dijo nunca nada de eso. Yo nunca oí nada parecido, al menos. ¿Y tú, Kath? Es algo que se rumorea últimamente entre los veteranos. Y lo que hace la gente como Ruth no es más que echar leña al fuego.

Lo miré con detenimiento, pero era difícil apreciar si lo había dicho con una especie de afecto travieso o con profundo desagrado. Vi, de todas formas, que le estaba dando vueltas a la cabeza a algo que no tenía nada que ver con Ruth, así que no dije nada, y esperé. Al final dejó de andar, y se puso a dar pequeños puntapiés a un vaso de papel aplastado que había en el suelo.

—En realidad, Kath —dijo—, llevo ya un tiempo pensando en ello. Estoy seguro de que tenemos razón, de que no se habló nunca de tal cosa en Hailsham. Pero en aquel tiempo había montones de cosas que no tenían ningún sentido. Y he estado pensando que si es cierto, si ese rumor es cierto, podría explicar muchas cosas. Cosas a las que solíamos darles vueltas y vueltas en la cabeza.

—¿Qué quieres decir? ¿Qué tipo de cosas?

–La Galería, por ejemplo. –Tommy había bajado la voz, y yo me había acercado a él, como si aún estuviéramos en Hailsham y habláramos en la cola del almuerzo o en la orilla del estanque–. Nunca llegamos al fondo del asunto; a saber para qué era la Galería. Por qué Madame se llevaba todos los mejores trabajos. Pero ahora creo que lo sé. Kath, ¿te acuerdas de aquella vez que todo el mundo discutía sobre los vales? ¿De si debían o no darse vales para compensar los trabajos que se llevaba Madame? ¿Y Roy J. fue a ver a la señorita Emily para hablarle del asunto? Bien, pues hubo algo que la señorita Emily dijo entonces, algo que dejó caer y que me ha estado haciendo pensar últimamente.

Pasaban dos mujeres con sus perros atados con correa, y, aunque pueda parecer completamente estúpido, los dos callamos hasta que las damas coronaron la pendiente y no pudieron oírnos. Y entonces dije:

–¿Qué, Tommy? ¿Qué «dejó caer» la señorita Emily?

–Cuando Roy J. le preguntó por qué Madame se llevaba nuestros trabajos, ¿recuerdas lo que se suponía que tenía que haber dicho?

–Recuerdo que dijo que era un privilegio, y que tendríamos que estar orgullosos...

–Pero eso no fue todo. –La voz de Tommy era ahora un suspiro–. ¿Qué le dijo a Roy, qué «dejó caer», aunque probablemente no quiso de verdad decirlo? ¿Te acuerdas, Kath? Le dijo a Roy que las pinturas, la poesía y ese tipo de cosas, *revelaban cómo era uno por dentro*. Dijo que *revelaban cómo era su alma*.

Cuando le oí decir esto, recordé súbitamente un dibujo que una vez había hecho Laura de sus propios intestinos, y me eché a reír. Pero algo se estaba abriendo paso en mi memoria.

–Es cierto –dije–. Lo recuerdo. Bien, ¿a dónde quieres ir a parar?

—Lo que yo pienso —dijo Tommy despacio— es esto: supongamos que es verdad lo que los veteranos están diciendo; supongamos que hay ciertas disposiciones especiales para los alumnos de Hailsham; supongamos que dos alumnos dicen que están muy enamorados, y que quieren un tiempo extra para estar juntos. Entonces, Kath, tendrá que haber un modo de saber si están diciendo la verdad. Que no están diciendo que están enamorados simplemente para aplazar sus donaciones. ¿Te das cuenta de lo difícil que puede ser tomar una decisión al respecto? O que una pareja crea de verdad que están enamorados, pero que en realidad no sea más que una cuestión de sexo. O un enamoramiento pasajero. ¿Te das cuenta de lo que quiero decir, Kath? Tiene que ser muy difícil juzgar estos casos, y probablemente imposible acertar todas las veces. Pero la cuestión —sea quien sea quien decida, sea Madame o quien sea— es que *necesitan algo para seguir considerando la cuestión...*

Asentí con la cabeza despacio.

—Así que por eso se llevaban nuestro arte...

—Puede ser. Madame tiene en alguna parte una galería llena de trabajos de alumnos; de cuando eran chicos y chicas muy pequeños. Supongamos que una pareja se presenta y dice que están enamorados. Madame puede buscar las obras que estos dos alumnos han ido haciendo a lo largo de los años. Y puede ver si encajan. Si casan. Puede decidir por sí misma qué amor puede perdurar y qué otro no es más que un mero enamoriscamiento.

Eché a andar despacio, sin apenas mirar hacia delante. Tommy me alcanzó, aguardando a mi respuesta.

—No estoy segura —dije al fin—. Lo que estás diciendo podría explicar lo de la señorita Emily, lo que le dijo a Roy. Y supongo que explicaría también por qué los custodios siempre pensaban que era tan importante para nosotros que supiéramos pintar y todo eso.

220

–Exactamente. Y por tanto... –Tommy suspiró, y siguió con cierto esfuerzo–: Por tanto la señorita Lucy tuvo que admitir que estaba equivocada, y decirme que en realidad sí importaba. Me había dicho lo anterior porque en aquel tiempo le daba lástima. Pero, en el fondo de sí misma, sabía que *sí* importaba. Lo que nos distinguía a los que habíamos estado en Hailsham era que se nos brindaba esa oportunidad especial. Pero si no tenías ningún trabajo en la galería de Madame era como si hubieras desperdiciado tu oportunidad.

Fue después de que Tommy dijera esto cuando de pronto vi con claridad, y con un escalofrío, a dónde nos llevaba todo aquello. Me detuve y me volví hacia él, pero antes de que pudiera decir nada Tommy soltó una carcajada.

–Así que si lo he entendido bien..., bien, pues parece que he desperdiciado mi oportunidad.

–Tommy, ¿se llevaron alguna vez algo tuyo para la Galería? ¿Cuando eras mucho más pequeño, quizá?

Tommy sacudía ya la cabeza en señal de negativa.

–Ya sabes lo inútil que era. Y luego estaba lo de la señorita Lucy. Sé que su intención era buena. Le daba pena y quería ayudarme. Y estoy seguro de que lo hizo. Pero si mi teoría es cierta, entonces...

–Sólo es una teoría, Tommy –dije–. Y sabes perfectamente cómo suelen ser tus teorías.

Quería quitarle hierro al asunto, pero no daba con el tono adecuado, y creo que era absolutamente evidente que seguía pensando detenidamente en lo que acababa de decir Tommy.

–Quizá disponen de todo tipo de medios para juzgar –dije al cabo de momento–. Quizá el arte no es más que uno de ellos.

Tommy negó de nuevo con la cabeza.

–¿Y cuáles serían esos medios? Madame nunca llegó a conocernos. No podría recordarnos individualmente. Además, es muy probable que Madame no sea la única que decide. Seguramente hay gente de un nivel más alto que ella, gente que jamás puso un pie en Hailsham. He pensado mucho en esto, Kath. Y todo cuadra. Esa es la razón por la que la Galería era tan importante, y por eso los custodios querían que trabajásemos duro en el arte y la poesía. ¿En qué estás pensando, Kath?

Ciertamente me había alejado un poco del asunto. De hecho estaba pensando en aquella tarde en que estuve sola en nuestro dormitorio, poniendo la cinta que acabábamos de encontrar; en cómo me bamboleaba de un lado a otro, con una almohada pegada contra el pecho, mientras Madame me observaba desde el umbral con lágrimas en los ojos. El episodio, para el que nunca había encontrado una explicación convincente, parecía encajar bien con la teoría de Tommy. Mientras danzaba lentamente imaginaba que estaba abrazando a un bebé, pero, por supuesto, Madame no podía saberlo. Debió de suponer que abrazaba a un amante. Si la teoría de Tommy era cierta, si Madame tenía relación con nosotros con el solo propósito de diferir nuestras donaciones cuando, andando el tiempo, estuviéramos enamorados, entonces tenía sentido —pese a su habitual frialdad para con nosotros— que se emocionara al darse casi de bruces con una escena como aquella. Estaba dándole vueltas a esto en la cabeza, y a punto estuve de soltárselo todo de pronto a Tommy, pero me contuve porque lo que ahora quería era quitarle importancia a su teoría.

—He estado pensando en lo que has dicho, eso es todo —dije—. Tenemos que volver ya. Nos va a llevar un rato encontrar el aparcamiento.

Empezamos a desandar la pendiente, pero sabíamos que aún teníamos tiempo y no apretamos el paso.

—Tommy —le pregunté, después de haber caminado un rato—. ¿Le has dicho algo de esto a Ruth?

Tommy negó con la cabeza, y siguió andando. Y luego dijo:

—La cuestión es que Ruth se lo cree todo; todo lo que están diciendo los veteranos. Sí, le gusta hacer como que sabe mucho más de lo que sabe. Pero se lo cree. Y tarde o temprano va a querer ir más lejos...

—¿Te refieres a que querrá..?

—Sí. Querrá hacer la solicitud. Pero de momento no se ha parado a pensar demasiado en el asunto. No como acabamos de hacer nosotros.

—¿Nunca le has contado su teoría sobre la Galería?

Volvió a negar con la cabeza, pero no dijo nada.

—Si le explicas tu teoría —dije—, y admite que quizá tengas razón... Bueno, se va a poner hecha una furia.

Tommy se quedó pensativo, pero siguió sin decir nada. Hasta que estuvimos de nuevo en las calles laterales estrechas no volvió a hablar, y cuando lo hizo su voz se había vuelto súbitamente mansa.

—La verdad, Kath —dijo—, es que he estado haciendo algunas cosas. Por si acaso. No se lo he contado a nadie, ni siquiera a Ruth. No es más que un comienzo.

Fue la primera vez que oí a hablar de sus animales imaginarios. Cuando empezó a describir lo que estaba haciendo —no me enseñó ninguno de estos trabajos hasta semanas más tarde—, me resultó difícil mostrar gran entusiasmo. De hecho, tengo que admitir que al oírle recordé aquel dibujo original de un elefante en la hierba que había dado lugar a todos los problemas de Tommy en Hailsham. La inspiración, me explicó, le habían venido de un viejo libro infantil al que le faltaba la cubierta trasera y que había encontrado detrás de uno de los sofás de las Cottages. Había convencido a Keffers para que le diera uno de aquellos pequeños cuadernos negros donde él garabateaba sus números, y desde entonces había creado como mínimo una docena de criaturas fantásticas.

—El caso es que estoy haciendo unos animales increíblemente pequeños. Diminutos. Jamás se me ocurrió hacerlos así en Hailsham. Y quizá fue ahí donde me equivoqué. Si los haces muy pequeños, y no me queda más remedio que hacerlos así porque las hojas son más o menos de este tamaño, todo cambia. Es como si cobraran vida por sí mismos. Y entonces no tienes más que dibujarles todos esos detalles que los diferencian. Tienes que pensar en cómo se protegen, en cómo consiguen coger las cosas. De verdad, Kath, no tiene nada que ver con lo que solía hacer en Hailsham.

Se puso a describirme los que más le gustaban, pero yo no podía concentrarme en lo que me estaba contando; cuánto más se entusiasmaba él hablándome de sus animales, más incómoda me sentía yo. «Tommy —tenía ganas de decirle—, vas a volver a ser el hazmerreír de todo el mundo. Animales imaginarios... ¿Qué es lo que te pasa?» Pero no lo hice. Lo miré con cautela y dije:

—Eso suena fantástico, Tommy.

Luego, en un momento dado, él dijo:

—Como te he dicho, Kath, Ruth no sabe nada de estos dibujos.

Y cuando dijo esto pareció recordar todo lo demás, y en primer lugar por qué estábamos hablando de sus animales, y la energía desapareció de su semblante. Volvimos a caminar en silencio, y al llegar a High Street dije:

—Bien, aun en el caso de que haya algo de verdad en tu teoría, Tommy, hay muchísimo más por descubrir. Por ejemplo, ¿cómo ha de hacer esa solicitud una pareja? ¿Qué tienen que hacer? Porque no es que los formularios para hacerla estén precisamente por todas partes...

—También yo me he preguntado todas esas cosas. —Su voz volvía a sonar calma y solemne—. Si quieres que te diga mi opinión, no veo más que un camino a seguir, y es encontrar a Madame.

Pensé en ello, y dije:

—Eso puede no ser tan fácil. No sabemos nada de ella. Ni siquiera sabemos su nombre. ¿Y tú recuerdas cómo era? No le gustábamos; no quería ni vernos de cerca. Y aunque consiguiéramos dar con ella, no creo que nos sirviera de mucho.

Tommy suspiró.

—Lo sé —dijo—. Bueno, supongo que tenemos tiempo. Ninguno de nosotros tiene tanta prisa.

Cuando llegamos al coche la tarde se había encapotado y empezaba a hacer bastante frío. Los demás no había llegado todavía, así que Tommy y yo nos apoyamos en el coche y nos pusimos a mirar el campo de minigolf. No había nadie jugando, y las banderas se agitaban al viento. Yo no quería hablar más de Madame, ni de la Galería, ni de nada relacionado con este asunto, así que saqué la casete de Judy Bridgewater de su bolsita y la examiné con detenimiento.

—Gracias por regalármela —dije.

Tommy sonrió.

—Si yo hubiera estado mirando en la caja de las cintas y tú en la de los elepés, la había encontrado yo. El pobre Tommy ha tenido mala suerte.

—No tiene la menor importancia. La hemos encontrado porque tú te has empeñado en que la buscáramos. Yo había me olvidado de lo del rincón de las cosas perdidas. Y como Ruth se ha puesto tan pesada con todo eso, yo me puesto de muy mal humor. Judy Bridgewater... Mi vieja amiga. Es como si nunca me hubiera separado de ella. Me pregunto quién pudo robármela en Hailsham.

Durante un momento, miramos hacia la calle en busca de los demás.

—¿Sabes? —dijo Tommy—. Cuando Ruth ha dicho antes lo que ha dicho, y he visto cuánto te has molestado...

—Déjalo, Tommy. Ahora estoy bien. Y no voy a sacarlo a relucir cuando vuelvan.

—No, no es a eso a lo que me refería —dijo Tommy. Dejó de apoyarse en el coche, se volvió y apretó con la punta del zapato la rueda de delante, como para comprobar la presión del aire—. Lo que quiero decir es que, cuando Ruth ha salido con todo eso, me he dado cuenta de por qué sigues mirando esas revistas porno. Está bien, está bien..., no es que me haya *dado cuenta*. Es sólo una teoría. Otra de mis teorías. Pero cuando Ruth ha dicho eso antes, me ha parecido que algo encajaba al fin.

Sabía que me estaba mirando, pero mantuve la mirada fija hacia el frente y no respondí nada.

—Pero sigo sin entenderlo totalmente, Kath —dijo al cabo de unos segundos—. Aun en el caso de que lo que dice Ruth sea cierto, ¿por qué miras y miras esas viejas revistas porno para ver si encuentras a alguna de tus posibles? ¿Por qué tu modelo tiene que ser por fuerza una de esas chicas?

Me encogí de hombros, pero seguí sin mirarle.

—No pretendo que tenga mucho sentido. Pero lo hago de todas formas. —Los ojos se me estaban llenando de lágrimas, y traté de que Tommy no las viera. Pero la voz me temblaba cuando dije—: Si tanto te molesta, dejaré de hacerlo.

No sé si Tommy vio mis lágrimas. De todas formas, para cuando Tommy se acercó a mí y me dio un apretón en los hombros, yo ya las había controlado. Contener las lágrimas era algo que ya había hecho antes en ocasiones, y no me suponía ningún esfuerzo especial. Pero además me sentía algo mejor, y dejé escapar una risita. Entonces Tommy me soltó, y nos quedamos casi juntos, codo con codo, con la espalda hacia el coche.

—De acuerdo, no tiene ningún sentido —dije—, pero lo hacemos todos, ¿no es cierto? Todos nos preguntamos sobre nuestro modelo. Después de todo, hoy hemos venido aquí por eso. Todos, todos lo hacemos.

—Kath, sabes perfectamente que no se lo he dicho a nadie. Lo de aquella vez en el cobertizo de la caldera. Ni a Ruth ni a nadie. Pero no lo entiendo bien. No comprendo bien por qué lo haces.

—Está bien, Tommy. Te lo contaré. Puede que, cuando te lo cuente, para ti siga sin tener mucho sentido, pero voy a contártelo de todas formas. El caso es que de vez en cuando, cuando me apetece el sexo, tengo unos sentimientos fortísimos. A veces me viene de repente y durante una hora o dos es francamente espeluznante. Hasta el punto de que, si de mí dependiera, sería capaz de acabar haciéndolo con el viejo Keffers. Es así de horrible. Y por eso... Esa fue la única razón por la que lo hice con Hughie. Y con Oliver. No significó nada en mi interior. Ni siquiera me gustan mucho. No sé qué será; pero luego, cuando ya ha pasado, me da mucho miedo. Así es como empecé a pensar que, bueno, la cosa tenía que venir de alguna parte. Tenía que tener que ver con cómo soy. —Callé, pero cuando vi que Tommy no decía nada, continúe—: Así que pensé que si encontraba su fotografía en alguna de esas revistas, al menos tendría una explicación. Y no es que quisiera ir a buscar a esa mujer ni nada parecido. ¿Entiendes?, sería una especie de explicación de por qué soy como soy.

—A mí me pasa algo parecido a veces —dijo Tommy—. Cuando tengo muchas ganas de hacerlo. Supongo que los demás, si son sinceros, admitirán que también les pasa a ellos. No creo que seas nada diferente en eso, Kath. La verdad es que a mí me pasa montones de veces. —Dejó de hablar y se echó a reír, pero yo no reí con él.

—Estoy hablando de algo diferente —dije yo—. He observado a los demás. Puede apetecerles, pero eso no les hace hacer cosas. Nunca hacen lo que yo he hecho, irse con tipos como ese Hughie...

Estuve a punto de volver a echarme a llorar, porque sentí que el brazo de Tommy me rodeaba los hombros. Disgustada como estaba, seguí siendo consciente de dónde estábamos, y eché una especie de freno en mi mente para que si Ruth y los otros doblaban la esquina en ese momento y nos veían así, no hubiera ninguna posibilidad de malentendido. Seguíamos uno al lado del otro, apoyados en el coche, y lo que verían sería que yo estaba disgustada por algo y Tommy trataba de consolarme. Y entonces oí que Tommy me decía:

—No creo que eso sea necesariamente malo. Una vez que encuentres a alguien, Kath, a alguien con quien realmente quieras estar, entonces será estupendo. ¿Te acuerdas de lo que los custodios solían decirnos? Si es con la persona adecuada, te hace sentirte bien de verdad.

Hice un movimiento de hombros para que Tommy me quitara el brazo de encima, y aspiré profundamente.

—Olvidémoslo. Será mejor que me controle cuando me vengan esos arrebatos. Así que vamos a olvidarlo.

—De todas formas, Kath, es bastante tonto andar mirando esas revistas.

—Es estúpido, de acuerdo. Pero dejémoslo, Tommy. Ya estoy bien.

No recuerdo de qué hablamos hasta que llegaron los demás. Pero de nada serio; y si los otros, al llegar, pudieron percibir aún algo en el ambiente, no hicieron ningún comentario. Estaban de muy buen humor, y Ruth, en especial, parecía decidida a subsanar el incidente de antes. Vino hasta mí y me tocó la mejilla, mientras hacía una broma, y cuando montamos en el coche se esforzó por que el ánimo jovial siguiera en todos nosotros. A ella y a Chrissie todo lo de Martin les había parecido cómico, y disfrutaban de la libertad de reírse abiertamente de él ahora que ya no estaban en su apartamento. Rodney no parecía aprobar sus comentarios, pero me di perfecta cuenta de que Ruth y Chrissie lo hacían más que nada para tomarle el pelo. El talante era fraterno. Pero reparé en que si antes Ruth había procurado que Tommy y yo no nos enteráramos en absoluto del sentido de todas aquellas bromas y referencias, durante el camino de vuelta no dejó de volverse hacia mí para explicarme con detalle de qué estaban hablando. De hecho se me hizo un tanto pesado al cabo de un rato, porque daba la impresión de que todo lo que se decía en aquel coche era para que lo oyéramos Tommy y yo (o yo al menos). Pero me complacía que Ruth nos lo estuviera contando todo a bombo y platillo. Comprendía —lo mismo que Tommy— que Ruth reconocía lo mal que se había portado anteriormente, y que aquella era su forma de admitirlo. Iba sentada entre Tommy y yo, tal como habíamos venido, pero ahora se pasó todo el viaje hablándome a mí, y sólo muy de vez en cuando se volvía a Tommy para darle algún que otro achuchón o beso. El ambiente era bueno, y nadie sacó a colación a la posible de Ruth ni hizo referencia a nada parecido. Y yo no mencioné la cinta de Judy Bridgewater que Tommy me había comprado. Sabía que Ruth se enteraría de ello tarde o temprano, pero no quería que lo supiera en ese momento. En aquel viaje de vuelta a las Cottages, con la oscuridad cerniéndose ya sobre las largas carreteras vacías, era como si los tres volviéramos a estar unidos y no quisiéramos que nada pudiera ensombrecer nuestro estado de ánimo.

16

Lo realmente extraño de nuestro viaje a Norfolk fue que, una vez de vuelta, apenas volvimos a hablar de él. Hasta el punto de que durante un tiempo corrieron todo tipo de rumores sobre lo que habríamos estado haciendo en aquel rincón de Inglaterra. Incluso entonces mantuvimos la boca cerrada, hasta que al final la gente perdió el interés.

Aún hoy sigo sin estar segura del porqué. Quizá sentimos que era cosa de Ruth, de que era prerrogativa suya si quería o no contarlo, y no hacíamos sino observar lo que ella hacía y decía. Y Ruth, por una u otra razón —quizá sentía cierto embarazo por cómo habían resultado las cosas en relación con su posible, quizá estaba disfrutando del misterio—, se había cerrado por completo a este respecto. Incluso entre nosotros evitábamos hablar del viaje a Norfolk.

Este aire de secreto me hizo más fácil no contarle que Tommy me había regalado la cinta de Judy Bridgewater. Aunque no llegué hasta el punto de esconderla. Estaba allí, entre mis cosas, en uno de los pequeños montones que tenía junto al rodapié; pero siempre me cercioré de que no quedara encima de ninguno de ellos. Había veces en que me moría de ganas de contárselo; en aquellos momentos, por ejemplo, en que me habría gustado recordar cosas de Hailsham con la cinta sonando al fondo. Pero cuánto más nos alejábamos del viaje a Norfolk y yo seguía sin contárselo, más iba sintiendo yo una especie de culpa secreta. Por supuesto, al final vio la cinta. Fue mucho después, probablemente en un tiempo en que le hizo mucho más daño descubrirla, pero a veces es este tipo de cosas las que nos depara la fortuna.

Al acercarse la primavera eran más y más los veteranos que dejaban las Cottages para iniciar su aprendizaje, y aunque se iban sin gran alboroto —era ésa la costumbre—, su número cada vez mayor hacía imposible que su marcha pasara inadvertida. No estoy segura de cuáles eran nuestros sentimientos al verlos partir. Parecían dirigirse a un mundo más emocionante, más grande. Pero no había la menor duda de que su marcha nos hacía sentirnos cada día más inquietos.

Entonces, un buen día —creo recordar que hacia el mes de abril—, Alice F. se convirtió en la primera alumna de Hailsham que abandonaba las Cottages, y no mucho después le llegó el turno a Gordon C. Ambos habían solicitado empezar su adiestramiento, pero a partir de entonces el ambiente del lugar cambió para siempre (al menos para nosotros).

También muchos veteranos parecían afectados por la gran cantidad de compañeros que partían, y, acaso como consecuencia directa de ello, se produjo un nuevo aluvión de rumores similares a los que Chrissie y Rodney habían hecho alusión en Norfolk. Se hablaba de que, en alguna parte del país, había estudiantes que habían conseguido aplazamientos porque habían demostrado que estaban enamorados —a veces, incluso, tales comentarios se referían a alumnos que no tenían relación con Hailsham—. Los cinco que habíamos estado en Norfolk también en este caso rehuíamos hablar del asunto: incluso Chrissie y Rodney —un día en el epicentro de aquellas hablillas— miraban hacia otra parte cuando alguien se ponía hablar de ello.

El «efecto Norfolk» también nos afectó a Tommy y a mí. Después de volver del viaje, supuse que íbamos a aprovechar cualquier oportunidad para hablar de nuestros pensamientos sobre la Galería. Pero, quién sabe por qué –y no es que él tuviera más culpa que yo en esto–, no lo hicimos nunca (ni cuando estábamos a solas). La excepción, supongo, fue la vez de la casa del ganso, la mañana en que me enseñó sus animales imaginarios.

El granero al que llamábamos «la casa del ganso» estaba en la periferia de las Cottages, y como tenía el tejado lleno de goteras y la puerta permanentemente fuera de sus goznes, no se utilizaba para nada y sólo servía para que las parejas buscaran intimidad en los meses más cálidos. Para entonces yo me había habituado a dar largos paseos solitarios, y creo que fue al comienzo de uno de ellos, justo cuando estaba dejando atrás la casa del ganso, cuando oí que Tommy me llamaba. Me volví y lo vi descalzo, encaramado torpemente en un trozo de tierra seca rodeado de enormes charcos, con una mano apoyada contra un costado del granero para mantener el equilibrio.

–¿Dónde están sus botas, Tommy? –le pregunté.

Aparte de ir descalzo, llevaba el jersey grueso y los vaqueros de siempre.

–Estaba..., bueno, *dibujando*... –Se echó a reír, y levantó un pequeño cuaderno negro parecido a los que Keffers solía llevar consigo a todas partes. Habían pasado ya más de dos meses desde nuestro viaje a Norfolk, pero en cuanto vi el cuadernito supe de qué se trataba. Aunque esperé hasta que dijo:

–Si quieres, Kath, te los enseño.

Me guió hasta el interior de la casa del ganso, dando saltitos sobre el terreno irregular. En contra de lo que pensaba, no estaba oscuro, porque la luz del sol entraba por los tragaluces. Contra una de las paredes se veían varios muebles, seguramente arrumbados durante el año anterior –mesas rotas, frigoríficos viejos, ese tipo de cosas–. Al parecer Tommy había arrastrado hasta el centro del recinto un sofá de dos plazas con el relleno sobresaliéndole por los desgarrones del plástico negro, y supongo que era allí donde había estado sentado dibujando cuando me vio pasar. En el suelo, a unos pasos, vi sus botas de agua caídas hacia un lado, con las medias de fútbol asomando por las aberturas.

Tommy se sentó de un brinco en el sofá, y se acarició el dedo gordo del pie.

–Perdona, me duelen un poco los pies. Me he descalzado sin darme cuenta. Creo que me he hecho unos pequeños cortes. ¿Quieres ver los dibujos, Kath? Ruth los vio la semana pasada, así que he estado descando enseñártelos desde entonces. Nadie más los ha visto. Échales una ojeada, Kath.

Fue la primera vez que vi sus animales. Cuando me habló de ellos en Norfolk había imaginado que serían algo parecido –aunque de menor tamaño– a esos dibujos que todos hemos hecho cuando éramos pequeños. Así que me quedé asombrada ante el minucioso detalle de cada uno de ellos. De hecho te llevaba unos segundos darte cuenta de que se trataba de animales. Mi primera impresión fue muy semejante a la que hubiera tenido al quitar la tapa de atrás de una radio: canales diminutos, tendones entrelazados, ruedecitas y tornillos en miniatura dibujados con obsesiva precisión, y sólo cuando alejé la hoja un poco puede apreciar que se trataba, por ejemplo, de algún tipo de armadillo, o de un pájaro.

–Es mi segundo cuaderno –dijo Tommy–. ¡No permitiré que nadie vea el primero por nada del mundo! Me ha llevado tiempo empezar a aprender...

Ahora estaba tendido en el sofá, poniéndose una media en el pie y tratando de parecer despreocupado, pero yo sabía que estaba inquieto, a la espera de mi reacción. Aun así, tardé cierto tiempo en manifestarle mi más sincera admiración. En parte quizá por el temor de que los trabajos artísticos podrían volver a causarle problemas serios. Pero también por que los dibujos que estaba viendo eran tan diferentes de todo lo que los custodios nos habían enseñado en Hailsham que no sabía cómo juzgarlos. Dije algo como:

—Dios, Tommy... Esto tiene que exigirte una gran concentración. Es asombroso que aquí puedas tener luz suficiente para dibujar todas estas cosas tan pequeñas. —Y continuación, mientras pasaba las hojas, y acaso porque seguía buscando las palabras adecuadas, acabé diciendo—: Me pregunto qué diría Madame si viera esto.

Lo dije en tono jocoso, y Tommy respondió con una risita, pero entonces había algo en el aire que no había habido anteriormente. Seguí pasando las hojas del cuaderno —Tommy había llenado ya como una cuarta parte de él— sin mirarle, deseando no haber mencionado a Madame. Finalmente, le oí decir:

—Supongo que tendré que mejorar mucho antes de que *ella* pueda verlos.

No estaba segura de si me estaba invitando a que le dijera lo buenos que eran sus dibujos, pero para entonces yo empezaba a estar verdaderamente fascinada por aquellas criaturas fantásticas que tenía ante mis ojos. Pese a sus metálicos, recargados rasgos, había algo tierno, incluso vulnerable en cada uno de ellos. Recordé que en Norfolk me había contado que, mientras los dibujaba, pensaba con preocupación en cómo se protegerían, o en cómo conseguirían coger las cosas, y, al verlos yo ahora, sentí una preocupación semejante. Sin embargo, por alguna razón que se me escapaba, algo me seguía impidiendo elogiarle abiertamente. Entonces Tommy dijo:

—De todas formas, no sólo los hago por lo de Madame y demás, sino porque me gusta hacerlos. Me estaba preguntando, Kath, si debo seguir manteniéndolo en secreto. Porque a lo mejor no hay nada malo en que la gente sepa que estoy dibujando esto. Hannah sigue pintando sus acuarelas, y hay

234

un montón de veteranos que siguen haciendo cosas de éstas. No me refiero exactamente a ir enseñándolos a todo mundo. Pero estaba pensando que, bueno, no hay razón por la que deba seguir manteniéndolo en secreto.

Por fin me vi capaz de mirarle y de decir con cierta convicción:

—Tommy, no hay razón, no hay ninguna razón en absoluto. Son buenos. De verdad, muy buenos. Si es por eso por lo que te escondes aquí para dibujarlos, estás haciendo una auténtica tontería.

No respondió, pero una especie de mueca risueña se dibujó en su semblante, como si se estuviera sonriendo con una broma íntima, y supe cuán feliz le habían hecho mis palabras. No creo que habláramos mucho después de esto. Creo recordar que se puso enseguida las botas de agua y que ambos salimos de la casa del ganso. Como digo, ésa fue prácticamente la única vez que aquella primavera Tommy y yo mencionamos directamente su teoría.

Luego vino el verano, y había pasado un año desde nuestra llegada a las Cottages. Llegó en un minibús un nuevo grupo de alumnos —más o menos como habíamos llegado nosotros en su día—, pero ninguno de ellos era de Hailsham. Ello, en cierto modo, nos supuso un alivio: creo que a todos nos inquietaba cómo podría complicar las cosas una nueva hornada de alumnos de Hailsham. Pero para mí, al menos, el que no hubiera venido ningún alumno de Hailsham acrecentaba la sensación de que Hailsham era ahora algo ya lejano, algo que pertenecía al pasado, y de que los lazos que unían a nuestro viejo grupo estaban empezando a deshacerse. No era sólo que gente como Hannah estuviera siempre hablando de seguir el ejemplo de Alice y solicitar que la destinaran a otro lugar para empezar el adiestramiento, sino que había otras, como Laura, que se habían hecho pareja de chicos que no eran de Hailsham, y a partir de entonces sus compañeras de siempre casi podíamos olvidarnos de que en un tiempo habíamos sido íntimas.

Y además estaba Ruth, que seguía fingiendo no acordarse de las cosas de Hailsham. De acuerdo, eran detalles triviales, pero cada día me hacían sentirme más irritada con ella. Una vez, por ejemplo, después de un largo desayuno, estábamos sentadas en la mesa de la cocina Ruth y yo y unos cuantos veteranos. Uno de ellos había estado hablando de que comer queso a altas horas de la noche te alteraba sin remedio el sueño, y yo me volví hacia Ruth para decirle algo como «¿te acuerdas de cómo la señorita Geraldine nos lo decía siempre?» (lo hice en un aparte de pasada, y Ruth no habría tenido más que dirigirme una sonrisa o un leve asentimiento de cabeza, pero lo que hizo fue quedarse mirándome con expresión vacía, como si no tuviera la más remota idea de lo que le estaba hablando). Sólo cuando les expliqué a los veteranos: «Una de nuestras custodias», asintió Ruth frunciendo el ceño, como si acabara de acordarse de pronto.

En aquella ocasión no le dije nada, pero hubo otra —un atardecer que estábamos sentadas en la vieja marquesina de autobuses— en la que no la dejé irse de rositas. Monté en cólera porque una cosa era que jugara a aquel juego delante de los veteranos, pero otra muy distinta que lo hiciera estando las dos solas y en mitad de una conversación seria. Me había referido, de pasada, al hecho de que, en Hailsham, el atajo hacia el estanque que atravesaba la parcela de ruibarbo era un camino prohibido. Al ver que Ruth adoptaba un aire de extrañeza, abandoné por completo la argumentación que estaba esgrimiendo y dije:

—Ruth, no es posible que lo hayas olvidado. Así que no me tomes el pelo.

Si no hubiera empleado un tono tan seco y rotundo —si

hubiera hecho una broma al respecto, por ejemplo, y hubiera seguido hablando—, quizá ella habría visto lo absurdo de su actitud y habría soltado una carcajada. Pero la había sacudido verbalmente, y lo que hizo fue mirarme con expresión de ira y decirme:

—¿Y qué importancia tiene eso? ¿Qué tiene que ver con lo que hablamos esa parcela de ruibarbo? Limítate a seguir con lo que estabas diciendo.

Estaba haciéndose tarde, y estábamos entrando en el crepúsculo, y en la vieja marquesina de autobuses empezábamos a sentir la humedad de una reciente tormenta eléctrica. Así que no me sentía con humor para entrar en por qué importaba tanto. Y aunque dejé este punto de fricción y seguí con la conversación que estábamos teniendo, el ánimo era ya frío entre nosotras y muy poco propicio para que hubiera podido ayudarnos a solucionar el difícil asunto que teníamos entre manos.

Pero para explicar el asunto que estábamos discutiendo tendré que volver la vista a un poco más atrás. De hecho, habré de remontarme varias semanas hasta el principio del verano. Yo había estado teniendo una relación con uno de los veteranos, un chico llamado Lenny, que, si he de ser sincera, se había debido sobre todo a una necesidad sexual. Pero de pronto Lenny había decidido irse de las Cottages a recibir su adiestramiento. Ello me desasosegó un tanto, y Ruth se había portado de maravilla conmigo, vigilándome constantemente pero con suma discreción, siempre presta a alegrarme si me veía taciturna. Y me hacía pequeños favores, como prepararme sándwiches o hacerse cargo de mi turno de limpieza.

Entonces, como dos semanas después de que Lenny se hubiera ido, estábamos las dos sentadas en mi cuarto del altillo, pasada la medianoche, charlando con sendas tazas de té en las manos, y Ruth me estaba haciendo reír de verdad a propósito de Lenny. No había sido un mal chico, pero cuando empecé a contarle a Ruth ciertas cosas de carácter muy íntimo todo lo relacionado con él empezó a parecernos cómico, y no parábamos de reírnos. En un momento dado, Ruth estaba pasando un dedo por las casetes apiladas en pequeños montones a lo largo del rodapié. Lo hacía como distraídamente, mientras seguía riéndose (más tarde empecé a sospechar que no lo había hecho por casualidad, que quizá la había visto allí días antes, que hasta quizá la había mirado detenidamente para cerciorarse, y luego había esperado a la mejor ocasión para «descubrirla»). Años después, le insinué esto a Ruth delicadamente, y ella pareció no saber de qué le estaba hablando, así que es posible que me equivocase. De cualquier forma, allí estábamos riendo y riendo cada vez que yo contaba otro detalle íntimo del pobre Lenny, y de pronto fue como si alguien quitara un tapón. Veo a Ruth, echada sobre un costado sobre la alfombra, mirando atentamente los lomos de las casetes a la tenue luz de mi cuarto, y, en un momento dado, veo la cinta de Judy Bridgewater en su mano. Después de lo que me pareció una eternidad, dijo:

—¿Cuánto tiempo hace que has vuelto a tenerla?

Le conté —de forma tan neutra como pude— cómo Tommy y yo habíamos dado con ella el día del viaje a Norfolk, mientras ella y los demás estaban visitando a Martin. Siguió examinándola con suma atención, y al cabo dijo:

—Así que Tommy la encontró para ti...

—No, la encontré yo. Yo la vi primero.

—Ninguno de los dos me lo contó. —Se encogió de hombros—. Si me lo constaste, no me enteré.

—Lo de Norfolk era verdad —dije—. ¿Te acuerdas? Lo de que era el rincón perdido de Inglaterra.

Se me pasó por la cabeza durante un instante que Ruth podría hacer como que tampoco se acordaba de ello, pero la vi asentir con gesto pensativo.

—Tendría que haberme acordado cuando estábamos allí —dijo—. Quizá habría encontrado mi bufanda roja.

Nos echamos a reír las dos, y pareció cesar la incomodidad entre nosotras. Pero en la forma en que Ruth puso la cinta en su sitio sin seguir hablando de ella percibí algo que me hizo pensar que la cosa no terminaba allí.

No sé si el rumbo que tomó la conversación después de aquello fue de algún modo obra de Ruth a la luz de su descubrimiento, o si la conversación nos hubiera llevado por aquellos derroteros de todas formas, y fue sólo más tarde cuando cayó en la cuenta Ruth de que con él podía hacer lo que hizo. Seguimos hablando de Lenny, en particular sobre cómo practicaba el sexo, y volvimos a reírnos de lo lindo. A estas alturas creo que me sentía aliviada de que se hubiera acabado enterando de lo de la cinta y no hubiera montado ninguna escena, y tal vez por ello yo no estaba siendo tan cautelosa como debía. Porque al cabo de un rato habíamos pasado de reírnos de Lenny a reírnos de Tommy. Al principio todo fue bienhumorado e inocuo, como si lo que hacíamos lo estuviéramos haciendo con afecto hacia su persona, pero de pronto me di cuenta de que nos estábamos riendo de sus animales.

Como digo, nunca he sabido a ciencia cierta si Ruth guió la conversación adrede hasta ese punto concreto. Si he de ser justa, ni siquiera tengo la certeza de que fuera ella la que mencionó por primera vez sus animales imaginarios. Y, una vez que empezamos, yo reía tanto como ella (que si uno de ellos parecía que llevaba calzoncillos, que si para otro seguro que se había inspirado en un erizo aplastado...). Supongo que en algún momento yo tenía que haber dicho que los dibujos eran buenos, de que había hecho un magnífico trabajo para llegar donde había llegado. Pero no lo hice. En parte por la cinta; y tal vez también, si he de ser sincera, porque me complacía la idea de que Ruth no se tomara en serio lo de los animales de Tommy (y todo lo que ello implicaba). Creo que cuando aquella madrugada nos separamos, nos sentíamos tan unidas como en el pasado. Al salir me tocó la mejilla, y me dijo:

—Es fantástico cómo te mantienes siempre con la moral alta, Kathy.

Así que no estaba en absoluto preparada para lo que sucedería días después en el cementerio. Ruth, en el verano, había descubierto una vieja y preciosa iglesia a menos de un kilómetro de las Cottages, y detrás de ella un intrincado terreno lleno de viejas lápidas que se erguían en la hierba. Todo estaba lleno de maleza, pero se respiraba paz y Ruth iba allí a leer a menudo, en un banco cercano a las verjas traseras, bajo un gran sauce. Al principio no me entusiasmaba gran cosa esta nueva costumbre suya, pues recordaba que el verano anterior todos nos sentábamos juntos en la hierba, justo enfrente de las Cottages. Pero el caso es que si en uno de mis paseos tomaba esa dirección, y reparaba en que era muy probable que Ruth estuviera allí leyendo, acababa entrando por la puerta baja de madera y enfilando el sendero sembrado de malas hierbas y bordeado de lápidas. Aquella tarde hacía calor y todo estaba en calma, y bajaba por el sendero en una especie de ensoñación, leyendo los nombres de las lápidas, cuando vi que en el banco, bajo el sauce, no estaba sólo Ruth sino también Tommy.

Tommy no estaba sentado, sino con un pie apoyado en el herrumbroso brazo del banco, y hacía una especie de ejercicio de estiramiento mientras charlaban. No parecían mantener una conversación particularmente importante, y no dudé en acercarme a ellos. Quizá debería haber detectado algo en el modo en que me saludaron, pero puedo asegurar que ese algo en absoluto había sido obvio. Yo tenía un chisme que me moría de ganas de contarles —algo relacionado con uno de los recién llegados—, de modo que durante un rato no hice más que parlotear mientras ellos asentían con la cabeza y me hacían alguna pregunta que otra. Tardé bastante en darme cuenta de que algo no iba bien, e incluso cuando después de caer en ello hice una pausa y pregunté «¿Os he interrumpido en algo?» lo hice en un tono más jocoso que preocupado.

Entonces Ruth dijo:

—Tommy me ha estado contando su gran teoría. Dice que ya te la había contado a ti. Hace siglos. Pero ahora, muy gentilmente, me está haciendo partícipe a mí también.

Tommy me dirigió una mirada, y estaba a punto de decir algo, pero Ruth dijo en un susurro fingido:

—¡La gran teoría de Tommy sobre la Galería!

Entonces los dos me miraron, como si ahora la situación se hallara a mi cargo y dependiera de mí lo que sucediera a continuación.

—No es una mala teoría —dije—. No sé, pero puede que sea cierta. ¿Qué piensas tú, Ruth?

—En realidad se la he tenido que sacar a este Chico Tierno. No es que te murieras de ganas de contársela a Ruth, ¿eh, querido parlanchín? Sólo se ha dignado hacerlo cuando le he apretado bien las clavijas para que me explicara lo que había detrás de todo ese *arte*.

—No lo estoy haciendo sólo por eso —dijo Tommy en tono hosco. Seguía con el pie sobre el brazo oxidado del banco, y continuaba con su ejercicio de estiramiento—. Lo único que he dicho ha sido que si era cierta mi teoría sobre la Galería, entonces siempre podría intentar aportar mis animales...

—Tommy, cariño, no te pongas en ridículo delante de nuestra amiga. Delante de mí, vale, pero no delante de nuestra querida Kathy.

—No entiendo por qué te parece tan graciosa —dijo Tommy—. Es una teoría tan buena como otra cualquiera.

—No es la teoría lo que a la gente le parecería chistoso, querido parlanchín. Puede que hasta les pareciera correcta. Pero la idea de que tú podrías sacar provecho de ella enseñándole a Madame tus pequeños animales...

Ruth sonrió y sacudió la cabeza.

Tommy no dijo nada y siguió con su ejercicio de estiramiento. Yo deseaba salir en su defensa, y trataba de dar con las palabras capaces de hacerle sentirse mejor sin poner a Ruth aún más furiosa. Pero fue entonces cuando Ruth dijo lo que dijo. Fue ya lo bastante horrible entonces, pero aquel día, en el camposanto de la iglesia, no me hacía la menor idea de hasta dónde habrían de llegar sus repercusiones. Lo que dijo fue:

—No soy sólo yo, cariño. Kathy, aquí presente, piensa que tus animales son una absoluta patochada.

Mi primer impulso fue negarlo, y echarme a reír. Pero en el modo en que Ruth había hablado había una gran firmeza, y los tres nos conocíamos lo bastante como para saber que en sus palabras tenía que haber algo de verdad. Así que al final me quedé callada, mientras mi mente se remontaba frenéticamente atrás en busca del momento en que se basaba para decir lo que decía, y con frío horror se detenía en aquella noche en mi cuarto, con las tazas de té sobre el regazo. Y Ruth añadió:

—Mientras la gente piense que haces esas pequeñas criaturas como una especie de broma, perfecto. Pero no digas nunca que las haces en serio. Por favor.

Tommy había dejado sus estiramientos y me miraba con aire inquisitivo. De pronto volvió a ser como un niño, carente por completo de fachada; pero pude ver también cómo detrás de sus ojos iba tomando cuerpo algo oscuro e inquietante.

—Mira, Tommy, tienes que entenderlo —siguió Ruth—. El que Kathy y yo nos partamos de risa con tus cosas no tiene la menor importancia. Porque se trata sólo de nosotros tres. Pero, por favor, no metamos a nadie más en esto.

He pensado una y otra vez en aquellos instantes. Tendría que haber encontrado algo que decir. Podría haberlo negado, sencillamente, aunque lo más probable es que Tommy no me hubiera creído. Y me habría sido enormemente difícil explicar las cosas sinceramente, y con todos sus matices. Pero podría haber hecho algo. Podría haberme enfrentado con Ruth, haberle dicho que estaba tergiversando las cosas, que aun admitiendo el hecho de haberme reído jamás lo había hecho en el sentido que ella quería darle. Podría incluso haberme acercado a Tommy y haberle dado un abrazo, allí mismo, delante de Ruth. Es algo que se me ocurrió años más tarde, y probablemente no hubiera sido una opción viable en aquel tiempo, dada la persona que yo era, y dada la forma en que los tres nos comportábamos entre nosotros. Pero habría podido salvar la situación —una situación en la que las palabras nunca habrían hecho sino empeorar las cosas—.

Pero no dije ni hice nada. En parte, supongo, porque me quedé absolutamente anonadada ante el hecho de que Ruth hubiera empleado tan malas artes. Recuerdo que, al verme ante tamaño aprieto, me invadió un enorme cansancio, una especie de letargia. Era como tener que resolver un problema de matemáticas cuando tienes la mente exhausta, y sabes que existe una solución remota pero no puedes reunir la energía suficiente para tratar de dar con ella. Algo en mí tiró la toalla. Una voz me decía: «Muy bien, déjale que piense lo peor. Que lo piense. Deja que lo piense...». Y supongo que lo miré con resignación, con un semblante que lo que le decía era «Sí, es verdad, ¿qué esperabas?». Y ahora recuerdo, como si la estuviera viendo, la cara de Tommy, la ira que reculaba ya y era reemplazada por una expresión casi de asombro, como si yo fuera una mariposa de una especie rara que se hubiera posado en un poste de la valla.

No es que temiera echarme a llorar o perder la compostura o algo parecido. Pero decidí darme la vuelta e irme. Incluso aquel día, más tarde, me di cuenta de que había sido un gran error. Pero todo lo que puedo decir es que, en aquel momento, lo que más temía en el mundo era que uno cualquiera de los dos se fuera y yo tuviera que quedarme a solas con el otro. No sé por qué, pero no me parecía una opción viable el que se fuera de allí bruscamente más de uno de nosotros, y quise asegurarme de que ese uno fuera yo. Así que me volví y desanduve el camino a través de las tumbas, hacia la puerta baja de madera, y por espacio de varios minutos sentí como si en realidad hubiera sido yo quien había salido triunfante, y que ahora que se habían quedado solos, uno en compañía del otro, debían padecer un destino que ambos merecían de sobra.

17

Como ya he dicho, no fue hasta mucho más tarde –mucho tiempo después de que yo dejara las Cottages– cuando caí en la cuenta de lo importante que había sido nuestro encuentro en el cementerio. Yo me disgusté mucho entonces, es cierto. Pero no creí que fuera a ser diferente de otras peleas que habíamos tenido antes. Jamás se me pasó por la cabeza que nuestras vidas, hasta entonces tan estrechamente vinculadas, pudieran llegar a separarse tan drásticamente a raíz de aquello.

Pero supongo que para entonces ya existían poderosas corrientes que tendían a separarnos, y que sólo fue necesario un incidente como el que he relatado para que la ruptura se hiciera definitiva. Si hubiéramos entendido esto entonces, quién sabe, a lo mejor habríamos conservado unos lazos más fuertes.

Para empezar, cada día eran más y más los alumnos que se iban para ser cuidadores, y entre nuestra gente de Hailsham había un sentimiento creciente de que ése era el curso natural de las cosas. Aún teníamos que acabar de redactar nuestros trabajos, pero era de dominio público que no era obligatorio terminarlos si decidíamos empezar el adiestramiento. En nuestros primeros días en las Cottages la idea de no terminarlos habría sido impensable. Pero cuanto más lejano se nos hacía Hailsham menos importante nos parecían estos trabajos. En aquel tiempo me daba la impresión –probablemente acertada– de que si permitíamos que se perdiera nuestra percepción de que los trabajos eran importantes, se perdería también todo lo demás que nos unía y vertebraba como alumnos de Hailsham. Por eso, durante un tiempo, traté de que se mantuviera nuestro entusiasmo por las lecturas y el acopio de notas para los trabajos. Pero sin ninguna razón que nos permitiera suponer que algún día volveríamos a ver a nuestros custodios (lo cierto es que, con toda aquella cantidad de alumnos cambiando de destino, la empresa pronto empezó a parecerme una causa perdida).

De todas formas, en los días que siguieron a nuestra conversación en el cementerio, hice todo lo que pude para que el incidente quedara definitivamente zanjado como algo del pasado. Me comportaba con Ruth y Tommy como si no hubiera sucedido nada del otro mundo, y ellos hacían más o menos lo mismo. Pero ahora había algo que siempre estaba ahí, y no sólo entre ellos y yo. Aunque mantenían la apariencia de seguir siendo una pareja –seguían haciendo lo del golpecito en el brazo cuando se separaban–, los conocía demasiado bien para no ver que se habían distanciado.

Por supuesto, yo me sentía mal por lo que había sucedido entre nosotros, sobre todo por lo de los animales imaginarios. Pero ya nada era tan sencillo como para solucionarlo acercándome a él para explicarle cómo había sido todo y decirle cuánto lo sentía. Unos años –quizá incluso seis meses– antes, la cosa probablemente habría funcionado de ese modo. Tommy y yo habríamos hablado de ello, y lo habríamos solucionado. Pero para aquel segundo verano las cosas ya eran diferentes. Tal vez por mi relación con Lenny, no sé. En cualquier caso, ya no era fácil hablar con Tommy. Superficialmente, al menos, todo seguía siendo como antes, pero jamás mencionábamos sus animales o lo que había sucedido en el cementerio.

Tales habían sido los acontecimientos inmediatamente anteriores a que Ruth y yo tuviéramos aquella conversación en la vieja marquesina de autobuses, cuando me puse furiosa con ella al ver que fingía no acordarse de la parcela de ruibarbo de Hailsham. Como ya dije antes, probablemente no me habría enfadado tanto si no lo hubiera hecho en mitad de una conversación tan seria. Cierto que para entonces ya habíamos tocado la mayoría de los puntos importantes, pero, aun así, por mucho que estuviéramos ya charlando de otros temas más livianos, no habíamos dejado aún el terreno de nuestro intento de arreglar las cosas entre nosotras, y no había ningún lugar para aquel tipo de fingimientos.

Lo que sucedió fue lo siguiente. Aunque algo se había interpuesto entre Tommy y yo, con Ruth las cosas no habían llegado hasta ese punto —o al menos eso pensaba yo en aquel momento—, y había decidido que ya era hora de hablar con ella de lo que había pasado en el cementerio. Acabábamos de tener uno de esos días de lluvia y tormenta eléctrica, y, a pesar de la humedad, nos habíamos quedado en casa. Así que, cuando al atardecer vimos que el tiempo había mejorado —la puesta de sol estaba siendo de un rosa hermoso—, le dije a Ruth que por qué no salíamos a tomar un poco el aire. Había un empinado sendero que acababa de descubrir y que llevaba hasta el borde el valle, y justo donde el sendero iba a dar a la carretera había una antigua marquesina de autobuses. Éstos habían dejado de operar hacía mucho tiempo, y la señal de parada ya no estaba, y en la pared trasera de la marquesina podía verse el marco sin cristal de lo que un día habían sido los horarios. Pero la marquesina —una agradable estructura de madera con uno de los lados abiertos a los campos que descendían por la ladera del valle— seguía en pie, e incluso con el banco aún intacto. Allí era, pues, donde

Ruth y yo estábamos sentadas tratando de recuperar el resuello, mirando las telarañas de las vigas del techo y el anochecer estival. Entonces yo dije algo como:

—¿Sabes, Ruth? Deberíamos intentar solucionar lo nuestro, lo que pasó el otro día.

Había utilizado un tono conciliador, y Ruth respondió al instante. Dijo que sí, que era bastante tonto que los tres nos peleáramos por verdaderas nimiedades. Sacó a relucir otras veces en que nos habíamos peleado, y estuvimos riéndonos de ello durante un rato. Pero en realidad yo no quería que Ruth se limitara a enterrar aquello de ese modo, así que, con el tono menos desafiante que pude, dije:

—Ruth, ¿sabes?, creo que a veces, cuando tienes pareja, no puedes ver las cosas tan claramente como quizá pueda verla otra persona desde fuera. Bueno, sólo a veces.

Ruth asintió con la cabeza.

—Probablemente es cierto.

—No quiero interferir. Pero creo que a veces, últimamente, Tommy se ha sentido bastante dolido. Ya sabes. Por ciertas cosas que tú has dicho o hecho.

Me preocupaba que Ruth pudiera enfadarse, pero la vi asentir de nuevo con la cabeza, y suspirar.

—Creo que tienes razón —dijo al final—. Yo también he estado pensando mucho en ello.

—Entonces quizá no debería haberlo dicho. Tendría que haberme dado cuenta de que tú veías perfectamente lo que estaba pasando. Además no es cosa mía, la verdad.

—Sí es cosa tuya, Kathy. Eres uno de los nuestros, y por tanto siempre te concierne. Tienes razón, no estuvo bien. Sé a lo que te refieres. Lo del otro día, lo de los animales. No estuvo bien. Luego le dije que lo sentía.

—Me alegro de que lo hablarais. No sabía si lo habíais hecho.

Ruth estaba raspando unas pequeñas laminillas de madera de un costado del banco con las uñas, y durante un instante pareció absolutamente absorta en tal tarea. Y luego dijo:

—Mira, Kathy, es bueno que estemos hablando de Tommy. Quería decirte algo, pero no sabía muy bien cómo hacerlo, ni cuándo. Kathy, prométeme que no vas a enfadarte mucho conmigo.

La miré y dije:

—Con tal de que no sea otra vez algo de esas camisetas...

—No, en serio. Prométeme que no vas a enfadarte. Porque tengo que decirte una cosa. No me lo perdonaría nunca si siguiera callando mucho más tiempo.

—De acuerdo, ¿qué es?

—Kathy, llevo ya tiempo pensando en ello. No eres ninguna estúpida, y puedes darte cuenta de que quizá Tommy y yo no sigamos siempre siendo pareja. No es ninguna tragedia. Nos hemos convenido mutuamente durante un tiempo. Pero si vamos o no a seguir siendo el uno para el otro en el futuro, eso nadie puede saberlo. Y ahora se habla continuamente de parejas que consiguen aplazamientos si pueden probar, ya sabes, que están bien de verdad. En fin, mira, lo que quiero decirte, Kathy, es esto: sería algo completamente natural que tú te pusieras a pensar, ya sabes, qué sucedería si Tommy y yo decidiéramos no seguir juntos. No es que estemos a punto de romper ni nada parecido, no me malinterpretes. Pero me parecería absolutamente normal que tú pensaras al menos en tal posibilidad. Bien, Kathy, de lo que tienes que darte cuenta es de que Tommy no te ve a ti de esa forma. Le gustas de veras, en serio; piensa que eres genial. Pero yo sé que no te ve como, ya sabes, una novia o algo así. Además... —Hizo una pausa, y suspiró—. Además, ya sabes cómo es Tommy. Puede ser muy quisquilloso.

Me quedé mirándola fijamente.

—¿Qué quieres decir?

—Seguro que sabes a qué me refiero. A Tommy no le

gustan las chicas que han estado con... Bueno, ya sabes, con éste y con el otro. Es una especie de manía que tiene. Lo siento, Kathy, pero no habría estado bien que no te lo hubiera dicho.

Pensé en ello, y luego dije:

—Siempre es bueno saber este tipo de cosas.

Sentí que Ruth me tocaba el brazo.

—Sabía que te lo tomarías bien. Lo que tienes que entender, sin embargo, es que piensa que eres la mejor de las personas. Lo digo en serio.

Yo quería cambiar de tema, pero tenía la mente en blanco. Supongo que Ruth se aprovechó de ello, porque extendió los brazos y emitió una especie de bostezo, y luego dijo:

—Si algún día aprendo a conducir, os llevaré a algún sitio salvaje. A Dartmoor, por ejemplo. Iremos los tres, y puede que también Laura y Hannah. Me encantará ver todas esas ciénagas.

Pasamos los minutos siguientes hablando sobre lo que haríamos en un viaje como ése si alguna vez podíamos hacerlo. Le pregunté dónde nos hospedaríamos, y Ruth dijo que podíamos pedir prestada una tienda de campaña grande. Le recordé que el viento podía ponerse increíblemente fuerte en sitios como ésos, y que la tienda podía volarse en mitad de la noche. En realidad no hablábamos en serio. Pero fue más o menos a esa altura de la conversación cuando recordé aquella vez en Hailsham en que, estando aún en Secundaria, fuimos de picnic a la orilla del estanque con la señorita Geraldine. James B. fue a recoger el pastel que todos habíamos hecho horas antes, pero cuando volvía con él hacia el estanque una fuerte ráfaga de viento había levantado al aire la capa de arriba de bizcocho, que había ido a caer sobre las hojas de ruibarbo. Ruth dijo que apenas recordaba vagamente el episodio, y yo, a fin de ayudar a que aflorara a su memoria, dije:

—Y el caso es que James se metió en un buen lío, porque eso demostró que había atravesado la parcela de ruibarbo.

Y fue entonces cuando Ruth me miró y dijo:

—¿Por qué? ¿Qué había de malo en eso?

Fue la forma de decirlo, tan falsa que hasta cualquiera que hubiera estado escuchando se habría dado cuenta del fingimiento. Suspiré con irritación, y dije:

—Ruth, no pretendas que me trague eso. No es posible que lo hayas olvidado. Sabes perfectamente que aquél era un camino prohibido.

Puede que lo dijera con cierta brusquedad. De todas formas, Ruth no dio su brazo a torcer. Siguió fingiendo que no se acordaba de nada, y ello me puso aún más furiosa. Y fue entonces cuando dijo:

—¿Qué más da, además? ¿Qué tiene que ver la parcela de ruibarbo con lo que estamos hablando? Vuelve de una vez a lo que estabas diciendo.

Creo que, después de aquello, volvimos a hablar de forma más o menos amistosa, y luego, al rato, estábamos bajando a media luz por el sendero en dirección a las Cottages. Pero la sintonía entre nosotras ya no era la misma, y cuando nos dimos las buenas noches delante del Granero Negro, nos separamos sin los toquecitos en brazos y hombros que solíamos darnos siempre.

No mucho después tomé la decisión, y, una vez tomada, nunca flaqueé. Me levanté una mañana y fui a buscar a Keffers y le dije que quería empezar el adiestramiento para convertirme en cuidadora. Fue asombrosamente sencillo. El viejo estaba cruzando el patio, con las botas de agua llenas de barro, refunfuñando para sí mismo con un trozo de cañería en la mano. Fui hasta él y se lo dije, y él me miró, molesto, como si le estuviera pidiendo más leña. Luego masculló que fuera a verle aquella tarde para rellenar los papeles de la solicitud. Así de fácil.

Luego la cosa llevó algo más de tiempo, como es lógico, pero la maquinaria se había puesto en marcha, y de pronto me vi mirándolo todo –las Cottages, a mis compañeros– de un modo diferente. Ahora yo era uno de los que se iban, y al poco todo el mundo lo sabía. Quizá Ruth pensó que tendríamos que pasarnos horas y horas hablando de mi futuro; quizá pensó que podría influir decisivamente en el hecho de que yo pudiera o no cambiar mi decisión al respecto. Pero mantuve la distancia con ella, y también con Tommy. Y ya nunca volveríamos a hablar de verdad en las Cottages, y antes siquiera de que pudiera darme cuenta les estaba diciendo adiós.

Tercera parte

18

El trabajo de cuidadora, en líneas generales, me satisfizo. Podría decirse incluso que me hizo dar lo mejor de mí misma. Pero alguna gente no está hecha para ese tipo de ocupación, y para ellos todo se convierte en una verdadera lucha. Puede que empiecen de un modo positivo, pero luego viene todo ese tiempo junto al dolor y la aflicción. Y tarde o temprano un donante no logra consumar la donación, aunque se trate tan sólo, pongamos, de la segunda donación y en absoluto se haya previsto que pudieran surgir complicaciones. Cuando un donante «completa» así, de forma totalmente imprevista, poco importa lo que te digan luego las enfermeras, o esa carta que te reitera que están seguros de que tú has hecho todo lo que estaba en tu mano y que esperan que sigas realizando bien tu trabajo. Durante un tiempo, al menos, te desmoralizas. Algunos de nosotros aprenden muy rápidamente a afrontarlo. Pero otros —como Laura, por ejemplo— jamás lo consiguen.

Luego está la soledad. Creces rodeado de montones de personas, y eso es, por tanto, lo que has conocido siempre, y de pronto te conviertes en cuidador. Y te pasas horas y horas solo, conduciendo a través del país, de centro en centro, de hospital en hospital, durmiendo cada día en un sitio, sin nadie con quien hablar de tus preocupaciones, sin nadie con quien reír. Sólo de cuando en cuando te topas con algún condiscípulo del pasado –un cuidador o un donante que reconoces de los viejos tiempos–, pero nunca dispones de mucho tiempo. Siempre estás con prisas, o estás demasiado exhausto para mantener una conversación como es debido. Y pronto las largas horas, el continuo viajar, el sueño interrumpido se han instalado en tu ser y han llegado a formar parte de tu persona. Y todo el mundo puede verlo, en tu manera de estar, en tu mirada, en el modo en que te mueves y hablas.

No pretendo afirmar que soy inmune a todo esto, pero he aprendido a vivir con ello. A algunos cuidadores, sin embargo, la mera actitud les traiciona. Muchos de ellos –lo sabes nada más verlos– no hacen sino cumplir el expediente, a la espera de que un día les digan que pueden parar y convertirse en donantes. Me irrita también la forma en que tantos de ellos «se encogen» en cuanto ponen un pie en un hospital. No saben qué decir a los médicos, son incapaces de hablar en favor de sus donantes. No es extraño que acaben frustrados y culpándose a sí mismos cuando las cosas salen mal. Yo trato de no ser un fastidio para nadie, pero me las he arreglado para hacerme oír cuando lo he juzgado necesario. Y cuando las cosas van mal, por supuesto que me disgusto, pero al menos puedo sentir que he hecho lo que he podido y sigo manteniendo las cosas en perspectiva.

Incluso he llegado a lograr que me guste la soledad. Eso no quiere decir que no desee tener un poco más de compañía cuando acabe el año y termine con todo esto. Pero me gusta la sensación de montar en mi pequeño coche, sabiendo que durante las dos horas siguientes estaré en la carretera con la sola compañía del asfalto, de ese gran cielo gris y de mis ensueños de vigilia. Y si me encuentro en una ciudad cualquiera y tengo unos minutos para mí misma, los disfrutaré deambulando por sus calles y mirando sus escaparates. Aquí en mi cuarto amueblado, tengo estas cuatro lámparas de mesa, cada una de un color diferente pero las cuatro de diseño idéntico –y con el brazo flexible, de forma que puedes orientarlas hacia donde quieras–. Así que puede que me ponga a buscar alguna tienda con una lámpara de ésas en el escaparate, no para comprarla, sino para compararla con las que tengo en casa.

A veces me siento tan inmersa en mi propia compañía que si de improviso me topo con alguien que conozco, es como una especie de conmoción y tengo que sobreponerme para actuar con normalidad. Y fue así la mañana en que, cruzando el aparcamiento azotado por el viento de una gasolinera, vi de pronto a Laura, sentada al volante de uno de los coches aparcados, con la mirada perdida en dirección a la autopista. Estaba aún un poco lejos, y durante un instante fugaz, aunque no nos habíamos visto desde las Cottages, siete años atrás, estuve tentada de hacer como si no la hubiera visto y seguir caminando. Una reacción extraña, lo sé, si se considera que era una de mis amigas más íntimas. Como digo, puede que fuera en parte porque no me gusta que se me saque bruscamente de mis ensoñaciones. Pero también, supongo, que al ver a Laura allí hundida en el asiento me di cuenta al instante de que se había convertido en uno de esos cuidadores de los que estaba hablando, y una parte de mí no quiso tener nada que ver con ella.

Pero, por supuesto, fui a hablar con ella. El viento frío me golpeó con fuerza mientras me dirigía hacia su coche de cinco puertas, aparcado lejos de los demás coches. Laura llevaba un anorak azul demasiado holgado, y el pelo mucho más corto que el que solía llevar en el pasado, y pegado a la frente. Cuando di unos golpecitos a la ventanilla, ella no dio ningún respingo, ni pareció sorprendida al verme después de todos aquellos años. Era casi como si hubiera estado allí en su coche esperando precisamente a alguien del pasado –si no a mí precisamente, sí a cualquier otro ex alumno de Hailsham–. Y ahora que me veía aparecer a mí su primer pensamiento pareció ser: «¡Al fin!», porque vi que sus hombros se movían como cuando uno deja escapar un suspiro, y luego, sin más, se inclinó hacia el asiento del acompañante para abrirme la portezuela.

Charlamos durante unos veinte minutos. Apuré el tiempo hasta que no me quedó más remedio que marcharme. Hablamos sobre todo de ella: de lo agotada que estaba, de lo difícil que era uno de sus donantes, de lo mucho que detestaba a este médico o a aquella enfermera. Esperaba ver algún destello de la antigua Laura, con su sonrisa traviesa y sus eternas chanzas, pero no logré atisbar en ella nada de eso. Hablaba más deprisa de lo que acostumbraba a hacerlo entonces, y aunque parecía contenta de verme, varias veces me dio la impresión de que, con tal de haber podido hablar, no le habría importado demasiado que no hubiera sido conmigo sino con cualquier otra persona cualquiera.

Quizá las dos sentimos que había algo peligroso en hablar de los viejos tiempos, porque durante mucho rato evitamos abordar el tema. Al final, de todas formas, nos vimos hablando de Ruth, con quien Laura había coincidido en una clínica hacía unos años, cuando Ruth todavía era cuidadora. Empecé a interrogarla acerca de cómo estaba Ruth, pero la vi tan reacia a hablarme de ello que acabé por decirle:

–Pero, Laura, seguro que hablasteis de algo...

Dejó escapar un largo suspiro, y dijo:

–Ya sabes lo que suele pasar. Las dos teníamos muchísima prisa. –Luego añadió–: De todas formas, allá en las Cottages no nos habíamos separado precisamente como las mejores amigas. Así que quizá no estábamos tan encantadas de volver a vernos.

–No sabía que hubierais reñido también vosotras –dije.

Se encogió de hombros.

—No fue nada tremendo. Ya sabes cómo era Ruth entonces. Y, después de que tú te fueras, se volvió aún peor. Ya sabes, siempre diciéndole a todo el mundo lo que tenía que
hacer. Así que yo procuraba mantenerme fuera de su alcance, eso fue todo. Nunca tuvimos una gran pelea ni nada parecido. ¿Así que no la has visto desde entonces?

—No. Es extraño, pero no la he vuelto a ver.

—Sí, es extraño. Lo normal sería que nos hubiéramos encontrado mucho más a menudo unos con otros. Yo he visto
a Hannah unas cuantas veces. Y también a Michael H. —Calló, y luego dijo—: He oído un rumor: que Ruth tuvo una
primera donación verdaderamente horrible. Es sólo un rumor, pero lo he oído más de una vez.

—También yo lo he oído.

—Pobre Ruth.

Nos quedamos en silencio unos instantes. Y al final Laura preguntó:

—Está bien, ¿no? Que ahora te dejen escoger a tus donantes.

No me lo preguntó en el tono acusador que en ocasiones emplean algunos, así que asentí con la cabeza, y dije:

—No siempre. Pero a mí me ha ido bien con unos cuantos. Así que sí, que me dejan decirles mis preferencias de vez
en cuando.

—Pues si puedes elegir —dijo Laura—, ¿por qué no te haces
cuidadora de Ruth?

Me encogí de hombros.

—Ya lo he pensado. Pero no estoy muy segura de que sea
una buena idea.

Laura pareció desconcertada.

—Pero tú y Ruth... Fuisteis siempre tan buenas amigas.

—Sí, supongo que sí. Pero me pasó como a ti, Laura. Al
final acabamos no siendo tan buenas amigas.

—Oh, pero eso fue hace mucho tiempo. Ruth ha tenido una racha pésima. Y he oído que también ha tenido problemas con sus cuidadores. Han tenido que cambiárselos muchas veces.

—No me sorprende, la verdad –dije–. ¿Te imaginas? ¿Ser la cuidadora de Ruth?

Laura se echó a reír, y durante unos segundos vi en sus ojos un destello que me hizo pensar que al fin iba a hacer uno de sus comentarios socarrones. Pero el destello cesó, y Laura siguió allí sentada frente al volante, con aire de gran cansancio.

Hablamos un poco más de sus problemas –en especial de cierta enfermera jefe que la tenía tomada con ella–. Había llegado el momento de irme, y abrí la puerta del coche, y le dije que teníamos que seguir hablando la próxima vez que nos viéramos. Pero cuando lo estaba haciendo las dos éramos profundamente conscientes de algo que aún no habíamos mencionado, y creo que las dos sentimos que no estaba en absoluto bien que nos despidiéramos de ese modo. De hecho, hoy tengo la certeza de que en aquel momento nuestras mentes discurrían por idénticos senderos, y le oí decir:

—Es muy extraño. Pensar que todo pertenece al pasado...

Me volví en el asiento para mirarla otra vez.

—Sí. Es realmente extraño –dije–. Me parece increíble que haya desaparecido para siempre.

—Tan extraño... –repitió Laura–. Supongo que ahora ya me tendría que dar igual. Pero no es así.

—Sé lo que quieres decir.

Fue este último intercambio, cuando finalmente mencionamos el cierre de Hailsham, lo que de súbito nos acercó como en otros tiempos, y nos abrazamos de forma absolutamente espontánea, no tanto para consolarnos cuanto como una forma de afirmar Hailsham, y el hecho de que aún perviviera en la memoria de ambas. Y acto seguido me apeé y me dirigí apresuradamente hacia mi coche.

Había empezado a oír rumores del cierre de Hailsham aproximadamente un año antes de mi encuentro con Laura en aquel aparcamiento. Estaba hablando con un cuidador o con un donante, por ejemplo, y en un momento dado éste lo mencionaba de pasada, como convencido de que yo tenía que saberlo con todo detalle. «¿Usted estuvo en Hailsham, no? ¿Así que es cierto?» O algo parecido. Entonces, un día en que estaba saliendo de una clínica de Suffolk, me topé con Roger C., que había estado en un curso posterior al mío, y me contó lo que sin ningún género de dudas estaba a punto de pasar con Hailsham. Iban a cerrarlo en cualquier momento, y tenían planeado vender la casa y los terrenos a una cadena de hoteles. Recuerdo bien mi reacción primera al oírlo. Dije:

—Pero ¿y qué va a pasar con sus alumnos?

Roger, como es obvio, pensó que me refería a los alumnos que seguían en Hailsham, los pequeños que dependían de sus custodios, y puso cara de preocupación, y empezó a barajar posibilidades sobre cómo tendrían que trasladarlos a otras casas del país, pese a que algunas de ellas estuvieran muy lejos de Hailsham. Pero eso no era lo que yo había querido decir, por supuesto. Yo me refería a *nosotros*, a todos los alumnos que habían crecido conmigo y se hallaban ahora diseminados por el país, a cuidadores y donantes, separados hoy pero aún vinculados de algún modo al lugar de donde todos proveníamos.

Aquella misma noche, tratando de dormir en un hostal de paso, no podía dejar de pensar en algo que me había sucedido unos días antes. Había estado en una ciudad de la costa norte de Gales. Aunque no había dejado de llover con fuerza durante toda la mañana, después del almuerzo había escampado y había salido un poco el sol. Volvía paseando hacia donde había dejado el coche por una de esas largas carreteras rectas que bordean el mar, y no había casi gente, así que veía ante mí una línea ininterrumpida de adoquines mojados. Al rato, como a unos treinta metros frente a mí, se paró una furgoneta, y bajó de ella un hombre vestido de payaso. Abrió la puerta trasera y sacó un montón de globos de helio, como una docena, y durante un momento estuvo sosteniéndolos en una mano mientas con la otra revolvía la trasera de la furgoneta en busca de algo. Cuando me acerqué pude apreciar que los globos tenían caras —con orejas bien moldeadas— que me miraban como una pequeña tribu y se bamboleaban en el aire, por encima de su dueño, esperándole.

Entonces el payaso se enderezó, cerró la puerta trasera de la furgoneta y echó a andar en mi misma dirección, varios pasos por delante, con una pequeña maleta en una mano y los globos en la otra. El paseo marítimo era largo y recto, y caminé detrás del payaso durante lo que me pareció una eternidad. A veces me sentía incómoda ante la situación, y llegué incluso a pensar que el hombre acabaría por darse la vuelta para decirme algo; pero como aquel era el camino que debía seguir, no podía hacer nada para remediarlo. El payaso y yo seguimos, pues, caminando por el empedrado desierto, aún mojado de la lluvia de la mañana, y los globos chocaban unos contra otros y me sonreían. De vez en cuando, veía la mano del payaso, donde convergían todos los cordeles, y me daba cuenta de que los llevaba bien entrelazados y sujetos en el puño cerrado. Aun así, no dejaba de temer que uno de los cordeles pudiera soltarse y el globo libre escapase hacia lo alto y se perdiera en el cielo encapotado.

Acostada y en vela, pues, la noche después de lo que Roger me había dicho, no podía dejar de ver aquellos globos de días antes. Pensé en el cierre de Hailsham, y en qué pasaría si alguien se hubiera acercado al hombre de los globos con unas tijeras y hubiera cortado el manojo de cordeles justo donde se entrelazaban, un poco por encima del puño del payaso. En cuanto esto sucediera, los globos se alzarían por separado y dejarían de pertenecer al mismo grupo para siempre. Cuando me estaba contando lo del cierre de Hailsham, Roger había hecho un comentario: suponía que para nosotros tal cierre no habría de suponer gran cosa. Y, en cierto modo, tal vez no le faltaba razón. Pero resultaba turbador el pensamiento de que las cosas allí no continuaban como de costumbre; de que custodios como la señorita Geraldine, por ejemplo, no estuvieran dando instrucciones a los grupos de alumnos de Secundaria en el Campo de Deportes Norte.

En los meses que siguieron a mi conversación con Roger, no podía dejar de pensar en ello, en el cierre de Hailsham y en todas sus consecuencias. Y supongo que empecé a tomar conciencia de que todas aquellas cosas que siempre había querido hacer y que jamás dudé que llegaría a hacer tarde o temprano, debía hacerlas pronto o me quedaría definitivamente sin hacerlas. No es que me entrara el pánico o algo semejante. Pero sin duda era como si la desaparición de Hailsham lo hubiera sacudido todo a mi alrededor. Por eso, lo que Laura me había dicho aquel día —sobre convertirme en la cuidadora de Ruth— me había causado un gran impacto, por mucho que me hubiera mostrado tan evasiva con ella en aquel momento. Era casi como si una parte de mí ya hubiera tomado esa decisión, y las palabras de Laura no hubieran hecho sino destapar un velo que la hubiera estado cubriendo.

Me presenté por primera vez en el centro de recuperación de Ruth en Dover —una institución moderna, con paredes de azulejos blancos— unas semanas después de mi conversación con Laura. Habían transcurrido unos dos meses desde la primera donación de Ruth, que, como Laura había dicho, no había tenido ningún éxito. Cuando entré en su habitación, la vi sentada en el borde de la cama, en camisón, y me dirigió una gran sonrisa. Se levantó para darme un abrazo, pero volvió a sentarse casi de inmediato. Me dijo que me veía mejor que nunca, y que el pelo me quedaba de maravilla. Yo también le dije cosas bonitas a ella, y durante la media hora siguiente creo que estuvimos verdaderamente encantadas de volver a vernos. Charlamos de todo tipo de cosas —de Hailsham, de las Cottages, de lo que habíamos hecho desde entonces—, y era como si pudiéramos seguir charlando y charlando eternamente. Dicho de otro modo, fue un comienzo muy esperanzador (mucho más, en cualquier caso, de lo yo que me había atrevido a imaginar).

Aun así, aquella primera vez no dijimos nada del modo en que nos habíamos separado. Quizá si hubiéramos hablado de ello desde el comienzo las cosas habrían sido diferentes, quién sabe. El caso es que orillamos el asunto, y cuando llevábamos hablando un buen rato parecíamos de acuerdo en fingir que nada había sucedido entre nosotras.

Ello no habría sido un gran error si aquella entrevista hubiera sido la única. Pero en cuanto me convertí oficialmente en su cuidadora y empecé a verla regularmente, la sensación de que algo no iba bien se hizo cada día más intensa. Di en el hábito de ir a verla tres o cuatro veces a la semana, al caer la tarde, con agua mineral y un paquete de sus galletas preferidas, y todo tendría que haber sido maravilloso, pero al principio fue cualquier cosa salvo eso. Empezábamos a hablar de algo —de algo completamente inocuo—, y sin razón aparente alguna acabábamos callándonos. O, si lográbamos seguir con una conversación el tiempo suficiente, cuanto más duraba más cautelosa y forzada se volvía.

Y una tarde, iba yo por el pasillo de su planta a visitarla cuando oí a alguien en las duchas que había frente a su cuarto. Imaginé que era Ruth, y entré en su cuarto para esperarla, y me quedé contemplando la vista que se disfrutaba desde la ventana, que dominaba todos los tejados cercanos. Al cabo de unos cinco minutos entró Ruth envuelta en una toalla. Si he de ser justa —no me esperaba hasta una hora más tarde–, diré que inmediatamente después de una ducha, sin más ropa que una toalla, todos nos sentimos un poco vulnerables. La expresión de alarma que se dibujó en su cara, sin embargo, me dejó absolutamente desconcertada. Creo que debo explicar un poco esto. Por supuesto, ya había imaginado que se sorprendería al verme. Pero el caso es que, después de haberme visto, y de decirse a sí misma que era yo, hubo un nítido segundo, quizá dos, en que siguió mirándome si no con miedo sí con auténtica cautela. Era como si hubiera estado esperando y esperando mi llegada para que le hiciera algo, y pensara que el momento había llegado.

La expresión se borró de su semblante un instante después, y seguimos comportándonos como de costumbre, pero aquel incidente supuso para nosotras una verdadera sacudida. A mí me hizo darme cuenta de que Ruth no confiaba en mí, y entraba dentro de lo probable incluso que ni ella misma hubiera sido cabalmente consciente de ello hasta ese instante. En cualquier caso, a partir de aquel día empeoraron las cosas entre nosotras. Era como si hubiéramos rociado el aire con algo que, en lugar de despejarlo, nos hubiera hecho más conscientes que nunca de todo lo que nos separaba. La cosa llegó al punto de que, antes de subir a verla, me quedaba unos minutos en el coche haciendo acopio de fuerzas para afrontar la dura prueba que me esperaba. Después de una revisión, cuando terminamos todos sus chequeos en un silencio sepulcral, nos sentamos y soportamos otro largo tramo de silencio, y yo ya estaba a punto de decidirme a informar que la cosa no había resultado, y que debía dejar de ser su cuidadora. Pero todo volvió a cambiar de nuevo, y la causa de ello fue el barco.

Sólo Dios sabe cómo funcionan estas cosas. A veces es una broma en particular, a veces un rumor. Viaja de centro en centro, y se propaga por todo el país en cuestión de días, y de pronto todo donante habla de ello. Bien, en esta ocasión se refería a un barco. La primera vez que oí hablar de ello fue a un par de donantes míos en el norte de Gales. Luego, unos días después, también Ruth me habló de ello. Me sentía aliviada de que hubiéramos dado con algo de que hablar, y le animé a que continuara.

—El cuidador del chico de la planta siguiente —dijo— acaba de venir de verlo. Dice que no está lejos de la carretera, así que cualquiera puede llegar hasta él sin demasiados problemas. Es un barco plantado ahí mismo, varado en medio de las marismas.

—¿Cómo ha llegado ahí? —pregunté.

—¿Cómo voy a saberlo? Quizá querían deshacerse de él, sea quien sea su propietario. O puede que en algún momento, cuando todo estaba inundado, se deslizara hasta aquí y luego quedara encallado. Quién sabe. Parece que es un viejo barco de pesca. Con una pequeña cabina en la que podrían caber, apretados, un par de pescadores en días de tormenta.

Las veces siguientes que fui a verla, siempre se las arreglaba para volver a tocar el tema del barco. Y una tarde, cuando empezó a contarme cómo a uno de los donantes internados en el centro lo había llevado su cuidador a ver el barco, le dije:

—Mira, no está lo que se dice cerca, ¿sabes? Se tarda como una hora en coche, puede que una hora y media.

—No estaba sugiriendo nada. Sé que tienes otros donantes de los que ocuparte.

—Pero a ti te gustaría verlo. Te encantaría ver ese barco, ¿verdad, Ruth?

—Supongo que sí. Supongo que me gustaría. Te pasas día tras día aquí metida. Sí, sería estupendo ver una cosa como ésa.

—¿Y no piensas —dije con voz suave, sin un ápice de sarcasmo— que, ya que tendríamos que hacer todo ese viaje, deberíamos pensar en la posibilidad de visitar a Tommy? ¿No está su centro en la misma carretera donde se supone que está el barco?

La cara de Ruth no dejó traslucir nada al principio.

—Supongo que sí, que podríamos pensarlo —dijo. Luego se echó a reír, y añadió—: De verdad, Kathy, no es ésa la única razón por la que no hago más que hablar del barco. Quiero ver el barco, por el barco mismo. Últimamente me he pasado el tiempo entrando y saliendo de hospitales, y ahora estoy aquí encerrada. Las cosas como ésta importan mucho más que en otro tiempo. Pero de acuerdo, lo sabía. Sabía que Tommy estaba en ese centro de Kingsfield.

—¿Estás segura de que quieres verle?

—Sí —dijo Ruth, sin la menor vacilación, mirándome de frente—. Sí, quiero verle. —Luego, en voz baja, dijo—: No he visto a ese chico desde hace muchísimo tiempo. Desde que estuvimos en las Cottages.

Al fin, pues, hablamos de Tommy. No entramos a fondo en el asunto y no me enteré de mucho más de lo que ya sabía. Pero creo que las dos nos sentimos mejor al haber hablado finalmente de Tommy. Ruth me contó que, para cuando dejó las Cottages el otoño siguiente a mi partida, Tommy y ella hacían la vida más o menos por su cuenta.

—Como de todas formas íbamos a tener el adiestramiento en sitios diferentes —dijo—, no merecía la pena que hubiera una ruptura en toda regla. Así que seguimos juntos hasta que me marché.

Y, en este punto, ya no dijimos mucho más sobre el asunto.

En cuanto al viaje para ver el barco, la primera vez que hablamos de ello ni accedí ni me negué a llevarla. Pero en las dos semanas siguientes Ruth siguió insistiendo e insistiendo, y al final envié un mensaje al cuidador de Tommy a través de un contacto, diciendo que a menos que Tommy nos comunicara que no lo hiciéramos, nos presentaríamos en Kingsfield un día determinado de la semana siguiente, por la tarde.

19

En aquellos días yo apenas conocía Kingsfield, así que Ruth y yo tuvimos que consultar el mapa varias veces, lo cual nos hizo llegar varios minutos tarde. No es un centro bien equipado, en lo que a centros de recuperación se refiere, y si no fuera por las resonancias que hoy día despierta en mí no sería un sitio que estuviera deseando volver a visitar. Es un centro situado en un lugar apartado y de difícil acceso, y, pese a ello, cuando llegas a él no sientes una paz ni una quietud especiales. Sigues oyendo el tráfico de las grandes carreteras de más allá de las vallas, y tienes la sensación de que nunca han conseguido acondicionar como es debido el lugar. A muchas de las habitaciones de los donantes no se puede acceder con silla de ruedas, o hace mucho calor o hay demasiadas corrientes en ellas. No hay suficientes cuartos de baño, y los que hay no se pueden mantener limpios fácilmente, y en invierno son heladores y normalmente están demasiado lejos de los cuartos de los donantes. Kingsfield, en suma, deja mucho que desear y no puede ni compararse con el centro de Ruth en Dover, con sus relucientes azulejos y sus dobles ventanas que se cierran herméticamente con sólo girar la manilla.

Más tarde, cuando Kingsfield era ya el lugar familiar e inestimable en que llegaría a convertirse, en uno de los edificios de la administración vi un día una fotografía en blanco y negro enmarcada de Kingsfield antes de que fuera remodelado, cuando aún era un campamento para familias en vacaciones. La fotografía probablemente se había tomado a finales de la década de los años cincuenta o principios de la de los sesenta, y muestra una gran piscina rectangular con un montón de gente feliz —padres, niños— chapoteando y pasándolo en grande. Alrededor de la piscina todo es cemento, pero la gente ha instalado hamacas y tumbonas, y grandes sombrillas para protegerse del sol. Cuando vi esto por primera vez, me resultó difícil darme cuenta de que se trataba de lo que los donantes hoy llaman «la Plaza», el sitio donde te paras cuando llegas en coche al centro. Por supuesto, el hueco de la piscina ya no existe, pero aún se distingue la línea del perímetro, y a un extremo de ese cuadrilátero han dejado en pie —como ejemplo de ese aura de cosa inacabada del lugar— la estructura de metal del trampolín más alto. Sólo cuando vi la fotografía entendí lo que era aquella estructura y por qué estaba allí, y hoy, cada vez que la veo, no puedo evitar imaginarme a un bañista lanzándose desde lo alto del trampolín y estrellándose contra el cemento.

Tal vez no habría reconocido fácilmente la Plaza en la fotografía de no haber sido por los edificios blancos de dos plantas y aspecto de búnker situados en los tres lados visibles de la zona de la piscina. Las familias debían de alojarse en ellos en las vacaciones, y aunque supongo que el interior habrá cambiado mucho, el exterior sigue siendo bastante parecido. Pienso que, en cierto modo, la Plaza actual no es tan diferente de lo que entonces fue la piscina. Es el núcleo social del centro, el lugar adonde los donantes salen a tomar un poco el aire y a charlar un rato. Alrededor de la Plaza hay unos cuantos bancos de madera tipo picnic, pero los donantes —sobre todo cuando el sol es muy fuerte, o llueve— prefieren reunirse bajo el tejado plano y saliente de la sala de recreo situada al fondo, detrás del viejo armazón del trampolín.

La tarde en que Ruth y yo fuimos a Kingsfield, el cielo estaba nublado y hacia frío, y cuando llegamos la Plaza estaba desierta (sólo se divisaban unas seis o siete figuras desvaídas bajo el tejado saliente). Cuando detuve el coche, junto a la vieja piscina —cuya existencia desconocía entonces, obviamente—, una de las figuras se separó del grupo y vino hacia nosotras, y vi que era Tommy. Llevaba una chaqueta de chándal verde y descolorida, y parecía haber engordado unos cinco kilos desde la última vez que lo había visto.

A mi lado, Ruth, durante un instante, pareció presa del pánico.

—¿Qué hacemos? —dijo—. ¿Nos bajamos? No, no. No te muevas, no te muevas.

No sé qué estaría yo a punto de hacer, pero cuando Ruth me dijo esto —quién sabe por qué, y sin pensarlo realmente—, me bajé del coche. Ruth se quedó en su asiento, y ésa fue la razón por la que, al llegar Tommy al coche, su mirada se posó en mí en primer lugar, y fui la primera a quien dio un abrazo. Pude percibir en él el olor de alguna sustancia médica que no supe identificar. Luego, aunque no nos habíamos dicho aún nada, ambos sentimos que Ruth nos estaba mirando desde el interior del coche, y nos separamos.

El cielo se reflejaba con fuerza en el parabrisas, y no podía ver bien a Ruth. Pero me dio la impresión de que tenía una expresión seria, casi impávida, como si Tommy y yo fuéramos personajes de una obra de teatro que estuviera viendo. Había algo extraño en su expresión, y me sentí incómoda. Tommy, entonces, me dejó a un lado y se dirigió hacia el coche. Abrió una de las puertas traseras y se sentó en un asiento, y ahora era yo quien les miraba: se dijeron unas palabras, se dieron unos besos corteses en la mejilla.

Al otro extremo de la Plaza, los donantes que seguían bajo el tejado miraban también, y, aunque no sentía la menor animosidad contra ellos, de pronto deseé marcharme de

271

allí cuanto antes. Pero no me monté en el coche de inmediato, porque quería que Tommy y Ruth tuvieran un poco más de tiempo a solas.

Avanzamos a través de senderos estrechos y serpeantes. Y llegamos a una campiña abierta y monótona y enfilamos una carretera casi vacía. Lo que recuerdo de aquella parte de nuestra excursión para ver el barco es que, por primera vez en una larga temporada, el sol se puso a brillar débilmente a través de la grisura de las nubes, y que cada vez que miraba a Ruth, que iba a mi lado, la veía con una sonrisa apacible. En cuanto a los temas de los que hablamos, lo que recuerdo es que nos comportábamos en gran medida como si nos hubiéramos estado viendo regularmente, y no tuviéramos la menor necesidad de hablar de nada que no fuera lo que nos esperaba en los minutos inmediatamente siguientes. Le pregunté a Tommy si ya había visto el barco, y él me respondió que no, que aún no había ido a verlo, pero que muchos otros donantes del centro sí lo habían visto (también a él se le habían presentado varias oportunidades de hacerlo, pero no las había aprovechado).

—No es que no quisiera ir a verlo —dijo, inclinándose hacia delante desde el asiento trasero—. Pero no me apetecía mucho, la verdad. Estuve a punto de ir una vez, con un par de compañeros y sus cuidadores, pero tuve unas hemorragias y no pude.

Luego, un poco más adelante —seguíamos surcando la campiña desierta—, Ruth se volvió todo lo que pudo en el asiento, hasta encarar directamente a Tommy, y se quedó así, mirándole. Seguía con su tenue sonrisa en el semblante, pero no dijo nada, y yo, por el retrovisor, veía a Tommy con aire claramente incómodo. Miraba por la ventanilla de su lado, y luego miraba a Ruth, y luego otra vez por la ventanilla. Al cabo de un rato, sin dejar de mirar fijamente a Tommy, Ruth empezó a contar una complicada anécdota sobre no sé qué donante de su centro, alguien de quien Tommy y yo no habíamos oído hablar nunca, y durante su relato no dejó de mirar a su antiguo novio ni un instante, sin que la sonrisa amable se le borrara en ningún momento del semblante. Bien porque la anécdota en cuestión me empezaba a aburrir sobremanera, bien porque lo que quería era ayudar al pobre Tommy, al cabo de un par de minutos la interrumpí diciendo:

—Sí, vale, vale... No necesitamos saber hasta los mínimos detalles de esa mujer...

Lo dije sin malicia, sin segundas intenciones. Pero antes de que hubiera acabado de decirlo, antes incluso de que Ruth llegara a callarse por completo, Tommy dejó escapar una risa repentina, una especie de explosión, un ruido que jamás le había oído antes. Y dijo:

—Eso es exactamente lo que estaba apunto de decir. Hace rato que he dejado de seguir lo de la mujer ésa.

Mis ojos estaban fijos en la carretera, de forma que no estoy segura de a quién de nosotras dos se dirigía. En cualquier caso, Ruth dejó de hablar y fue volviéndose despacio hasta quedar en su postura normal en el asiento, de nuevo con la cara frente al asfalto. No parecía particularmente molesta, pero su sonrisa se había esfumado y sus ojos miraban fijamente hacia la lejanía, hacia algún punto del cielo que teníamos enfrente. Pero tengo que ser sincera: en aquel momento yo no estaba pensando en Ruth. Mi corazón había dado un pequeño brinco, porque fue como si —con aquella especie de risa de connivencia—, de un plumazo Tommy y yo hubiéramos vuelto a estar muy unidos después de tantos años, .

Encontré el desvío que teníamos que tomar unos veinte minutos después de nuestras salida de Kingsfield. Avanzamos por una carretera curva bordeada de tupidos setos, y aparcamos junto a un grupo de sicómoros. Eché a andar hacia el comienzo del bosque seguida de Ruth y Tommy, pero, enfrentada a tres senderos bien visibles que se internaban entre los árboles, hube de pararme para consultar el croquis que había traído para no perdernos. Mientras estaba allí quieta, tratando de descifrar la letra de la persona que había trazado aquel plano esquemático, advertí de pronto que Ruth y Tommy estaban a mi espalda, sin hablar, esperando, casi como niños a quienes se les ha de decir qué hacer a continuación.

Entramos en el bosque, y aunque la senda no era en absoluto accidentada reparé en que Ruth iba perdiendo poco a poco el resuello. Tommy, por el contrario, parecía caminar sin dificultad, aunque en su modo de andar creí notar una levísima cojera. Llegamos a una valla de alambre de espino, ladeada y herrumbrosa, y con el alambre caído y deformado en multitud de puntos. Cuando Ruth lo vio, se detuvo bruscamente.

—Oh, no —dijo, con ansiedad; se volvió hacia mí y añadió—: No dijiste nada de esto. ¡No dijiste que tuviéramos que pasar por encima de una alambrada de espino!

—No cuesta tanto —dije—. Podemos pasar por debajo, si quieres. No tenemos más que levantarla: uno la sostiene mientras los otros dos pasan por debajo.

Pero Ruth parecía realmente descompuesta, y no se movió. Y fue entonces, al verla allí de pie, al ver cómo sus hombros subían y bajaban con la respiración, cuando Tommy pareció al fin caer en la cuenta de lo débil que Ruth estaba. Tal vez lo había notado antes y no había querido asumirlo. Pero ahora se quedó mirándola fijamente durante largo rato. Y creo que lo que sucedió después —es obvio que no puedo tener la certeza— fue que Tommy y yo recordamos a un tiempo lo que acababa de pasar en el coche, cuando él y yo, en cierto modo, nos habíamos aliado en contra de ella. Y lo que hicimos, casi instintivamente, fue ir de inmediato hasta Ruth para ayudarla; yo la cogí por un brazo, y Tommy, en el otro costado, la sostuvo por el codo, y la fuimos llevando con suavidad hacia la valla.

Sólo la solté cuando tuve que pasar al otro lado. Luego levanté el alambre de espino todo lo que pude, y entre Tommy y yo ayudamos a Ruth a pasar por debajo de la alambrada. Al final no le costó demasiado hacerlo; era más bien una cuestión de seguridad en uno mismo, y con nuestra ayuda pareció perderle el miedo a aquel obstáculo. Ya en mi lado, incluso hizo ademán de ayudarme a mantener la valla levantada para que pasara Tommy. A él no le costó en absoluto hacerlo, y Ruth le dijo:

—Sólo hay que agacharse lo suficiente. A veces me falta destreza para ciertas cosas.

Tommy parecía como avergonzado, y me pregunté si se sentiría un poco violento por lo que acababa de pasar, o si acaso seguiría acordándose de nuestra pequeña confabulación contra Ruth en el coche. Hizo un gesto con la cabeza en dirección a los árboles que había un poco más adelante, y dijo:

—Supongo que será por allí. ¿No es eso, Kath?

Miré en el croquis y eché a andar, y Ruth y Tommy me siguieron. Nos adentramos entre los árboles, y todo se oscureció de pronto, y a medida que avanzábamos el terreno se volvía cada vez más pantanoso.

—Espero que no nos perdamos —oí que Ruth le decía a Tommy riendo, pero alcancé a ver un claro no lejos de donde estábamos.

Entonces, con tiempo para reflexionar, caí en la cuenta de por qué estaba tan preocupada por lo que había pasado en el coche. No se trataba simplemente de que Tommy y yo nos hubiéramos aliado contra Ruth, sino que había que tener también en cuenta cómo se lo había tomado ella. En los viejos tiempos, habría sido impensable que nuestra amiga hubiera permitido que algo así pasara sin ningún contraataque por su parte. En este punto de mis cavilaciones, me detuve en el sendero y esperé a que Ruth y Tommy me alcanzaran, y cuando Ruth estuvo a mi lado le pasé un brazo por los hombros.

Mi gesto no pareció demasiado sensiblero; pareció más bien algo propio de un cuidador, porque para entonces yo ya había advertido cierta inestabilidad en su modo de andar, y me preguntaba si no me habría hecho una falsa idea sobre lo débil que estaba. Le costaba respirar, y a medida que caminábamos juntas iba dando bandazos y cargándome todo su peso en el costado. Pero ya habíamos cruzado la zona de árboles y estábamos en el claro, y entonces vimos el barco.

En realidad no habíamos llegado a ningún claro: era más bien que el bosque breve que acabábamos de atravesar se había acabado, y ahora nos encontrábamos en una marisma abierta que se extendía hasta donde la vista se perdía. El cielo blanquecino parecía inmenso, y se veía reflejado de cuando en cuando en los retazos de agua que salpicaban el terreno. No mucho tiempo atrás, sin duda los bosques habían ocupado una extensión más vasta, porque aquí y allá podían verse fantasmales troncos muertos que se alzaban en el fango, la mayoría de ellos meros tocones de un metro o poco más. Y, más allá de los troncos muertos, quizá a unos cincuenta o sesenta metros, estaba el barco, encallado en la marisma, bajo un sol tenue.

—Oh, es idéntico a como me contó mi amigo —dijo Ruth—. Es bello de verdad.

Nos envolvía el silencio, y cuando echamos a andar hacia el barco empezamos a oír el chapoteo bajo nuestras suelas. Y al poco me di cuenta de que mis pies se hundían bajo las matas de hierba, y dije en voz alta:

—Muy bien, ya no vamos a ir más allá.

Ruth y Tommy, que estaban a mi espalda, no pusieron objeción alguna, y cuando miré por encima del hombro vi que Tommy volvía a tener a Ruth cogida del brazo. Pero era obvio que lo hacía para que pudiera apoyarse en él. Di una cuantas zancadas hacia el tronco más cercano, donde el terreno era más firme, y me agarré a él para mantener el equilibrio. Siguiendo mi ejemplo, Tommy y Ruth fueron hasta otro tronco muerto, hueco y más consumido que el mío, situado detrás de mí, a unos pasos a mi izquierda. Y desde allí contemplamos el barco encallado. Vi que la pintura del casco se estaba desconchando, y que la pequeña cabina de madera se estaba viniendo abajo. La pintura había sido un día azul celeste, pero ahora, por efecto del sol, parecía casi blanca.

–¿Cómo habrá llegado hasta aquí? –dije.

Había alzado la voz para que Ruth y Tommy me oyeran, e imaginaba que al poco me llegaría el eco. Pero mi voz sonó sorprendentemente cercana, como si estuviéramos en un recinto alfombrado.

Entonces oí que Tommy decía a mi espalda:

–Puede que ahora Hailsham tenga un aspecto parecido, ¿no os parece?

–¿Por qué iba a ser como esto? –dijo Ruth, en tono de verdadera turbación–. No tiene por qué convertirse en una ciénaga sólo porque lo hayan cerrado.

–Supongo que no –dijo Tommy–. No tiene por qué. Pero ahora siempre me imagino así Hailsham. No tiene lógica, lo sé. Pero el caso es que esto es bastante parecido a la imagen que tengo en la cabeza de Hailsham. Sólo que allí no hay b arco, claro. Y, bien pensado, tampoco estaría tan mal si ahora estuviera como esto.

–Qué extraño –dijo Ruth–, porque la otra mañana tuve un sueño. Soñé que estaba en el Aula Catorce. Sabía que habían cerrado Hailsham, pero allí estaba yo, en el Aula Catorce, y miraba por la ventana y todo lo que alcanzaba mi vista estaba inundado. Era como un lago gigante. Y veía desperdicios flotando bajo la ventana, tetrabriks vacíos, todo tipo de cosas. Pero no tenía ninguna sensación de pánico ni nada parecido. Todo era bonito y estaba tranquilo, como esto. Sabía que no estaba en peligro, que Hailsham estaba así sólo porque lo habían cerrado.

–¿Sabéis? –dijo Tommy–. Meg B. estuvo un tiempo en nuestro centro. Ahora ya no está, se fue al norte, a no sé qué sitio. Para su tercera donación. No me he enterado de cómo le ha ido. ¿Alguna de vosotras lo sabe?

Negué con la cabeza, y cuando vi que Ruth no decía nada me volví para mirarla. Al principio me pareció que seguía mirando el barco, pero luego vi que tenía la mirada fija en la estela vaporosa de un avión que, a lo lejos, surcaba el cielo lentamente hacia lo alto. Y le oí decir:

–Os diré algo que he oído. De Chrissie. He oído que Chrissie ha «completado». En la segunda donación.

–Yo he oído lo mismo –dijo Tommy–. Debe de ser verdad. He oído exactamente lo mismo. Una lástima. También para ella era sólo la segunda. Me alegro de que no me haya pasado a mí.

–Creo que sucede muchas más veces de lo que nos dicen –dijo Ruth–. Mi cuidadora en el centro probablemente sabe que esto cierto. Pero no lo dirá nunca.

–No existe esa gran conspiración sobre el asunto –dije, volviéndome hacia el barco–. A veces sucede. Ha sido muy triste lo de Chrissie. Pero eso no es lo normal. Hoy día son muy cuidadosos.

–Apuesto a que pasa muchas más veces de las que nos dicen –insistió Ruth–. Es una de las razones por las que no paran de trasladarnos de un sitio a otro entre donaciones.

–Un día me encontré con Rodney –dije–. No mucho después de que Chrissie «completara». Lo vi en esa clínica del norte de Gales. Le estaba yendo muy bien.

–Pero apuesto a que se sentía fatal por lo de Chrissie –dijo Ruth. Luego, volviéndose hacia Tommy, dijo–: No nos cuentan ni la mitad de la mitad, ¿sabes?

—La verdad —dije— es que no se lo había tomado demasiado mal. Estaba triste, como es lógico. Pero estaba bien. Llevaban un par de años sin verse, de todas formas. Me dijo que pensaba que a Chrissie eso no le habría quitado demasiado el sueño. Y supongo que él la conocía de sobra para saberlo.

—¿Por qué iba a saberlo? —dijo Ruth—. ¿Cómo iba a saber él lo que sentía Chrissie? ¿Lo que Chrissie habría querido? No era él quien estaba en esa mesa de operaciones, tratando de aferrarse a la vida. ¿Cómo diablos iba a saberlo?

Aquel estallido de ira casaba mucho mejor con la Ruth de los viejos tiempos, y me hizo volverme de nuevo hacia ella. Puede que fuera sólo el fulgor airado de sus ojos, pero creí ver que su expresión para conmigo era adusta, dura.

—No puede ser bueno —dijo Tommy—. «Completar» a la segunda donación. No puede ser nada bueno.

—No creo que Rodney se sintiera bien —dijo Ruth—. No hablaste con él más que unos minutos. ¿Cómo puedes estar segura de nada si apenas cruzaste con él unas palabras?

—Ya —dijo Tommy—, pero si, como dice Kath, habían roto hacía...

—Eso no cambia las cosas —le cortó Ruth—. En cierto modo, podría haberlo hecho peor todavía.

—He visto mucha gente en la situación de Rodney —dije yo—. Acaban aceptándolo.

—¿Cómo lo sabes? —dijo Ruth—. ¿Cómo diablos puedes saberlo? Sigues siendo cuidadora.

—Veo muchas cosas como cuidadora. Montones de cosas.

—No puede saberlo, ¿verdad, Tommy? No puede saber lo que es esto.

Durante un momento las dos miramos a Tommy, pero él siguió mirando el barco. Y luego dijo:

—Había un tipo en mi centro. Siempre preocupado por que no lograría pasar de la segunda. Solía decir que lo sentía en los huesos. Pero todo salió bien. Acaba de superar la tercera, y está estupendamente. —Se llevó una mano a los ojos para protegérselos—. No fui un buen cuidador. Ni_siquiera aprendí a conducir. Creo que por eso me llegó tan pronto el aviso para mi primera donación. Sé que no es como debería funcionar la cosa, pero así es como fue en mi caso. Y la verdad es que no me importa. Soy un donante bastante bueno, pero como cuidador era pésimo.

Nadie dijo nada durante un rato. Luego Ruth dijo, con voz más calma:

—Creo que fui una cuidadora bastante buena. Pero cinco años fueron suficientes para mí. Era un poco como tú, Tommy. Me vi más en mi piel cuando me convertí en donante. Me sentía bien. Al fin y al cabo, ¿no era *eso* lo que se suponía que teníamos que hacer?

No estaba segura de si esperaba o no que le respondiera. No lo había dicho en ningún tono de protagonismo, y era perfectamente posible que se tratara de una afirmación surgida del puro hábito —era de ese tipo de cosas que los donantes suele decirse continuamente unos a otros—. Cuando me volví de nuevo hacia ellos, Tommy seguía cubriéndose los ojos con la mano.

—Qué pena que no podamos acercarnos más al barco —dijo—. Quizá otro día, cuando esto esté más seco, podamos venir de nuevo a verlo.

—Estoy contenta de haberlo visto —dijo Ruth, con voz suave—. Es hermoso. Pero creo que ahora quiero que nos vayamos. Hace un viento muy frío.

—Al menos ya lo hemos visto —dijo Tommy.

Charlamos con mucha más libertad mientras volvíamos hacia el coche que en el trayecto de venida desde Kingsfield. Ruth y Tommy cambiaban impresiones sobre sus respectivos centros —la comida, las toallas, ese tipo de cosas—, y yo participé en todo momento en la conversación, pues no dejaban de hacerme preguntas sobre otros centros (si esto o lo otro era normal, etcétera). Ruth caminaba ahora con paso mucho más firme, y cuando llegamos a la valla y levanté la alambrada, ella apenas vaciló para pasar al otro lado.

Montamos en el coche; Tommy iba de nuevo en la trasera, y durante un rato todo pareció ir perfectamente bien entre nosotros. Tal vez –mirando hoy hacia atrás– se percibía en el aire como un barrunto de que alguien estaba callando algo, pero también es posible que hoy lo piense sólo por lo que sucedió después.

El modo en que empezó fue como una repetición de lo que nos había pasado antes. Salimos a la larga carretera desierta, y Ruth hizo un comentario sobre un cartel publicitario que acabábamos de pasar. Ni siquiera recuerdo el cartel; era una de esas enormes imágenes colocadas al borde de la carretera. Hizo el comentario casi para sí misma, y sin querer darle más importancia. Dijo algo como: «Oh, Dios mío, mirad eso. Parece como si trataran de descubrirnos algo nuevo».

Pero Tommy dijo desde el asiento trasero:

–Pues mí me gusta. También ha salido en los periódicos. Creo que tiene algo.

Quizá yo había estado deseando sentir de nuevo esa sensación: la de que Tommy y yo volviéramos a sentirnos muy unidos. Porque aunque el paseo hasta el barco no había estado mal, empezaba a sentir que, aparte de nuestro primer abrazo, y del momento en el coche de horas antes, Tommy y yo no teníamos demasiado que ver el uno con el otro. Sea como fuere, me oí decir:

–La verdad es que a mí también me gusta. Exige bastante más esfuerzo de lo que uno cree, hacer esos carteles.

–Cierto –dijo Tommy–. Alguien me dijo que lleva semanas y semanas organizarlo todo. Incluso meses. A veces trabajan toda la noche, día tras día, hasta que les sale bien.

—Es muy fácil —dije — criticar cuando pasas por delante de ellos en las carreteras.

—Es lo más fácil del mundo —dijo Tommy.

Ruth no dijo nada, y siguió mirando la carretera desierta que se extendía ante nosotros.

—Ya que estamos en el tema de los carteles —dije después de unos instantes—, os diré que hay uno que he visto cuando veníamos. Tiene que estar ya muy cerca. Esta vez estará en nuestro lado. Tiene que aparecer en cualquier momento.

—¿De qué es? —Preguntó Tommy.

—Ya lo verás. Aparecerá enseguida.

Miré a Ruth. No había ira en sus ojos, sólo una especie de recelo. También una suerte de esperanza, pensé, en que cuando el cartel apareciera fuera absolutamente inocuo (algo que nos recordara a Hailsham, algo de ese tipo). Podía ver todo esto en su semblante, en el modo en que no llegaba a reflejar ninguna expresión determinada, sino que fluctuaba de una a otra. Y todo ello sin dejar de mirar hacia el asfalto que tenía enfrente.

Aminoré la marcha y frené, y el coche se detuvo dando pequeños brincos sobre la áspera yerba del arcén.

—¿Por qué paramos, Kath? —preguntó Tommy.

—Porque desde aquí lo ves mejor. Si nos acercamos más, tendríamos que levantar la vista mucho.

Oí cómo Tommy se movía en el asiento trasero, tratando de lograr un ángulo de visión mejor. Ruth no se movió, y no estoy segura de que siquiera estuviera mirando el cartel.

—De acuerdo, no es lo mismo exactamente —dije al cabo de un momento—. Pero me lo recordaba. Oficina de planta diáfana, gente elegante y risueña...

Ruth siguió en silencio, pero Tommy dijo desde su asiento:

—Ya caigo. Te refieres al sitio que fuimos a ver aquella vez.

—No sólo a él —dije yo—. Se parece también muchísimo al anuncio aquel. Al que encontramos en el suelo. ¿Te acuerdas, Ruth?

—No estoy segura —dijo Ruth en voz baja.

—Venga, Ruth. Claro que te acuerdas. Estaba en una revista que nos encontramos en un sendero. Cerca de un charco. A ti te impresionó mucho. No hagas como que no te acuerdas.

—Creo que sí me acuerdo —dijo Ruth casi en un susurro.

Pasó un camión que hizo que nuestro coche se bamboleara un poco, y que nos ocultara fugazmente la valla publicitaria. Ruth agachó la cabeza, como si esperara que el camión fuera capaz de borrar la imagen del anuncio para siempre, y cuando pudimos verla de nuevo con claridad, no volvió a levantar la mirada.

—Es curioso —dije—, recordar todo eso ahora. ¿Te acuerdas de lo que solías decir entonces? ¿Que algún día trabajarías en una oficina como ésa?

—Ah, sí, y por eso hicimos aquel viaje aquella vez —dijo Tommy, como si acabara de acordarse en ese momento—. Cuando fuimos a Norfolk. Fuimos a buscar a tu posible. Que trabajaba en una oficina.

—¿No piensas a veces —le dije a Ruth— que tendrías que haber estudiado a fondo si era factible? Muy bien, habrías sido la primera. La primera de la que cualquiera de nosotros habría oído decir que conseguía hacer algo semejante. Pero tú podrías haberlo conseguido. ¿No te preguntas a veces qué habría pasado si lo hubieras intentado?

—¿Cómo iba a intentado? —La voz de Ruth era apenas audible—. No era más que un sueño. Eso es todo.

—Pero si al menos hubieras estudiado más a fondo el asunto... ¿Cómo sabes que no era posible? Puede que te hubieran dejado.

—Sí, Ruth —dijo Tommy—. Quizá tendrías que haberlo intentado. Después de pasarte el día hablando de ello. Creo que Kath tiene un poco de razón.

—No es cierto que hablara tanto de ello, Tommy. Al menos yo no me acuerdo de haberme pasado el día hablando de ello.

—Tommy tiene razón. Tendrías que haberlo intentado. Luego podrías ver un cartel como éste y recordar que fue eso lo que un día quisiste hacer, y que al menos indagaste a fondo para ver si era factible.

—¿Cómo iba a poder indagarlo?

Por primera vez, la voz de Ruth se había endurecido, pero luego dejó escapar un suspiro y volvió a agachar la mirada. Y Tommy dijo:

—No hacías más que hablar como si creyeras tener derecho a un tratamiento especial. En mi opinión, podrías haberlo conseguido. Podrías haberlo preguntado, al menos.

—De acuerdo —dijo Ruth—. Decís que tendría que haber estudiado a fondo la posibilidad de hacerlo. ¿Cómo? ¿Adónde habría tenido que acudir? No había forma alguna de hacerlo.

—Pero Tommy tiene razón —dije—. Si tú te creías especial, al menos tenías que haberlo preguntado. Tendrías que haber ido a ver a Madame y habérselo preguntado.

En cuanto dije esto —en cuanto mencioné a Madame—, me di cuenta de que había cometido un error. Ruth levantó la mirada hacia mí, y vi que iluminaba su cara algo parecido al triunfo. A veces se ve en las películas: una persona apunta a otra con una pistola, y la persona de la pistola le hace hacer al otro todo tipo de cosas. Entonces, de repente, la persona armada comete un error, hay una pelea, y la pistola está en la mano de la persona amenazada. Y esta segunda persona mira a la primera persona con un destello, una especie de expresión de «no puedo creer la suerte que tengo» que promete todo tipo de venganzas. Bien, pues así es como de pronto Ruth me estaba mirando, y aunque yo no había dicho nada sobre posibles aplazamientos, había mencionado a Madame, y sabía que había dado un traspié y me había adentrado en un terreno completamente nuevo.

Ruth vio mi pánico y giró sobre su asiento para mirarme directamente. Así que me preparé para su contraataque; me dije firmemente que, saliera con lo que saliera para atacarme, las cosas ahora serían diferentes, y no se saldría con la suya como siempre había hecho en el pasado. Me estaba diciendo a mí misma todo esto, y no me esperaba en absoluto lo que ella me dijo a continuación.

–Kathy –dijo–. No espero que puedas perdonarme nunca. Ni siquiera veo ninguna razón por la que deberías hacerlo. Pero te lo voy a pedir, de todas formas.

Me sentí tan desconcertada ante esto que lo único que se me ocurrió decir fue bastante inane. Dije:

–¿Perdonarte por qué?

–¿Por qué? Para empezar, la forma en que siempre te mentí en lo de tus impulsos. Cuando me contabas, ¿te acuerdas?, que a veces te acuciaban tanto que querías hacerlo casi con cualquiera.

Tommy volvió a moverse a nuestra espalda, pero Ruth se inclinaba hacia mí y me miraba con fijeza, como si por un momento Tommy no estuviera en el coche con nosotras.

–Sabía cómo te preocupaba –continuó–. Te lo debería haber dicho. Te debería haber dicho que también a mí me pasaba lo mismo, todo lo que describías. Hoy ya eres consciente de ello, lo sé. Pero entonces no lo eras, y tendría que habértelo dicho. Tendría que haberte contado que, a pesar de estar con Tommy, a veces no podía evitar hacerlo también con otros chicos. Al menos con tres, mientras estuvimos en las Cottages.

Dijo esto último sin mirar hacia donde estaba Tommy. Pero no era tanto que estuviera haciendo como si éste no existiese, sino más bien que trataba de llegar a mí con tanta intensidad que todo lo demás a nuestro alrededor se había desdibujado.

–Estuve a punto de decírtelo unas cuantas veces –prosiguió Ruth–, pero no lo hice. Incluso entonces me daba cuenta de que llegaría un día en que mirarías hacia atrás y te darías cuenta de mi falsía y me maldecirías por ello. Pero seguía sin decírtelo. No hay razón alguna para que me perdones ni ahora ni nunca, pero ahora quiero pedírtelo porque...

Calló súbitamente.

—¿Porque qué? —dije yo.

Ruth soltó una risa y dijo:

—Porque nada. Me gustaría que me perdonaras, pero no espero que lo hagas. En cualquier caso, eso no es ni la mitad de lo que hice, ni una mínima parte, en realidad. Lo más grave fue que hice que Tommy y tú os mantuvierais apartados. —Su voz había vuelto a perder intensidad, y ahora era casi como un susurro—: Eso fue lo peor de todo.

Se volvió un poco hacia atrás para, por primera vez, poder mirar a Tommy. Pero inmediatamente después se volvió de nuevo hacia mí, aunque cuando siguió hablando fue como si lo estuviera haciendo con los dos.

—Eso fue lo peor de todo que hice —repitió—. Ni siquiera os estoy pidiendo perdón por ello. Dios, me lo he dicho mentalmente tantas veces que no puedo creer que lo esté haciendo ahora realmente. Deberíais haber estado juntos. No pretendo negar que lo supe siempre. Por supuesto que lo supe, casi desde que puedo recordar. Pero os mantuve separados. No estoy pidiendo que me perdonéis. No es eso lo que anhelo ahora. Lo que quiero es poner las cosas en claro. Remediar en lo posible lo que os hice.

—¿A qué te refieres, Ruth? —preguntó Tommy—. ¿Qué quieres decir con «remediarlo»? —Su voz era suave, llena de una curiosidad casi infantil, y creo que fue eso lo que me hizo echarme a llorar.

—Kathy, escucha —dijo Ruth—. Tú y Tommy tenéis que intentar conseguir un aplazamiento. Si sois vosotros dos, seguro que se os da una oportunidad. Una oportunidad de verdad.

Había extendido la mano para ponerla sobre mi hombro, pero se la aparté con una sacudida brusca y la miré airadamente a través de las lágrimas.

—Es demasiado tarde para eso. Demasiado tarde.

—No es demasiado tarde, Kathy. Escucha: no es demasiado tarde. Muy bien, Tommy ha hecho ya dos donaciones, pero ¿quién dice que eso tiene que ser por fuerza un impedimento?

—Ya es demasiado tarde para eso. —dije. Estaba llorando otra vez—. Es estúpido hasta pensar en ello. Tan estúpido como querer trabajar en una oficina como aquella. Ahora todos estamos más allá de eso.

Ruth sacudía la cabeza.

—No es demasiado tarde. Tommy, díselo.

Yo estaba apoyada en el volante, y no podía ver a Tommy. Le oí emitir una especie de murmullo de perplejidad, pero no dijo nada.

—Escucha —dijo Ruth—. Escuchadme los dos. He querido que los tres hiciéramos este viaje porque quería deciros lo que os he dicho. Pero también quería hacerlo para poder daros algo. —Había estado hurgando en los bolsillos de su anorak, y nos estaba mostrando un papel arrugado—. Tommy, será mejor que cojas esto. Consérvalo. Y cuando Kathy cambie de opinión, podréis utilizarlo.

Tommy alargó la mano entre los asientos delanteros y cogió el papel.

—Gracias, Ruth —dijo, como si le acabaran de dar una chocolatina. Luego, al cabo de unos segundos, dijo—: ¿Qué es? No lo entiendo.

—Es la dirección de Madame. Y, como me decías tú a mí antes, al menos tienes que intentarlo.

—¿Cómo la has conseguido? —le preguntó Tommy.

—No fue fácil. Me llevó mucho tiempo, y corrí algunos riesgos. Pero al final me hice con ella, y es para vosotros. Ahora os toca a vosotros encontrar a Madame e intentarlo.

Dejé de llorar e hice girar la llave de contacto.

—Basta ya de este asunto —dije—. Tenemos que llevar a Tommy al centro. Y luego tenemos que volver nosotras.

—Pero pensaréis en ello, los dos, ¿verdad?

—Yo lo que quiero ahora es volver —dije.

—Tommy, ¿guardarás bien esa dirección, por si Kathy cambia de opinión?

—Sí, la guardaré —dijo Tommy. Luego, mucho más solemnemente que la vez anterior, dijo—: Gracias, Ruth.

—Hemos visto el barco —dije—, pero ahora tenemos que volver. Puede que tardemos más de dos horas en llegar a Dover.

Volví a salir a la calzada, y mi memoria me dice que no hablamos mucho durante nuestro viaje de vuelta a Kingsfield. Cuando llegamos a la Plaza aún quedaba pequeño grupo de donantes apiñados bajo el tejado saliente. Giré en redondo antes de dejar que Tommy se apeara. Ninguna de nosotras lo abrazamos o besamos, pero nos quedamos mirando cómo se alejaba hacia el grupo de donantes, y en un momento dado se dio la vuelta y nos dedicó un saludo y una gran sonrisa.

Puede parecer extraño, pero en el trayecto de vuelta al centro de Ruth no hablamos en absoluto de nada de lo que nos había sucedido en el viaje. En parte porque Ruth estaba exhausta —la última conversación en el arcén parecía haber esquilmado sus fuerzas—. Pero creo también que las dos teníamos la sensación de que las conversaciones serias que acabábamos de mantener ya eran suficientes para una sola jornada, y que si intentábamos continuarlas las cosas volverían a torcerse. No estoy segura de cómo se sentía Ruth en nuestro viaje de vuelta al centro, pero en lo que a mí respecta, una vez que las intensas emociones se hubieron asentado, una vez que la noche empezaba a caer sobre los campos y las luces se habían encendido a ambos lados del asfalto, me sentí bien. Era como si algo que se hubiera estado cerniendo sobre mí durante largo tiempo se hubiera ahora esfumado, y aunque las cosas distaban mucho de estar bien, era como si ahora al menos hubiera una puerta abierta hacia algún lugar mejor. No estoy diciendo que estuviera eufórica ni nada parecido. Todo lo que había entre nosotros tres parecía en un punto verdaderamente delicado, y me sentía tensa (aunque en absoluto era una tensión negativa).

Ni siquiera hablamos de Tommy más allá de comentar el buen aspecto que tenía, y de preguntarnos cuántos kilos habría engordado. También pasamos largos tramos del trayecto contemplando la carretera juntas, sin decir nada.

Hasta unos días después no fui a visitarla para tratar de evaluar cómo podía habernos afectado aquel viaje. Toda la cautela, todo el recelo entre Ruth y yo se habían esfumado, y fue como si volviéramos a recordar todo lo que habíamos significado la una para la otra en otro tiempo. Y ése fue el comienzo, el comienzo de aquella época nueva −con el verano en puertas, y con la salud de Ruth al menos estable− en que yo llegaba al atardecer con galletas y agua mineral, y nos sentábamos juntas ante la ventana, mirando cómo iba descendiendo el sol sobre los tejados, hablando de Hailsham, de la Cottages, de cualquier cosa que se nos pasaba por la cabeza. Cuando pienso hoy en Ruth siento tristeza por su partida, como es lógico; pero también siento una genuina gratitud por ese período que tuvimos al final.

Hubo, sin embargo, algo de lo que jamás hablamos como es debido: de lo que nos había dicho a Tommy y a mí en el arcén aquel día. Ruth aludía a ello sólo muy de cuando en cuando. Y decía algo como lo siguiente:

−¿Has seguido pensando en lo de ser el cuidador de Tommy? Sabes que si quieres puedes arreglarlo.

Y pronto tal idea –la de convertirme en cuidador de Tommy– sustituyó a todo lo demás. Le decía que sí, que seguía pensando en ello, que de todas formas no era tan sencillo, ni siquiera para mí, arreglar algo de tal naturaleza. Luego solíamos dejar el tema. Pero tengo la certeza de que la idea jamás se alejaba mucho de la mente de mi amiga, y por eso, incluso la noche misma en que la vi por última vez, y pese a que no podía hablar, supe lo que quería decirme.

Fue tres días después de su segunda donación, cuando por fin, a altas horas de la madrugada, me dejaron entrar a verla. Estaba en una habitación individual, y parecía que habían hecho todo lo que era posible hacer por ella. Para mí era ya obvio, por la forma de actuar de los médicos, el coordinador, las enfermeras, que no tenían confianza alguna en que fuera a conseguirlo. La miré en aquella cama de hospital, bajo la luz mortecina, y reconocí la expresión de su cara (que tantas veces había visto en otros donantes). Era como si anhelara que sus ojos vieran directamente hacia dentro, para poder patrullar y conciliar del mejor modo posible las distintas zonas de dolor de sus entrañas –al igual, quizá, que un cuidador inquieto correría de un rincón a otro del país para atender en el lecho del dolor a tres o cuatro de sus donantes–. En sentido estricto, conservaba la conciencia pero estaba en otra parte, y a mí, allí de pie, junto a su cama metálica, no me era posible llegar a ella. De todas formas, acercaba una silla y me sentaba y le cogía una mano entre las mías, y se la apretaba cada vez que una oleada de dolor la hacía retorcerse.

Estaba a su lado todo el tiempo que me permitían: tres horas, tal vez más. Y, como digo, la mayor parte del tiempo Ruth estaba muy lejana, muy dentro de sí misma. Pero una vez la vi retorcerse de un modo horriblemente antinatural, e hice ademán de levantarme e ir a llamar a las enfermeras para que le administrasen más analgésicos, y entonces, por espacio de apenas unos segundos, Ruth me miró de frente y supo exactamente quién era. En una de las pocas islas de lucidez que los donantes a veces tienen en medio de sus atroces batallas, siguió mirándome, y aunque no habló supe lo que su mirada me decía. Así que le dije:

—Está bien, voy a hacerlo, Ruth. Voy a ser la cuidadora de Tommy en cuanto pueda.

Lo dije en voz muy baja, porque no creía que pudiera oír mis palabras aunque que se las dijera a voz en grito. Pero tenía la esperanza de que, si nuestras miradas seguían unidas durante unos cuantos segundos, ella sabría leer mi expresión como yo había sabido leer la suya. Luego el momento pasó, y ella volvió a su lejanía. Nunca podré saberlo con certeza, pero creo que me entendió. Y aunque no lo hubiera hecho, lo que ahora pienso es que probablemente Ruth supo todo el tiempo, antes incluso de que lo supiera yo, que llegaría a ser la cuidadora de Tommy, y que «lo intentaríamos», tal como ella nos había exhortado aquel día en el coche.

20

Me convertí en cuidadora de Tommy al año casi exacto del viaje que hicimos juntos para ver el barco. No había pasado mucho tiempo desde la tercera donación de Tommy, y aunque se estaba recuperando bien seguía necesitando mucho descanso, y, según pudimos comprobar luego, no fue un mal modo de empezar esta nueva fase juntos. No tardé en acostumbrarme a Kingsfield, e incluso empezó a gustarme.

La mayoría de los donantes de Kingsfield consiguen una habitación para ellos solos después de la tercera donación, y a Tommy se le asignó una de las más grandes habitaciones individuales del centro. Hubo quien dio por sentado que era yo la que se la había conseguido, pero no era cierto; fue sencillamente suerte, y, de todas formas, tampoco era una habitación tan maravillosa. Creo que en los tiempos en que Kingsfield fue un centro de vacaciones había sido un cuarto de baño, porque la única ventana que tenía era de cristal esmerilado y estaba muy alta, casi a la altura del techo. Sólo podías mirar al exterior subiéndote a una silla y abriéndola, y aun así sólo conseguías ver una zona de tupidos arbustos. La habitación tenía forma de L, de modo que, además de la cama, la silla y el armario, cabía también un pequeño pupitre con tapa (que constituía todo un extra, como explicaré más adelante).

No quiero dar una idea falsa del período que pasé en Kingsfield. Muchas cosas fueron apacibles, casi idílicas. Solía llegar todos los días después del almuerzo, y al entrar veía a Tommy tendido en la cama estrecha —siempre completamente vestido, porque no quería parecer «un paciente»—. Me sentaba en la silla y le leía cosas de los libros de bolsillo que le había llevado, obras como *La Odisea* o *Las mil y una noches*. O si no solíamos charlar, a veces sobre los viejos tiempos, a veces sobre otras cosas. A menudo, al caer la tarde, se quedaba dormido, mientras yo ponía al día mis informes en el pupitre de al lado. Era realmente asombroso cómo los años parecían esfumarse, y cómo nos sentíamos tan cómodos el uno con el otro.

Pero, como es lógico, no todo era como antes. Tommy y yo, por ejemplo, habíamos empezado a tener relaciones sexuales. No sé lo mucho o poco que Tommy habría pensado en nosotros teniendo sexo antes de que hubiéramos empezado. Él, al fin y al cabo, estaba aún recuperándose, y el sexo no era quizá lo primero que tenía en mente. Yo no quería forzarle en tal sentido, pero por otra parte pensaba que, si lo dejaba pasar demasiado tiempo, cuando quisiéramos empezar se nos haría cada vez más difícil convertirlo en una parte natural de nosotros mismos. Y otro de mis pensamientos decisivos, supongo, fue que si nuestros planes seguían los deseos de Ruth y nos decidíamos a solicitar un aplazamiento, resultaría un grave inconveniente el hecho de no haber tenido nunca relaciones sexuales. No es que pensara que ésa iba a ser una de las preguntas que nos harían necesariamente llegado el caso. Pero me preocupaba que pudiera resultar muy evidente nuestra falta de intimidad física.

Así que una tarde decidí empezar, y dejar que él lo aceptara o rechazara. Estaba echado en la cama de su habitación, como de costumbre, y miraba fijamente al techo mientras le leía. Cuando terminé, me acerqué, me senté en el borde de la cama y le deslicé una mano bajo la camiseta. En un abrir y cerrar de ojos estuve encima de su sexo, y aunque le costó un rato conseguir una erección, me di cuenta de inmediato de que se sentía feliz. Aquella primera vez no fue lo que se dice perfecta, pero lo cierto es que después de todos aquellos años de conocernos sin tener ninguna relación de este tipo era previsible que íbamos a necesitar una fase intermedia antes de lograr una relación plena. Así que después de un rato se lo hice con las manos, y al cabo se quedó allí tendido sin hacer nada, sin intentar satisfacerme, sin hacer el menor ruido, con aire apacible y quieto.

Pero incluso aquella primera vez hubo algo, un sentimiento, algo que corría parejo a nuestra sensación de que se trataba de un comienzo, de un umbral que estábamos trasponiendo. Yo no quise reconocerlo en mucho tiempo, e incluso cuando lo hice traté de persuadirme de que era algo que acabaríamos dejando atrás, junto con sus diversos dolores y padecimientos. Lo que quiero decir es que, ya desde aquella primera vez, había algo en Tommy que estaba teñido de tristeza, que parecía decir: «Sí, estamos haciendo esto ahora y estoy contento de hacerlo. Pero qué lástima que lo estemos haciendo tan tarde».

Y en los días que siguieron, cuando hacíamos sexo plenamente y nos sentíamos felices de estarlo haciendo, incluso entonces estaba en nosotros esa sensación penosa. Yo hice todo lo posible para que cesara. Hice que lo hiciéramos con todo el alma, sin restricciones, para que todo fuera como perderse en un delirio y no hubiera lugar para nada más. Si él estaba encima, yo levantaba las rodillas al máximo para abarcarlo; y, en cualquier otra postura, yo decía cualquier cosa, hacía cualquier cosa que pensara que podía mejorarlo, hacerlo más apasionado. Pero la sensación seguía allí, nunca acababa de disiparse.

Quizá tuviera algo que ver con la habitación, con el modo en que el sol entraba a través del cristal esmerilado, pues incluso a comienzos del verano la luz parecía otoñal. O quizá fuera porque los sonidos que de cuando en cuando nos llegaban mientras estábamos allí acostados, eran de donantes pululando, ocupándose de sus cosas abajo, en el exterior, y no de alumnos sentados en el césped, discutiendo sobre poemas y novelas. O quizá tuviera que ver con cómo a veces, incluso después de haber disfrutado de un sexo muy satisfactorio, estando tendidos, abrazados, mientras aún flotaban sobre nuestras cabezas átomos de lo que acabábamos de hacer, Tommy podía decir cosas como «Yo era capaz de hacerlo dos veces seguidas sin esforzarme. Pero ya no puedo». Luego, la sensación saltó al primer plano, y tuve que empezar a taparle la boca con la mano siempre que empezaba a decir ese tipo de cosas, para poder seguir acostados en paz. Estoy segura de que Tommy también lo percibía, porque siempre que nos asaltaba esa sensación nos abrazábamos muy fuerte, como si de ese modo lográramos conjurarla.

Durante las primeras semanas apenas sacamos a colación a Madame, o la conversación con Ruth de aquel día en el coche. Pero el hecho de haberme convertido en su cuidadora me servía de recordatorio de que no estábamos allí para pasar el rato. Al igual que, por supuesto, los dibujos de animales de Tommy.

A menudo, a lo largo de los años, me he preguntado por los animales imaginarios de Tommy, e incluso aquel día en que fuimos a ver el barco estuve tentada de preguntarle por ellos. ¿Seguía dibujándolos? ¿Conservaba los de las Cottages? Pero todo lo que rodeaba aquel asunto me hacía muy difícil preguntárselo.

Entonces, una tarde, quizá al cabo de un mes de que hubiéramos empezado, abrí la puerta de su habitación y lo vi en el pupitre, afanado en una hoja, con la cara casi pegada al papel. Cuando toqué a la puerta me había dicho que entrara, pero ahora ni siquiera levantó la cabeza o dejó de hacer lo que estaba haciendo, y en cuanto eché una ojeada me di cuenta de que estaba dibujando una de sus criaturas imaginarias. Me quedé en el umbral, indecisa sobre si entrar o no, pero al final vi que levantaba la mirada y cerraba el cuaderno (idéntico a aquellos cuadernos negros que le facilitaba Keffers en las Cottages, hacía tantos años). Entonces di unos pasos hacia él y nos pusimos a hablar de algo sin relación alguna con sus dibujos, y al poco Tommy guardó el cuaderno sin que ninguno de nosotros lo mencionase. Pero a menudo, a partir de entonces, al entrar veía el cuaderno encima del pupitre o tirado junto a la almohada.

Un día estábamos en su habitación y disponíamos de unos minutos antes de salir para unos chequeos, y percibí algo extraño en su modo de actuar: como cierta timidez e intensidad que me hizo intuir una apetencia de sexo por su parte. Pero dijo:

—Kath, quiero que me digas una cosa. Y dime la verdad.

Entonces sacó el cuaderno del pupitre y me enseñó tres bocetos de una especie de rana —aunque con una larga cola, como si una parte de ella hubiera seguido siendo renacuajo—. Al menos eso era lo que parecía cuando lo alejabas un poco de los ojos. De cerca, cada boceto era una masa de mínimos detalles, muy similar a los animales que le había visto años atrás en las Cottages.

—Estos dos los he hecho como de metal —dijo—. ¿Ves? Todo tiene una superficie brillante. Pero éste de aquí lo he hecho como de goma. ¿Lo ves? Casi como un borrón. Quiero hacer una versión definitiva, un dibujo bueno de verdad, pero no puedo decidirme. Dime con sinceridad, Kath. ¿Qué te parecen?

No puedo recordar lo que le contesté. Lo que recuerdo es la intensa mezcla de emociones que me embargó en ese momento. Me di cuenta inmediatamente de que era la manera que tenía Tommy de dejar atrás todo lo que había pasado con sus dibujos en las Cottages, y sentí alivio, gratitud, absoluto gozo. Pero también era consciente de por qué habían vuelto a salir a la palestra sus animales, y de todos los posibles niveles de intención tras la pregunta aparentemente natural de Tommy. Comprendí que me estaba diciendo que, pese a no haber hablado apenas de ello abiertamente, no había olvidado; me estaba diciendo que no se dormía en los laureles, y que trataba por todos los medios de cumplir con su parte de los preparativos.

Pero eso no fue todo lo que sentí aquel día ante aquellas peculiares ranas. Porque volvía de nuevo aquella sensación extraña, al principio débil y como en sordina, pero luego, progresivamente, más y más intensa, hasta llegar a convertirse en uno de mis pensamientos recurrentes. Cuando miraba aquellos dibujos no podía evitar pensar en ello, por mucho que intentara apartarlo de mi cabeza. Pensaba que los dibujos de Tommy no eran ya tan frescos. Cierto que en muchos aspectos aquellas ranas eran muy parecidas a lo que yo le había visto en las Cottages, pero les faltaba algo, y ahora parecían recargadas, e incluso casi copiadas. Así que la sensación había vuelto, por mucho que yo había intentado apartarla. Y se resumía en lo siguiente: lo estábamos haciendo demasiado tarde. Había habido un tiempo para ello, pero lo habíamos dejado pasar, y había algo de ridículo, e incluso de censurable, en el modo en que ahora concebíamos y planeábamos nuestro futuro.

Ahora que vuelvo sobre este punto, se me ocurre que acaso existe otra razón para que nos resistiéramos tanto a hablar abiertamente de nuestros planes. Era un hecho cierto que ninguno de los donantes de Kingsfield había oído hablar jamás de aplazamientos o de algo semejante, y probablemente sentíamos a ese respecto cierto vago embarazo, casi como

297

si compartiéramos un secreto infamante. Y puede que también tuviéramos miedo de lo que pudiera pasar si algo de aquello llegaba a oídos de los otros donantes.

Pero, como digo, no quiero pintar con tintes demasiado oscuros el tiempo que pasé en Kingsfield. Porque en general, y sobre todo después del día en que Tommy me preguntó sobre sus animales, no parecían existir más sombras del pasado, y nos entregamos por entero a la mutua compañía. Y aunque Tommy nunca volvió a pedirme consejo sobre sus dibujos, le encantaba trabajar en ellos estando yo delante, y muchas veces pasábamos las tardes de este modo: yo en la cama, leyendo en voz alta; él en el pupitre, dibujando.

Quizá habríamos sido felices si las cosas hubieran continuado de este modo un tiempo más largo; si hubiéramos podido disfrutar de más tardes charlando, haciendo sexo, leyendo en voz alta y dibujando. Pero como el verano llegaba a su fin, y Tommy recuperaba las fuerzas, y cada día se hacía más factible la posibilidad del aviso para una cuarta donación, comprendimos que no podíamos seguir posponiendo las cosas indefinidamente.

Para mí había sido un período tremendamente atareado, y llevaba casi una semana sin ir a Kingsfield. Llegué aquel día por la mañana, y recuerdo que llovía a mares. La habitación de Tommy estaba casi a oscuras, y se oía el ruido del agua en un canalón cercano a la ventana. Tommy había estado abajo en la sala principal, desayunando con sus compañeros donantes, pero había vuelto a subir y ahora estaba sentado en la cama, con aire ausente, sin hacer nada. Entré, exhausta —llevaba muchas noches sin dormir como es debido—, y caí casi desplomada en la estrecha cama, empujando a Tommy contra la pared. Me quedé así durante unos instantes, y me habría dormido como leño si Tommy no me hubiera estado clavando en las rodillas un dedo del pie. Al final me incorporé y dije:

—Vi a Madame ayer. No hablé con ella. Pero la vi.

Tommy se quedó mirándome, pero siguió callado.

—Vi cómo se acercaba por la calle y se metía de su casa. Ruth no se equivocó. Era su dirección, su puerta, todo.

Luego le conté cómo el día anterior, dado que estaba en la costa sur, había ido a Littlehampton al atardecer, y como había hecho las dos veces anteriores, había recorrido aquella calle larga —cercana al paseo marítimo— , con hileras de casas adosadas con nombres como «Wavecrest» y «Seaview»,[1] y al final había ido al banco público contiguo a la cabina telefónica, y me había sentado en él, y había esperado —una vez más, igual que las otras veces— con los ojos fijos en la casa de la acera de enfrente.

—Fue como hacer de detective. Las veces anteriores me había sentado en el banco durante más de media hora, y nada, absolutamente nada. Pero algo me decía que esta vez iba a tener suerte.

(Estaba tan cansada. Casi me quedé dormida en el banco. Pero levanté la mirada y allí estaba, acercándose por la calle hacia su casa.)

—Era de dar miedo —continué—. Porque estaba exactamente igual que en aquel tiempo. Quizá la cara había envejecido un poco. Pero por lo demás apenas se veía la diferencia. Hasta la misma ropa. Aquel elegante traje gris.

—No podía ser *el mismo* traje.

—No lo sé. Pero lo parecía.

—¿Y no intentaste hablar con ella?

—Por supuesto que no, so tonto. Tenemos que ir paso a paso. Nunca fue precisamente amable con nosotros, ¿te acuerdas?

_____

1. «Cresta de la ola» y «Vista marítima». *(N. del T.)*

Le conté cómo pasó ante mis ojos por la otra acera, sin dirigirme en ningún momento la mirada; cómo, por espacio de un segundo, pensé que al llegar a la cancela de la casa (la que yo había estado vigilando) pasaría de largo, y que Ruth se había equivocado de dirección. Pero Madame había girado bruscamente al llegar a ella, había recorrido el breve camino de entrada de dos o tres zancadas y había desaparecido en el interior de la casa.

Una vez que hube acabado, Tommy se quedó callado unos segundos. Y al final dijo:

—¿Estás segura de que no vas a meterte en ningún lío? ¿Yendo siempre a sitios a donde no deberías ir?

—¿Por qué piensas que estoy tan cansada? He estado trabajando horas y más horas para que me diera tiempo a todo. Y ahora por lo menos la hemos encontrado.

La lluvia seguía cayendo afuera. Tommy se dio la vuelta hacia un costado y puso la cabeza sobre mi hombro.

—Ruth nos ha allanado el camino —dijo con voz suave—. No se equivocó.

—Sí, lo hizo muy bien. Pero ahora todo depende de nosotros.

—Bien, ¿y cuál es el plan, Kath? ¿Tenemos algún plan?

—Iremos allí. Iremos a verla y se lo preguntaremos. La semana que viene, cuando te lleve a las pruebas que tienen que hacerte. Pediré permiso para que puedas pasar fuera todo el día. Y en el camino de vuelta iremos a Littlehampton.

Tommy suspiró y pegó aún más la cabeza a mi hombro. Si alguien le hubiera estado observando, tal vez habría pensado que no estaba mostrando excesivo entusiasmo, pero yo sabía lo que sentía. Llevábamos tanto tiempo pensando en los aplazamientos, en la teoría de la Galería, en todo, y ahora, de pronto, íbamos a afrontarlo. Definitivamente daba miedo.

—Si lo conseguimos... —dijo Tommy, finalmente—. Supón que lo conseguimos. Supón que nos deja tres años, por

300

ejemplo; tres años para nosotros. ¿Qué haríamos exactamente? ¿Entiendes lo que te digo, Kath? ¿Adónde iríamos? No podríamos quedarnos aquí, esto es un centro para donantes.

—No lo sé, Tommy. Puede que nos diga que volvamos a las Cottages. Pero sería mejor en otra parte. La Mansión Blanca, tal vez. O quizá tienen otros sitios. Sitios especiales para gente como nosotros. Tendremos que esperar a ver qué nos dice.

Seguimos apaciblemente echados en la cama durante unos minutos más, oyendo caer la lluvia. En un momento dado, empecé a clavarle un pie en el cuerpo, como me había estado haciendo él antes. Y luego él contraatacó, y me echó los dos pies fuera de la cama.

—Si vamos a ir de verdad —dijo luego—, tendremos que decidir qué animales. Ya sabes, elegir los mejores para llevarlos. Puede que seis o siete. Tendremos que hacerlo todo con mucho cuidado.

—De acuerdo —dije. Me puse de pie y estiré los brazos—. O puede que más. Quince, veinte. Sí, iremos a verla. ¿Qué daño puede hacernos? Iremos a hablar con ella.

21

Desde días antes de ir a verla yo tenía en la cabeza la imagen de Tommy y de mí delante de su puerta, haciendo acopio del ánimo suficiente para tocar el timbre, y esperando allí luego con el corazón en vilo. Pero la realidad resultó muy otra, y tuvimos la suerte de que se nos ahorrara ese tormento.

Y es que merecíamos un poco de suerte, porque el día no nos había sido en absoluto propicio hasta entonces. El coche nos había dado problemas en el viaje de ida, y llegamos una hora tarde a las pruebas de Tommy. Luego, un error en el laboratorio había hecho que Tommy tuviera que volver a hacerse tres de los análisis. Esto lo había dejado un tanto grogui, de forma que cuando, hacía el final de la tarde, salimos finalmente para Littlehampton, empezó a marearse y tuvimos que parar varias veces para que pudiera pasearse un poco hasta que se le pasara.

Por fin, justo antes de las seis, llegamos a nuestro destino. Aparcamos el coche detrás de un bingo, sacamos del maletero la bolsa de deportes con los cuadernos de Tommy, y nos dirigimos hacia el centro urbano. Había hecho buen día, y aunque las tiendas estaban cerrando seguía habiendo mucha gente a la entrada de los pubs, charlando y bebiendo.

Cuanto más paseábamos mejor se sentía Tommy, hasta que se acordó de que no había comido a causa de las pruebas, y dijo que tenía que comer algo antes de enfrentarnos a la tarea que nos esperaba. Así que empezamos a buscar un sitio dónde comprar un sándwich, y de pronto me agarró del brazo con tal fuerza que pensé que le estaba dando algún tipo de ataque. Pero lo que hizo fue decirme al oído en voz muy baja:

—Ahí está, Kath. Mira. Junto a la peluquería.

Y, en efecto, era ella, caminando por la otra acera, con su pulcro traje gris, idéntico a los que había llevado siempre.

Empezamos a seguir a Madame a una razonable distancia, primero por la zona peatonal y luego por High Street, ahora casi desierta. Creo que los dos recordamos el día en que seguimos por las calles de otra ciudad a la posible de Ruth. Pero esta vez las cosas resultaron mucho más sencillas, porque Madame pronto nos condujo a la calle larga cercana al paseo marítimo.

Como la calle era completamente recta y la luz del atardecer la iluminaba hasta el fondo, vimos que podíamos seguir a Madame desde muy lejos —no necesitábamos que fuera mucho más que un punto—, sin correr el menor riesgo de perderla. De hecho, en ningún momento dejamos de oír el eco de sus tacones, del que el rítmico golpear de la bolsa de Tommy contra su pierna parecía una especie de réplica.

Seguimos a Madame durante largo rato, y dejamos atrás la hilera de casas idénticas. Entonces se acabaron las casas de la acera de enfrente, y aparecieron en su lugar varias zonas llanas de hierba; y, más allá de ellas, se divisaban los techos de las casetas de la playa, alineadas junto a la orilla. El agua no era visible, pero sabías que estaba allí por el gran cielo abierto y el alboroto de las gaviotas.

Las casas de nuestra acera continuaban sin cambio alguno, y al cabo de un rato le dije a Tommy:

—Ya no falta mucho. ¿Ves aquel banco de allí? Es donde me senté a esperarla. La casa está un poco más allá.

Hasta que dije esto, Tommy había estado bastante tranquilo. Pero de pronto pareció que se apoderaba de él una inquietud y empezó a andar mucho más rápido, como si quisiera alcanzarla enseguida. Pero no había nadie entre Madame y nosotros, y a medida que Tommy iba acortando la distancia yo tenía que agarrarle del brazo para hacerle ir más despacio. Temía que en cualquier momento Madame se diera la vuelta y nos viera, pero no lo hizo, y pronto llegó a su cancela y recorrió el breve trecho que le separaba de su puerta. Se detuvo en ella y buscó las llaves en el bolso, y un instante después estábamos ante la cancela, mirándola. No se había dado la vuelta, y se me ocurrió la idea de que había sabido todo el tiempo que la estábamos siguiendo, y había hecho caso omiso de nosotros deliberadamente. Pensé también que Tommy estaba a punto de gritarle algo, y que sería precisamente algo que no debía. Por eso me adelanté, y lo hice rápidamente y sin vacilación, y desde la cancela.

Fue sólo un cortés «Disculpe», pero Madame giró en redondo como si le hubiera arrojado algo. Y cuando su mirada cayó sobre nosotros, me recorrió un frío intenso, muy parecido al que había sentido años atrás la vez que la acosamos en Hailsham, a la entrada de la casa principal. Tenía los mismos ojos fríos, y su cara era quizá aún más severa que la que yo recordaba. No sé si nos reconoció en ese primer momento, pero sin duda vio y decidió en un solo instante *lo que éramos*, porque la vi ponerse rígida, como si un par de grandes arañas hubieran empezado a avanzar hacia ella.

Entonces algo cambió en su expresión. No es que se volviera más cálida. Pero desapareció de ella la repugnancia, y nos estudió con atención, encogiendo los ojos ante el sol, ya declinante.

—Madame —dije, apoyándome en la cancela—. No queremos asustarla ni nada parecido. Pero estuvimos en Hailsham. Yo soy Kathy H., no sé si me recuerda. Y éste es Tommy D. No hemos venido a causarle ningún problema.

Retrocedió unos pasos hacia nosotros.

—De Hailsham... —dijo, y una pequeña sonrisa se dibujó en su cara—. Bueno, es toda una sorpresa. Si no pensáis causarme ningún problema, ¿por qué estáis aquí?

Tommy, de pronto, dijo:

—Tenemos que hablar con usted. He traído unas cosas —dijo, levantando la bolsa—. A lo mejor las quiere para su galería. Tenemos que hablar con usted.

Madame siguió allí de pie, sin apenas moverse bajo el tenue sol, con la cabeza ladeada, como si escuchara algún sonido de la orilla del mar. Luego volvió a sonreír, aunque la sonrisa no parecía ir dirigida a nosotros, sino sólo a sí misma.

—Muy bien, pues. Pasad adentro. Veremos de qué queréis hablarme.

Al entrar reparé en que la puerta principal tenía paneles de cristal coloreado, y cuando Tommy la cerró a nuestra espalda, nos envolvió la penumbra. Estábamos en un pasillo tan estrecho que tenías la sensación de poder tocar las dos paredes con sólo extender un poco los codos. Madame se detuvo y se quedó quieta, con la espalda hacia nosotros, y pareció ponerse de nuevo a escuchar. Miré más allá de ella, y alcancé a ver que el pasillo, pese a su estrechez, se dividía en dos: a la izquierda había una escalera que subía; a la derecha, un pasaje aún más estrecho que conducía hacia el interior de la casa.

Siguiendo el ejemplo de Madame, me puse a escuchar. Pero en la casa no había más que silencio. Luego, quizá de algún lugar del piso de arriba, llegó un débil golpe sordo.

305

Aquel pequeño ruido pareció significar algo para ella, porque se volvió hacia nosotros y señaló el pasaje oscuro y dijo:

—Id ahí dentro y esperadme. Bajaré enseguida.

Empezó a subir las escaleras, y, al ver nuestra indecisión, se inclinó sobre el pasamanos y señaló de nuevo la oscuridad.

Tommy y yo nos dirigimos hacia ella y enseguida nos vimos en lo que debía de ser el salón de la casa. Era como si un sirviente hubiera dispuesto el lugar para la noche, y se hubiera marchado: las cortinas estaban echadas y había unas débiles lámparas de mesa encendidas. Olí el viejo mobiliario, probablemente victoriano. La chimenea estaba cegada con un tablero, y donde debía haber estado el fuego había una especie de tapiz: una extraña ave —parecida a un búho— que te miraba fijamente. Tommy me tocó el brazo y apuntó con el dedo hacia un cuadro enmarcado que colgaba de un rincón, sobre una pequeña mesa redonda.

—Es Hailsham —susurró.

Nos acercamos a mirarlo. Yo no estaba tan segura de que fuera Hailsham. Era una bonita acuarela, pero la lámpara de mesa de debajo tenía la tulipa arrugada y con restos de telarañas, y en lugar de iluminar el cuadro ponía una especie de brillo sobre su cristal velado, de forma que apenas podías apreciar lo que éste representaba.

—Es lo que rodeaba la parte de atrás del estanque de los patos —dijo Tommy.

—¿A qué te refieres? —le respondí en un susurro—. Ahí no hay ningún estanque. Es sólo un trozo de campo.

—No, el estanque estaría detrás de ti. —Tommy parecía increíblemente irritado—. Tienes que acordarte. Si rodeas la parte de atrás del estanque, con el estanque a tu espalda, y miras hacia el Campo de Deportes Norte...

Volvimos a guardar silencio, porque llegaba ruido de voces desde alguna parte de la casa. Era como la voz de un hombre, y quizá venía de arriba. Entonces oímos una voz, que sin ninguna duda era la de Madame bajando las escaleras, que decía:

—Sí, tienes razón. Toda la razón.

Esperamos a que Madame entrara en el salón, pero sus pasos no se detuvieron y siguieron hacia el fondo de la casa. Me vino repentinamente a la cabeza que se disponía a preparar té y bollitos, que traería al salón en un carrito, pero luego pensé que era una tontería, que seguramente hasta había olvidado que la esperábamos, y que en cuanto se acordara vendría a decirnos que nos marcháramos. Entonces una bronca voz de varón dijo algo arriba, pero nos llegó de forma tan amortiguada que deduje que vendría del segundo piso. Los pasos de Madame volvieron al pasillo, y le oímos decir:

—Ya te he dicho lo que tienes que hacer. Hazlo como te he dicho.

Tommy y yo esperamos unos minutos más. Entonces la pared de la parte de atrás del salón empezó a moverse, y casi inmediatamente vi que no era en realidad una pared sino unas puertas correderas que separaban la parte frontal, donde estábamos, de lo que de otro modo sería una gran estancia alargada y diáfana. Madame había descorrido las puertas sólo a medias, y ahora estaba allí en el hueco, mirándonos con fijeza. Traté de ver lo que había a su espalda, pero era todo oscuridad. Pensé que quizá esperaba a que le explicáramos por qué estábamos allí, pero al final dijo:

—Me habéis dicho que sois Kathy H. y Tommy D. ¿Estoy en lo cierto? Y estuvisteis en Hailsham ¿hace cuánto?

Se lo dije, pero su expresión no dejaba traslucir si nos recordaba o no. Siguió en el umbral, como dudando si pasar a la parte donde estábamos nosotros. Pero entonces Tommy dijo:

—No queremos robarle mucho tiempo. Pero hay algo de lo que tenemos que hablar con usted.

—Así parece. Muy bien, pues. Será mejor que os pongáis cómodos.

Alargó las manos y las puso sobre los respaldos de dos sillones gemelos que tenía enfrente. Había algo extraño en sus maneras, como si en realidad no nos estuviera invitando a tomar asiento. Me dio la sensación de que si hacíamos lo que nos estaba sugiriendo y nos sentábamos en aquellos sillones, ella iba a seguir allí de pie, a nuestra espalda, sin siquiera quitar las manos de los respaldos. Pero cuando empezamos a movernos hacia los sillones ella también echó a andar hacia delante, y, al pasar entre nosotros creí ver que encogía los hombros como en un respingo –aunque puede ser que sólo lo imaginara–. Cuando nos volvimos para sentarnos, ella ya estaba junto a las ventanas, enfrente de las pesadas cortinas de terciopelo, mirándonos con dureza, como si estuviéramos en una clase y ella fuera la profesora. Al menos eso fue lo que me pareció en ese momento. Tommy, más tarde, diría que pensó que estaba a punto de ponerse a cantar, y que las cortinas se abrirían y, en lugar de la calle y el descampado lleno de hierba que conducía hasta el mar, aparecería ante nuestros ojos un escenario con un gran decorado –como los que solíamos montar en Hailsham– y todo un coro para secundarla. Cuando me lo dijo me hizo mucha gracia, y pude imaginarla otra vez, con las manos juntas y los codos hacia fuera, en ademán de ponerse a cantar. Pero dudo que Tommy pudiera estar pensando eso realmente cuando la teníamos frente a frente. Recuerdo que noté lo tensa que se ponía, y que temí que Tommy fuera a decir alguna tontería. Por eso, cuando nos preguntó, sin indelicadeza, qué es lo que queríamos, me apresuré a intervenir.

Es muy probable que al principio me saliera todo un tanto embarullado, pero al cabo de un rato, en cuanto fui convenciéndome de que iba a escucharme hasta el final, me tranquilicé y continué mi exposición con mucha más claridad. Durante semanas y semanas había estado dándole vueltas a lo que le diría cuando llegara el momento. Pensaba en ello en el curso de mis largos viajes en coche, y mientras estaba sentada en las mesas tranquilas de las cafeterías de las gasolineras. Y me parecía tan difícil. Y al final había pergeñado un plan: memorizaría palabra por palabra unos cuantos puntos básicos, y trazaría un mapa mental del camino a seguir para pasar de un punto a otro. Pero ahora que la tenía allí enfrente la mayor parte de lo que había preparado se me antojaba bien innecesario o bien completamente equivocado. Lo extraño –y Tommy estuvo de acuerdo cuando lo hablamos después– era que, por mucho que en Hailsham no hubiera sido sino una figura hostil del mundo exterior, ahora que la teníamos de nuevo frente a frente, y aunque no había dicho o hecho nada que pudiera sugerir la menor calidez hacia nosotros, Madame me parecía alguien mucho más cercano a nosotros, más íntimo que cualquiera de las personas que había conocido en los últimos años. Por eso, en un momento dado, todo lo que llevaba preparado en la cabeza desapareció de repente, y le hablé sencilla y sinceramente, casi como lo hubiera hecho en el pasado a cualquiera de nuestros custodios. Le conté lo que habíamos oído, los rumores sobre los alumnos de Hailsham y sobre los aplazamiento; le expliqué que nos dábamos cuenta de que tales rumores podían muy bien no ser ciertos, y que no nos hacíamos vanas ilusiones al respecto.

–Y aun en caso de ser cierto –dije–, nos hacemos cargo de que usted estará más que cansada del asunto, de todas esas parejas acudiendo a usted para declarar rotundamente que están enamoradas. Tommy y yo jamás habríamos venido a molestarle si no estuviéramos totalmente seguros.

–¿Seguros? –Fue la primera vez que habló en todo el rato, y Tommy y yo dimos un respingo hacia atrás a un tiempo–. ¿Dices que estáis seguros? ¿Seguros de estar enamorados? ¿Cómo se puede saber eso? ¿Creéis que el amor es tan sencillo? Así que estáis enamorados... Profundamente enamorados. ¿Es lo que me estáis diciendo?

Su tono era casi sarcástico, pero entonces, con una especie de conmoción, vi que mientras nos miraba primero a uno y luego al otro le caían por las mejillas unas pequeñas lágrimas.

—¿Creéis de veras eso? ¿Que estáis profundamente enamorados? ¿Y, por tanto, venís a verme para un... aplazamiento? ¿Por qué? ¿Por qué a mí?

Si esto lo hubiera dicho de un modo determinado, como dando por sentado que la idea era totalmente descabellada, estoy segura de que me habría sentido por completo desolada. Pero no lo había dicho así. Había formulado las preguntas como si fueran parte de un examen y ella supiera las respuestas; incluso como si hubiera hecho pasar a muchas parejas por esa prueba multitud de veces. Y eso es lo que hizo que no perdiera la esperanza. Pero Tommy debía de estar muy inquieto, porque de pronto dijo:

—Hemos venido a verla por la Galería. Creemos saber para qué es su galería.

—¿Mi galería? —Se apoyó en el alféizar de la ventana, y las cortinas se balancearon un poco a su espalda. Aspiró despacio y dijo—: Mi galería. Querrás decir mi colección. Todas esas pinturas y poemas, todas esas cosas vuestras que he ido reuniendo año tras año. Fue un trabajo duro, pero creía en él. Todos creíamos en él en aquel tiempo. Así que crees que sabes para qué ha sido todo ese esfuerzo, por qué lo hice. Bien, pues sin duda será enormemente interesante oírlo. Porque he de decir que es algo que me pregunto continuamente yo misma. —De pronto desplazó la mirada de Tommy a mí, y añadió—: ¿Voy demasiado lejos?

No sabía qué decir, así que dije:

—No, no.

—Sí, voy demasiado lejos —dijo—. Lo siento. Siempre suelo ir demasiado lejos cuando se trata de este asunto. Olvidad lo que acabo de decir. Joven, ibas a decirme algo sobre mi galería. Adelante, por favor.

—Así es como usted lo sabría —dijo Tommy—. Tendría algo en lo que basarse para decidir. Porque, de otro modo, ¿cómo lo iba a saber cuando los alumnos vinieran a usted diciendo que estaban enamorados?

La mirada de Madame había vuelto a fijarse en mí, pero me dio la sensación de que estaba mirando hacia algún punto de mi brazo. De hecho yo misma me lo miré para ver si tenía alguna caca de pájaro o algo parecido en la manga. Y luego le oí decir:

—¿Y por eso piensas que he reunido todas esas cosas vuestras? Mi galería, como siempre la llamasteis vosotros. Cuando me enteré de que la llamabais así me eché a reír. Pero con el tiempo yo también llegué a pensar en ella con ese apelativo. Mi galería. Bien, ahora, muchacho, explícamelo. Explícame por qué mi galería podría ayudarme a discernir quiénes de vosotros estabais realmente enamorados.

—Porque le ayudaría a mostrarle cómo somos —dijo Tommy—. Porque...

—¡Porque, por supuesto —le interrumpió de pronto Madame—, vuestro arte revelaría vuestro ser más íntimo! Es eso, ¿no? ¡Porque vuestro arte mostraría vuestra *alma*! —Se volvió bruscamente hacia mí, y dijo—: ¿Voy demasiado lejos?

Antes nos había hecho la misma pregunta, y de nuevo tuve la impresión de que estaba mirando hacia un punto de mi manga. Pero ahora empezaba a tomar más y más cuerpo la sospecha que me había asaltado vagamente la primera vez que había preguntado «¿voy demasiado lejos?». Miré a Madame detenidamente, pero ella pareció acusar mi mirada inquisitiva y se volvió de nuevo hacia Tommy.

—Muy bien —dijo—. Continuemos. ¿Qué era lo que me estabas diciendo?

—El problema —dijo Tommy— es que yo estaba un poco confuso en aquel tiempo.

—Me estabas diciendo algo sobre tu arte. Sobre cómo el arte revela el alma del artista.

—Bueno, lo que trato de decir —insistió Tommy— es que yo estaba tan confuso en aquel tiempo que no llegué a hacer ningún arte. No hice nada. Hoy sé que debería haber creado algo, pero estaba hecho un lío. Así que no tiene nada mío en su galería. Sé que es culpa mía, y sé que probablemente es demasiado tarde, pero he traído algunas cosas para que las vea. —Levantó la bolsa y empezó a abrir la cremallera—. Algunas las he hecho hace muy poco, pero otras son de hace mucho tiempo. Y seguro que usted ya tiene cosas de Kath. Se llevó muchas para la galería. ¿No es cierto, Kath?

Durante unos segundos ambos me miraron. Y luego Madame dijo, con voz apenas audible:

—Pobres criaturas. ¿Qué es lo que os hemos hecho? ¿Con todos nuestros planes y proyectos...? —Dejo lo último en el aire, y creí ver otra vez lágrimas en sus ojos. Luego se volvió hacia mí, y preguntó—: ¿Seguimos con esta conversación? ¿Queréis continuar?

Fue cuando dijo esto cuando la idea vaga que me había asaltado antes cobró más entidad. Antes, «¿Voy demasiado lejos?». Y ahora, «¿Seguimos con esta conversación?». Caí en la cuenta, con un pequeño escalofrío, de que aquellas preguntas nunca me las había formulado a mí, ni a Tommy, sino a otra persona, a alguien que estaba detrás de nosotros, en la mitad oscura del salón, escuchando.

Me volví lentamente y escruté la oscuridad. No pude ver nada, pero oí un sonido, un sonido mecánico, asombrosamente lejano —la casa parecía prolongarse hacia lo oscuro mucho más allá de lo que yo había imaginado—. Y entonces alcancé a distinguir una forma que venía hacia nosotros, y oí una voz de mujer que decía:

—Sí, Marie-Claude. Continuemos.

Yo seguía mirando la oscuridad cuando oí que Madame

dejaba escapar una especie de bufido y se acercaba a grandes zancadas y pasaba a nuestro lado y se adentraba de la oscuridad. Se oyeron más ruidos mecánicos, y Madame surgió de las sombras empujando una silla de ruedas. Pasó de nuevo entre Tommy y yo, y por espacio de otro instante –porque la espalda de Madame nos impedía verla– seguí sin ver a la persona de la silla de ruedas. Pero entonces Madame hizo girar la silla hasta dejarla frente a nosotros, y dijo:

–Háblales. Es contigo con quien han venido a hablar.

–Supongo que sí.

La figura de la silla de ruedas era endeble y contrahecha, y fue su voz, más que cualquier otra cosa, la que me permitió reconocerla.

–Señorita Emily... –dijo Tommy con voz muy suave.

–Háblales –dijo Madame, como lavándose las manos de todo aquel asunto. Pero siguió detrás de la silla de ruedas, con los ojos encendidos clavados en nosotros.

22

–Marie-Claude tiene razón –dijo la señorita Emily–. Es conmigo con tendríais que estar hablando. Marie-Claude trabajó duro en nuestro proyecto. Y la forma en que terminó todo la ha dejado un poco desilusionada. En cuanto a mí, sean cuales sean mis decepciones, no me siento tan mal respecto de ello. Creo que lo que hemos conseguido merece cierto respeto. Vosotros dos, por ejemplo. Habéis salido bien. Estoy segura de que podéis contarme muchas cosas que me harían sentirme orgullosa. ¿Cómo habéis dicho que os llamáis? No, no, esperad. Creo que puedo acordarme. Tú eres el chico con mal genio. Con mal genio, pero con un gran corazón. ¿No me equivoco? Y tú, por supuesto, eres Kathy H. Has hecho un buen trabajo como cuidadora. Hemos oído hablar mucho de ti. He podido recordar, ya veis. Me atrevería a decir que podría recordaros a todos.

–¿Y eso qué bien te hace a ti, o a ellos? –preguntó Madame, e inmediatamente después se apartó de la silla de ruedas, pasó junto a nosotros y fue a perderse en la oscuridad, tal vez para ocupar el sitio en el que la señorita Emily había estado antes.

–Señorita Emily –dije–. Me alegro mucho de volver a verla.

–Qué amable de tu parte. Te reconocí, pero tú seguramente no me habrías reconocido. De hecho, Kathy H., no hace mucho pasé por delante del banco en el que estabas sentada y no me reconociste. Miraste a George, el nigeriano corpulento que empujaba la silla. Oh, sí, le echaste una buena mirada, y él a ti. Yo no dije ni una palabra, y no pudiste saber que era yo. Pero esta noche, en que hay, por así decir, «contexto», nos reconocemos. Parecéis bastante impresionados al ver cómo estoy. No he estado bien últimamente, pero espero que este aparato no se convierta en un elemento permanente. Desgraciadamente, queridos, no voy a poder atenderos tanto como me gustaría, porque dentro de un rato van a venir unos hombres para llevarse la cómoda de mi alcoba. Es un mueble maravilloso. George lo ha acolchado para que no se dañe, pero he insistido en ir yo también, porque nunca se sabe con estos mozos. Manejan las cosas con rudeza, las tiran de cualquier manera dentro de la furgoneta, y luego su patrón dice que venían ya dañadas. Nos ha pasado ya antes, así que esta vez he insistido en ir con mi mueble durante todo el viaje. Es un objeto bello, y lo tenía ya en Hailsham, así que he decidido venderlo por un buen precio. Me temo, pues, que cuando vengan tendré que dejaros. Pero veo, queridos míos, que os ha traído una misión muy cara a vuestro corazón. Debo decir que me alegro mucho de veros. Y que Marie-Claude se alegra también, aunque jamás lo diríais por su expresión. ¿No es cierto, queridos? Oh, ella finge que no, pero sí se alegra. Le emociona que hayáis venido a vernos. Está enfurruñada, pero no le hagáis caso, alumnos míos, no le hagáis caso. Bien, ahora trataré de responder a vuestras preguntas lo mejor que pueda. Yo también he oído ese rumor incontables veces. Cuando aún teníamos Hailsham, había dos o tres parejas al año que querían venir a hablarnos de eso. Una se dirigió a nosotros por escrito. Supongo que no era tan difícil dar con una gran finca como aquélla si se estaba dispuesto a infringir las normas. Así que ya veis, es un rumor que viene de mucho antes que vosotros.

Dejó de hablar, y yo dije:

—Lo que queremos saber, señorita Emily, es si ese rumor es cierto o no.

La mujer siguió mirándonos durante un instante, y aspiró profundamente.

—Dentro del mismo Hailsham, siempre que empezaba este rumor, yo me apresuraba a cortarlo de raíz. Pero sobre lo que los alumnos pudieran decir cuando se marchaban ¿qué podía hacer yo? Al final llegué a creer, y Marie-Claude también, ¿verdad, querida?, llegué a creer que tal rumor no era sólo un rumor. Lo que quiero decir es que es algo que surge de la nada una y otra vez. Vas a la fuente, la erradicas, y con eso no evitas que vuelva a surgir en otra parte. Cuando llegué a esta conclusión, dejé de preocuparme. A Marie-Claude nunca le ha preocupado. Su modo de verlo era el siguiente: «Si son tan necios, déjales que lo crean». Oh, sí, y no pongas esa cara. Ésa fue tu opinión desde el principio. Y después de muchos años no es que yo llegara a la misma conclusión, pero empecé a pensar que, bueno, que quizá no debería preocuparme. No era obra mía, de todas formas. Habrá unas cuantas parejas que se sientan decepcionadas, pero la inmensa mayoría nunca llegarán a intentar averiguarlo. Es algo que les hace soñar, una pequeña fantasía. ¿Qué daño puede hacer? Pero comprendo que para vosotros dos la cosa es diferente. Vosotros sois serios. Lo habéis pensado detenidamente. Habéis acariciado detenidamente esa *esperanza*. Y siento verdadero pesar por los alumnos como vosotros. No me complace en absoluto desilusionaros. Pero así son las cosas.

No quise mirar a Tommy. Yo me sentía asombrosamente en calma, y aunque las palabras de la señorita Emily deberían habernos destrozado, había en ellas un tono que implicaba algo más, algo aún no revelado, que dejaba entrever que

316

no habíamos llegado aún al fondo del asunto. Existía incluso la posibilidad de que no estuviera diciendo la verdad. Así que pregunté:

—¿La cuestión, pues, es que los aplazamientos no existen? ¿No hay nada que ustedes puedan hacer?

La señorita Emily sacudió la cabeza de un lado a otro, despacio.

—No hay nada de verdad en ese rumor. Lo siento. Lo siento de verdad.

Tommy, de pronto, preguntó:

—¿Alguna vez fue verdad? ¿Antes de que cerraran Hailsham?

La señorita Emily siguió negando con la cabeza.

—Nunca fue verdad. Ni antes del escándalo Morningdale, ni antes de que Hailsham fuera considerado como un modelo en su género, un ejemplo de cómo podíamos conseguir un modo mejor y más humano de hacer las cosas. Ni siquiera entonces hubo tal cosa. Es mejor aclararlo rotundamente. Era un rumor cargado de buenas intenciones. Y eso es todo lo que siempre ha sido. Oh, ¿serán ésos los hombres que vienen por la cómoda?

Sonó el timbre, y se oyeron unos pasos que bajaban las escaleras para ir a abrir. Llegaron unas voces masculinas desde el pasillo estrecho, y Madame salió de la oscuridad a nuestra espalda, pasó por delante de nosotros y salió de salón. La señorita Emily se inclinó hacia delante en la silla de ruedas, aguzando el oído. Y luego dijo:

—No son ellos. Es otra vez ese hombre horrible de la casa de decoración. Marie-Claude se encargará de hablar con él. Así que, queridos míos, tenemos unos minutos más. ¿Hay alguna otra cosa de la que queráis hablarme? Esto, por supuesto, va en contra de todas las reglas, y Marie-Claude no debería haberos hecho pasar. Y, naturalmente, yo debería haber hecho que os despidiera en cuanto he sabido que estabais aquí. Pero Marie-Claude no hace mucho caso de las reglas últimamente, y debo decir que yo tampoco. Así que si queréis quedarnos un rato más, podéis hacerlo.

—Si el rumor no fue nunca cierto —dijo Tommy—, ¿por qué se llevaban todos nuestros trabajos de arte? ¿Tampoco existía la Galería, entonces?

—¿La Galería? Bien, en ese rumor sí había algo de verdad. Hubo una galería. Y, en cierto modo, aún la hay. Hoy día está aquí, en esta casa. Y tuve que reducir el número de piezas, lo cual lamento. Pero no había sitio para todas. ¿Para qué nos llevábamos vuestros trabajos? Es ésa vuestra pregunta, ¿no es cierto?

—No es sólo eso —dije en voz baja—. Para empezar, ¿para qué hacíamos todos aquellos trabajos artísticos? ¿Por qué enseñarnos, y animarnos, y hacernos producir todo aquello? Si lo único que vamos a hacer en la vida es donar, y luego morirnos, ¿para qué todas aquellas clases? ¿Para qué todos aquellos libros y debates?

—¿Y por qué Hailsham, en primer lugar? —dijo Madame desde el pasillo. Volvió a pasar por nuestro lado y se adentró de nuevo en la parte oscura—. Una buena pregunta por vuestra parte.

La mirada de la señorita Emily la buscó en la oscuridad, y por espacio de un momento quedó fija en algún punto a nuestra espalda. Sentí deseos de darme la vuelta para ver qué podían estar diciéndose con la mirada, pero casi había vuelto a ser como cuando estábamos en Hailsham, y teníamos que seguir mirando hacia el frente y con una atención plena. Y al final la señorita Emily dijo:

—Sí, antes que nada, ¿por qué Hailsham? A Marie-Claude le gusta preguntar eso a menudo últimamente. Pero no hace tanto, antes del escándalo Morningdale, jamás se le habría ocurrido hacer una pregunta semejante. No le habría cabido en la cabeza. ¡Sabes que es verdad, no me mires así! En aquel tiempo sólo había una persona capaz de formular una pregunta así, y esa persona era yo. Me lo pregunté mucho antes de Morningdale, desde el principio mismo. Y eso les facilitó las cosas al resto de mis colegas de Hailsham; todos podían seguir con lo que hacían sin preocuparse. Y también vosotros los alumnos. Mientras yo me mantuviera firme, ninguna duda os pasaría por la cabeza a ninguno de vosotros. Pero tú has hecho tus preguntas, querido muchacho. Contestemos a la más sencilla, y ello quizá responda también a las demás. ¿Por qué nos llevábamos vuestros trabajos artísticos? ¿Por qué hacíamos tal cosa? Has dicho algo muy interesante antes, Tommy. Cuando estabas hablando de esto con Marie-Claude. Has dicho que era porque la obra de arte revelaba cómo era su autor. Cómo era en su interior. Eso es lo que has dicho, ¿no es cierto? Bien, no estabas en absoluto errado en eso. Nos llevábamos vuestros trabajos artísticos porque pensábamos que nos permitirían ver vuestra alma. O, para decirlo de un modo más sutil, *para demostrar que teníais alma.*

Hizo una pausa. Y Tommy y yo nos miramos por primera vez en un largo rato. Y entonces pregunté:

—¿Por qué tenían que demostrar una cosa así, señorita Emily? ¿Es que alguien creía que no la teníamos?

Una fina sonrisa se dibujó en su semblante.

—Es conmovedor, Kathy, verte tan desconcertada. Demuestra, en cierto modo, que hicimos bien nuestro trabajo. Como dices, ¿por qué habría alguien de dudar que teníais alma? Pero tengo que decirte, querida mía, que no era algo comúnmente admitido cuando empezamos nuestra andadura hace tantos años. Y aunque hayamos recorrido un largo camino desde entonces, no es aún una idea universalmente aceptada, ni siquiera actualmente. Vosotros, alumnos de Hailsham, por mucho que llevéis ya tiempo en el mundo, seguís sin saber casi nada. En este mismo momento, en todo el país, hay alumnos que se educan en condiciones deplorables, condiciones que vosotros los alumnos de Hailsham difícilmente podríais imaginar. Y, ahora que nosotros ya no estamos, las cosas no van a hacer sino empeorar.

Volvió a callar, y durante un instante pareció examinarnos detenidamente a través de sus ojos entrecerrados. Y luego continuó:

—Nosotros, al menos, nos preocupamos de que todos quienes estabais a nuestro cuidado crecierais en un medio maravilloso. Y procuramos también que, después de que nos dejarais, pudierais manteneros lejos de lo peor de esos horrores. Como mínimo pudimos hacer eso por vosotros. Pero ese sueño vuestro, ese sueño de poder llegar a *aplazar*... Conceder tal cosa siempre ha estado fuera de nuestro alcance, incluso cuando estuvimos en la cima de nuestra influencia. Lo siento. Sé que lo que estoy diciendo no va a ser bien recibido por vosotros. Pero no debéis abatiros. Confío en que sepáis apreciar lo mucho que fuimos capaces de ofreceros. ¡Miraos ahora! Habéis llevado una buena vida; sois educados y cultos. Siento que no pudiéramos conseguiros más de lo que os conseguimos, pero tendríais que daros cuenta de lo peor que un día fueron las cosas. Cuando Marie-Claude y yo empezamos, no había sitios como Hailsham. Fuimos los primeros, junto con Glenmorgan House. Luego, unos años después, vino Saunders Trust. Juntos formamos un pequeño pero influyente movimiento que desafiaba frontalmente la forma en que se estaban llevando los programas de donaciones. Y, lo que es más importante, demostramos al mundo que si los alumnos crecían en un medio humano y cultivado, podían llegar a ser tan sensibles e inteligentes como los seres humanos normales. Antes de eso, los clones (o *alumnos*, como nosotros preferíamos llamaros) no tenían otra finalidad que la de abastecer a la ciencia médica. En los primeros tiempos, después de la guerra, eso es lo que erais para la mayoría de la gente. Objetos oscuros en tubos de ensayo. ¿Estás de acuerdo, Marie-Claude? Está muy callada. Normalmente, cuando se habla de este tema, no hay quien la haga callar. Vuestra presencia, queridos míos, parece que le ha sellado la boca. Muy bien. En fin, respondiendo a tu pregunta, Tommy: por eso nos llevábamos vuestros trabajos artísticos. Seleccionábamos los mejores y organizábamos exposiciones. A finales de los setenta, cuando mayor era nuestra influencia, organizábamos grandes actos por todo el país. Asistían ministros, obispos, todo tipo de gente famosa. Se pronunciaban discursos, se prometían cuantiosos fondos. «¡Eh, mirad!», decían. «¡Mirad estas obras de arte! ¿Cómo puede atreverse alguien a afirmar que estos chicos son seres inferiores a los humanos?» Oh, sí, en aquella época hubo un gran apoyo a nuestro movimiento; estábamos con el aire de los tiempos.

Durante los minutos siguientes, la señorita Emily siguió rememorando distintos acontecimientos de aquel tiempo, haciendo mención de numerosas personas cuyos nombres no significaban nada para nosotros. De hecho, hubo un breves instantes en los que fue como si estuviéramos de nuevo escuchándola en una de sus charlas matinales de aquel tiempo, cuando se iba por las ramas y ninguno de nosotros podíamos seguirle. Parecía disfrutar del momento, y alrededor de sus ojos se instaló una sonrisa amable. Entonces, de pronto, salió de su remembranza y dijo en un tono nuevo:

—Pero nunca perdimos el contacto con la realidad, ¿no es así, Marie-Claude? No como nuestros colegas de Saunders Trust. Incluso en nuestros mejores tiempos sabíamos lo difícil que era la batalla que estábamos lidiando. Y entonces vino el escándalo Morningdale, y luego un par de cosas más, y antes de que pudiéramos darnos cuenta todo nuestro duro trabajo se había ido al traste.

—Pero lo que no entiendo —dije— es cómo la gente podía querer que se tratase tan mal a los *alumnos*...

—Desde la perspectiva de hoy, Kathy, tu extrañeza es perfectamente razonable. Pero tienes que tratar de entenderlo históricamente. Después de la guerra, a comienzos de los años cincuenta, cuando los grandes avances científicos se sucedían rápidamente uno tras otro, no había tiempo para hacer balance, para formularse las preguntas pertinentes. De pronto se abrían ante nosotros todas aquellas posibilidades nuevas, todas aquellas vías para curar tantas enfermedades antes de incurables. Esto fue lo que más atrajo la atención del mundo, lo más ambicionado por todas sus gentes. Y durante una larga etapa el mundo prefirió creer que los órganos surgían de la nada, o cuando menos que se creaban en una especie de vacío. Sí, hubo debates. Pero para cuando la gente empezó a preocuparse de..., de los *alumnos*, para cuando se paró a pensar en cómo se os criaba, o si siquiera tendríais que haber sido creados, para entonces, digo, ya era demasiado tarde. No había forma de volver atrás. A un mundo que había llegado a ver el cáncer como una enfermedad curable, ¿cómo podía pedírsele que renunciase a esa cura, que volviese a la era oscura? No se podía volver atrás. Por incómoda que pudiera sentirse la gente en relación con vuestra existencia, lo que le preocupaba abrumadoramente era que sus hijos, sus esposas, sus padres, sus amigos, no murieran de cáncer, de enfermedades neuromotoras o del corazón. De forma que durante mucho tiempo se os mantuvo en la sombra, y la gente hacía todo lo posible para no pensar en vuestra existencia. Y, si lo hacían, trataban de convencerse a sí mismos de que no erais realmente como nosotros. De que erais menos que humanos, y por tanto no había que preocuparse. Y así es cómo estaban las cosas hasta que irrumpió en escena nuestro pequeño movimiento. Pero ¿os dais cuenta de a qué nos estábamos enfrentando? Prácticamente estábamos intentando la cuadratura del círculo. Porque el mundo necesitaba *alumnos* que donaran. Y, mientras siguiera necesitándolos, siempre existiría una barrera que impediría veros como realmente humanos. Bien, peleamos por nuestra causa durante muchos años, y lo que conseguimos para vosotros, al menos, fue numerosas mejoras, aunque, por supuesto, ese «vosotros» no fuisteis más que un puñado de elegidos. Pero llegó el escándalo Morningdale, y luego otras cosas, y antes de que pudiéramos darnos cuenta la situación había cambiado por completo. Ya nadie quería verse relacionado con ningún tipo de apoyo a nuestra causa, y nuestro pequeño movimiento (Hailsham, Glenmorgan, Saunders Trust) pronto fue barrido de la escena.

—¿Qué es el escándalo Morningdale que menciona usted una y otra vez, señorita Emily? —pregunté—. Tendrá que contárnoslo, porque jamás habíamos oído hablar de él.

—Bueno, supongo que no hay ninguna razón para no hacerlo. En el mundo exterior nunca tuvo un gran eco. El nombre viene del científico James Morningdale, hombre de mucho talento en su campo. Llevó a cabo su trabajo en un remoto rincón de Escocia, donde supongo que pensó que llamaría menos la atención. Lo que quería era ofrecer a la gente la posibilidad de tener hijos con características mejoradas. Inteligencia superior, superiores dotes atléticas, ese tipo de cosas. Por supuesto, había habido otros con similares ambiciones, pero Morningdale había llevado sus investigaciones mucho más lejos que ninguno de sus precursores, mucho más allá de los límites legales. Bien, fue descubierto y se puso fin a sus investigaciones, y aquí pareció zanjarse la cuestión. Sólo que, por supuesto, la cuestión no estaba zanjada, al menos no para nosotros. Como he dicho, el caso jamás llegó a tener un gran eco. Pero sí creó cierta *atmósfera*, ¿entendéis? Hizo que la gente recordara; le hizo recordar un miedo que siempre había sentido. Una cosa es crear *alumnos*, como vosotros, para el programa de donaciones. ¿Pero una generación de niños creados que luego ocuparía su puesto en la sociedad? ¿Unos niños palmariamente *superiores* a nosotros? Oh, no. Eso asustaba a la gente. Y la gente retrocedió ante ello.

—Pero señorita Emily —dije—, ¿qué tiene que ver todo eso con nosotros? ¿Por qué tuvo que cerrar Hailsham por algo como lo que está diciendo?

—Tampoco nosotros vimos ninguna relación clara, Kathy. No al principio, al menos. Y ahora pienso a menudo que somos culpables por no haberla visto a tiempo. Si hubiéramos estado más alerta, menos absortos en nosotros mismos; si hubiéramos trabajado duro en aquella fase, cuando nos llegaron por primera vez las noticias de Morningdale, tal vez habríamos podido impedirlo. Oh, Marie-Claude no está de acuerdo. Ella piensa que todo habría sucedido de igual forma con independencia de lo que nosotros hubiéramos hecho, y puede que tenga algo de razón. Después de todo, no fue sólo Morningdale. En aquella misma etapa hubo otras cosas. Aquella horrible serie de televisión, por ejemplo. Todo ello contribuyó al cambio en el aire de los tiempos. Pero supongo que, bien mirado, el error fundamental fue ése. Nuestro pequeño movimiento era siempre demasiado frágil, siempre demasiado dependiente del humor de quienes nos apoyaban. Mientras el talante general se inclinara a nuestro favor, mientras tal sociedad anónima o tal político vislumbrara un beneficio en el hecho de apoyarnos, nos manteníamos a flote. Pero siempre fue una verdadera lucha, y después de Morningdale, después de que el talante general cambiara, ya no tuvimos ninguna oportunidad. El mundo no quería que se le recordase cómo funcionaba realmente el programa de donaciones. No quería pensar en vosotros, los *alumnos*, o en las condiciones en que fuisteis traídos a este mundo. En otras palabras, queridos míos, quería que volvierais a las sombras. A esas sombras en las que habíais estado antes de que personas como Marie-Claude y yo apareciéramos en escena. Y toda aquella gente influyente que un día se había mostrado tan deseosa de ayudarnos, bueno, pues toda esa gente no tardó en desaparecer. Perdimos a nuestros patrocinadores, uno tras otro, en poco más de un año. Seguimos con nuestra tarea todo el tiempo que pudimos; resistimos dos años más que Glenmorgan. Pero al final, como sabéis, nos vimos obligados a cerrar, y hoy apenas queda rastro del trabajo que habíamos llevado a cabo. Ya nadie podrá encontrar un lugar como Hailsham en ninguna parte del país. Todo lo que se podrá encontrar, como de costumbre, es esos vastos «hogares» del gobierno, y, aunque son hoy mucho mejores que lo que solían ser en un tiempo, dejadme deciros, queridos míos, que si llegarais a ver cómo son aún las cosas en algunos de esos centros no lograríais conciliar el sueño en varios días. Y en lo que se refiere a Marie-Claude y yo, aquí nos tenéis, retiradas en esta casa, con una montaña de trabajos vuestros ahí arriba. Es lo que nos queda para recordarnos lo que hicimos. Y una montaña de deudas, también, que como es lógico no nos resultan en absoluto agradables. Y los recuerdos, supongo, de todos vosotros. Y el saber que os hemos brindado una vida mejor que la que habríais tenido en otras circunstancias.

—No trates de pedirles que te den las gracias —se oyó decir a Madame a nuestra espalda—. ¿Por qué iban a estar agradecidos? Han venido aquí en busca de mucho más. Lo que nosotros les dimos, todos esos años, todas esas luchas en su beneficio... ¿Qué saben ellos de eso? Creen que es una dádiva divina. Hasta que han venido a esta casa, no sabían nada de esto. Lo único que ahora sienten es desencanto, porque no les hemos dado todo lo que creían posible.

Nadie dijo nada durante un rato. Luego se oyó un ruido en la calle, y el timbre volvió a sonar. Madame surgió de nuevo de la oscuridad, y salió al pasillo.

—Esta vez seguro que son esos hombres —dijo la señorita Emily—. Tendré que prepararme. Pero podéis quedaros un poco más. Tienen que bajar el mueble dos tramos de escaleras. Marie-Claude cuidará de que no lo dañen.

Tommy y yo no podíamos creer que aquello fuera el final. Ninguno de los dos se levantó para irse, aunque, de todas formas, no parecía haber nadie para ayudar a la señorita Emily a dejar la silla de ruedas. Por espacio de un instante me pregunté si no se levantaría ella sola, pero vi que se quedaba inmóvil, inclinada hacia delante, como antes, escuchando atentamente. Y Tommy dijo:

—Así que definitivamente no hay nada. Ni aplazamientos, ni nada de nada.

—Tommy —susurré, y lo fulminé con la mirada.

Pero la señorita Emily dijo con voz suave:

—No, Tommy. No hay nada. Vuestra vida debe seguir ahora el rumbo que tenía prefijado.

—¿Lo que nos está diciendo, señorita Emily —dijo Tommy—, es que todo lo que hicimos, todas las clases, todo..., no era más que para lo que nos acaba de contar? ¿No había nada más en todo aquello?

—Veo —dijo la señorita Emily— que puede parecer que no erais más que simple peones. Y no hay duda de puede mirarse de ese modo. Pero pensad en ello. Erais peones muy afortunados. Entonces había cierto clima que hoy ha desaparecido por completo. Tendréis que reconocer que a veces es así como funcionan las cosas en este mundo. Las opiniones de la gente, sus sentimientos, un día van en una dirección, y otro día en otra. Y coincide que vosotros crecisteis en un momento concreto de ese proceso.

—Puede que fuera sólo una corriente que vino y se fue —dije yo—. Pero para nosotros es nuestra vida.

—Sí, es cierto. Pero pensad en ello. Estabais mucho mejor que muchos que vinieron antes que vosotros. Y quién sabe lo que los que vengan después van a tener que afrontar. Lo siento, alumnos míos, pero ahora tenéis que marcharos. ¡George! ¡George!

Llegaba mucho ruido del pasillo, y quizá por eso George no podía oírla y no respondió. Tommy preguntó:

—¿La señorita Lucy se fue por eso?

Durante un instante pensé que la señorita Emily, cuya atención se había centrado en lo que estaba teniendo lugar en el pasillo, no le había oído. Pero se inclinó en la silla de ruedas y empezó a moverse despacio hacia la puerta. Había tantas mesitas de café y sillas en su camino que parecía imposible que llegara a conseguir abrirse paso entre ellas. Me disponía ya a levantarme para hacerle un hueco cuando vi que se detenía bruscamente.

—Lucy Wainright —dijo—. Ah, sí. Tuvimos un pequeño problema con ella. —Hizo una pausa, e hizo girar la silla de ruedas para encarar a Tommy—. Sí, tuvimos un pequeño problema con ella. Un pequeño desacuerdo. Pero respondo a tu pregunta, Tommy: el desacuerdo con Lucy Wainright no tuvo nada que ver con lo que acabo de contaros. No directamente, en todo caso. No, fue más..., digamos, un asunto interno.

Pensé que iba a dejarlo ahí, así que pregunté:

—Señorita Emily, si no le importa nos gustaría saber la razón. ¿Qué sucedió con la señorita Lucy?

La señorita Emily enarcó las cejas.

—¿Lucy Wainright? ¿Era importante para vosotros? Perdonadme, queridos alumnos, vuelvo a olvidar las cosas. Lucy no estuvo con nosotros mucho tiempo, así que para nosotros no es sino un personaje secundario en nuestra memoria de Hailsham. Y nuestro recuerdo de ella no es en absoluto feliz. Pero si estuvisteis precisamente en aquellos años, entiendo que... —Rió para sí misma, y pareció recordar algo. En el pasillo, Madame estaba reprendiendo a gritos a los hombres, pero la señorita Emily parecía haber perdido interés en ese asunto. Estaba rastreando en sus recuerdos con expresión absorta. Y al cabo dijo—: Una chica estupenda, Lucy Wainright. Pero después de estar con nosotros un tiempo, empezó a tener esas ideas. Pensaba que teníamos que haceros más conscientes. Más conscientes de lo que os esperaba en la vida: quiénes erais, para qué habíais sido concebidos. Creía que había que daros una imagen lo más vívida posible de vuestra situación. Que cualquier cosa menos que eso era casi como engañaros. Y nosotros lo estudiamos y llegamos a la conclusión de que estaba equivocada.

–¿Por qué? –preguntó Tommy–. ¿Por qué llegaron a esa conclusión?

–¿Por qué? Su intención era buena, estoy segura. Y veo que le teníais afecto. Era una excelente custodia. Pero lo que quería hacer era demasiado *teórico*. Llevábamos muchos años dirigiendo Hailsham, y sabíamos ya lo que podía funcionar, y lo que era mejor para los alumnos a la larga, en su futuro después de Hailsham. Lucy Wainright era una idealista, y no hay nada malo en ello. Pero no tenía sentido práctico. Nosotros podíamos daros algo, ¿comprendéis?, algo que ni siquiera hoy puede arrebataros nadie, y para poder hacerlo en primer lugar teníamos que *protegeros*. Hailsham no habría sido Hailsham si no lo hubiéramos hecho. Muy bien, a veces ello requería que os ocultáramos cosas, que os mintiéramos. Sí, en cierto sentido os *engañamos*. Supongo que hasta podríais decir eso. Pero os protegimos durante todos aquellos años, y de ese modo os dimos una infancia. La intención de Lucy era sin duda inmejorable. Pero si hubiera puesto en práctica lo que quería, vuestra felicidad en Hailsham habría corrido grave riesgo. ¡Miraos hoy! Estoy tan orgullosa de ver lo que sois. Habéis construido vuestras vidas sobre lo que nosotros os dimos. No seríais quienes hoy sois si no os hubiéramos protegido. No os habríais centrado en vuestras clases, no os habríais ensimismado en vuestro arte y en vuestra escritura. ¿Por qué ibais a hacerlo, de haber sabido lo que os aguardaba afuera? Nos habríais dicho que nada tenía sentido, y ¿con qué argumentos íbamos nosotros a discutíroslo? Así que Lucy tenía que irse.

Ahora Madame gritaba a los hombres. No era exactamente que hubiera perdido los estribos, pero su voz retumbaba con una severidad pavorosa, y los hombres —que hasta ese momento habían estado discutiendo con ella— callaron por completo.

—Quizá haya sido mejor que me haya quedado aquí con vosotros —dijo la señorita Emily—. Marie-Claude, en este tipo de cosas, es mucho más eficiente que yo.

No sé lo que me hizo decirlo. Tal vez el hecho de saber que nuestra visita estaba a punto de acabarse; tal vez el que sintiera una viva curiosidad acerca de cuáles eran los sentimientos mutuos de la señorita Emily y de Madame. El caso es que bajé la voz y, haciendo un gesto con la cabeza en dirección a la puerta, dije:

—A Madame nunca le gustamos. Siempre tenía miedo de nosotros. De esa forma en que a la gente le dan miedo las arañas y otros bichos.

Aguardé a ver si la señorita Emily se ponía furiosa (sin importarme ya gran cosa si lo hacía o no). Y, en efecto, se volvió hacia mí bruscamente, como si le hubiera arrojado una bolita de papel, y sus ojos fulguraron de un modo que me recordó sus días de Hailsham. Pero su voz era calma y suave cuando replicó:

—Marie-Claude lo ha dado *todo* por vosotros. No ha hecho más que trabajar y trabajar y trabajar. No te equivoques en eso, niña mía. Marie-Claude está de vuestro lado, y siempre estará de vuestro lado. ¿Os tiene miedo? Todos os tenemos miedo. Mientras estuve en Hailsham, yo misma tenía que vencer casi todos los días el miedo que me inspirabais. Había veces en que os miraba desde la ventana de mi estudio y sentía tal grima... —calló, y de nuevo brilló algo en sus ojos—. Pero estaba decidida a que esos sentimientos no me impidieran hacer lo que era justo. Luché contra esos sentimientos, y salí victoriosa. Ahora, si sois tan amables de ayudarme a levantarme de la silla... George me estará esperando con las muletas.

Con un codo apoyado en Tommy y el otro en mí, caminó con cuidado hasta salir al pasillo, donde un hombre grande con uniforme de enfermero, sobresaltado, dio un respingo y se apresuró a tenderle unas muletas.

La puerta principal estaba abierta, y me sorprendió ver que aún quedaba algo de claridad diurna. La voz de Madame llegaba desde el exterior; hablaba con los hombres, pero ya con más calma. Creí llegada la hora de que Tommy y yo desapareciéramos de allí, pero la señorita Emily, firme entre las dos muletas mientras George la ayudaba a ponerse el abrigo, nos cerraba el paso, así que esperamos. Supongo que también esperábamos para decirle adiós a la señorita Emily; puede que, después de todo, quisiéramos darle las gracias. No estoy segura. Pero en aquel momento lo que a ella le preocupaba era su cómoda. Ya afuera, se puso a explicarles a los hombres algo urgente, y se alejó con George, sin mirar hacia atrás para volver a vernos.

Tommy y yo nos quedamos en el pasillo durante unos segundos más, sin saber qué hacer. Cuando al final salimos a la calle, advertí que, aunque el cielo aún no estaba oscuro, las farolas se habían encendido a todo lo largo de la calle. Una furgoneta blanca puso en marcha el motor. Justo detrás de ella vimos un viejo Volvo, y a la señorita Emily en el asiento del acompañante. Madame se inclinaba sobre la ventanilla, y asentía a algo que le estaba diciendo la señorita Emily, mientras George cerraba el maletero e iba hasta la puerta del conductor. La furgoneta blanca inició la marcha, y el Volvo salió a continuación.

Madame se quedó mirando durante largo rato hacia los vehículos que se alejaban. Luego se dio la vuelta en ademán de entrar en la casa, y al vernos allí en la acera se detuvo bruscamente, y casi retrocedió dando un saltito.

–Nos vamos ya –dije–. Gracias por haber hablado con nosotros. Por favor, dígale adiós a la señorita Emily de nuestra parte.

Vi cómo me estudiaba a la luz mortecina de la tarde. Luego dijo:

–Kathy H. Me acuerdo de ti. Sí, te recuerdo.

Se quedó en silencio, pero siguió mirándome.

–Creo que sé lo que está pensando –dije, finalmente–. Creo que puedo adivinarlo.

–Muy bien –dijo ella. Su voz sonaba como ausente, y su mirada parecía desvaída–. Muy bien. Puedes leer la mente. Dime.

–Una tarde me vio usted en el dormitorio. No había nadie, y yo estaba escuchando una cinta, una canción. Y estaba bailando, con los ojos cerrados. Y usted me vio.

–Eso está muy bien. Sabes leer la mente. Deberías trabajar en un escenario. Acabo de reconocerte. Pero sí, me acuerdo de aquella vez. Y aún pienso en ella en ocasiones.

–Es extraño. Yo también.

–Ya veo.

Podíamos haber acabado la conversación ahí. Podíamos habernos dicho adiós y habernos ido cada cual por nuestro lado. Pero Madame dio un paso hacia nosotros, sin dejar de mirarme a la cara en ningún momento.

–Eras mucho más joven entonces –dijo–. Pero sí, eres tú.

–No tiene que contestarme si no quiere –dije–. Pero es algo que siempre me ha intrigado. ¿Puedo preguntárselo?

–Me lees la mente. Pero yo no puedo leer la tuya.

–Bueno, aquel día usted estaba... disgustada. Me estaba mirando, y cuando me di cuenta y abrí los ojos, usted seguía observándome, y creo que estaba llorando. De hecho sé que estaba llorando. Me estaba mirando y lloraba. ¿Por qué?

La expresión de Madame no había cambiado, y continuó mirándome a la cara.

—Estaba llorando —acabó diciendo con voz muy suave, como si tuviera miedo de que los vecinos estuvieran escuchando— porque al entrar oí la música. Pensé que algún alumno descuidado había dejado una casete puesta. Pero cuando fui a entrar en el dormitorio te vi, sola, apenas una chiquilla, bailando. Con los ojos cerrados, como has dicho, y muy lejos, y con tal expresión de anhelo. Bailabas con tanta sensibilidad. Y la música, la canción. Había algo en la letra. Estaba tan llena de tristeza.

—La canción —dije— se titulaba «Nunca me abandones». —Entoné para ella un par de versos en voz muy baja, casi en un susurro—. *Nunca me abandones. Oh, baby, baby... Nunca me abandones...*

Movió la cabeza en señal de asentimiento.

—Sí, era esa canción. La he oído una o dos veces desde entonces. En la radio, en la televisión. Y siempre me ha recordado a aquella chiquilla que bailaba a solas en el dormitorio.

—Dice que no puede leer la mente —dije—. Pero quizá la leyó aquel día. Quizá por eso, al verme, se echó a llorar. Porque, fuera lo que fuere lo que decía la letra de aquella canción, yo, en mi cabeza, cuando estaba bailando, tenía mi propia interpretación. ¿Sabe? Imaginaba que trataba de una mujer a la que le habían dicho que no podía tener hijos. Pero resulta que tuvo uno, y estaba tan feliz, y lo apretaba con todas sus fuerzas contra su pecho, muerta de miedo de que algo pudiera separarlos, y no paraba de cantar *baby, baby*, nunca me abandones... La canción no trata de eso ni mucho menos, pero eso es lo que yo tenía en la cabeza entonces. Puede que me leyera usted la mente, y por eso le pareció todo tan triste. A mí no me parecía tan triste en aquel momento, pero ahora, cuando pienso en ello, sí me lo parece un poco.

Había estado hablándole a Madame, pero sentía a Tommy moviéndose a mi lado, y era consciente de la textura de su ropa, de todo lo que tenía que ver con su persona. Y Madame dijo:

—Es muy, muy interesante. Pero ni entonces podía ni hoy puedo leer la mente de nadie. Lloraba por una razón totalmente diferente. Cuando te vi bailando aquella tarde, vi también algo más. Vi un mundo nuevo que se avecinaba velozmente. Más científico, más eficiente. Sí. Con más curas para las viejas enfermedades. Muy bien. Pero más duro. Más cruel. Y veía a una niña, con los ojos muy cerrados, que apretaba contra su pecho el viejo mundo amable, el suyo, un mundo que ella, en el fondo de su corazón, sabía que no podía durar, y lo estrechaba con fuerza y le rogaba que nunca, nunca la abandonara. Eso es lo que yo vi. No te vi realmente a ti, ni lo que estabas haciendo. Pero te vi y se me rompió el corazón. Y jamás lo he olvidado.

Entonces se acercó hasta quedar casi a un paso de nosotros.

—Lo que nos habéis dicho esta tarde me ha emocionado también. —Miró a Tommy, y luego a mí—. Pobres criaturas. Me gustaría tanto poder ayudaros. Pero ahora estáis solos.

Alargó la mano, sin dejar de mirarme a la cara ni un instante, y la puso en mi mejilla. Sentí cómo un temblor la recorría de pies a cabeza, pero dejó la mano donde estaba, y vi que volvían a asomar a sus ojos las lágrimas.

—Pobres criaturas —repitió, casi en un susurro.

Y se dio la vuelta y entró en la casa.

En el viaje de regreso apenas hablamos de nuestra visita a Madame y a la señorita Emily. O, si lo hicimos, fue de las cosas menos importantes, como de lo envejecidas que nos habían parecido, o de las cosas que habíamos visto en su casa.

Me mantuve todo el tiempo en las carreteras secundarias menos iluminadas que conocía, donde sólo nuestros faros turbaban la total oscuridad. De cuando en cuando nos cruzábamos con otros faros, y entonces tenía la sensación de que pertenecían a otros cuidadores que volvían a casa solos, o quizá, como yo, con un donante a su lado. Era consciente, por supuesto, de que otras muchas gentes utilizaban esas carreteras, pero aquella noche me daba la impresión de que aquellos apartados vericuetos del país existían sólo para gente como nosotros, mientras que las grandes y rutilantes autopistas, con sus gigantescos letreros y sus confortables cafeterías, eran para todos los demás. No sé si Tommy estaba pensando algo parecido. Quizá sí, porque en un momento dado comentó:

—Kath, conoces unas carreteras bastante raras.

Rió un poco al decirlo, pero enseguida pareció sumirse en sus pensamientos. Y luego, cuando avanzábamos por una vía particularmente oscura, en medio de ninguna parte, dijo de pronto:

—Creo que la que tenía razón era la señorita Lucy. No la señorita Emily.

No recuerdo si dije algo en respuesta. Si lo hice, ciertamente no fue nada profundo. Pero ése fue el momento en que percibí algo en su voz, o quizá en su modo de comportarse, que hizo que se disparara un lejano timbre de alarma. Recuerdo que aparté la mirada de la carretera para mirarle a él, pero lo vi allí sentado a mi lado, en calma, con la mirada fija en el asfalto.

Unos minutos después, dijo de pronto:

—¿Podemos parar, Kath? Lo siento, pero tengo que bajarme un momento.

Pensé que se estaba mareando otra vez, y aminoré la marcha inmediatamente, y detuve el coche en el arcén, casi rozando el seto. Era un tramo completamente oscuro, y aunque dejé los faros encendidos estaba muy nerviosa por miedo a que un vehículo tomara la curva a mucha velocidad y chocara contra nosotros. Por eso, cuando Tommy se bajó y desapareció en la oscuridad, no le acompañé. Pero en la forma en que se había bajado del coche había creído ver una firme determinación que daba a entender que, por mucho que se sintiera mal, prefería arreglárselas solo. Sea como fuere, ésa era la razón por la que yo aún seguía en el coche, y estaba preguntándome si arrancar y dejarlo un poco más arriba de la ladera cuando de pronto oí el primer grito.

Al principio ni siquiera pensé que fuera él, sino algún loco que anduviera rondando entre los arbustos. Estaba ya fuera del coche cuando me llegó el segundo grito, y el tercero, y para entonces ya sabía que era Tommy, y ello no atenuó en lo más mínimo mi sensación de apremio. Antes bien, durante un instante, al no poder ubicar a Tommy, estuve al borde del pánico. No podía ver nada, y cuando traté de ir hacia los gritos me topé con una espesura impenetrable. Logré encontrar un hueco entre los matorrales, crucé una zanja y llegué a una valla. Me las arreglé para pasar por encima de ella y hundí los pies en un barro blando.

Ahora podía ver mucho mejor dónde me encontraba. Era un campo que descendía abruptamente un poco más adelante, y alcancé a ver las luces de un pueblecito situado al fondo el valle. El viento era muy fuerte, y una ráfaga me golpeó con una violencia tal que me vi obligada a agarrarme a un poste de la valla. La luna no era aún llena, pero iluminaba lo bastante para permitirme ver la figura de Tommy. Gritaba y lanzaba puñetazos y patadas, hecho una fiera, unos metros más allá, donde el campo empezaba a descender con brusquedad.

Intenté correr hacia él, pero era como si el barro succionara mis pies hacia abajo. El barro también le impedía moverse libremente a Tommy, porque en un momento dado vi que, al lanzar una patada, resbalaba y se lo tragaba la negrura de la noche. Pero siguió soltando maldiciones, y llegué a donde había caído en el momento mismo en que se estaba levantando. A la luz de la luna vi su cara, manchada de barro y distorsionada por la cólera, y estiré las manos y le agarré con fuerza los brazos para que dejara de agitarlos frenéticamente. Él trató de zafarse, pero yo no le solté, hasta que dejó de gritar y me pareció que al fin su furia amainaba. Al poco me di cuenta de que él también me tenía entre sus brazos. Y durante lo que se me antojó una eternidad seguimos allí de pie, en lo alto de aquel campo, sin decir nada, abrazándonos, mientras el viento soplaba contra nosotros y nos tiraba de la ropa, y seguimos aferrándonos el uno al otro como si fuera la única manera de impedir que nos arrastrara al fondo de la noche.

Cuando por fin nos separamos, Tommy dijo entre dientes:

—Lo siento de veras, Kath. —Luego lanzó una risa temblorosa y añadió—: Menos mal que ahora no hay vacas. Se habrían llevado un buen susto.

Vi que estaba haciendo todo lo posible por tranquilizarme, por asegurarme que todo había pasado, pero el pecho seguía palpitándole con fuerza y las piernas le temblaban. Volvimos juntos hacia el coche tratando de no resbalar.

—Apestas a caca de vaca —dije, al rato.

—Oh, Dios, Kath, ¿cómo voy a explicar esto? Tendremos que entrar por la parte de atrás.

—Tienes que dar cuenta de tu llegada.

—Oh, Dios —dijo. Y volvió a reírse.

Encontré unos trapos en el coche, y nos limpiamos como pudimos la bosta de vaca. Pero cuando revolvía el maletero en busca de los trapos, saqué la bolsa de deportes con sus dibujos de animales, y al subir al coche vi que Tommy la metía en la trasera y la ponía sobre el asiento.

Recorrimos un trecho sin hablar mucho. Tommy se había puesto la bolsa sobre el regazo, y yo aguardaba a que dijera algo acerca de los dibujos, e incluso se me ocurrió que estaba incubando otro arrebato, y que iba a tirarlos todos por la ventanilla. Pero siguió con la bolsa bien sujeta con las dos manos mientras miraba fijamente la carretera oscura que se extendía ante nosotros. Después de un largo silencio, dijo:

—Siento lo de antes, Kath. De veras que lo siento. Soy un verdadero idiota. —Y luego añadió—: ¿En qué piensas, Kath?

—Estaba pensando —dije— en el pasado, en Hailsham, cuando te ponías como loco, como ahora, y no podíamos entenderte. No podíamos comprender cómo cogías aquellas rabietas. Y me ha venido a la cabeza la idea, bueno, una especie de pensamiento. Que quizá la razón de que te pusieras como te ponías era que, de una manera o de otra, tú siempre *lo supiste*.

Tommy se quedó pensativo ante esto, y sacudió la cabeza.

—No lo creo, Kath. No, siempre se trató sólo de mí, de mi persona. Era un idiota. Eso es todo. —Luego dejó escapar una débil risa, y dijo—: Pero es una idea curiosa. Quizá sí, quizá lo sabía, en lo más hondo de mí mismo. Y el resto de vosotros no.

23

Nada pareció cambiar mucho en la semana siguiente a nuestro viaje. Aunque yo nunca pensé que las cosas fueran a seguir siendo las mismas, y, sin ningún género de dudas, a principios de octubre, empecé a detectar pequeños cambios. Como botón de muestra, y aunque siguió haciendo sus dibujos de animales, Tommy se cuidaba muy mucho de dibujarlos en mi presencia. Nunca volvimos a ser del todo los mismos que cuando empecé a ser su cuidadora, y el pasado de las Cottages seguía gravitando sobre ambos. Pero era como si hubiera reflexionado sobre ello y hubiera tomado una decisión: seguir con sus animales cuando le viniera en gana, pero si yo entraba en su cuarto dejar de dibujarlos y guardarlos de inmediato. Y a mí no me dolía que lo hiciera. De hecho, en cierto modo, era un alivio: aquellos animales que nos miraban fijamente a la cara cuando estábamos juntos no habrían hecho sino hacer las cosas más incómodas.

Pero además hubo otros cambios menos fáciles de asimilar. No quiero decir que a veces no nos lo pasáramos bien en su habitación. Incluso practicábamos el sexo de cuando en cuando. Pero lo que no podía dejar de advertir era que Tommy se sentía cada día más y más identificado con los demás donantes del centro. Si, por ejemplo, estábamos recordando cosas de Hailsham, él, tarde o temprano, acababa sacando a colación el hecho de que alguno de sus compañeros del centro había dicho o hecho algo parecido a lo que estábamos evocando. Recuerdo una vez en que llegué a Kingsfield después de un largo viaje. Me bajé del coche, y la Plaza tenía un aire similar al del día en que Ruth y yo llegamos para recoger a Tommy e ir a ver el barco. Era una tarde nublada de otoño, y no había nadie a la vista salvo un grupo de donantes apiñados bajo el tejado saliente del edificio de recreo. Tommy estaba entre ellos –de pie, con un hombro apoyado contra un poste–, y escuchaba a un donante que estaba en cuclillas en las escaleras de la entrada. Me dirigí hacia ellos, pero de pronto me detuve y me quedé esperando en medio de la Plaza, bajo el cielo gris. Pero Tommy, a pesar de haberme visto, siguió escuchando a su amigo, hasta que al final todos estallaron en carcajadas. Incluso entonces siguió escuchando y sonriendo. Luego aseguraría que me había hecho una seña para que me acercara, pero, en caso de ser cierto, su gesto no había sido en absoluto claro. Lo único que yo vi fue que se reía señalando vagamente en mi dirección, y que volvía a prestar atención a lo que su compañero estaba diciendo. Muy bien, estaba ocupado, es cierto, y al cabo de un par de minutos vino hasta mí y los dos subimos a su cuarto. Pero todo había sido muy distinto de como solía ser al principio. No era sólo que me había tenido esperándole en medio de la Plaza. Eso no me habría importado tanto. Era más bien que aquel día, por primera vez, había percibido en él algo muy parecido al resentimiento –sólo por el hecho de tener que venir conmigo–, y una vez que estuvimos solos en su habitación el ambiente que se respiraba entre nosotros no era lo que se dice festivo.

Si he de ser justa, también yo tuve parte de culpa. Porque al quedarme allí mirando cómo charlaban y reían, sentí una inopinada punzada interna; porque en el modo en que los donantes se habían agrupado en semicírculo, en su modo de estar –de pie o sentados–, casi estudiadamente relajado, como en ademán de anunciar al mundo lo mucho que cada uno de ellos disfrutaba de la compañía de los otros, había algo que me recordaba cómo nuestro pequeño grupo de amigas solía sentarse cerca del pabellón haciendo corro. La comparación, como digo, hizo que sintiera algo en mi interior, y tal vez a causa de ello, una vez en su habitación, también yo sentía dentro la comezón del resentimiento.

Y sentía algo parecido cada vez que Tommy me decía que yo no entendía esto o lo otro porque aún no era donante. Pero, aparte de una ocasión en concreto, a la que me referiré dentro de un momento, no se trataba nunca más que de una comezón muy leve. Normalmente Tommy me decía esas cosas medio en broma, casi cariñosamente. E incluso cuando lo hacía de forma más desabrida, como cuando me dijo que dejara de llevar su ropa sucia a la lavandería porque podía hacerlo él mismo, la cosa nunca degeneraba en pelea. Esa vez le había preguntado:

–¿Qué más da quién baje las toallas a la lavandería? A mí me coge de camino.

A lo que él, sacudiendo la cabeza, había respondido:

–Mira, Kath, de mis cosas me ocuparé yo. Si fueras donante, lo entenderías.

Muy bien, me molestaba oírlo, pero era algo que podía olvidar fácilmente. Pero, como digo, hubo una vez en la que el hecho de decirme que no era donante me sacó de mis casillas.

Sucedió como una semana después de que llegara el aviso para su cuarta donación. Estábamos esperándolo, y habíamos hablado de ello largo y tendido. De hecho, hablando de su cuarta donación habíamos tenido algunas de nuestras conversaciones más íntimas desde nuestro viaje a Littlehampton. Hay donantes que quieren hablar de ello todo el tiempo, absurda e incesantemente. Y hay quienes bromean sobre ello, y quienes no quieren siquiera mencionarlo. Y luego está esa curiosa tendencia de los donantes a tratar la cuarta donación como algo merecedor de enhorabuenas. A un donante en «su cuarta», aun cuando se trate de alguien que hasta el momento no haya gozado de excesivas simpatías, se le trata con especial respeto. Hasta el personal médico lo halaga: cuando un donante en «su cuarta» va a hacerse los análisis es acogido con sonrisas y apretones de manos por médicos y enfermeras. Bien, Tommy y yo charlamos de todo esto, a veces en tono jocoso y otras seria y concienzudamente. Abordamos los diferentes modos que había de enfrentarse a ello, y cuáles eran los más sensatos. Una vez, tendidos el uno junto al otro en la cama mientras la oscuridad iba cerniéndose sobre la habitación, Tommy dijo:

—¿Sabes por qué es, Kath? ¿Sabes por qué todos nos preocupamos tanto por la cuarta? Porque no estamos seguros de que vayamos realmente a «completar». Si uno tuviera la certeza de que iba a «completar», todo se le haría mucho más fácil. Pero nadie puede darte esa certeza.

Yo llevaba ya un tiempo preguntándome si esto saldría a relucir algún día, y había pensado en cómo responderle. Pero cuando llegó el momento apenas supe qué decir. Así que dije:

—Son un montón de bobadas, Tommy. Pura palabrería. Ni siquiera merece la pena pensar en ello.

Pero Tommy sabía que no tenía nada en que apoyar mis protestas. Sabía, también, que eran interrogantes para los que ni siquiera los médicos tenían respuestas ciertas. Se ha hablado mucho de ello. De cómo quizá, después de la cuarta donación, aun cuando técnicamente hayas «completado», en cierta medida sigues conservando la conciencia; de cómo descubres que luego hay más donaciones, muchas más, al otro lado de esa línea divisoria; de cómo ya no hay más centros de recuperación, no más cuidadores, no más amigos; de cómo ya no hay nada que hacer más que estar atento a las donaciones que aún te esperan, hasta que éstas te extingan. Es una película de terror, y la mayoría de las veces la gente no quiere pensar en ello. Ni el personal médico, ni los cuidadores —ni, normalmente, los donantes mismos—. Pero de cuando en cuando alguno de ellos lo saca a colación, como Tommy aquella tarde (hoy miro hacia atrás y me gustaría haber hablado de todo ello). Pero el caso es que, después de que le dijera que dejara de pensar en ello, que no era más que pura palabrería, los dos dejamos por completo el tema y hablamos de otras cosas. Tommy me había hablado de lo que pensaba al respecto, al menos, y me alegraba que hubiera confiado en mí hasta tal punto. Lo que estoy queriendo decir es que, en general, tenía la impresión de que nos estábamos enfrentando a su cuarta donación muy bien juntos, y de que por eso me dejó tan anonadada lo que me había dicho aquel día en que paseamos por el campo.

Kingsfield no tiene mucho terreno. La Plaza es el obligado punto de reunión, y los espacios vacíos que hay detrás de los edificios tienen un aire de tierra baldía. El retazo más grande, que los donantes llaman «el campo», es un rectángulo lleno de maleza y cardos cercado por una alambrada. Siempre se ha hablado de convertirlo en una pradera de césped para disfrute de los donantes, pero hasta el día de hoy no se ha hecho nada al respecto. Pasear por él puede no resultar tan apacible a causa de la gran carretera de las cercanías. Pero cuando los donantes están inquietos y necesitan estirar las piernas tienden de todas formas a aventurarse a través las zarzas y ortigas que lo pueblan. La mañana de que hablo había una niebla espesa, y yo sabía que el campo estaría empapado, pero Tommy había insistido en que saliéramos a dar un paseo. No es extraño, pues, que fuéramos los únicos paseantes en «el campo» (lo cual pareció complacer a Tommy). Después de bregar contra los matorrales durante un rato, se detuvo junto a la alambrada y se quedó mirando hacia la niebla vacía del otro lado. Y dijo:

—Kath, no quiero que te lo tomes a mal. Pero he estado dándole vueltas a la cabeza y creo que tendría que cambiar de cuidador.

En los segundos que siguieron caí en la cuenta de que lo que me había dicho no me sorprendía en absoluto; que, en cierto modo extraño, lo esperaba. Pero de todas formas estaba disgustada y no dije nada.

—No es sólo por que se esté acercando mi cuarta donación, Kath —continuó él—. No es sólo por eso. Es por cosas como las de la semana pasada. Cuando tuve ese problema de riñones. Pronto voy a empezar a tener montones de problemas de ese tipo.

—Por eso vine a buscarte —dije—. Precisamente por eso vine a en tu ayuda. Por lo que ahora está empezando. Y también porque Ruth lo quería así.

—Ruth quería lo otro para nosotros —dijo Tommy—. No veo por qué tendría que querer necesariamente que estuvieras conmigo hasta el final.

—Tommy —dije, y supongo que para entonces estaba ya furiosa, aunque seguía controlándome y hablando con voz calma—. Soy la única que puede ayudarte. Ésa es la razón por la que te busqué y te encontré después de tanto tiempo.

—Ruth quería lo otro para nosotros —repitió Tommy—. Y esto es totalmente diferente. Kath, no quiero que me veas como pronto voy a estar.

Estaba mirando al suelo, con una palma pegada a la alambrada, y por espacio de unos instantes pareció escuchar atentamente los ruidos del tráfico que llegaban del otro lado de la niebla. Y fue entonces cuando lo dijo, sacudiendo ligeramente la cabeza.

—Ruth lo habría entendido. Era una donante, y por tanto lo habría entendido. No estoy queriendo decir que por fuerza habría querido lo mismo para ella. Si hubiera podido elegir, puede que hubiera querido que siguieras siendo su cuidadora hasta el final. Pero habría entendido que yo quiera hacerlo a mi manera. Kath, a veces no puedes verlo. No puedes verlo porque no eres donante.

Fue cuando dijo esto cuando me di la vuelta y me fui. Como he dicho, estaba preparada para que me dijera que no quería que siguiera siendo su cuidadora. Pero lo que realmente me dolió, después de toda una serie de pequeños detalles —como cuando me dejó allí de pie en medio de la Plaza—, fue lo que dijo en aquel momento, la forma en que me marginó otra vez, no sólo de los demás donantes sino de sí mismo y de Ruth.

Aunque esto tampoco acabó en una gran pelea. Cuando me fui con cajas destempladas no me quedó más remedio que volver a su habitación. Tommy subió unos minutos después, y para entonces yo ya me había calmado, y él también, y pudimos mantener una conversación como es debido sobre el asunto. Fue un poco tirante, es cierto, pero hicimos las paces, e incluso abordamos algunos aspectos prácticos sobre el hecho de cambiar de cuidador. Entonces, estando allí sentados uno al lado del otro en el borde de la cama, a la luz mortecina de la lámpara, me dijo:

—No quiero que volvamos a pelearnos, Kath. Pero tengo muchas ganas de preguntarte algo. ¿No te cansas de ser cuidadora? Todos los demás llevamos mucho tiempo siendo donantes. Y tú llevas años haciendo esto. ¿No te apetece a veces, Kath, que te manden pronto el aviso?

Me encogí de hombros.

—No me importa. En cualquier caso, hacen falta buenos cuidadores. Y yo soy una buena cuidadora.

—Pero ¿de verdad es tan importante? Muy bien, es estupendo tener un buen cuidador. Pero, a fin de cuentas, ¿importa tanto? Los donantes donarían de todas formas, y luego «completarían».

—Pues claro que es importante. Un buen cuidador tiene una importancia decisiva en cómo es la vida de un donante.

—Pero toda esta vida acelerada que tú llevas. Todo ese andar de un lado para otro hasta la extenuación, y toda esa soledad. Te he estado observando. Te está consumiendo. Seguro que sí, Kath; seguro que a veces estás deseando que te digan que ya puedes dejarlo. No sé por qué no hablas con ellos, por qué no les preguntas por qué están tardando tanto. —Se quedó callado, y luego dijo—: Me lo pregunto, simplemente. No quiero que discutamos.

Puse la cabeza sobre su hombro, y dije:

—Sí... Puede que ya no tarde mucho, de todas formas. Pero de momento tengo que seguir. Aunque tú no quieras que me quede contigo, hay otros que sí quieren.

—Supongo que tienes razón, Kath. Eres una cuidadora buena de verdad. Serías perfecta para mí si no fueras tú. —Soltó una risita y me rodeó con el brazo, aunque seguimos sentados uno al lado del otro. Luego dijo—: No hago más que pensar en ese río de no sé qué parte, con unas aguas muy rápidas. Y en esas dos personas que están en medio de ellas, tratando de agarrarse mutuamente, aferrándose con todas sus fuerzas el uno al otro, hasta que al final ya no pueden aguantar más. La corriente es demasiado fuerte. Tienen que soltarse, y se separan, y se los lleva el agua. Pienso que eso es lo que pasa con nosotros. Qué pena, Kath, porque nos hemos amado siempre. Pero al final no podemos quedarnos juntos.

Cuando dijo esto, recordé cómo lo había agarrado con todas mis fuerzas aquella noche en aquel campo azotado por el viento, en el camino de regreso de Littlehampton. No sé si él estaba pensando también en eso, o si seguía pensando en sus ríos de corrientes tempestuosas. En cualquier caso, seguimos sentados en el borde de la cama durante largo rato, sumidos en nuestros pensamientos. Y al final le dije:

—Siento haberme enfadado tanto antes. Les hablaré. Intentaré que te asignen un cuidador realmente bueno.

—Qué pena, Kath... —volvió a decir.

Y no creo que habláramos más de ello en toda la mañana.

Recuerdo que las semanas que siguieron —las semanas antes de que el nuevo cuidador se hiciera cargo— fueron sorprendentemente apacibles. Quizá Tommy y yo nos esforzábamos muy especialmente por ser amables el uno con el otro, pero el tiempo pareció transcurrir de un modo casi desenfadado. Podría pensarse que, en la situación en que estábamos, tendríamos que habernos visto inmersos en una sensación de irrealidad. Pero nosotros no nos sentimos nada extraños en aquel momento. Yo estaba bastante ocupada con dos de mis otros donantes del norte de Gales, y ello me había mantenido apartada de Kingsfield más de lo que yo habría deseado, pero aun así me las arreglaba para visitar a Tommy tres o cuatro veces a la semana. El tiempo se hizo más frío, aunque seguía seco y a menudo soleado, y se nos pasaban las horas en su habitación, a veces practicando el sexo, las más de las veces charlando. A veces Tommy escuchaba cómo le leía en alto. Una o dos veces, incluso, sacó su cuaderno y garabateó unas cuantas ideas para sus animales mientras yo le leía desde la cama.

Hasta que fui a verle el último día. Llegué justo después de la una, una tarde fresca de diciembre. Subí presintiendo algún cambio —no sabía cuál—. Quizá pensé que habría puesto algún elemento nuevo de decoración o algo por el estilo. Pero, por supuesto, todo estaba como siempre, y, bien mirado, fue un alivio. Tampoco Tommy parecía nada diferente, pero cuando empezamos a hablar se nos hizo difícil simular que era una visita más. Habíamos hablado tanto las semanas anteriores que no nos daba la sensación de que tuviéramos nada especial que cumplir aquella tarde. Y creo que ambos nos sentíamos reacios a empezar cualquier conversación que luego lamentaríamos no haber podido acabar cabalmente. Así que en nuestra charla de aquel día hubo una especie de vacío.

Y en un momento dado, sin embargo, después de haberme estado paseando sin ton ni son por la habitación, le pregunté:

—Tommy, ¿te alegras de que Ruth «completara» antes de saber todo lo que nosotros averiguamos en Littlehampton?

Estaba echado en la cama, y, antes de responder, siguió mirando con fijeza el techo durante un momento.

—Qué extraño, porque yo estuve pensando en lo mismo el otro día. Lo que no debes olvidar, cuando pienses en este tipo de cosas, es que Ruth era distinta de nosotros. Tú y yo, desde el principio, desde que éramos muy pequeños, siempre estábamos tratando de descubrir cosas. ¿Te acuerdas, Kath, de todas aquellas charlas secretas que solíamos tener? Pero Ruth no era así. Ella siempre quería creer en cosas. Ésa era Ruth. Así que sí; que en cierta manera creo que es mejor que haya sucedido de este modo. —Se quedó callado, y luego dijo—: Claro que lo que descubrimos aquel día, con la señorita Emily y demás, no cambia nada lo de Ruth. Al final nos deseó lo mejor. De verdad quiso lo mejor para nosotros.

A aquellas alturas no quise embarcarme en una conversación seria sobre Ruth, así que me limité a decirle que estaba de acuerdo. Pero ahora que he tenido más tiempo para pensar en ello, no estoy muy segura de cómo me siento. Una parte de mí sigue deseando haber podido compartir con Ruth todo lo que Tommy y yo descubrimos. De acuerdo, quizá ella se habría sentido mal al saberlo; quizá le hubiera hecho ver que el daño que nos había hecho en un tiempo no podía ser reparado tan fácilmente como creía. Y, si he de ser sincera, quizá ello no sea sino una pequeña parte de un deseo más grande de que lo hubiera sabido todo antes de «completar». Pero, a la postre, creo que hay algo más, algo más que mi mero deseo mezquino y vengativo. Porque como Tommy dijo, ella quiso lo mejor para nosotros al final, y aunque aquel día en el coche me dijo que no esperaba que la perdonase nunca, se equivocaba. No siento ninguna inquina hacia ella. Cuando digo que me habría gustado que hubiera llegado a saberlo todo, es más bien por la tristeza que siento ante la idea de que haya acabado de forma distinta a la de Tommy y mía. Porque es como si hubieran trazado una raya y Tommy y yo estuviéramos a un lado y Ruth al otro, y, a fin de cuentas, eso me pone triste, y creo que también a ella la entristecería si pudiera verlo.

Tommy y yo no nos hicimos ninguna gran despedida aquel día. Cuando llegó la hora, bajó las escaleras conmigo —algo que no solía hacer— y cruzamos la Plaza juntos en dirección al coche. Dada la época del año, el sol se estaba poniendo detrás de los edificios. Como de costumbre, había unas cuantas figuras en sombra bajo el tejado saliente, pero la Plaza estaba vacía. Tommy estuvo callado durante todo el trecho hasta el coche. Y al final soltó una risita y dijo:

—¿Te acuerdas, Kath, cuando jugaba a fútbol en Hailsham? Tenía un pequeño secreto. Cuando metía un gol, me daba la vuelta así —dijo, levantando los brazos en señal de triunfo— y corría hacia mis compañeros de equipo. Nunca me volvía loco ni nada parecido. Sólo corría hacia mis compañeros con los brazos en alto. Así. —Se quedó quieto un momento, con los brazos aún levantados. Luego los bajó y me sonrió—. Y en mi cabeza, Kath, cuando estaba corriendo, siempre me imaginaba que estaba chapoteando en el agua. Un agua no profunda, que me cubría sólo hasta los tobillos. Eso es lo que solía imaginar, una vez tras otra. Chapoteando,

chapoteando, chapoteando... —Volvió a levantar los brazos—. Y me sentía realmente bien. Metía un gol, me daba la vuelta, y chapoteaba y chapoteaba y chapoteaba... —Me miró, y soltó otra pequeña carcajada—. Lo hice durante todos aquellos años, y jamás se lo dije a nadie.

Me eché a reír también, y dije:

—Oh, Tommy, chico loco...

Después de eso, nos besamos —un beso muy suave—, y monté en el coche. Tommy siguió allí de pie mientras yo rodeaba la Plaza para enfilar el camino de entrada. Luego, mientras me alejaba, sonrió y me hizo adiós con la mano. Yo lo miré por el retrovisor, y vi que se quedaba allí hasta el último momento. Y, justo al final, lo vi levantar la mano otra vez de una forma vaga, y volverse y echar a andar hacia el tejado saliente del edificio de recreo. Y la Plaza desapareció del retrovisor.

Hace un par de días estuve hablando con uno de mis donantes que se quejaba de que los recuerdos, incluso los más preciosos, se desvanecen con una rapidez asombrosa. Pero yo no estoy de acuerdo. Mis recuerdos más caros no se desdibujan jamás en mi memoria. Perdí a Ruth, y luego perdí a Tommy, pero no voy a perder mi memoria de ellos.

Supongo que perdí también Hailsham. Sigues oyendo historias de algunos ex alumnos que aún lo buscan, o al menos buscan el lugar donde un día estuvo. Y de cuando en cuando algún rumor que otro sobre aquellas cosas en las que ha podido convertirse hoy Hailsham —un hotel, un colegio, unas ruinas—. Yo, a pesar de todo lo que viajo, nunca he tratado de encontrarlo. No estoy realmente interesada en verlo, sea lo que sea lo que es hoy.

Pero entiéndaseme: aunque digo que jamás busco Hailsham, no niego que a veces, cuando conduzco por el país, de pronto creo divisarlo en la distancia. Veo un pabellón de deportes a lo lejos y estoy segura de que es el nuestro. O una hilera de álamos en el horizonte, junto a un enorme roble algodonoso, y durante un segundo tengo la certeza de que estoy llegando al Campo de Deportes Sur desde el extremo opuesto. Una mañana gris, en Gloucestershire, en un largo tramo de carretera, pasé junto a un coche averiado, apartado en el área de descanso, y estuve convencida de que la chica que estaba de pie delante de él, mirando con expresión vacía a los coches que se acercaban, era Susanna C., que estaba un par de cursos delante de nosotros y era una de las monitoras de los Saldos. Estos momentos me sobrevienen cuando menos lo espero, cuando estoy conduciendo con algo completamente diferente en la cabeza. Así que, en cierto nivel inconsciente, quizá también yo estoy buscando Hailsham.

Pero, como digo, no lo busco deliberadamente, y, de todas formas, a finales de este año ya no estaré viajando continuamente de un sitio para otro. Así que, con toda probabilidad, ya no se me aparecerá en ninguna parte, y, pensándolo bien, me alegro de que así sea. Es como con mis recuerdos de Tommy y Ruth. En cuanto pueda llevar una vida más tranquila, sea cual sea el centro al que me destinen, Hailsham estará conmigo, a salvo, en mi cabeza, y será algo que ya nadie me podrá arrebatar jamás.

Lo único que me he permitido en este sentido –y una sola vez, un par de semanas después de oír que Tommy había «completado»– fue ir en el coche a Norfolk sin ninguna necesidad de hacerlo. No iba a buscar nada en particular, y no llegué hasta la costa. Quizá tenía ganas de ver todas aquellas planicies vacías y los enormes cielos grises. En un momento dado me encontré en una carrera en la que nunca había estado, y durante aproximadamente media hora no supe dónde estaba, y no me importó lo más mínimo. Pasaba junto a campos y campos llanos, anodinos, prácticamente sin cambio alguno en el paisaje salvo cuando algún puñado de pájaros, al oír el motor del coche, levantaba el vuelo desde los surcos. Al final divisé unos cuantos árboles, no lejos del arcén, y conduje hacia ellos, y me detuve, y bajé del coche.

Me vi ante unas cuantas hectáreas de tierra cultivada. Había una valla que me impedía el paso, con dos filas de alambre de espino, y vi cómo esta valla y el grupo de tres o cuatro árboles cuyas copas se alzaban sobre mi cabeza eran las únicas barreras contra el viento en kilómetros y kilómetros. A lo largo de la valla, sobre todo en la hilera inferior de alambre de espino, se había enmarañado todo tipo de brozas y desechos. Eran como esos restos que pueden verse en las orillas del mar: el viento habría arrastrado parte de ellos a través de largas distancias, hasta que aquella valla y aquellos árboles los habían detenido. En lo alto de las ramas, ondeando al viento, se veían trozos de plancha plástica y viejas bolsas de plástico. Fue la única vez —allí de pie, mirando aquella extraña basura, sintiendo cómo el viento barría aquellos yermos campos— en que me permití imaginar una pequeña fantasía. Porque, después de todo, aquello era Norfolk, y hacía apenas dos semanas que había perdido a Tommy. Pensé en todos aquellos desperdicios, en los plásticos que se agitaban entre las ramas, en la interminable ristra de materias extrañas enganchadas entre los alambres de la valla, y entrecerré los ojos e imaginé que era el punto donde todas las cosas que había ido perdiendo desde la infancia habían arribado con el viento, y ahora estaba ante él, y si esperaba el tiempo necesario una diminuta figura aparecería en el horizonte, al otro extremo de los campos, y se iría haciendo más y más grande hasta que podría ver que era Tommy, que me hacía una seña, que incluso me llamaba. La fantasía no pasó de ahí —no permití que fuera más lejos—, y aunque las lágrimas me caían por las mejillas no estaba sollozando abiertamente ni había perdido el dominio de mí misma. Aguardé un poco, y volví al coche, y me alejé en él hacia dondequiera que me estuviera dirigiendo.

ÍNDICE